京门风月

6 盛世欢喜

[下册]

西子情 著

青岛出版社
QINGDAO PUBLISHING HOUSE

第二十一章
嫁娶亲事

她乍一出来，众人齐齐一静，向她看来。

她温婉柔美、端庄秀丽、娉婷纤细、清华淡雅。遍寻南秦，甚至天下，再也找不出第二个她来。哪怕找到了比她容貌更美者，也找不出如她这般高贵者。

李沐清微笑着对谢芳华说道：“大家都说想见你，以为秦铮兄会藏着不让你出来。”

谢芳华闻言失笑，看了秦铮一眼，见他有些不满，她笑着说道：“我的伤养得差不多了，适当出来走动走动，哪里就有大碍了？是他总盯着我的伤势。”

“你的身体本就不好，自然要适当地管制。”李沐清好笑。

谢芳华问向燕亭：“燕岚不是说要来吗？怎么还没来？”

燕亭摆摆手：“我来时，她还在府中拾掇呢，说多少日子没出府了，不能邋遢地出来，没法见人。估计一会儿就来了。”

“她因为受伤，在府中闷了有月余了吧？依照她的性子，的确要闷坏了。”谢芳华笑着说道，“已经到了晚膳的时辰，我去看看晚膳是否准备好了。”说罢，她出了房门，向厨房走去。

程铭拍拍秦铮的肩膀：“怪不得你死活不放手呢，搁谁也不放手。”

燕亭哼了一声：“不放手有用吗？抢得到人，也要困得住心才行。”

秦倾忽然凑近秦铮，拽住他的衣袖：“铮哥哥，太妃这些日子快把南秦与我同龄的闺秀看遍了。你既然知道我喜欢谁，可要帮帮我呀。”

秦铮挑眉：“非谢伊不娶？”

秦倾咬唇，慢慢地点了点头："我喜欢谢伊。"

"因为谢惜，你一直不敢对林太妃开口？"秦铮又挑眉，问道。

秦倾苦下脸来，说道："怎么开口呀！谢氏六房估计因为谢惜之事早就不待见我了，更何况，谢伊是谢惜的亲妹妹……"

"真有你的，南秦多少女儿家，你怎么就偏偏看上了谢伊？"程铭看着他，"我都替你犯愁，若是你告诉林太妃，林太妃估计也要愁死了。"

"若是我不点破，你准备怎么办？"秦铮问。

秦倾咬了咬牙："太妃要是将我逼急了，我只能对她坦白了。"说罢，他便拽住秦铮的衣袖央求，"铮哥哥，帮帮我。我一直不敢对太妃说，我怕太妃会受不住。"

秦铮嗤笑："太妃受不住，你便不敢说吗？看来也没那么喜欢。"

秦倾摇头："我真的很喜欢她，太妃年纪大了，还一直为我操心，我不忍心再让太妃为了我的婚事而……更何况，这件事情本来就难办，让太妃怎么拉下脸去与谢氏六房提这个事呀？"

"我也没办法！"秦铮摊摊手。

秦倾拽着他的衣袖晃："你一定有办法。"

秦铮看着他的动作，扬眉："你是小孩子？抢玩物呢？得不到就求着人撒娇？"

秦倾的脸一红，立即放开了手。

秦铮看着他："我给你出两个主意，一、去向林太妃坦白，请太妃帮忙对谢氏六房说；二、自己去谢氏六房，直接找明夫人说，求娶谢伊。"

秦倾苦下脸来。

"没胆子就娶别人去，凭你八皇子的身份，遍京城地去挑，定然能挑到一个温婉贤淑的女子。"秦铮道。

秦倾闷着不吭声了。

秦铮不再理他，转身对崔意芝说："你的封灵呢？帮我再做一件事。"

崔意芝闻言吓了一跳："表哥，上次我险些就失了封灵，你难道真想让我被清河崔氏的族长用家法伺候？"

"如今我就待在这京中，清河崔氏的族长知晓是为了国事，就算你失了封灵，也不敢对你如何，你怕什么？"秦铮瞥了他一眼，"更何况，只是充当信使而已，不会出事。"

崔意芝无奈："你上次答应我的事情还没兑现呢。"

"办好了这件事，就给你兑现。"秦铮淡淡地说道，"如今新旧更替，朝中的血液总要换一番。"

“那好吧，你给什么人送信？”崔意芝看着他，“封灵需要闻到那个人的气息。”

“气息简单，封灵是灵鸟，但凡它接触过的人，它都熟悉对方的气息。”秦铮道，“谢云澜。”

崔意芝一怔：“表嫂和谢云澜关系亲近，她自已没有办法找到吗？还是……”顿了顿，他看着秦铮，问道，“你要瞒着表嫂去找他？”

秦铮摇摇头：“不是瞒着，她现在也难联络到他。”

崔意芝不解，但觉得个中隐情也不好深问，点点头：“什么时候用？”

“现在。”秦铮站起身，“你随我去书房。”

崔意芝点点头，跟着秦铮站起身，二人说走就走，晾了一众人，去了书房。

燕亭见二人离开，挑了挑眉，问李沐清：“他找谢云澜做什么？给谢云澜传什么信？”

李沐清寻思片刻，说道：“今年南秦各地发大水，耽搁了春种，金秋粮食收成定然不好，如今两国兴兵，内耗定然极大，不能再加重税收。谢氏米粮乃天下粮仓，如今掌握在谢云澜手中，不找他找谁？”

燕亭蹙眉，点点头。

屋中几人一边喝茶一边说着闲话，侍画、侍墨等人从小厨房端了菜品陆续地摆上桌。

燕亭站起身：“我也去厨房看看。”

“你去厨房做什么？”程铭看着他。

“看看是否有需要我帮忙的地方。”燕亭说着，出了房门，去了小厨房。

谢芳华正在小厨房内盘点今日林七准备的菜，听见脚步声，她回转头，见燕亭来了，她笑着问道：“来厨房做什么？”

燕亭倚着门框，向里面打量了一眼，对谢芳华说：“我如今会烧火了。”

谢芳华想起当初燕亭来厨房要烧火，被秦铮捉弄，弄了一鼻子灰，发誓不再进厨房的事，她好笑：“在北齐学会的？”

燕亭摇头：“在去北齐的路上，与言宸一道时学会的。”

谢芳华了然：“言宸会很多东西。”

燕亭颔首：“是的，我当时就羡慕，觉得他和秦铮是一类人，什么都会，不是人。”

谢芳华失笑。

燕亭忽然问：“哪个是品竹？”

谢芳华一愣。

燕亭说：“就是你不在忠勇侯府的那些年，易容成你的那个。”

谢芳华恍然大悟，向左右看了一圈，没见到品竹的身影，问侍画：“品竹去了哪里？”

“在帮您做衣服，您比以前清瘦了许多，以前的衣服穿在身上都太宽大了。”侍画道，“品竹说反正她针线活儿还可以，小厨房小，人多了也插不上手，就在屋子里帮您做衣服了。”

“去将她喊来。”谢芳华道。

侍画点点头，立即去了西厢跨院。

不多时，她便带着品竹来到了小厨房。

品竹远远走来，她身材纤细，看起来分外柔弱，有一种金尊玉贵的感觉。她的气质还真像谢芳华，而且她本就出身谢氏，是南阳谢氏旁支的孤女，与谢芳华有着血缘关系，与谢芳华的容貌、眉眼有几分相似。

另外，大约是因为她从小就扮作谢芳华，必须将自己融入谢芳华的身份，所以，如今她的一举一动，甚至比谢芳华还像大家闺秀。

她们之间唯一不同的是，谢芳华因为在无名山多年，养成了清冷的脾性，而品竹则是温温婉婉的，将端庄刻在了骨子里。

燕亭看着品竹，目光闪烁：“听说她也是出身谢氏？”

谢芳华点头：“是南阳谢氏的旁支。”

“她家中可有什么人？”燕亭又问。

谢芳华摇头：“是南阳谢氏的孤女。”

燕亭看了片刻，忽然对谢芳华说：“你做个人情，将她给我吧，如何？”

谢芳华转头看向燕亭。

燕亭没看她，而是看向前方，他那颇为俊秀的侧脸线条坚毅，唇瓣抿了抿，他低声说：“我的心里住着一个谢芳华，眼睛里看到的是另一个谢芳华。很长时间内，我都忘不掉两个场景，一个是老侯爷寿宴时你为我包扎，一个是这样的一副弱柳扶风的倩影。对于你，今生求不来，来世我也许一样求不来。不如，就全了这一世。”

谢芳华蹙眉，没说话。

燕亭转过头，认真地看着她道：“我会好好地对她的。”

谢芳华暗暗地叹了口气，没应允也没回绝，沉默片刻，看着缓缓走来的品竹，说道：“她虽然是我的婢女，但这等事情，还是要看她自己的意愿。她若是不同意，我便不能替她应允。”

“她若是同意呢？”燕亭问。

谢芳华道：“那就是她的选择，我就应允了你。”顿了顿，她又道，“不过，不是送。谢氏的女儿，即便是谢氏的孤女，也是要用轿子抬的。”

只要出身于谢氏，就是金尊玉贵。

燕亭看着谢芳华，微微颔首：“自然，我早已经想过了，想得很清楚。即便我娶几十房小妾放在后院，也不如那一个心爱之人。南阳谢氏的孤女，也不是没身份的人，自然不会委屈了她。”

“她虽然出身谢氏，但南阳谢氏的孤女配你永康侯府前途无量的燕小侯爷，还是委屈你了。”谢芳华道，“你要真正地想清楚。”

“只要我觉得不委屈就行。”燕亭目光幽幽地说道。

“永康侯和夫人那里，你说得通？”谢芳华看着他，问道。

“他们如今只怕我终身不娶。”燕亭笑了一声。

谢芳华沉默，见品竹已经走来，她点了点头：“也罢，我帮你问问她，但是品竹极其有个性，或者说，出身谢氏的女儿，都极其有个性，她应不应你，我说了不算。”

燕亭颔首。

品竹来到近前，喊了一声小姐，然后给燕亭施礼：“燕小侯爷！”

燕亭点了点头，看着她笑了笑。

品竹露出疑惑的表情看向谢芳华：“小姐您找我？是有什么吩咐吗？”

谢芳华斟酌着用词，对品竹道：“那些年，燕小侯爷把你当作了我，后来才出了诸多事端。如今，他知道了你，想求娶你。这种事情，是一辈子的事，我觉得还是不要拘泥于礼数了，将你叫到跟前，若是你合意，便应允他，我为你做主。”

品竹吓了一跳，难以置信地看向燕亭。

燕亭看了谢芳华一眼，对着品竹慢慢地点了点头：“明媒正娶，八抬大轿，我保证这一辈子只娶你一人，只要你应允我，我便禀明父母，前来提亲。”

品竹大惊，后退了一步，难以置信地看着燕亭。

燕亭笑了笑：“那些年，我不知是你假扮的她，时常去忠勇侯府，哪怕看不见面容，只要看到你的身影，我便心满意足了。如今知晓是你，我便想求你为伴，你意下如何？”

品竹又后退了一步，似乎惊吓得够呛，拉过一旁的侍画挡在她身前，连连摇头。

燕亭看着她，问道：“你……不愿？”

品竹立即点了点头。

燕亭上前一步：“为何？你不喜欢我？这没关系，我们不曾相处，相处些时日，定然会……”

品竹立即打断他，小声说：“不是的，燕小侯爷，奴婢配不上您，您还是别想了。”

燕亭失笑："我说你配得上，你就配得上，这个你不必担心。"说罢，他又道，"至于进永康侯府，我父亲、母亲经我离家出走一事，如今已经对我不做要求。况且，就算你待不惯永康侯府，你也不必担心，我们出府另住就是。"

品竹骇然地摇头："燕小侯爷，您是喝醉了吧？"

燕亭摇头："我刚来这里，还不曾喝酒，你放心，我说的不是醉话。"

品竹紧紧地拽着侍画，摇头："燕小侯爷，奴婢自从被当初还是世子的侯爷带到忠勇侯府，便保证过，一辈子侍候小姐，对小姐不离不弃，不能应允您。"

"这个你也放心，你家小姐已经应允了我，只要你同意。"燕亭道。

品竹抬眼看向谢芳华。

谢芳华对她点了点头，温声说道："燕小侯爷诚意十足，我不好拂他的心意，若是你们真有缘，我也不好阻挠。更何况，你们不能一辈子跟在我身边，我本就打算待南秦风平浪静后，还你们自由，让你们各自婚嫁。"

品竹闻言面色一变。

她身边的侍画脸唰地一白，当即跪在了地上："小姐，您可不能有此想法，奴婢曾经发誓，一辈子不离开您，不嫁人。"

品竹也立即跪下："燕小侯爷的好意奴婢心领了，奴婢也一辈子跟在小姐的身边，不嫁。"

二人一跪，厨房内外隐约听到他们说话的人都立即走了过来，侍墨、侍蓝、侍晚、品萱等人齐齐跪在谢芳华面前："小姐，我们也不嫁，您不要赶我们走。"

谢芳华无奈地揉揉额头。

燕亭看这个阵势，也有些无语，对她们说道："我只是求娶品竹，你们放心，我没打算都娶了，不用这时候就这么害怕。"

品竹一听，立即摇头："燕小侯爷，奴婢自知身份配不上您，您还是别在这里开奴婢的玩笑了，奴婢不会应允您。"

燕亭上前一步，伸手去拽她。

品竹立即弹跳了起来，一退数步，远远地避开了他。

燕亭失笑："你怕我做什么？我又不会吃了你。"

品竹看了他一眼，转身嗖一下进了西跨院的房间，紧紧地关上了房门。

燕亭抬腿就要追去，秦铮和崔意芝不知何时从书房出来，来到了厨房门口，秦铮伸手扣住了燕亭的肩膀，燕亭被迫停住脚步，转头看向秦铮。

秦铮看着他，蹙眉："你在做什么？将我的落梅居弄得鸡飞狗跳的。"

燕亭白了他一眼，没好气地道："娶媳妇儿。"

秦铮嗤笑，瞥他："娶媳妇儿都娶到我的落梅居来了？什么人被你燕小侯爷看中了？"

“品竹。”燕亭道。

秦铮眯了眯眼睛，瞅着他：“你确定？”

“自然确定！”燕亭点头。

秦铮拍拍他的肩膀：“你好自为之吧。”说罢，他问谢芳华，“你答应了他？”

谢芳华无奈地道：“燕小侯爷诚意十足，我不好拂了他的心意，说品竹若是愿意我就应允。”

秦铮点点头，问：“饭菜都准备好了吗？”

“差不多了，已经端进去一部分了，还剩几个，林七正在做。”谢芳华道。

秦铮点点头，向房间走去。

这回轮到燕亭追他了，燕亭拦住他：“喂，你刚刚什么意思？什么叫作我好自为之？说清楚。”

“你真不明白？”秦铮看着他。

燕亭皱眉：“明白什么？我承认我没你聪明，你告诉我。”

秦铮叹了口气，扫了一眼依旧跪在地上的侍画等人，对他道：“她们八人自小被子归兄培养，子归兄在她们身上下的力气极大，尤其对品竹，他更是悉心教导。”

燕亭看着他：“你是说，这件事情需要子归兄出面？”

秦铮看了他一眼：“不可救药。”说罢，他进了里屋。

燕亭一把拽住要跟着秦铮进屋的崔意芝：“你知道他是什么意思吗？”

崔意芝瞅了谢芳华一眼，见她正看着西跨院若有所思，他摇摇头，摊摊手：“我一直在清河，进京时间不长，对忠勇侯府内的事情不大了解。”

燕亭放开他。

崔意芝跟着秦铮进了屋。

燕亭揣测片刻，回头问谢芳华：“你知道这其中的意思？”

谢芳华思索了片刻，忽然了然，收回视线，对燕亭点了点头。

“那你告诉我。”燕亭凑近谢芳华。

谢芳华没立即搭话，而是对跪在地上的侍画等人摆摆手：“你们起来吧，以后的事情以后再说，你们若是不愿，我自然不会强迫你们。”

侍画等人一听，立即站起身，各自散去了。

燕亭等着谢芳华解惑。

谢芳华叹了口气，低声说：“品竹怕是喜欢我哥哥。”

燕亭一愣：“她也是谢氏的女儿，怎么能同姓相亲？”

谢芳华摇摇头：“品竹出生于谢氏在南阳的旁支分支，与我和哥哥早已经出了五服。血缘已经淡薄，不少旁支偏远的谢氏子女，早就已经互有通婚。她若是真喜欢哥哥，也不在礼教之内，不相冲突。”

燕亭一时噎住了，没了音。

谢芳华看着他，继续说道：“既然品竹不愿，你便罢了吧，掺杂了杂质的嫁娶，以后未必如你所想，倒不如以后寻个更中意的女子，与之举案齐眉。”

燕亭沉默了片刻，摇头苦笑：“我这到底是得罪了哪方神仙？想求个喜欢的人，如此之难。”说罢，他摆摆手，“她虽然喜欢子归兄，子归兄未必喜欢她吧？”他转身向屋里走去。

谢芳华有些头疼。

“芳华！”燕岚欢快地来到落梅居门口，见谢芳华正站在小厨房门口，于是对着谢芳华清脆地喊了一声。

谢芳华转过头，见到燕岚，燕岚的脸上洋溢着笑容，让看到她的人心情立即明快起来，谢芳华笑着对她招手：“听说你要来，我一直等着，等了大半个时辰，才见到你。”

燕岚欢快地来到她的近前，上上下下将她打量了一遍，凑近她，小声说：“铮小王爷就是厉害，你这样子才像个女人，当初在皇宫里的那个你，都快成仙了。”

谢芳华失笑：“如今你的伤彻底好了？”

燕岚立即退后，转了一个圈，欢快地说道：“你的药真是最管用的，你看看，我如今能走、能跑、能跳，痊愈了。”说罢，她感慨道，“以前只知道伤春悲秋，如今遭大难险些没命了，我才知道活着的感觉可真好。”

谢芳华好笑：“没在府中用晚膳吧？”

“没有！你这里请客，我自然要来你这里蹭吃蹭喝的。”燕岚摇头，向里屋看了一眼，只见画堂里人不少，她又道，“不过，我才不和那些臭男人坐在一处吃喝呢，咱们两个找一处清静的地方，好好聊聊，养伤的这些日子可真是闷死我了。”

“那就去后院吧！”谢芳华道，“虽然后院没有景色，但贵在清静。”

“好呀！”燕岚点头。

谢芳华握住她的手，对侍画笑着吩咐：“给我来一份饭菜，端去后院。”

“是，小姐！”侍画点头。

谢芳华、燕岚二人携手走向后院。

落梅居的后院只有几株桂树、几套桌椅，院子里打扫得极其干净，极其清静。

燕岚坐下后，对谢芳华说道：“我出门时，我娘一再嘱咐，让我好好谢谢你，说若不是你，我哥哥在府中就会被她养废。如今见到我哥哥回来与以前大为不同，我娘甚是欣慰。”

谢芳华笑了笑，心里想着，若是永康侯夫人知道燕亭又起了心思要娶她的婢女，不知道还会不会再感激。她不好与燕岚说，只是笑了笑：“侯夫人太客气了。”

“我娘也改变了不少，以前我都难以想象她能对人如此宽厚和蔼，你也知道，她一贯强势。”燕岚以双手支着额头，继续说道，“我长这么大，如今才觉得永康侯府像个家。”

“侯夫人如今身怀六甲，待孩子生下来，便该给你操持婚事了。”谢芳华笑道。

燕岚撇撇嘴：“不想嫁人！”

谢芳华好笑：“如今的南秦京城，可真是奇了怪了，我听到的都是这句话。不是不想娶，就是不想嫁。你们一个个的，难道都要孤独终老不成？”

“那也不错。”燕岚道。

谢芳华给她倒了一杯茶：“你快打消这个念头吧！永康侯夫人好不容易缓过劲儿来，若是听到你这话，估计又要操心了。”

燕岚一听大笑，笑罢，忽然凑近她，低声说：“你听说右相府内的事了吗？”

“什么事？”谢芳华摇头，“我们今日才回来，还不知道近来京城内发生的事。”

“你不知道？那你刚刚说不想娶不想嫁？”燕岚看着她。

谢芳华道：“我方才是听到程铭、宋方、李沐清等人闲聊。”

燕岚恍然大悟，然后小声说：“李如碧闹着要出家，右相夫人拿她没办法，都愁白了头发。据说右相也没办法，她铁了心了，如今右相府内僵持着呢。”

谢芳华一怔：“为何？”

燕岚看着她：“你说为何？她一直喜欢铮小王爷，本来以为你们失和她就有戏了，如今彻底没戏了。而右相府和新皇的婚事也退了，她觉得没意思，人生无望了呗，打算长伴青灯古佛了。”

谢芳华闻言叹了口气。

“我听说前两天右相夫人托了金燕去劝她，金燕也没劝动。”燕岚也叹了口气，“真是想不开了。”

“李沐清呢？今日没听他提起。”谢芳华道。

“这又不是什么光彩的事，他怎么好提？尤其还涉及你和铮小王爷。”燕岚道，“你离府出走时，你家的小王爷放话了，说若是再见到李如碧，定然杀了她。”

谢芳华点头：“这个我知道，这不过是气话罢了。他是有理智之人，若是真见到，顾及右相府和李沐清，也不会真杀了她。”

“你听了不当真，但是右相府的人听了，那些日子可是胆战心惊呢。你家的小王爷是谁？他若是真黑下脸来杀了谁，那不就杀了？”燕岚道，“敢不当真？”

谢芳华又叹了口气：“这么说，这件事情还是因我而起了？”

燕岚一听，立即摇头：“跟你是有些关系，但也没有什么大关系，怨不到你，主要因为李如碧对你家小王爷一直不死心。如今死心了倒好，非要闹着出家，怨得了谁？”

谢芳华想起李如碧，论才华、样貌、出身，李如碧都是一等一的，若真出家了，这一辈子可就毁了。

“算了，别想她了，性子太傲也不见得是什么好事。”燕岚又凑近她，“我跟你说，大长公主府已经相看好人家了，若是不出意外，金燕的好事近了。”

谢芳华又是一愣：“是哪家？金燕同意？”

燕岚点头：“是荥阳郑氏的嫡子，早先与谢氏长房的大小姐定了亲，但是因为谢氏长房落难，全家被发配去了岭南，所以，那门亲事就黄了。如今被大长公主看中了，过了金燕的眼，金燕同意了，大长公主正暗中托人说媒呢。公主府的长女，荥阳郑氏岂能不愿？这门亲事怕是一说一个准，估计两方都同意后，便会先定下来，待先皇的孝期满，可以兴喜事时，筹备大婚。”

谢芳华实在太意外了：“这算是远嫁，大长公主怎么会将她疼在手心里的金燕郡主远嫁？”

燕岚又凑近她，小声说：“听说荥阳郑氏的嫡子是右相夫人先看中的，想说给李如碧，但是李如碧死活不愿意离京。大长公主便接了过去，试试金燕的意思，没想到金燕竟然同意了，我也挺意外的。”

大长公主府虽然是皇亲国戚，但有名无权，配荥阳郑氏也算是般配，但只是荥阳离京城太远了。

李如碧与金燕昔日虽然在才华、美貌的名声上各有较量，但还算相交不错，李如碧喜欢秦铮，金燕喜欢秦钰，都是从小就喜欢，而且她们都出身高贵，一个出身右相府，一个出身大长公主府，共同之处极多，脾性也都可以归为执拗的那一类。

右相夫人大约是想使李如碧避开京城，避开秦铮，所以给她选择了荥阳郑氏的嫡子。李如碧却不同意远嫁，宁愿出家，而大长公主接手过来，没想到金燕竟然应了。

谢芳华听罢，叹了口气。

“金燕的性子也是极高傲的，没想到竟然答应了。”燕岚道，“我娘一直拘着我在府中养伤，我已经有多日不曾见到金燕了，不知道她为何答应。”

谢芳华想了想道：“其实，远离京城没什么不好，据我所知，荥阳郑氏的嫡子人品端方、性情温和，自小受荥阳郑氏的重点培养，其才华在荥阳数一数二，样貌也是极其出挑。若非此人极好，当初大伯母也不会拉扯多方关系攀上这门亲事。若非大伯母不知满足，谢氏长房也不至于落得那个下场，使得这门亲事黄了。”

谢芳华笑了笑又道：“不过，金燕也可以留在京城，荥阳郑氏未必不想来京城。否则，当初便不会和谢氏长房结亲了。”

燕岚笑了：“也是。”说罢，她感慨，“小时候，我们做事全凭喜好，如今长大了，就不能再任性而为了。”

谢芳华不接话，小时候她也未能凭喜好做事，她一直以来的信念，就是守住忠勇侯府，守住谢氏，那时候，她不记得秦铮，倒是免了那些纠葛。所以说，记着的人永远比忘记的人辛苦。

侍画、侍墨端来饭菜，一一摆到桌上。

燕岚看了看：“好香，拿酒来，我们也得喝两杯。”

侍画看向谢芳华。

谢芳华笑着说道：“燕小郡主的伤痊愈了，喝两杯无碍，我就算了，给她上一壶吧。”

侍画立即走了下去。

燕岚立即说：“别呀，你难道还喝着苦药汤，不能喝酒？你身上的伤难道还没好？”

谢芳华想了想，低声说：“我在调养，想要孩子，便不能沾酒。”

燕岚睁大眼睛，呆了呆，又看看她的小身板，半晌后笑了：“好，好，这个好，那你就不要喝了，你若是有了孩子，认我做他干娘吧。”

“你还没嫁人，就想当孩子的干娘？”谢芳华笑看着她。

“非要嫁人，才能做干娘吗？”燕岚问。

谢芳华点头：“是的。”

燕岚顿时犯了愁：“这么说，我还真要尽快找一个人嫁了。”

谢芳华喷笑：“我身体不好，一时半会儿难怀上，所以，你也不急。”

燕岚却摇头：“这事哪里说得准，兴许你刚与我说完就怀上了，不行，我要尽早准备。”

“借你吉言吧！”谢芳华笑着看着她，“我还是第一次见为了给孩子做干娘，把自己赶紧卖了的。”

燕岚仰仰下巴，得意地说：“自从放弃你家的小王爷，我觉得眼前一片开阔，待看到一个顺眼的，嫁了也行。”

“是谁刚刚还与我说不嫁人的？”谢芳华看着她。

“此一时彼一时嘛！”燕岚脸不红地说道。

谢芳华看着她，颇有些无语。不过谢芳华倒是喜欢她的性格，拿得起，放得下。

侍画端来一壶酒，燕岚一边与谢芳华闲聊一边吃饭，东扯西扯，似乎要把闷了这么多日子憋着的话一次性说尽。

直到两个时辰后，秦铮进了后院，看到二人依旧没散场，他挑眉，对已经喝醉了的燕岚说："前面已经散场了，你哥哥等着你一起回去呢。"

燕岚抓住谢芳华的手，醉醺醺地说："一言为定，你不准再答应别人了。"

谢芳华好笑："好，一言为定。"

"什么一言为定？"秦铮蹙眉。

谢芳华不答话，对侍画吩咐："先送燕小郡主去前院。"

侍画应了一声，上前扶起燕岚，出了后院。

待燕岚走后，秦铮伸手揽过谢芳华，凑近她闻了闻："她喝得醉醺醺的，你没喝？"

谢芳华摇头："你不是也没喝吗？"

秦铮低头吻她，但还是不忘逼问："燕岚说什么一言为定？"

谢芳华笑着躲他，却被他抱得紧紧的，她只好如实交代："她要做咱们孩子的干娘。"

"你答应她了？"秦铮挑眉。

谢芳华点头："我觉得她还不错，勉强能胜任。"

秦铮哼了一声："她确实比其他人强了不少。"

"他们都回府了？"谢芳华问。

秦铮点头，问她："你累不累？"

谢芳华摇摇头："还好。"

秦铮闻言将她拦腰抱起，向前院走去："既然你不累，我正好也不累，咱们就回房生孩子去吧。"

谢芳华的脸一红，伸手捶他。

前院的人都走了，院子也已经收拾干净，秦铮抱着谢芳华径直回了房。

这一夜，自然是情浓意浓，二人至三更方歇。

天明时分，秦铮醒来后，见谢芳华依旧昏睡着，在她唇角吻了吻，起身下了床，收拾妥当后便走出了门。

清晨，天有些阴。

秦铮抬眼向天空看了一眼，对正在打水的侍画招了招手。

侍画连忙走过来，对他请安："小王爷。"

"我需要出京，昨日没来得及与她说，待她醒来，你告诉她，最多三日，我便回来。让她好生地待在府中，外面的事有我，她不必多理会。"秦铮低声说道。

侍画一愣，小声问："小姐若是问，小王爷出京所为何事，奴婢怎么说呢？"

秦铮道："她知道，你就说与秦钰一起商议的事情，为了铲除干净，我必须亲自去处理。"

侍画点点头，犹豫了一下，又小声道："昨日，小姐派我去了一趟谢氏六房。给明夫人传了一句话，让她在今日午时之前，动用谢氏暗探，给小姐一份北齐暗桩的名单。"说罢，她抬眼看秦铮，见秦铮似乎并不意外，她低声说道，"明夫人看到令牌后应了，说让小姐放心，今日午时之前，一定会有名单送来。"

秦铮听罢，想了想道："今日午时之前，我应该是在三百里之外的镇上，若是有必要，告诉华儿，派人找我就好。"

侍画颔首。

秦铮收拾一番，出了落梅居。

谢芳华昨日实在是太累了，太阳高高挂起之时，她依旧在睡。

快到午时的时候，谢氏六房的谢伊来了英亲王府，侍画只能喊醒谢芳华，对她禀告谢伊来了。

谢芳华醒来，睡眼惺忪地揉揉头，问："几时了？"

"快午时了。"侍画道。

谢芳华蹙眉："竟然又睡到了这个时候。"说罢，她吩咐侍画，"快去将她请进来。"

侍画连忙去了。

侍墨进来帮谢芳华穿衣、梳洗。

"秦铮是不是早就出府了？"谢芳华见屋里无人，又是这个时辰了，想着秦铮定然早就起床了。

侍墨点头："铮小王爷天刚亮就出府办事了。"

谢芳华穿戴妥当，侍画也领着谢伊进了落梅居。

谢芳华迎到门口，谢伊欢喜地喊："芳华姐姐。"

谢芳华对她笑笑，握住她的手，将她拉着进了画堂。

谢伊刚一进屋，便说道："我娘说了，让我来可不是为了玩的。"说罢，她从袖中抽出一张纸，递给谢芳华。

谢芳华伸手接过，对她说道："你先在这里坐着，等我片刻。"

谢伊点点头。

谢芳华拿着纸张进了内室。

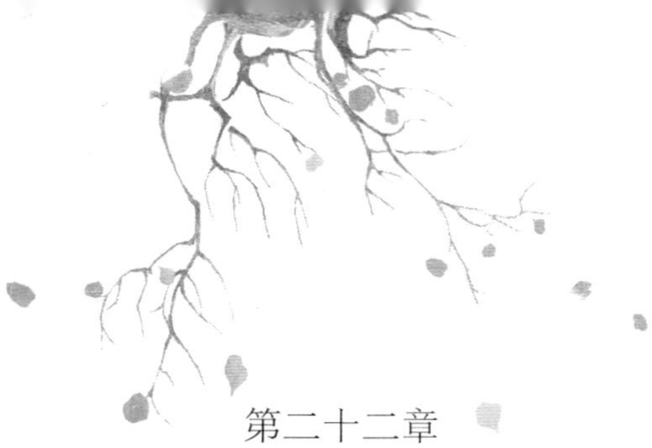

第二十二章

牵一动十

侍墨连忙给谢伊斟茶。

侍画跟进了内室，跟在谢芳华身后，低声说：“小姐，小王爷今早走时吩咐了奴婢，说他需要出京，昨日没来得及与您说，待您醒来，让我告诉您，最多三日他便回来。让您好生地待在府中，外面的事有他，让您不必多理会。”

“他还说了什么？”谢芳华问。

侍画道：“说您知道，小王爷要出京办的事情是与皇上一起商议的事情，为了铲除干净，他必须亲自去处理。”顿了顿，她小声说道，“奴婢猜到了一二，怕昨日您没来得及与小王爷说，误了事，便将您吩咐我去谢氏六房的事情说了。”

“他如何说？”谢芳华又问。

“小王爷说，今日午时之前，他应该是在三百里之外的镇上，若是有必要，派人找他就好。”侍画道。

谢芳华点头，展开明夫人让谢伊送来的那份名单。

她看了一遍后，眉头紧紧地蹙起，问侍画：“他离开时，是不是没带青岩？”

侍画摇摇头：“奴婢不知，奴婢武功不高，一直感受不到青岩的气息，不过飞雁的确不在了，应该是被小王爷带走了。”

谢芳华闻言打开窗子，对外面喊：“青岩。”

一道黑影应声现身，正是青岩：“小王妃！”

谢芳华见他果然在，于是将手中的名单递给他，对他说道：“你现在就去三百里外的镇上，找到秦铮，然后将这份名单交到他的手中。”

青岩犹豫：“小王爷让属下留下来照看您。”

“我就在府中不出门，能出什么事？他留你在京中，应该也是因为我有急事寻他时，你最让他放心。”谢芳华催促，“快去，一定要尽快送到。”

青岩点了点头：“是！”说罢，他便带着名单离开了落梅居。

谢芳华站在窗前想了片刻，对侍画道：“出去备车，我要进宫。”

侍画一愣：“小姐，您要进宫？”

“嗯。”谢芳华点头。

侍画犹豫：“如今小王爷刚出京您就进宫，若是被有心人传出去……更何况还有王爷和王妃那里……”

谢芳华觉得有理，便改口道：“这样，你去一趟正院，告诉王妃，我有急事必须立即进宫，请王妃与我一起进宫。”

“是！”侍画转身走了出去。

谢芳华走出内室，抱歉地对谢伊说道：“伊妹妹，你好不容易来一趟，我却必须进宫，只能改日再招待你了。”

谢伊本就懂事，见谢芳华表情凝重，也知道谢芳华是有急事，更何况她来时，她娘也嘱咐过她多次，一定要小心谨慎，不要弄丢信笺，如今想来一定十分重要，她立即站起身：“芳华姐姐，你我姐妹也不是外人，我知道你说有事一定是有事。我办好了娘交代的任务，也要赶紧回去告诉她。”

谢芳华点点头，对一旁的人吩咐道：“侍墨，送伊小姐出府。”

侍墨颔首，送谢伊出了落梅居。

谢芳华随后收拾了一番，走出落梅居。

侍画匆匆去了正院，英亲王妃正在插花，不解地问：“华丫头说要我陪她进宫？”

侍画点点头。

“她可说了什么事？”英亲王妃问。

侍画摇摇头：“小姐很着急，已经派青岩去给小王爷送信了，说要立即进宫。”

英亲王妃立即放下手中的活儿，点点头：“你快回去告诉她，我这就收拾一番，陪她进宫。”

侍画颔首，连忙折回落梅居，在门口时正好碰到了出门的谢芳华，说王妃答应了，谢芳华点头，直接向大门口走去。

英亲王妃快速地收拾了一番，也匆匆出了正院。

喜顺已经得到二人要进宫的消息，在大门口给二人备好了车。

二人上了马车后，马车向皇宫走去，英亲王妃才抽空对谢芳华询问：“华丫头，是不是出了什么事？”

谢芳华看了英亲王妃一眼，低声说道：“也不是太大的事，只是这事比较麻烦，需要跟皇上知会一声。”顿了顿，她又道，“比较我早先做的事情不是太妥当，怕秦铮刚离开我便进宫，会惹人非议，只能劳动娘跟着我走一趟了。”

英亲王妃闻言，说道：“流言蜚语也不必去在意，人活一世，重要的是对得起自己和良心。”说罢，她拍拍谢芳华的手，“我们南秦如今的确需要齐心协力，若是事情麻烦，是该知会皇上一声。”

谢芳华点了点头，不再多说。

马车很快就来到了皇宫。

谢芳华和英亲王妃进了宫门，抓住一名小太监问：“皇上在哪里？”

“大长公主和金燕郡主方才进宫了，说是要见皇上。”那名小太监摇摇头，“不过二人先去太后宫里了。”

英亲王妃偏头看向谢芳华。

谢芳华想了想道：“娘，咱们去御书房吧？这里是皇宫，咱们进宫的消息，很快就会有人传到皇上的耳中，不管他在不在御书房，应该都会去御书房寻我们。”

“你说得有道理。”英亲王妃点点头。

二人一起去了御书房。

大长公主和金燕进了皇宫后，先去了太后的宫里，对太后言明，有一件事情需要皇上做主。太后闻言问明了事情，一听说是金燕的婚事，好一番讶异，见金燕似乎真对秦钰死心了，便点点头，派如意去跟秦钰说，让他午时前来太后的宫里用膳，大长公主有事相求。太后示意如意若是秦钰问起，就说是金燕另寻的婚事。

如意到了御书房后，将事情转达给了秦钰，秦钰听罢，看了一眼天色，便放下笔，向太后的宫里走去。

他刚到太后宫殿的门口，便有人前来禀告，说英亲王妃和谢芳华进宫了，正前往御书房去寻他。听罢，他立即返回了御书房。

太后、大长公主、金燕三人正在宫里等，见秦钰本来已经来了，却到门口后又走了，一时纳闷儿。

小泉子留了下来，对三人见礼：“英亲王妃和英亲王府的小王妃进宫了，去了御书房寻皇上，她们既然去的是御书房，应是有急事，皇上说不必等他用膳了。让大长公主和金燕郡主多在宫中留半日，待他处理完事情，再来太后宫里。”

太后看了一眼时辰，见已经午时，不知英亲王妃和谢芳华为了何事进宫，点了点头。

大长公主和金燕没什么异议，只道：“反正我们也有多日没进宫了，多留些时间也没事，让皇上只管处理正事。”

小泉子应声，匆匆离开了太后的寝宫。

秦钰折回御书房，见英亲王妃和谢芳华果然已经等在了门口，他走到近前，对二人询问：“大伯母，芳华，可有急事？”

英亲王妃见他出了一头的汗，点了点头：“芳华找你有急事，我是陪着她来的。”

谢芳华对他道：“是比较麻烦的事。”

秦钰颔首，当先进了御书房，对她道：“进来说。”

谢芳华随后跟进了御书房。

秦钰和谢芳华进了御书房后，英亲王妃并没有跟进去，而是等在门口。

谢芳华没听见脚步声，回头看了一眼，见英亲王妃没跟进来，这是一份信任，她心下一暖。

秦钰看着她，低声问：“如今都午时了，什么事让你这么急？”

谢芳华压下情绪，问秦钰：“你可知道大长公主给金燕挑选的夫婿？”

秦钰颔首：“今日大姑姑和金燕进宫了，她们如今就在母后的宫里，早先请我前去，说是要为她们做主，关于金燕的婚事。”说罢，他疑惑着问道，“怎么了？有什么不妥吗？”

谢芳华点点头，对他道：“昨日，我听燕岚说，大长公主选中的是荥阳郑氏的嫡子郑孝纯，这个人本来是右相夫人看中，想说给李如碧的，李如碧不愿意，大长公主看着中意，接了过去，金燕却应了。”

秦钰点点头：“我听说了，是这么回事。”

谢芳华叹了口气，对他道：“昨日，我让谢氏的暗探暗中调查北齐埋在南秦的暗桩。今日，谢氏的暗探递上来了一份名单，名单到我手里后，我命青岩立即送去给秦铮了，但是名单已经被我记了下来，你拿纸、笔来，我将这份名单给你写下来。”

秦钰颔首，将一旁的笔墨纸砚推给她，问道：“难道这份名单里有荥阳郑氏？”

谢芳华摇头：“你看过这份名单后就明白了。”

秦钰不再询问。

谢芳华拿过笔墨，提笔将名单写了出来。

秦钰站在一旁，看着她写，目光由最开始的淡然，渐渐变得幽深。

谢芳华写下最后一个名字后放下笔，看着秦钰，问道：“你看这份名单，如今你可明白了？”

秦钰抿唇：“这份名单就是一张网，但是网的中心似乎都指向一处。”

“对！”谢芳华点头，“这样看来这份名单上的人没有什么联系，但是若是揪住其中一根绳，便能烧死一串蚂蚱。而这根绳偏偏藏匿得极深，从表面上看，全无关联和踪迹可循。”

“这根绳就是荥阳郑氏。”秦钰面色凝重地道。

“是的。”谢芳华叹气，“荥阳郑氏也是有着几百年历史的世家，虽然如今较其他世家没落了些，但瘦死的骆驼比马大。有很多的事情，都被极好地隐藏和忽略了。”

秦钰皱眉：“当初谢氏长房和荥阳郑氏是怎么订立的婚约？你可知道？”

“我听说，因敏夫人出生在赵郡李氏，英亲王妃的表弟娶了赵郡李氏的嫡女，又因清河崔氏二老爷的结发之妻出生在荥阳郑氏。为了和英亲王妃更亲近一层，攀上这棵大树，所以，有些没落的荥阳郑氏入了敏夫人的眼，她将她的大女儿许给了荥阳郑氏的嫡长子。谢氏长房毕竟是谢氏的旁支，这桩亲事，也算是般配。”谢芳华道。

秦钰的脸色微微沉了沉：“我所知道的也是这样。当初，关于谢氏大房的大小姐与荥阳郑氏嫡长子的婚约，京中人众所周知，如今被人提起来，都说是谢氏长房的敏夫人通过多重关系求来的。”

谢芳华点头，接过他的话道：“谢氏长房落难后，与荥阳郑氏嫡长子的婚约作废，我们都没有猜疑，毕竟这是谢氏长房辛苦求来的婚事，荥阳郑氏见谢氏长房落难了，婚约作废也怪不得荥阳郑氏，只怪谢氏长房，却忽略了这背后的真实目的。”

“荥阳郑氏……”秦钰看着这份名单，眯起眼睛，“隐藏得可真深，这样一份深挖出来的名单，竟然都没有荥阳郑氏的名字，可见荥阳郑氏根基之深。”

谢芳华颔首：“近几十年以来，荥阳郑氏就渐渐趋向没落，子嗣大多不入朝。但正因为这样，才没多少人去关注其动静，以及其日常所为，才更掩人耳目。”

秦钰不语。

谢芳华又道：“就算要铲除北齐在南秦安插的暗桩，也不宜闹出太大的动静，毕竟如今南秦朝局还不安稳。而如今，大长公主府怕是和荥阳郑氏暗中对这桩婚事达成了一致意见。所以，今日大长公主才带着金燕进宫请你做主，这样一来，干系可就大了。”

秦钰揉揉眉心：“的确是一桩麻烦事。”

“动有着几百年根基的世家大族，总归不是那么容易的，荥阳郑氏盘根错节，牵一发而动全身。”谢芳华道，“尤其还牵连了大长公主府和金燕，金燕一直以来思慕你，大长公主为此日夜忧心，如今金燕好不容易死心答应了荥阳郑氏，若拿不出真凭实据，就对荥阳郑氏动手的话，大长公主定然会不干，她不容许别人破坏这桩姻缘。”

“恐怕由不得她！”秦钰声音微沉，“大长公主府和荥阳郑氏的婚事与南秦江山比起来，不值一提。”

谢芳华看着他：“就算不顾及大长公主和金燕，也要顾及荥阳郑氏这个有着几百年历史的世家。若是这时候南秦牵起一场动荡的话，对南秦没有好处只有坏处。”

秦钰抿唇：“若是快速动手，悄无声息地铲除呢？”

“若是一个有着几百年历史的世家大族在一夜之间被灭了的话，你说会不会天下哗然？其余的世家大族会不会恐慌？朝野会不会震荡？”谢芳华挑眉。

秦钰的脸色又阴了阴：“你可有什么好办法？”

谢芳华摇摇头：“如今没什么好办法！这件事怎么处理怕是都会有所失。”说罢，她指指名单，“这份名单当不得证据，毕竟不是所有人都能如你我一样看出这其中牵扯了荥阳郑氏。”顿了顿，她又道，“况且，风声也不能走漏出去。”

秦钰看着名单，沉默了。

谢芳华看到名单后，一瞬间便分析出了这中间的得失利弊，荥阳郑氏虽然如今看着不如其他世家风光，这些年仿佛没落了，其实不然，当初的日渐没落，怕是另有隐情。抽丝剥茧，就会发现，这些年来，荥阳郑氏的姻亲关系盘根错节。尤其近年来，人们都觉得荥阳郑氏有起死回生之象，这背后也许就是另有筹谋。甚至，也许荥阳郑氏才是北齐在南秦最大的暗桩。

若是这样的话，南秦目前就是真真正正地面临着麻烦，麻烦不只来自齐言轻和边境，还来自南秦内部，隐山隐卫以及荥阳郑氏。

秦钰沉默半晌后，对谢芳华道：“我回京后，一直忙于朝事，未曾留意这种各府走动以及各府的姻亲关系。若没有这份名单，倒是忽略了荥阳郑氏。”说罢，他叹了口气，“我先去母后宫里探寻一下大姑姑和金燕的意思，是否已经到了非荥阳郑氏的嫡子不嫁的地步，再做定论。”

谢芳华颔首：“荥阳郑氏的嫡子能先让谢氏长房求之联姻，再让右相夫人看中，如今又让大长公主心喜，可见真是非同寻常。”顿了顿，她道，“若是金燕决心极大的话，那么，必须想个万全之策。”

“南秦如今的形势，哪里等得及慢磨？”秦钰向窗外看了一眼，“秦铮是今早出京的？”

谢芳华点头：“嗯。”

“你说你已经将名单给他送去了？”秦钰又问。

谢芳华颔首：“他如今在三百里地外。”

秦钰思忖片刻：“最快将名单送到他的手里也要一个半时辰，他收到后，应该会有回信，他的回信天黑之前应该就到了。”说罢，他收回视线，“这样，你和大伯母先随我去母后宫里一起用膳，探寻大姑姑和金燕的意思，我们顺便等秦铮的回信，商议之后，再做定夺，兴许他能有好的办法。”

谢芳华想了想，点头：“也好！”

二人一起出了御书房。

秦钰对等在门口的英亲王妃说道：“大伯母，如今已经是晌午了，您和芳华就不必回府了，随我去母后宫里用膳吧。”

英亲王妃看了谢芳华一眼，见她对自己点头，便笑着说道：“我也有多日没见太后和大长公主了，走吧。”

三人一起向太后宫里走去。

路上，英亲王妃低声问谢芳华：“事情可解决了？”

谢芳华摇摇头，向太后寝宫的方向看了一眼，低声简略地说道：“牵连了大长公主给金燕选的婚事，不太容易，先去太后宫里探探大长公主的态度再想办法。”

英亲王妃聪明，闻言对谢芳华进宫的原因明白了几分，面色也多了一丝凝重：“大长公主一直为金燕的婚事忧心，如今好不容易选中一家，金燕也同意了，若是再出波折，还真不好说。”

谢芳华点点头。

三人一起来到了太后的寝宫。

太后、大长公主、金燕等人得到秦钰、英亲王妃、谢芳华来太后寝宫的消息后对看一眼，齐齐从宫里走到外面迎接。

大长公主和金燕给秦钰见礼。

秦钰见大长公主气色极好，金燕规规矩矩给他行礼，一改曾经面对他时含情脉脉的样子，眼皮都没抬，十分平静。他摆摆手，温和地说：“大姑姑和表妹无须多礼，平身吧。”

二人起身。

英亲王妃和谢芳华给太后见礼。

太后笑着摆手，连连说免礼。

大长公主笑着与英亲王妃寒暄了两句，又笑着对谢芳华说道：“多日不见，小王妃的气色真不错，伤势看来是彻底养好了？”

“托大姑姑的福，已经痊愈了。”谢芳华笑着说。

“这些日子金燕一直念叨着你，昨日要去英亲王府看你，因府中来了客人，没抽开身，今日又被我拉进宫，没想到如今你们也进宫了。”大长公主又笑着说，“这回你们姐妹见了，有什么话只管说。”

金燕走上前，拉住谢芳华的手，仔细打量她：“你的伤势真的痊愈了吗？我怎么瞧着你又瘦了这么多？”说罢，金燕蹙眉，“秦铮到底有没有给你吃好吃的？”

谢芳华笑着说道："他是饿着我了，你见着他后，要替我训他。"

金燕闻言抿着嘴笑："他哪里舍得饿着你？我可不敢训他。"

谢芳华也有些好笑。

金燕拽拽她的衣袖："你看看，你这衣服如今大了这么多，可见你瘦了多少。"

"华丫头刚刚回府，我已经让人重新给她做衣服了。她是瘦得太厉害了，需要仔细地养回来。"英亲王妃接过话道。

"走吧，快进去，就等着你们来一起用午膳了。"太后对众人道。

秦钰率先抬腿，一行人进了寝宫。

席间，几人偶尔闲聊几句，气氛轻松愉悦。

饭后，秦钰喝了一口茶，问大长公主："大姑姑今日进宫说要找我，所为何事？"

大长公主笑着说道："是为了燕儿的婚事。"

"哦？"秦钰偏头看了金燕一眼，似乎有些意外，"朕听小泉子说了，不知选的是哪家？"

金燕依旧低着头，眼皮也没抬，静静地坐着。

大长公主也看了金燕一眼，笑着说："皇上这些日子为了朝事烦忧，太忙了些，这桩婚事刚刚定下来，你不知道也不奇怪。是荥阳郑氏。"

"嗯？"秦钰愣了一下，脸上瞬间现出一丝奇妙的情绪。

大长公主一直看着秦钰，清楚地看到了他脸上的变化，心里顿时咯噔一下，试探地问："皇上，有什么不妥吗？"

金燕闻言抬起头，第一次看向秦钰。

秦钰眉头微拧，一时没答大长公主的话。

大长公主看向一旁的太后和英亲王妃。

太后对她微微地摇了摇头，英亲王妃没表现出什么情绪。

大长公主又看向谢芳华，谢芳华也佯装不知。

一时间，屋中有一种低沉之气。

过了片刻，秦钰依旧没说话。

大长公主忍不住了，二度开口："皇上？难道……真有不妥？"

秦钰终于开口了，询问大长公主："大姑姑很中意这门亲事？"

大长公主一愣，立时觉得怕是真不好，偏着头看了金燕一眼，说道："我是觉得还好，燕儿也同意，而且燕儿年纪到了，便商定下来了。"

"已经定了？"秦钰又问。

大长公主谨慎地道："是已经商定了，但还没交信物，我进宫来问问皇上的意思，若是你也觉得好，便给下一道圣旨。”

“赐婚的圣旨？”秦钰问。

大长公主点了点头，如实说：“你也知道，荥阳郑氏有入朝的打算，我也不太舍得燕儿远嫁，听说荥阳郑氏的嫡子郑孝纯人品端方，品貌出挑，也颇有才华，朝中正值用人之际，若是皇上过目后觉得可以，也可起用不是？”

秦钰沉默片刻后道：“父皇还未过百日，婚事不急着现在就定。”

大长公主一听，顿时觉得怕是真有问题，立即说道：“只是现在定下来，待一年后完婚。”

“大姑姑可见过郑孝纯？”秦钰问。

大长公主摇头：“还不曾见，昔日，谢氏长房的敏夫人甚是喜欢他，右相夫人也极其中意他，她们二人的眼光都很毒辣，想必这个人真是不错。”

秦钰想了想，说道：“表妹的婚事是一辈子的事，需要慎重，这样吧，朕派人传旨，着荥阳郑氏的家主和郑孝纯进京面圣，朕当面看看他。”

大长公主向左右看了一眼，深吸一口气，压低声音说道：“皇上，你与我说实话，是不是这荥阳郑氏真有问题？燕儿嫁不得？”

金燕一直看着秦钰。

秦钰放下茶盏，淡淡地说道：“也不是嫁不得，毕竟表妹也是金枝玉叶，婚事还是慎重点儿好，尤其如今朝局不稳，各方牵扯都需多加注意。”

大长公主顿时松了一口气，笑着说道：“皇上说得极是，那就派人去宣荥阳郑氏的家主和郑孝纯进京吧，我就这么一个女儿，她的终身大事的确不能小视。”

秦钰颔首，喊了一声“小泉子”。

小泉子立即来到他近前。

秦钰吩咐了一句，小泉子连连应是，出了太后的寝宫。

“如今天色还早，母后和大姑姑、大伯母、表妹、芳华好不容易聚在一起，便多留些时间吧。”秦钰又道。

太后、大长公主、英亲王妃三人一齐说道：“皇上朝事繁忙，这里没什么事便去忙吧。”

秦钰起身告辞，出了太后的寝宫。

秦钰刚走，金燕便拉住谢芳华，对她说：“我有多日没逛这御花园了，听说好多花都开了。芳华，你若是不累，就与我一起逛御花园吧？”

谢芳华知道，金燕从秦钰与大长公主的谈话中怕是已经品出了些问题，便点点头，笑着说：“我不累。”

“就知道你们姐妹见面有话要说。这日头热得很，别晒着。”大长公主嘱咐。

金燕应声，拉着谢芳华出了太后的寝宫。

谢芳华和金燕直奔御花园。

一路上，二人没说什么话，来到御花园碧湖上的雨花台内，金燕才停住脚步，对谢芳华道："这里清静，四周都是水，视野开阔，没什么闲杂人来打扰，也不会有人明目张胆来偷听，就算偷听离得远也听不到，正是我们说话的好地方。"

谢芳华点点头。

金燕拉着谢芳华坐下，看着她，压低声音询问："芳华妹妹，你已经猜到我叫你来这里的目的了吧？"

谢芳华看着她，又慢慢地点了点头。

金燕问道："那么你如实告诉我，荥阳郑氏到底有什么问题？"

谢芳华一时没说话。

金燕盯着她："我自小爱慕钰表哥，对他的一言一行所代表的意思都了如指掌。多年下来，哪怕他坐在那里不说话，我都能知道他的心情是好还是坏。他不喜欢我，这是事实，无论我做什么，都更改不了，若非荥阳郑氏真有问题，他听说我的婚事后怕是巴不得把我推出去的。"

谢芳华依旧没言语。

金燕握住她的手："是不是不好对我说？我已经不是昔日的金燕了，这件事情和我有关系，你一定要让我知道。"顿了顿，她又问道，"芳华妹妹，难道你信不过我？"

谢芳华叹了口气，摇摇头："我不是信不过你，只是此事事关重大，不太好说。"

金燕的面色顿时变得凝重："我知晓，你、钰表哥、铮表哥如今都是齐心为了南秦江山。朝野上下对于他们二人能够握手言和十分欣慰。娘亲也私下说他们真是长大了，先皇一去，他们就担起了南秦江山。你与我说实话，此事是不是关系着南秦江山？"

谢芳华看着她，缓缓地点了点头。

金燕露出"果然如此"的神情，又盯着她，问道："荥阳郑氏是不是在背后做了什么事，威胁到了南秦江山？"

谢芳华又点了点头。

金燕握着她的手紧了紧，一时沉默下来。

谢芳华看着金燕，见金燕虽然猜到了，但是在她点头后脸色还是变得白了些，她一时有些心疼，金燕今日见了她后，拽着她的衣袖说她瘦了，可是金燕难道不知自己更是瘦了许多？

女人一旦爱上一个人，那个人若是也爱自己还好，那个人若是不爱自己，这个女人便会开始受煎熬。

从小到大，金燕受了多少煎熬？

如今她好不容易下定决心应允婚事，却被上天作弄，出了波折。

雨花台内，一时和风寂寂。

过了许久，金燕低声说道：“芳华妹妹，与其让我蒙在鼓里，不如你与我如实说说，让我看清楚到底有没有转圜的余地，也好做个定论。”

谢芳华看着她，同样低声说道：“除了荥阳郑氏，天下的好男儿多的是。以你我姐妹情分，我劝你，还是不要蹚这趟浑水了。”

金燕抿着嘴角，摇摇头：“你不懂。”

谢芳华看着她。

金燕低声说道：“我虽然已经死心，但总想为他做些什么，荥阳郑氏是有着几百年历史的世家，虽然已经没落了三代，但据说近些年来，家族诞生了以郑孝纯为首的年少有才华之辈，如今朝廷正是用人之际，我本想着，若是我嫁入荥阳郑氏，那么有了这层关系，表哥用荥阳郑氏的人也算是水到渠成，荥阳郑氏本来也有进入朝堂的打算。”

谢芳华惊讶地看着她：“没想到你答应荥阳郑氏是为了这个。”

金燕点点头：“与你实话实说，我确实是为着这个打算，天下人人都知道，先皇给钰表哥扔下了这样一个烂摊子，钰表哥着实辛苦。我对他的爱已经刻到了骨子里，哪怕他不喜欢我。我嫁给谁都一样，既然如此，何不选择送上门来而又恰恰能用的荥阳郑氏呢？”

谢芳华一时有些失语。

金燕又道：“只是我没有想到荥阳郑氏不但不能用，反而还有问题。”

谢芳华看着她，反手握住她的手：“金燕，一个人不应该为另一个人而活。你这么年轻，要才华有才华，要美貌有美貌，身份也不输于任何一个人。你应该寻找一个真心喜欢你的人，过好一辈子。你虽然是大长公主所生，但又不姓秦，南秦江山与你何干？你真不必如此为他牺牲。”

金燕闭了闭眼睛：“也不能说是牺牲，世间千万种生活，我只是选择了其中一种罢了。对我来说，这样才是最好的。”

谢芳华无言地看着她，天下因爱生恨之人比比皆是，但是金燕这样不计回报的爱和全心付出，谢芳华却是第一次见。

金燕看着她：“芳华妹妹，你为了秦铮，也做了很多辛苦的事，不是吗？”

谢芳华低声说道：“秦铮爱我。”

金燕摇头：“钰表哥不爱我，但也没什么不同，我爱他就够了。这一辈子，他不喜欢我，不爱我，又有什么关系？我放弃他，是放弃对他的追逐，而不是放弃对他的爱。他如今一心只为南秦江山，那么，我只能尽我所能地帮助他。”

谢芳华看了她片刻，低声感慨："秦钰几辈子修来的福气。"

金燕摇头："他的福气还是没有修够，若是修够了，为何你选择了秦铮，而没选择他？"顿了顿，她又说道，"前些日子，我在府中，听着宫中的种种传闻，你与钰表哥和气谈笑，我就想着，若是你真嫁给了他，做了他的皇后也是极好的，我希望我爱的人幸福。我甚至想，秦铮干脆别回京城了。"

谢芳华看着她，已经说不出话来。

金燕盯着她："所以，求你告诉我，到底是怎么回事。"

谢芳华见金燕决心已定，再劝看来也是无用，便将事情的来龙去脉对她说清楚了。

金燕听罢，面色变得凝重："怪不得钰表哥面色凝重。"

谢芳华点点头："荥阳郑氏树大根深，牵一发而动全身，所以，此事十分棘手，必须想出万全之策，否则后果不堪设想。"

金燕咬着唇瓣，想着什么，没有接话。

谢芳华也不再说话。

碧湖清幽，湖中的莲花早已经开败，结了小小的莲蓬，只剩下稀疏几朵莲花顶着炎热的太阳开着。微风静静，气息寂寂。

过了许久，金燕抬起头，对谢芳华道："如今这种时候，我觉得更不宜对荥阳郑氏有所行动。所以，大长公主府与荥阳郑氏的这桩亲事必须成，我必须嫁到荥阳郑氏去。"

谢芳华一惊，摇头："不行。"

金燕看着她："如今时局如此紧张，荥阳郑氏越发小心，谢氏密探的名单，不能作为荥阳郑氏暗中投敌的证据。而我娘一直忧心我的婚事，一拍即合之事，却突然断掉，尤其还是在正准备暗中铲除北齐暗桩的情形下，这样，荥阳郑氏难保不会起疑心。对荥阳郑氏，应该先打消其防备之心，让其觉得得到了钰表哥的信任，以便暗中瓦解其多年筹谋，同时也能反利用荥阳郑氏，对北齐传递假消息。这样一来，也不会惊动其他世家大族，更不会因铲除荥阳郑氏而使朝局动荡。"

谢芳华抿唇，她早先在被秦钰问起时，也想到了这个办法，只是想到这样一来，就牺牲了金燕一辈子的幸福，于是断然放弃了，秦钰同样聪颖，定然也想到了，他虽然不喜欢金燕，但不会拿金燕的终身作筏子，没想到金燕却自己提出来了。

金燕站起身，对谢芳华道："我现在就去找钰表哥。"

谢芳华也站起身，出手拦她："这个事情需要仔细斟酌，你切不可冲动。"

金燕摇头："我早已经想好了，虽然事情与我早先的想法背道而驰，但也算是殊途同归。"说罢，她看着谢芳华认真地说，"芳华，你不要拦我，我曾一度想要去死，后来经历种种，看你和秦铮分分合合，我也想明白了。看着他好，看着他坐拥南秦江山，承载千秋功业、万载盛世，才是我最想要的。爱情于我，如今已经卑微如尘埃，不要也罢。”

谢芳华慢慢地放下手，低声道：“那好，我不拦你，你去吧。”

金燕点了点头，快步出了雨花台，向御书房走去。

谢芳华看着她走远，阳光照耀在她的身上，她的后背挺得笔直，脚步稳重，隐隐透出坚定的决心。直到她走得没了影，谢芳华才收回视线，没急着离开，而是慢慢地坐下。

第二十三章

内藏地图

不知过了多久，小泉子匆匆来到雨花台，对谢芳华恭敬地见礼："小王妃，皇上请您去御书房。"

谢芳华点点头，站起身。

小泉子在前面引路，谢芳华跟着走了一段路后，低声问小泉子："金燕郡主去御书房了？"

小泉子点点头："半个时辰前，金燕郡主便去了。"

"如今是什么情形？"谢芳华问。

小泉子压低声音说："皇上发了很大的火，如今气还没消呢。"

谢芳华颔首。秦钰不是无情无义之人，金燕为了他如此，他若是同意，心又何安？

二人来到御书房，小泉子小心翼翼地禀告："皇上，小王妃来了。"

"进来！"秦钰低沉的声音从里面传出。

谢芳华抬腿走了进去，便见金燕面色平静地立在正中央的位置，而秦钰侧着身子站在窗前，即便谢芳华只是看到了他的侧脸，也极其明显地看出了他脸色阴沉、心情极差。

金燕见谢芳华进来了，抬起头，向她看来，依旧与从雨花台离开时一样，目光坚定。

谢芳华暗暗地叹了口气，对秦钰道："皇上叫我来何事？"

秦钰转过身，看着她："你知道她的决定？"

谢芳华颔首。

秦钰眯起眼睛："你同意？"

谢芳华沉默了一下，对他道："人各有志。"

秦钰恼怒地看着她："毁其终身，就叫作有志吗？我南秦还没到要靠牺牲女人的婚事来保天下的地步！"

谢芳华沉默。

秦钰又大怒着说道："若是如此，我这个皇帝何其窝囊！"

"你怎么会窝囊？"金燕抬起头，立即反驳。

秦钰转向她，又气又怒："你够了！我不喜欢你，你便要用这个方法让我愧疚吗？我告诉你，你太小看男人了，不喜欢就是不喜欢，无论你做什么，也不会让我喜欢。你做了有何用？"

金燕平静地道："你不喜欢我，我早就知道，我也没有想用这个方法让你愧疚，更不会让你领我的情，我只是在做一件我自己决定的事情而已，与你有关，但又无关。"

"你……"秦钰恼怒地看着她，忽然拿起桌子上的奏折，用了很大的力气砸到她的脚边，奏折到她脚边时已经成了粉末，他震怒，"大姑姑辛苦抚养你长大，将你当作手心里的宝，就是让你作践自己的吗？"

金燕看着他，面色依旧平静："我没有作践自己，我只是在做我认为值得的事情。"

"什么是值得？"秦钰更是大怒，"你知不知道，我不准许荥阳郑氏留在南秦的土地上？！"

"那我也愿意！"金燕道。

秦钰猛地挥手："你给我滚！"

金燕看着他，坚决地道："我心意已决，你知道的，只要我愿意，我娘一定会答应我。哪怕你反对，你若是不拿出真凭实据，我娘也不会信。而荥阳郑氏所做的阴暗之事，绝对不能泄露出去，你没有选择。"说罢，她挺直脊背，转身走了出去。

秦钰死死地瞪着她的背影，看着她出了御书房，看着珠帘哗哗作响，看着她离开，一拳砸在了玉案上。

玉案瞬间被砸碎了一角。

小泉子在门口守着，吓得心惊肉跳。

谢芳华看着秦钰，他是真的怒了，他的怒意丝毫不少于秦铮回京闯宫那日。

她能理解他为何而怒，他的怒不只是因为自己，因为金燕，还因为他心里明白，这是一条万全之策，是一条能顺利地铲除荥阳郑氏的路。

他身为南秦的天子，更明白其中的无奈与艰辛。

多少帝王兴许就是这样耗尽心血熬枯了华发。

帝王也不是万事顺遂的。

御书房内，一时寂寂无声。

过了许久，他扶着玉案慢慢地坐下，无力地对谢芳华沙哑着声音说道：“我若是喜欢她就好了，就算到现在，我也无法喜欢她。”

谢芳华心中生起一丝叹惋，现在秦钰的心里怕是真的极其不好受吧！可是喜不喜欢一个人，真的由不得自己，全凭心。

她沉默片刻，对他道：“成全一个人，不只用自己成全她的爱，也可以用她的成全而成全这份情。”顿了顿，她道，“全了她的心意吧！”

秦钰闭上眼睛：“就算不为情，她也是我的表妹，我心何忍？”

“就如她所说，值与不值，全是她自己的选择。”谢芳华慢慢地转身，低声说道，“我回府去等秦铮的信，先看看他怎么说。”

秦钰点了点头。

谢芳华走出了御书房。

金燕等在御书房外不远处，见她出来，对她粲然一笑：“我第一次见他对我发怒，就为这个，也是值了。”

谢芳华默然地看着金燕。

值吗？

她认为值，那就是值了。

“时候不早了，咱们去太后宫里喊上我娘和大舅母，咱们出宫吧。”金燕道。

谢芳华点了点头。

二人向太后的寝宫走去。

还没到太后的寝宫，二人便见英亲王妃和大长公主一边说着话，一边向她们走来了。

“你们说出去转转，怎么转去了御书房？”大长公主狐疑地看着金燕，仔细打量她的神色，似乎要从中看出些什么。

金燕看了大长公主一眼，小声说：“我拉芳华妹妹出来，其实是个幌子，就是想去御书房单独和钰表哥说说话。”

大长公主在宫中自然是有耳目的，尤其关于金燕和谢芳华去了御书房这等事，不仅她，太后和英亲王妃也已经得到了消息，况且金燕和谢芳华又没遮掩，自然已经有人报到太后宫里了，大长公主见金燕实话实说，顿时提起了心，紧张地看着她问：“找他说什么？燕儿，你不会还……”

金燕连忙摇头，上前一步，挽住大长公主的胳膊：“娘，就是说一会儿话而已，我前些日子虽然想开了，但还是有些心结，如今说说，已经真正放下了。”

大长公主看着她：“当真是这样？”

金燕挽着她的胳膊摇了摇，撒娇：“难道女儿还会骗您不成？您看我这样像是有事的吗？”

大长公主见她眉目舒展，容色有光泽，整个人看起来极其轻松，的确不像有事的样子，大长公主彻底放下心，松了一口气：“你真正想开就好，娘也就放心了。”

金燕笑着对她点头。

大长公主又小声说：“那么，你与荥阳郑氏嫡子的婚事，皇上怎么说？可提了？”

金燕点点头：“钰表哥早先有犹豫，就是怕我一时意气用事，对自己的终身不负责任，我与他说开之后，他说还是要宣郑孝纯进京，所谓百闻不如一见，还是要看看其人才华、品性。”

大长公主闻言也笑了，拍拍她的手：“皇上考虑得对，毕竟如今是多事之秋，荥阳郑氏是有着几百年历史的世家大族，不能轻易选了亲事再反悔，得罪了去。郑孝纯的才华、品性，这个大可放心，敏夫人和右相夫人过目了的人，一定差不了。不过事关你的终身，的确还是需要谨慎处之。”

金燕连嗯了两声。

大长公主照着她的额头点了一下：“你呀，这么多年可真是让我操碎了心，如今你总算是长大了，往后我也能省点儿心了。”

“您就把心放到肚子里吧。”金燕俏皮地说，同时对含笑看着她的英亲王妃眨眨眼睛，“长大也不是一个人的事，你看，铮表哥不都长大了？”

大长公主失笑。

“本来我想夸夸你，没想到转眼又变成了一个皮猴子，我想夸也夸不下去了。”英亲王妃说着向前走，招呼二人，“走吧，时候不早了，咱们出宫吧。”

大长公主点点头。

四人一边向宫外走，一边闲聊。

在宫门口告别了大长公主和金燕，英亲王妃和谢芳华坐上了马车。

帘幕落下，英亲王妃脸上的笑意收了起来，待马车走了一段路后，她低声问谢芳华：“华丫头，荥阳郑氏是不是有很大的问题？”

谢芳华点头：“事情紧迫，一直没时间与娘细说，如今才抽出空来。”说罢，她便低声简单地将密探名单以及金燕的婚事、金燕的决定告知英亲王妃。

英亲王妃听罢，面色现出鲜有的凝重，一时没言语。

谢芳华想着王妃可不是大长公主，大长公主不涉朝政，一直规规矩矩地做着皇亲国戚，对于朝中明里暗里的事，大长公主都不参与，只做好分内的事情，享受着荣华富贵，自然没有英亲王妃这样的敏锐的洞察力，哪怕有一丝疑虑，也不会想得太深、太远。

更何况，荥阳郑氏本来就隐藏得太深了。若不是此次谢芳华让明夫人动用了谢氏暗探，还不能利用这蛛丝马迹揪出背后的筹谋。

英亲王妃一直沉默着，直到马车回到英亲王府，二人下了车后，向内院走去，英亲王妃才叹了口气："在大义面前，金燕这丫头做得对，真让我对她刮目相看。"

谢芳华也跟着叹了口气："说真的，我也很佩服金燕，她喜欢秦钰，已经到了让人敬佩的地步。世上多少人因情反目，她却一直不改初心。"

英亲王妃颔首："比她娘强多了。"

谢芳华不接话，对于大长公主，她没什么可评价的。

英亲王妃又道："当年，你姑姑谢凤在这南秦京城，并不是没有喜欢的少年郎，但最终还是义不容辞地去了漠北，人人都说她是和北齐皇帝倾心相爱，但是只有我和玉婉知道，她嫁到北齐之前，另有心仪之人。北齐本来要大长公主和亲，她却死活不去，你姑姑下了决心，去了漠北边境。本来北齐皇帝是要纳南秦公主为妃的，后来却明媒正娶了你姑姑，这是你姑姑的本事。"

谢芳华想着，北齐皇帝定然是很爱姑姑的，后来姑姑应该也爱上了北齐皇帝，否则不会甘心为他生下谢云继。家国大义，姻缘情分，有时候只在于一念之间。

英亲王妃拍拍她的手："我也认为金燕做得对，情与义只要全一样，便没白活这一遭。如今南秦正值风雨飘摇、朝局不稳之际，家国自然要放在前面，儿女情长要靠后，没国哪儿来的家，没义情也不能长存。"

谢芳华点点头。

英亲王妃放开她："你也累了，回去歇着吧，若是铮儿有了回信，派人也告诉我一声。不能让荥阳郑氏翻出大风浪来，别以为这南秦就他一家会藏着掖着，别以为别人都是瞎子好蒙蔽。"

谢芳华点点头，和英亲王妃分别，一个向正院走去，一个返回落梅居。

回到落梅居，谢芳华一眼便见到了等在落梅居门口的一名年纪稍微大些的婆子，这名婆子谢芳华不认得，婆子手中拿着一摞物事，用布包着，从外面看不出来是什么。

那婆子见谢芳华来到，连忙迎上前，屈膝见礼："小王妃好，老奴是左相夫人身旁的陪嫁家奴，叫张嫂，如今陪小姐回府，以后就陪小姐留在府中了，特地前来给小王妃见礼，多谢您曾经救了小姐一命。"

谢芳华闻言点点头，和气地问："张嫂免礼，大嫂回府了？"

张嫂点头，直起身，笑着说："大公子今日将我家小姐接回府来了，小姐知道您和王妃进宫去了，先去了王妃的正院等着给王妃请安，稍后就过来和您叙话，让我将东西先给您送过来。"

说着，张嫂就将用布包着的东西递上前。

谢芳华没立即接，而是笑着问道："这是什么东西？是嫂子给的？"

"是我家夫人打点的，是给小王妃的谢礼，早先您救了我家小姐，夫人还没谢您。"张嫂笑着说，"小王妃可别推辞，是夫人的一点儿心意。"说罢，她又低声补充了一句："相爷过目过的。"

最后一句话，大含深意。

谢芳华意会，点点头，对侍画看了一眼，侍画上前接过，谢过张嫂，请张嫂进院子。

张嫂摇摇头："老奴还要回相府一趟，给夫人交差，还有些家什没有收拾过来，就不多待了。"

谢芳华闻言也不强留，让侍墨送张嫂，她抬步进了落梅居。

回到屋子，侍画将东西放在桌案上，问谢芳华："小姐，现在就打开看吗？"

"打开看看是什么。"谢芳华点头。

侍画连忙将东西打开。

只见里面包了几匹布，是上好的雪蚕丝锦缎，柔滑光亮，一共有五匹。

侍画翻了又翻，奇怪地道："没什么特别的呀，小姐又不缺少几匹缎子，就算是雪蚕丝的锦缎，但也不是什么稀有之物，咱们府中多的是。"说罢，她摸着锦缎称赞道，"只是这花色确实漂亮了些。"

谢芳华看了看，对她道："将这些缎子抱到里屋去。"

侍画抬眼看了谢芳华一眼，点了点头，抱着缎子进了里屋。

"将这五匹缎子都摊开，我们看看这上面的花色到底有多漂亮。"谢芳华关上里屋的门，挥手又落下了窗帘。

侍画听谢芳华一说，便觉得这些缎子怕是不同寻常，立即将这些缎子依次排列着铺开。

打开后，侍画围绕着这些缎子仔细地看。

看了半晌，她看向谢芳华，低声说道："小姐，奴婢愚钝，我看这就是几匹寻常的缎子呀，实在看不出来有什么特别之处。"

谢芳华也低头围绕着缎子看，看了片刻，又沿着布匹上上下下摸索了一番，过了片刻后，她也凝眉："奇怪了。"

侍画看着谢芳华："这左相夫人到底弄的是什么乾坤？难道只是送几匹缎子？"

谢芳华摇头："不会是几匹缎子这么简单。"

侍画闻言又仔细地看，甚至将包着缎子的布包都给翻着摸索了个遍，最后泄气地说道："什么也没有呀，怎么看都是几匹布。"

谢芳华坐下，盯着几匹缎子凝眉细思。

侍画不敢打扰她。

过了片刻，谢芳华忽然道："去将窗帘打开。"

侍画点点头，走到窗前，打开窗帘，阳光一下子照了进来。

谢芳华看着这几匹布，忽然站起身："我明白了。"

侍画回转头，看向几匹布，只见排列着的几匹布本来是同一花色，却在阳光的照射下显出了不同的颜色，颜色虽然相差不大，但她们有内功，且目力极好，还是能看清楚的。

侍画看了一会儿，小声说："小姐，这五匹锦缎，应该是早就织出来的布，一直保存着的，而且是不同的年份织出来的，否则不该是这样一匹比一匹看着新。最近的这一匹布，应该是一年前织出来的。"

谢芳华颔首："是这样的，这五匹布中最老的一匹，应该织了不少于十年了。"说罢，她轻轻摩挲着布料，"竟然跟新的一样，若不是细看，还真看不出来。"

"不知道左相夫人用什么保存的。"侍画道。

谢芳华不语，将五匹布的边角对合上，渐渐地，她眯起眼睛，仅余一丝缝隙的目光变得幽深，唇瓣紧紧地抿起，过了片刻，又恢复常态，她看着这几匹布，说道："怪不得左相能一直屹立在朝中，没有范阳卢氏的支持，也能坐稳左相的位置，而且还能将范阳卢氏踩在脚下。"

侍画小心翼翼地道："小姐，是这上面的花色的原因吗？在阳光的照耀下，奴婢觉得这些纹理倒像是地图。"

"就是地图！"谢芳华颔首，"这是南秦的地图，除了荥阳的地图没有外，南秦的其余各地全都有。"

侍画吃惊："这五匹布竟然绘成了南秦地图，实在……"她摸着布料，小声道，"真难以想象。"

"这里，这里，以及这里，还有这些地方……"谢芳华伸手轻轻地指着花纹，冷笑着说道，"就是荥阳郑氏的据点，有些地方和谢氏暗探探出来的是吻合的，看来，从十年前起，左相就知道荥阳郑氏投靠北齐了，但是这么多年他竟然一直隐藏着，实在是厉害。"

侍画不解地低声说："左相不是一直都是皇上的人吗？他为什么连皇上也没告诉？"

谢芳华沉默片刻后说道："多少年来，皇室一直盯着谢氏，恨不得将谢氏完全铲除。左相若是一得到消息，就报与皇帝，岂不是告诉皇上他做着皇帝的活儿，连皇室隐卫都查不出来的事情，他左相府竟然能知道，一旦帝王有了猜疑、忌惮之心，不再信任他，那么，他的左相府还能有如今的地位？"

侍画点了点头。

谢芳华继续说道："而左相一直以来未必喜欢谢氏，天下大多数人都是先顾己身，毕竟，忠勇侯府太荣华了，谢氏太繁荣了，左相毕竟出身范阳卢氏。权衡利弊，多方考量，这事情应该就在他知道荥阳郑氏暗中做的事情时便瞒下了。而当今的皇上，身为四皇子、太子时，眼界未必高，左相拿出去与不拿出去，那时候应该也没多大的意义。"

侍画又点了点头。

"如今他借由我救卢雪莹而将这个东西交给我，实在太聪明，自此后，只稳住他左相府的门庭屹立不倒就是了。"谢芳华说罢，想了想，对侍画低声吩咐道，"你去拿几张帖子来，正巧今日大嫂回府了，据说除了先皇驾崩之日，她在宫里守孝外，这些日子，与燕岚、金燕等人一直不曾见到。我提笔拟帖，请她们明日来府中小聚，开办个赏花会，据说娘每年都会办赏花会，府中时常有各府的女眷往来，今年却还不曾办呢。"

侍画闻言立即提醒："小姐，先皇百日内，办这个会不会不好？"

谢芳华摇摇头："无碍，说白了就是小聚，吟诗、赏花、品茶、闲聊而已，不算大的嬉闹事。"

侍画应声，连忙去了。

不多时，侍画拿来了帖子。

谢芳华提笔，邀请大长公主府的金燕、永康侯府的燕岚、翰林大学士府的郑叶微、监察御史府的王紫茗、程侍郎府的程玉屏、宋侍郎府的宋芩冉。后面这几个人分别是王芜、郑译、程铭、宋方的妹妹，谢芳华与她们不太熟悉，她做听音时，几人来府，她与几人见过一面，但这几人从小生在京中，与金燕、燕岚、卢雪莹都熟悉。

谢芳华犹豫了一下，又给李如碧下了个帖子，最后，又拿出一张帖子，为谢氏六房的谢伊下了，写完特意将送给谢伊的帖子放在最上面，对侍画道："这些帖子分别让府中的人送出去，这张给谢伊的帖子，你亲自送过去给明夫人。"

侍画郑重地点了点头，拿着帖子走了出去。

待侍画离开后，谢芳华找出剪刀、针线，将左相夫人送来的锦缎给裁剪了，裁剪完后，她拿出针线，坐下开始缝衣服。

谢芳华下的帖子一个时辰后便都送到了收帖人的手中。

燕岚收到帖子后欣然应允明日来做客，并且笑称，最喜欢英亲王府里珍藏的美酒。

金燕收到帖子后有些纳闷儿，不明白如今有那么多很重要的事情要做，为何谢芳华竟然有闲心要为迎卢雪莹回府办什么赏花会，毕竟她们今日才在宫里见过，但还是应允明日前往。

郑叶微、王紫茗、程玉屏、宋岺冉等人接到帖子后，均觉得讶异，秦铮和谢芳华如今刚回府没两日，怎么就邀请她们入府赏花了？

她们一直与谢芳华不熟悉，但基于她们的哥哥与秦铮交好，才在英亲王府落梅居吃过酒，再加上金燕、燕岚等人都会前去，四人犹豫了一下，便也都爽快地答应了。毕竟若是与英亲王府的小王妃有了交情，对她们也许有助益。

谢芳华给李如碧的帖子送到右相府后，管家直接交给了右相夫人。

右相夫人看罢，慢慢地放下，对管家道："你去回话，就说多谢小王妃的好意，碧儿身体不适，不去了。"

管家刚要应声，李如碧便来到了正院，接过话说："去回话，就说我去。"

右相夫人抬头看向李如碧，有些怒意："你要去做什么？"

李如碧道："应邀去赏花。"

"你不是要出家吗？出家人还会理会这种凡尘俗事？"右相夫人没好气地道。

李如碧摇摇头："娘，您说得对，您辛苦养我到这么大，难道就是让我出家去做姑子的吗？哥哥也苦心劝我，我想明白了，不糟蹋自己了，也不出家了，婚事听从您的安排。"

右相夫人一惊，慢慢地站起身，看着她，仔细打量她的神色："你为什么……突然改了想法？"

李如碧看着她，因为她，右相夫人本来一直保养得极好的样貌已经大不如前，鬓角已经有了几根白发，李如碧抿了抿唇："是女儿想通了，上天让我出生在右相府，自幼便享受着荣华富贵，我为何非要想不开去求那不该求的？就算我出家，除了爹、您、哥哥，也没有人会怜惜我。"

右相夫人走近她，握住她的手，有些激动地问道："你真的想通了？"

李如碧点点头："想通了。"

右相夫人看着她，眼眶有些湿："我和你爹、你哥哥，费了多大的劲，你昨日晌午还坚持要出家，今日怎么就突然想通了？"说罢，右相夫人提着心问，"你是不是又有了什么想法？"

李如碧摇摇头："出家是女儿万念俱灰之下的执念，只觉得青灯古佛能让女儿心里平静，可是昨晚，抄着抄着经书，女儿忽然就想通了，一念之间的事，哥哥也说了，若非我自己想通，没人能左右我。"说罢，她反握住右相夫人的手，"娘，我想通了，不出家了，难道不好吗？”

“自然好。”右相夫人立即点头。

李如碧露出笑意，低声说道：“痴心了多年，一场空付，从今日起，女儿才真正想明白了。情爱如云烟，来这世上走一遭，不能稀里糊涂地交待了一辈子。”

右相夫人见她真像是想开了，顿时大感欣慰，几欲落泪，握着她的手紧了紧：“你想明白了就好，也不枉我和你爹生你一场，秦铮算什么，你这么好的女儿家，总有喜欢你、把你疼在手心里舍不得放下的人。”

李如碧点了点头。

右相夫人拉着她欣喜地坐下：“看看你这些日子把自己折腾的，都瘦成了什么样子？你爹若是知道你想通了，也一准儿会高兴，今日娘让厨房多做几个菜，晚上你爹和你哥哥回来，一起吃饭。”

李如碧又点了点头。

右相夫人看着一旁的帖子：“这些日子，因你闹着要出家，外面传了许多风言风语，明日你就别去英亲王府了。”顿了顿，她又道，“况且秦铮那个不是人的东西，见到你指不定又要扬言打杀的。”

李如碧摇摇头：“娘，未来在京城，低头不见抬头见，总不能让女儿躲他一辈子吧？况且女儿想开了，难道他还真对我打杀不成？外面越是传风言风语，女儿明日才越要去英亲王府，风言风语自然会因此而消散。”

右相夫人犹豫了片刻，觉得她说得也有理，点头：“那好吧，娘因为你的事情，也有多日没出府走动了，更有多日不曾去英亲王府了，明日我与你一道去。以前英亲王妃赏花，总会喊我过去，今年她一直没办赏花会呢。”

李如碧笑着点头：“娘能陪我去最好了。”

右相夫人头上的阴云散去，心里也敞亮了，点点李如碧的额头，对管家说：“快去回话，就说明日我和小姐一起过府凑热闹。”

“是！”管家立即去了。

侍画将给谢伊的帖子送到了谢氏六房，对管家言明，交给夫人。

管家连忙引着侍画进了府。

明夫人正在陪谢氏六房的老太太说话，听闻侍画拿着帖子来了，便知道谢芳华有要事，连忙吩咐人快将侍画领进来。

侍画进了屋，拜见谢氏六房的老太太和明夫人。

明夫人连忙压低声音问：“是姑娘亲自来的，可是小王妃有要事？”

侍画将帖子递给她，笑着说：“是给伊小姐下的帖子，明日小姐在府中办赏花会，邀请了京中的一众小姐，小姐知道伊小姐喜欢热闹，而六房家教严苛，让我特意给您送来过目。”

明夫人闻言笑了起来："原来是这事。"说罢，她接过帖子看了一眼，"请"字落笔较不寻常，字有些重，她笑着点头，"我也有多日没去英亲王府走动了，明日正好与伊儿一起过去凑凑热闹。"说罢，她问六房的老太太："娘，您去吗？"

六房的老太太摆摆手："你们俩去吧。"说罢，她忽然想起了什么，又道，"将惜儿也带去吧！都是我礼佛误了她，若不是跟着我礼佛，她如今也不至于死心眼儿，越来越爱钻牛角尖，越发瘦了。这副日日困在佛堂、不谙外事的样子，怎么做皇家的媳妇儿？还是带她多出府走动走动，见识见识外面的天，尽量地扭转吧。"

明夫人闻言点点头："娘也别自责，惜儿原本就是喜静的孩子，她和伊儿是姐妹，却大为不同。以前我看到伊儿这么活泼、跳脱，头疼得不行，生怕她这样不稳重的丫头没人要，如今她反而成了让我省心的那个。正所谓船到桥头自然直，惜儿以后什么样，顺其自然吧。我去问问她，她若是愿意出府，我就带她出去，不愿意的话，勉强了也是破坏赏花会的气氛，她若是和京中一众小姐不合群，也是不自在，不如不去。"

"也罢！你做主吧。"六房的老太太摆摆手。

二人正说着，谢伊蹦蹦跳跳地从外面跑进来，十分欢喜，人还没到，声音便传了进来："娘，我听说芳华姐姐给我下帖子了，是不是？在哪里？在哪里？快给我看看。"

"说曹操曹操就到。这个臭丫头！"明夫人笑着骂了她一句，见她进来，将帖子递给她，"在这里，你自己看吧。"

"哎呀，真是帖子，赏花会呀，英亲王府的赏花会我只参加过一次，还是三年前，后来娘嫌带我出去闹腾，怕我不稳重丢人，这两年一直拘着我在府中学规矩，都不让我去了。"谢伊拿着帖子左看右看，爱不释手，"芳华姐姐写的字真漂亮，娘，这是芳华姐姐亲自给我下的帖子哦，你不会不让我去吧？她今日上午说有空请我过府去玩，没想到明日就请我去了，真好。"

明夫人失笑："让你去，我与你一起去。若是你姐姐同意，也带着她去。"

"好哦，我去找姐姐，问问她去不去。"谢伊拿着帖子转身，又跑了出去，刚走两步，回过身来，一把拽住侍画，笑着问，"你还有什么事找我娘吗？"

侍画笑着摇摇头："回伊小姐，奴婢没事情了，就是来送帖子。"

"那我送你出府。"谢伊拉着她向外走去。

侍画没办法对明夫人行告退礼，只能笑着被谢伊拽到门外。

明夫人指着外面，又好气又好笑："娘，您瞧瞧，我刚夸完她，她这两年的规矩都白学了。"

六房的老太太也是好笑："她这两年的规矩也没白学，到外面去会装模作样就行，规矩都是给外人看的，关起门来，谁还严苛地讲究规矩？过分地苛求规矩就没趣了，将来她找了夫家，会讨公婆喜欢，能抓住丈夫的心就够了。伊儿性情讨喜，有时候性情决定命运，我看她将来比惜儿有福气。”

明夫人笑着点了点头：“这孩子以前看着觉得太闹腾，如今看来，的确不必太担心，知进知退。”说罢，她站起身，“娘休息吧，我回去准备明天的穿戴。”

六房的老太太摆摆手：“去吧。”

明夫人出了老太太的房间。

谢伊挽着侍画的胳膊往外走，在没人的地方，她悄声问道：“芳华姐姐怎么要办赏花会了？她不是喜好热闹的人呀。”

侍画笑着说：“小姐从大婚后，波折一直不断，如今她和小王爷和好了，京中尚且平安，左相府的小姐，也就是我们府中大公子的夫人回府了，王妃今年还没办赏花会，趁着这个机会，小姐便邀姐妹们一起去热闹热闹。”说罢，她悄声说，“王妃是喜好热闹的人，小姐也是想让她开心开心。”

谢伊狐疑地看着侍画，半晌，轻轻哼了一声：“我才不信。”

侍画一噎。

谢伊又道：“今日上午我见她时，她看起来有十分要紧的事情要处理，我娘交托我事情时也是一副心情沉重的模样，如今还怎么有闲心？难道事情处理了？不能吧？若是事情好处理，我娘和芳华姐姐也就不必心事重重了。”

侍画一时无言，只好说道：“小姐只是让奴婢来送帖子，小姐请了京中一众有身份的小姐。奴婢也不晓得是事情解决了，还是小姐另有打算。”

谢伊指指帖子上的字：“你看看，芳华姐姐在这个‘请’字上用这么重的笔力，一定另有乾坤。”说罢，她摆摆手，“算了，我不难为你了。反正能去英亲王府赏花，能见芳华姐姐，我已经很高兴了。”

侍画笑着点点头。

谢伊将她送到门口，才回府向谢惜的院子走去。

侍画回到英亲王府后，对谢芳华禀告了谢氏六房的情况，自然将谢伊对自己的盘问说了。

谢芳华听罢笑道：“谢伊聪颖，心思玲珑，六婶母教女有方，若是从她来看谢氏的一众小姐的话，没有埋没谢氏女儿的风骨。”

“她去问惜小姐了，不知惜小姐明日是否会跟明夫人和伊小姐过府。”侍画又道。

谢芳华随意地道：“女儿家也不能一味地养在深闺，反而眼界短浅，礼佛礼得没了心性，最是不该。诚如谢惜，可惜了。”

侍画又道：“我回府后打听了，各府邸的小姐都应允了。右相府回话，明日右相夫人和小姐一起过府来赏花。”

谢芳华愣了愣，随即问道：“应允得可痛快？”

“据说很痛快。”侍画道。

谢芳华想了想，笑着说道：“一心想要出家的人，应该不会来参加明日的赏花会，看来李如碧是打消了出家的念头。”

侍画颔首：“奴婢也是这样想的。”

“你去正院告诉王妃了吗？”谢芳华又问。

“奴婢还没去，先来禀告您，再去禀告王妃。”侍画道。

谢芳华摆摆手。

侍画出了落梅居，前往正院。

第二十四章

各府请帖

正院内，英亲王妃正拉着卢雪莹的手说话，刘侧妃也在，刘侧妃这个亲婆婆，倒没有像英亲王妃这般和蔼可亲。

卢雪莹在左相府养了这么长时间，已经养好了，回来后，身体莹润，气色极好。坐了片刻后，她便向英亲王妃提了给秦浩纳妾之事，说她一个人侍候不来爷儿，该当给他纳妾，请英亲王妃找人择个日子，一起纳八房侍妾。

英亲王妃闻言吓了一跳：“孩子，自从你回娘家后，浩儿再未沾半丝荤腥，你的院子里如今一个婢女也没有，只有几个小厮。俗话说，浪子回头金不换。我观他行止，这些日子真是改进了不少，看来他是真的悔了、改了。应该再不会像以前一样对你，他去接你之前，也与我和王爷保证过，且发过誓。如今若是一下子娶八房小妾，难免会影响你们的感情，你可要三思呀。”

卢雪莹笑着说道：“我已经想好了，感情的好坏不取决于后院进多少女人，若是别人能拴住他的心，我也乐得做个轻松的正经主子，娘就依了我吧。”

英亲王妃见她似乎打定了主意，问道：“纳妾之事，你与大公子说了？是你们商定之后的结果？”

卢雪莹摇头：“他没答应，但是我想请王爷和王妃给我做主，由不得他。”

英亲王妃顿时笑了：“古来都是男人想要纳妾，到咱们大公子这里却反过来了。”说罢，她看向刘侧妃，征询刘侧妃的意见，“你觉得如何？”

刘侧妃联想到自己，多年来自己也没抓住王爷的心，抓住男人的心跟后院进多少女人还真没多大关系。她叹了口气，点点头：“王妃姐姐，妾觉得就依了雪莹吧，妾如今只盼着他真的改好，走正道，别再歪拧了。若是他真的改了，后院进多少女人也无干系。若是不改，那么雪莹也能轻松些，做女人不易。”

“好吧，既然你也同意，待晚上王爷回来，我与王爷说说。”英亲王妃点头。

卢雪莹谢过英亲王妃。

三人话音刚落，侍画便进了正院，给王妃、刘侧妃、卢雪莹见礼，之后便将谢芳华明日的打算说了，并且又说知道王妃一定会同意，咱们府也好久没热闹了，今年夏季的花都快开过了，咱们府的赏花会还一次未办，小王妃便趁着大奶奶回府的日子，做主将帖子发了出去。

英亲王妃闻言目光动了动，笑着点头：“咱们府是好久没热闹了，雪莹回来了，是该热闹热闹，华丫头做得对。”说罢，她吩咐春兰，“去准备准备，依照往年的规矩打点。”

春兰笑着点头：“是，王妃！”

春兰下去打点明日赏花会的一应所用了。

卢雪莹又坐了片刻，便起身说要去落梅居看看谢芳华。

英亲王妃笑着摆摆手。

卢雪莹出了正院。

刘侧妃道：“我左右无事，便留下来帮王妃姐姐张罗赏花会的事吧。”

英亲王妃也不推辞，笑着点头：“既然你要留下来帮我，那就这样，我也拟些帖子，干脆将京中的夫人也请些来。往年我们府上每个季节都会办两次赏花会，今年还一次赏花会都未办，那些跟我一样爱花的夫人估计都等着呢。”

刘侧妃笑着说：“正是，我们王府好久没热闹了。”

英亲王妃喊翠荷过来，对她说：“你再去落梅居问问侍画，华丫头都给哪家的小姐下了帖子，我好再拟一份给夫人们送去。”

“是。”翠荷应声，连忙去了。

不多时，翠荷返回来，将谢芳华请的人说了一遍。

英亲王妃惊讶：“右相府的小姐说明日要来？”

翠荷点头：“奴婢听说的时候也十分奇怪，特意问了，说不只是李小姐来，李夫人也来。”

英亲王妃纳闷儿：“李如碧不是闹着要出家吗？”

“兴许是改主意了。”翠荷道。

英亲王妃点点头，寻思片刻，问道：“铮儿是今日清晨离的府？他说什么时候回来了吗？”

翠荷摇摇头，小声说：“奴婢也悄悄问了侍画，她说小王爷出远门了，归期未定。”

英亲王妃松了一口气："这样还好。"顿了顿，她又道，"同住京城，右相和王爷同朝为官，铮儿和李家小子自幼交好，抬头不见低头见的，若是自此不来往了，也却是作难，希望李如碧是真想开了。"

翠荷试探着问道："要不，派人去右相府打听打听？"

英亲王妃摆摆手："算了，右相是只老狐狸，这朝中各大府邸的一举一动他都知道。若是被他知道为了这事我特意派人去打听，太过小家子气了。况且铮儿不在家，华丫头既然请了她，就必有主张，在这英亲王府内，李如碧总不会做出些什么。"

翠荷点了点头。

英亲王妃依照谢芳华的名单，又请了各府的夫人，还另外请了左相夫人以及几位酷爱花草的夫人，派喜顺着人依次送去了各府。

没过多久，英亲王府要办赏花会的消息便在京城里传开了。

宫里的人也得到了消息。

秦钰得到禀告后，有些奇怪，问小泉子："你说英亲王府要办赏花会？"

小泉子连连点头："回皇上，正是，京中如今都传开了，与英亲王妃有交情的夫人们都收到了帖子。"

秦钰蹙眉："这个时候，大伯母怎么会想到要办赏花会？"

小泉子连忙说道："奴才打听清楚了，据说这次赏花会的发起人是小王妃，是因为在娘家住了近两个月的左相府小姐卢雪莹今日回府了，特意下帖子请了些有交情的小姐去英亲王府，王妃听说后，便想着今年还没办赏花会，便干脆又下帖子请了夫人们。"

秦钰凝眉，问小泉子："芳华和卢雪莹交情很好吗？"

小泉子一愣："应该还好吧，据说当初卢雪莹被秦浩折腾得太惨，孩子小产，是小王妃出手相救，才救了她的命。因为这个，左相和夫人对小王妃甚是感激，自此有了交情。"

秦钰放下手中的奏折，沉思片刻，说道："这倒不像是她会做的事，她不喜热闹，尤其又是在这个时候，哪里有这等闲心？"

小泉子试探地问："要不然，奴才去一趟英亲王府，去问问小王妃的打算？"

秦钰沉思片刻，问道："英亲王府可给宫里的人下了帖子？"

小泉子摇摇头："似乎没有，奴才没听说。"

"这样，你去太后宫里一趟，问问她明日可愿意出宫散散心。"秦钰对小泉子吩咐，"太后若是愿意的话，你就对太后说，明日朕陪她去英亲王府赏花。"

小泉子一惊："皇上，您也去？"

秦钰颔首："对，朕也去。"说罢，他摆摆手，"你快去吧，问问太后。"

小泉子应了一声，连忙前往太后的寝宫。

太后自然也听说了英亲王府办赏花会的事，同样有些纳闷儿。如意则把卢雪莹回府，谢芳华本来只邀请了几位小姐，以赏花会为名头小聚一番的事说了，又说英亲王妃是顺带给各位夫人下的帖子，太后才打消了疑惑。

二人正说着话，小泉子便来了，将秦钰的意思转达了。

太后讶异："皇上也想去英亲王府赏花？"

小泉子巧妙地说："皇上念着太后有很长时间没出宫了，是陪太后您去。"

太后闻言摆摆手："告诉皇上，他政事繁忙，哀家怎好为了自己去散心而打扰他？不去了。"

小泉子立即说道："这也是皇上的一片孝心，您若是想去，就去呗。"

太后听罢心里一暖："皇上是极有孝心。"顿了顿，她又道，"皇嫂没给哀家下帖子呀。"

小泉子顿时笑了："您若是要去，只需派人去英亲王府知会一声就行，王妃一定欢迎。可能是因为以前的赏花会您都不参加，王妃才没给您下帖子。每年的赏花会大长公主都参加，她喜好热闹，帖子早就给她送过去了。"

太后点头，笑着说："皇上已经派人去荥阳了，若是连夜赶路的话，明日荥阳郑氏的人就能进京，大长公主不急着看女婿，还有空参加赏花会？"

小泉子捂着嘴笑："今年都这个时候了英亲王府才办赏花会，大长公主也爱花，这个热闹肯定不想错过。再说，荥阳郑氏的人进京后，应该不会急着离开才是。大长公主早晚能见到，金燕郡主肯定是要去英亲王府的，大长公主当然也不急着看女婿了。"

"也是！"太后笑着摆摆手，"那你就去回皇上，就说哀家明日去赏花。"

小泉子高兴地应了一声，又匆匆出了太后的寝宫。

待小泉子离开后，太后转头对如意说："你说，明日的赏花会会有京中的很多小姐参加？"

如意心思通透："据说是的，有小王妃邀请的人，也有王妃邀请的人，明日英亲王府一准儿热闹。"

太后想了想道："如今大长公主给金燕选了荥阳郑氏的亲事，金燕也应允了，只待荥阳郑氏的人进京面圣了。以前我以为以金燕对皇上的心，总要闹着进宫的，可是没想到她竟然看开了。金燕要才有才，要貌有貌，其实皇后也当得，只可惜皇上不喜欢她。而右相府的李如碧皇上也不要，不知道皇上会选个什么样的女子做皇后。"

如意不好接话，只说："据说右相府的小姐明日也会去英亲王府。"

"她不闹着要出家了？"太后问。

如意摇摇头。

太后叹了口气："李如碧的才华、品貌，都是极其出挑的，金燕也是，这京中还有不少小姐，都是极好的。只是别与谢芳华比，一旦对比，就总会有高下之分。"

如意也跟着叹了口气："咱们皇上心里是极苦的。"

太后点点头："姻缘天定，他们有缘无分，强求不来。登基那日将我吓了个够呛，不过也幸好，他和秦铮能以大局为重。"顿了顿，她又道，"先皇把江山给了钰儿，把谢芳华又还给了秦铮，也算是临终前做对了一件事。否则这两个孩子，不能善了。"

如意点点头。

"先皇看着他们长大，了解他们。"太后又道，"谢芳华心里的人是秦铮，皇上也是看透了。先皇这样做，也是为了南秦江山好，为了他们好。"

"先皇明智。"如意道。

太后失笑："他活着的时候，我诸多怨怼，他驾崩了，我却念起他的好来了。"说罢，她露出疲惫之色，"朝政如何，用不着哀家操心，以后的日子里，我只盼着皇上能彻底放开，立后纳妃，这后宫不能一直这么空寂下去，南秦的江山也需要继承人。"

如意点点头。

小泉子回御书房禀告秦钰，说太后答应了。

秦钰闻言对他摆摆手："你去英亲王府，对大伯母说，明日朕陪太后去英亲王府赏花。"

小泉子应声，连忙出了皇宫，前往英亲王府。

英亲王府落梅居内，谢芳华正在缝制衣物，卢雪莹进了落梅居。

谢芳华见她来了，便放下了手中的衣物，迎了出去。

卢雪莹见到她后，笑着握住她的手："怎么瘦成了这个样子？比起你来，我都胖了。"

谢芳华见卢雪莹气色极好，也隐约听说了这些日子以来大公子秦浩一改往常，洗心革面，从王爷解了他的闭门思过后，他日日前去左相府赔罪，求得卢雪莹的原谅，卢雪莹恼恨极了，不理他，左相夫人本来也极其恼恨，想女儿和离，但是耐不住秦浩日日赖在左相府，低声下气，诚心求回卢雪莹。最后左相夫人也不忍刁难他了，左相也认可了他的改正态度，许他接回卢雪莹。

谢芳华也回握住她的手，感慨自己回京后第一次见到她时的情形，如今时过境迁，自己不再是听音，她也不再是昔日的卢雪莹了。那时候谢芳华难以想象，自己与她有一日能如此和气地谈笑。谢芳华笑着引她进屋，同时说道："你这哪里算胖？只能算是莹润、丰腴了些，越发美艳了，怪不得大哥死活要求回你，还清空了紫荆苑的婢女。”

卢雪莹轻轻地哼了一声：“清空婢女算什么？等我给他纳八房美妾，紫荆苑立即便能热闹起来。”

谢芳华一愣：“纳八房妾？”

卢雪莹点头。

谢芳华引她坐下，侍画将茶端来，谢芳华将茶推到卢雪莹面前，有些无语地道：“太多了吧！”

卢雪莹抿着嘴笑：“我家的爷儿能折腾，不娶个十房八房的，如何能泄他的火气？我可不想再去鬼门关走一遭了。”

谢芳华更无语了。

卢雪莹看着谢芳华，见谢芳华一副不敢想象的样子，她喝了一口茶，好笑地道：“把你吓着了？八房妾也不算多，京中有不少人家的后院都有十几二十几房的妾室，就是这英亲王府，王爷的妾室也有四五房呢，只不过王爷和王妃感情好了以后都被驱散了，只留了刘侧妃在府中养老，你见不着罢了。”

谢芳华一时无言。

卢雪莹又道：“京中的其他各府邸自然不能和忠勇侯府比，忠勇侯府向来都只求明媒正娶的妻，不纳妾。谢氏米粮、谢氏盐仓家主的后院也都只娶那中意的人，不求妾，免得惑乱门庭。这也就是谢氏吧，虽然我爹不喜女色，但他的后院，也有三四房美妾呢。”

谢芳华想想，似乎还真是这样。

卢雪莹看着她，又笑着说道：“铮小王爷品性端华，与秦浩不同，他把你宠得跟心尖子似的，早已经扬言非你不娶、一生只你一人了。所以，你不必被我吓着。”

谢芳华好笑：“不只我被吓着，你若是与王妃提，她怕是也会被吓着。毕竟一下子纳进门这么多妾，还是少有。”

“我已经与王妃提了。”卢雪莹抿着嘴笑，“她的确被吓着了，不过我确实铁了心了，等王妃择了吉日，就将我物色的人选抬进门。”

谢芳华闻言不知道该说什么，只是觉得妻子一下子给丈夫纳八房妾室，也算是少有了，必定会在南秦京城掀起一阵风雨。

二人又闲聊了片刻，一名小厮来到落梅居，说是大公子回府了，不见大少奶奶，派他来请大少奶奶回去。

卢雪莹听罢，隔着帘幕对外面的人问道：“天色还早，他怎么这么早就回来了？”

小厮立即回答道："回大少奶奶，大公子处理完公事，赶着回来看看院子是否收拾妥当了，怕您在左相府住久了，不太习惯。"

卢雪莹闻言笑了："原来是为这个，你回去告诉他，我稍后就回去。"

小厮点点头，回去禀告去了。

卢雪莹打发走了小厮，却不着急回去，又与谢芳华闲聊了小半个时辰，才起身告辞，临走前，对谢芳华低声说："我父亲说了，若是有什么事情不顺当，你只管找他。"

谢芳华明白左相的意思，对她点了点头。

卢雪莹出了落梅居。

小泉子来到英亲王府，由喜顺领着去见了英亲王妃。

英亲王妃听说太后要来，愣了一下，又听说皇上陪着太后来，更是讶异了，不过也没表现在面上，笑着点头："我想着往年太后不喜凑这个热闹，便没给太后下请帖，今年太后和皇上要来府中赏花，自然是极好的。"

小泉子办完了差事便径直回了皇宫。

英亲王妃寻思着皇上陪太后来府中赏花到底是何用意，左右猜不透，便抽空去了一趟落梅居见谢芳华。

谢芳华送走卢雪莹后，也得到了太后和皇上明日要来府中赏花的消息，她笑了笑，点了点头，回房继续缝制衣服去了。

英亲王妃进了落梅居，见侍画要去禀告，她笑着摆手制止，问道："华丫头在休息？"

侍画摇头："小姐在缝制衣服。"

英亲王妃蹙眉："怎么不好好休息就做活儿？万一累着怎么办？"她说着便进了屋。

谢芳华正在对接缝隙，太过投入，待发现英亲王妃来了时，她已经迈进了门口，没待谢芳华迎出去，便已经进了里屋，谢芳华跟英亲王妃打招呼："娘，您来了？"

英亲王妃走到近前，看了一眼衣料，问道："这是在给铮儿做衣服？交给绣娘就是了，你该歇着。"

谢芳华摇头："这些布料不同，我打算给他做成内衫。"

英亲王妃仔细地看了看布料，又用手摸了摸："不就是寻常的雪蚕丝锦缎吗？"

谢芳华笑着点点头："是寻常的雪蚕丝锦缎，但是花色不同，用途也不同，不能假手于人，这些都给秦铮做。"说罢，她压低声音继续说道，"关于荥阳郑氏这些年的暗桩地图，左相给的。"

英亲王妃大惊。

谢芳华对她肯定地点了点头。

英亲王妃又仔细地看了看衣料，还是没看出什么来，谢芳华将布料挪到光线下，英亲王妃顿时了然，沉默片刻，感慨道："果然是左相，藏得这么深。"

谢芳华刚要接话，一只鹰鸟便从外面飞了进来，她伸出手，鹰鸟飞到了她的手心。

鹰鸟的腿上绑着信笺，飘着一丝落梅花的香味。

谢芳华解下信笺，缓缓打开，只见上面画了两道很粗的横线，一个圆圈将那两道很粗的横线圈了起来，圈外面画着数个"×"。

谢芳华了然，将信笺放下，走到桌前，也提笔画了两道很粗的横线，又画了一个箭头，在箭头指着的方向又画了一道很粗的类似柱子的立着的粗线。她画完后，将信笺绑在鹰鸟的腿上，放飞了出去。

英亲王妃一直在一旁看着，待鸟飞走了，她好奇地问："华丫头，可是铮儿来的信？"

谢芳华点头："娘，是他的信。"

"你们在打什么哑谜？我怎么看不懂？"英亲王妃拿着秦铮寄来的信笺左看右看也看不明白，不由得询问。

谢芳华笑着说："荥阳郑氏所在的荥阳境内，有两条河，这两条河在荥阳的南北方向，流入东海却不汇合，形成两条平行线。他用两道粗线，代表荥阳郑氏。画了一个圈的意思是，先圈着，暂且不惊动它。而外面这些'×'，就是杀，也就是切除荥阳城外所有的眼线和北齐暗桩。"

英亲王妃恍然大悟。

"而我给他的回信是，两道很粗的横线代表荥阳郑氏，这一个箭头是说荥阳郑氏的人即将进京，这根立着的粗线代表天柱，也就是指皇宫。"谢芳华道，"荥阳郑氏的人进京，自然是有事情，他派人一查，就会知道是大长公主府和荥阳郑氏的婚事。"

英亲王妃恍然大悟，好笑地说："你们两个孩子还真是心意相通，若是被我看到这两封信，我是什么也看不懂的。"

谢芳华笑着说道："如今是多事之秋，多少人盯着秦铮和我，鹰鸟也不是十分安全，万一落入别人的手中，也让其不能破解。"

英亲王妃点点头，叹了口气："南秦平静了多少年，如今时局被打破，如此紧张，是该万事小心。你可知道太后和皇上明日也要来府中赏花？"

谢芳华点点头："小泉子来府中时，侍画知道了，告诉我了。"

英亲王妃纳闷儿地道："皇上和太后来府中，是不是有别的目的？"

谢芳华想了想道："皇上应该是揣测我发起赏花会另有目的，明日借陪太后赏花的名头过来问问我。"

英亲王妃闻言立即问道："华丫头，我也觉得纳闷儿，你明日为何要办赏花会？"

谢芳华道："一是将所有人的视线引到赏花会上来，别总盯着秦铮的行踪，免得有人去扰他暗中行事。二是借机找个由头请谢氏六房的六婶母过府，我有事找她商量。三则是朝堂是一个圈子，各府的后院也是一个圈子，夫人有夫人的圈子，小姐有小姐的圈子，我想借机看看，如何利用曲线瓦解荥阳郑氏。"

英亲王妃恍然大悟，伸手点点她的额头："幸好你是女儿家。"

谢芳华失笑："娘这是在夸我？"

"自然是在夸你。"英亲王妃接过她手中的活儿，"我来做吧，你别累着，谁见到你都说你瘦了，要好好养着补回来。还别说，这布料的花色看起来还真的很好，若是不仔细瞧，还真看不出另有乾坤，做内衫可惜了，若是穿在外面，一定俊俏。"

谢芳华笑着说："这样的布料不能穿出去，闲置太可惜了，不如就给秦铮做内衫，以后铲除荥阳郑氏时用。"

"也对。"英亲王妃点头。

谢芳华又道："娘，您去忙吧，衣服我慢慢做，我不累着就是了。明日的赏花会，既然皇上和太后要来，需要打点的事情便会很多。"

英亲王妃闻言放下针线："好吧，那你别累着。"

谢芳华点点头。

英亲王妃不再多待，出了落梅居。

谢芳华又拿起针线，做完一件内衫后，天已经黑了，她将其他的布料收了起来。

一夜无事。

第二日一早，英亲王府便热闹了起来，英亲王妃吩咐下人们将花盆依次从花房搬到了府中的水榭亭台。一时间，满府尽是花香。

谢芳华昨夜睡得好，一早醒来神清气爽，收拾妥当后便带着侍画、侍墨等八人前去英亲王妃处帮忙，将玉灼和林七留在了落梅居。

她到水榭亭台时，卢雪莹早她一步已经来了。

见谢芳华到来，卢雪莹上前，笑着挽住她的手："娘给夫人、小姐还有男客们都分别设了桌席，用珠帘隔开了。"

谢芳华打量了一眼："还有男客？"

卢雪莹笑着说道："皇上要来，娘索性就又邀了几位公子作陪。"

谢芳华想起秦钰要来，既不能让他和一帮女眷待着，也不能把他晾在一处，笑着说：“也是。”

英亲王妃走过来，对二人说：“不用你们迎客，你们先去水榭里面的暖阁待着，等客人来了你们陪着就是了。”顿了顿，她又道，“太后和夫人们我招呼，皇上和几个小子由大公子招待，你们姐妹招待好几位小姐就行。”

“如今时候还早，我们也能帮着娘做些事情。”卢雪莹道，“弟妹身子不好，她去歇着吧，我稍后再去。”

英亲王妃摆摆手：“也没什么事，你们进去吧，都不用你们。”

卢雪莹闻言，笑着对谢芳华说道：“做娘的儿媳妇儿就是有福气，我们只管吃喝玩乐就行了，这是几辈子修来的。”

谢芳华笑着点头：“就是。”

英亲王妃也好笑，催促道：“你们快去吧！”

二人点点头，一起进了水榭内的暖阁。

二人刚坐下，春兰便领着谢氏六房的明夫人和谢伊来了。

谢芳华和卢雪莹连忙起身给明夫人见礼。

明夫人笑着摆手：“伊儿一大早就闹着要来，我们早早就过来了。”

“娘说来早了，英亲王府还没打理好，碍事。”谢伊走进来，伸手挽住谢芳华的胳膊，嘟着嘴说，“我就对娘说，咱们是娘家人，可以提前来帮忙嘛，她依了我，就来了。”

“我看外面，王妃都打点妥当了，哪里用得到我们帮忙？”明夫人瞋了谢伊一眼。

谢伊嘻嘻一笑：“我保证不碍事。”

谢芳华笑着说：“你们来得早正好，可以陪着我和嫂子说话。”

卢雪莹也笑着点头：“正是，王妃不用我们帮忙添乱，我们两个在这里闲坐着。”

“王妃疼儿媳妇儿是出了名的。”明夫人抿着嘴笑，“能嫁入英亲王府，就是有福气。早先你们没进门时，不知道多少闺阁小姐挤着想嫁来英亲王府呢。”

谢芳华和卢雪莹都笑了起来。

四人落座，侍画、侍墨上茶，四人闲聊起来。

过了片刻，谢伊拽住卢雪莹的衣袖：“雪莹姐姐，听说紫荆苑里的紫荆花十分漂亮，我都没见过，你能不能带我去看看？”

“能呀！”卢雪莹答应得痛快。

“太好了！”谢伊见卢雪莹答应，高兴起来，转头看向明夫人，“娘，您看，雪莹姐姐答应了，我能去了吧？”

“女孩子家家的，一点儿也不稳重，被人笑话。”明夫人瞪了谢伊一眼。

卢雪莹连忙说道：“我就喜欢伊妹妹这样活泼的个性，以前我也跟她一样。”说罢，她邀请明夫人，“夫人也去看看吧，紫荆花的确还说得过去。”

明夫人摆手：“我就不去了，以前来府中的时候见过。”

“那……”卢雪莹看向谢芳华。

谢芳华好笑地道：“既然伊妹妹好奇想看紫荆花，嫂子就带着伊妹妹去吧，我陪着六婶母说话，也顺便等着燕岚她们。”

“也好！”卢雪莹点头。

谢伊笑着挽住卢雪莹的胳膊，对明夫人吐吐舌头，高兴地出了暖阁。

明夫人笑着骂她：“这个死丫头，小磨人精。”

谢芳华也好笑，见卢雪莹和谢伊离开了，她对明夫人道：“六婶母，我有要事找您，咱们去里面说话吧。”

“好。”明夫人点点头。

谢芳华站起身，向里面走去，明夫人也站起身，跟着她走了进去。

暖阁分为内暖阁和外暖阁，内暖阁一般在冬天时用，外暖阁相当于画堂抱厦，内暖阁里有一间小书房。

谢芳华引着明夫人来到最里间的书房，吩咐侍画、侍墨守住门口。

明夫人打量这间小书房，清静，内外都被隔间断开了，是个说话的好地方。

谢芳华开门见山地说：“六婶母，若是动用我们谢氏的暗卫，有把握一夕之间除去荥阳郑氏吗？”

明夫人一惊：“一夕之间？”

谢芳华点头。

明夫人想了想，慢慢地摇摇头：“恐怕不能，毕竟荥阳郑氏也是有着几百年历史的世家，据我所知，入荥阳如入龙潭虎穴。在荥阳地界，郑氏就如一张网，把荥阳密护得异常严实。”

谢芳华抿唇。

“咱们谢氏在荥阳也只是有暗桩而已，若说要一夕之间把郑氏除去，不太可能。”明夫人道。

谢芳华闻言叹了口气：“看来只能徐徐图之了。”

明夫人也轻叹：“老侯爷将谢氏暗探交到我手里这么多年了，我只有保全的能力，却没有察觉荥阳郑氏的异常举动，若不是这次你让我查北齐暗桩，还不能揪出隐在暗处的荥阳郑氏。那日我收到名单时，看过分析之后也分外讶异，没想到荥阳郑氏竟然是北齐安插在南秦的最大的暗桩，不知荥阳郑氏是何时被北齐收服的。”

谢芳华看着明夫人，摇摇头：“这也不怪六婶母，这么多年来，皇室一直盯着谢氏，明里压迫背后筹谋，谢氏应付皇室不易，如今谢氏暗探能保存完好，也是您的功劳，爷爷将谢氏暗探交给您是对的。还好如今揪出了荥阳郑氏，若是待到北齐、南秦再开战，荥阳郑氏再趁机作乱，那就是真正的麻烦了，大厦倾塌也在旦夕之间。”

“你这样说，我心里还稍微好受了些，免了些自责。”明夫人握住谢芳华的手，“一直以来，谢氏族规祖训规定，全族庶务交给世子，谢氏暗探该交给府中的嫡出长女。而我们这一代时，你姑姑却嫁去了北齐，你还未出生，老侯爷只能将谢氏暗探另交他人，当时选中了我，算是破了规矩，如今你已经成人，我该将谢氏暗探交还到你手里了。”

谢芳华立即摇头：“六婶母，我不要谢氏暗探。”

明夫人立即说道：“那怎么行？当年破了谢氏规矩是迫不得已，如今你有才有能，本就应该接手谢氏暗探。况且我一个妇人，见识浅薄，能力有限，拿着谢氏暗探支撑这么多年已觉得是极限。若不是你从无名山回京，几经周折，与皇室和好，如今恐怕谢氏暗探在我手里早已经折了，我哪里还有脸面去九泉下见谢氏的列祖列宗？”

谢芳华闻言摇头：“六婶母，您做得很好，这么多年，皇室与谢氏明里暗里交锋，至今恐怕连皇室也不晓得谢氏真正的暗桩、暗探在您的手里，您就一直留着吧。”

明夫人摇头：“我已经老了，当年老侯爷将谢氏暗探给我时，我二话不说便接到了手里。一晃这么多年，如今我已经心力不济了。在我手里，谢氏暗探也发挥不了更大的效用，还是给你合适，这样我也能放松一直绷着的心。”

谢芳华见明夫人态度坚决，她叹了口气，低声说：“六婶母，不是我不接，而是我没办法接。”

明夫人看着她，不解：“为何？你若是接，老侯爷一定不会反对。”

“不关爷爷的事。”谢芳华看着她，“恐怕我命不久矣。”

明夫人大惊：“怎么回事？”

“您知道魅族，也知道我娘实际不是出身于博陵崔氏，而是出身于魅族吧？魅族有天道祖训，王室一脉的继承人必须和圣女一脉的继承人大婚，方可佑安平。而我娘嫁给了我爹，我则选了秦铮，算是破了魅族天训。”谢芳华缓缓说道，“魅族术法能驭万物生灵，正所谓有得便有失，天生魅族，便该有它生存的规矩，违天之事，必遭天谴。”

明夫人面色大变，看着谢芳华，一时说不出话来。

谢芳华握住她的手：“六婶母，谢氏暗探还是要您接着管，谢氏一族以后怕是还需要您撑着，我自然会努力地寻求办法，尽全力保全这条命。但若是真保不住，您就培养谢伊吧，将谢氏暗探交到她的手里，我看她能担在肩上。”

明夫人张了张嘴，没发出声音。

谢芳华对她笑了笑：“只是苦了您了，谢伊聪明活泼，若是有更合适的人，我也不想将这副担子压在她的肩上。但目前看来，谢氏实在再寻不到比她更为合适的人。”

明夫人叹了口气，伸手将谢芳华抱在怀里，眼眶湿润：“可怜的孩子，怎么会这样，你的命怎么会这么苦，比起你受的苦，谢氏暗探这副担子又算得了什么……”

谢芳华依在她怀里，想着自己虽然自小没得到母爱，但是英亲王妃和明夫人都胜似自己的母亲。

过了片刻，明夫人放开她，对她说道：“既然如此，你便放心地去寻找破解的办法吧，谢氏暗探反正我也撑了这么多年了，我也能继续撑下去。你说伊儿行，那我就试着培养她，希望她真能担起这副担子。不能让人觉得，我们谢氏再没有拿得出手的女儿家了。”

谢芳华笑着点了点头。

明夫人又道：“关于荥阳郑氏，你说徐徐图之，怎样图之？你告诉六婶母，我去做。”

谢芳华低声说道：“看来只能成全金燕和郑孝纯的婚事了。”

明夫人道：“我听说这件事了，可是金燕郡主一旦嫁入荥阳郑氏，有朝一日荥阳郑氏被铲除，她这一辈子就算是毁了。”

谢芳华叹了口气：“她同意，说即便如此，也要嫁入荥阳郑氏。为了南秦江山，为了……皇上，她不惜一切。”

明夫人闻言又是片刻失语：“大长公主可知道？难道她同意？”

“大长公主不知，关于荥阳郑氏的事情，不能外泄。”谢芳华道，“金燕自己做的主。”

明夫人感慨：“儿女情长，国之大义，若说孰轻孰重，只在一个选择罢了。当年你姑姑，也是选了大义，去了北齐，一晃这么多年没见她了。这么多年，她能让北齐皇帝不兴兵，守到今日何等不易？大长公主当年没能做到，如今她的女儿却要去做。因果循环，她若是知道了，不知会有何种想法。”

第二十五章

当面求娶

大长公主若是知道金燕甘心为了秦钰和南秦江山而毁了自己的一辈子，怕是会痛心疾首。

她辛苦养大、捧在手心里的女儿，却选择了她自己没去走的路，届时她怕是会后悔将与荥阳郑氏的姻缘从右相夫人那里承接过来。

可是即使她有再多的感想又能如何？到时候早已经晚了。

谢芳华和明夫人商定后，便来到了暖阁。

二人刚坐下，外面便传来了一阵嬉闹声，不多时，春兰领着金燕和燕岚来了。

金燕和燕岚笑着进来，见明夫人坐在这里，连忙收起了笑意给明夫人见礼。

明夫人笑着摆摆手：“好些日子没见到燕小郡主了，你的伤势大好了？”

“已经大好了，多谢夫人惦记着。”燕岚笑着直起身。

“大长公主和侯夫人可都来了？”明夫人又笑着问。

金燕道：“我娘来了，去寻大舅母了。”

燕岚摇摇头：“我娘挺着大肚子没法来，我来之前还听到她在叹气，说每年的赏花会都少不了她，今年肚子里揣了个东西，折腾苦她了。”

明夫人好笑：“我听说侯夫人这次怀的是位小公子？”

燕岚点头，笑着说：“是呢，还是芳华给把脉看出来的呢。”

“侯夫人这回可高兴了。”明夫人道。

燕岚摇摇头：“我娘不是最高兴的，最高兴的人是我哥哥，他说终于有顶着侯府大梁的人了，他以后想做什么就做什么。”

明夫人大笑：“据说燕小侯爷近些日子十分辛苦，看来是给累坏了。”

燕岚连连点头：“就是呢，他每日回府后倒下就睡，他说连喝酒的时间都要挤出来。”

“咱们南秦京中的这些公子转眼都成人了，个个有才华，有他们咱们不惧北齐。”明夫人道。

“正是！”燕岚哼了一声，“齐言轻欺人太甚，若是我见到他，一定将他大卸八块。”

“得了吧你，据说齐言轻武功高着呢，若是真见到他，有多远避多远，傻子才上前去呢。”金燕推了燕岚一把，“你几斤几两自己不知道吗？你连卢雪莹都打不过，还要将齐言轻大卸八块！”

“你又糗我。”燕岚反推了金燕一把，撇撇嘴，“我是不行，不是还有芳华在嘛，她行。”

金燕好笑：“你不是刚跟我说她要生孩子吗？怎么转眼就忘了？你敢把她拉出去，看秦铮不收拾你。”

“对，忘了，那算了。齐言轻就让皇上他们收拾吧。”燕岚笑嘻嘻地挽住谢芳华的胳膊，“我就等着做孩子的干娘好了，这些日子我和我娘学着做小孩子的衣服，我娘说弟弟的衣服都够穿了，接下来我就做我干儿子的小衣服。”

谢芳华无语：“还没怀上呢，太早了吧？”

“不早，不早，你肚子里若是有了孩子，那该多娇贵！一天换洗百来套，早准备免得措手不及。”燕岚道。

谢芳华无语。

燕岚捅捅谢芳华，小声问：“昨天怀上没？”

谢芳华的脸腾地一红，伸手点她的脑门儿，又好气又好笑：“你羞不羞？你还没议亲呢，这话也敢说出来，还有谁家愿意娶你？”

燕岚吐吐舌头：“又没外人，没人娶我也不怕，我招个上门女婿算了。”

谢芳华无语。

金燕立即拍手：“这个好，我赞同。”

三人正说笑着，外面又有了说话声，燕岚向外看了一眼，说道：“郑叶微、王紫茗、程玉屏、宋芩冉她们一起来了。”顿了顿，她又说，“一个个打扮得花枝招展的，跟要参加选秀似的，太隆重了吧？”

她话一出口，金燕扑哧一下就乐了：“太后和皇上今日不是要来吗？这样的日子，也就是你，还跟以前一样打扮，不精心。”

“你不也是吗？”燕岚缩回脖子，反驳她。

“我怎么能一样？我基本上算定下婚事的人了。”金燕道。

燕岚一听，立即凑过来小声问：“你真决定了？郑孝纯再好，也不如咱们皇上呀。你以后若是后悔了怎么办？”

“不后悔。”金燕说道。

燕岚嘟起嘴：“可是荥阳太远了。”

“也不是太远，只要不怕折腾走路，说回来就能回来，你去看我也行。”金燕道。

燕岚眨眨眼睛，想了想说：“我还没出过京城呢，你出嫁时我去给你送嫁吧？”

金燕愕然：“有手帕交去送嫁的规矩吗？”

“规矩是人定的嘛，当初芳华大婚，我们还不是去了皇宫陪着？”燕岚转过头问谢芳华，“芳华，据说荥阳很好玩，到时候咱们俩一起去吧，行不行？”

谢芳华笑着点点头：“届时若是可以，去送金燕也无妨。”

金燕抬眼看谢芳华，正好与她目光相对，金燕忽然一笑：“你们两个若是不怕路远，真愿意送我出嫁那也好，免得我紧张。”

燕岚立即说：“你也答应了，那就这么说定了。”

“她答应不管用，得大长公主答应才行。”一直没接话的明夫人笑着说。

“也是！”燕岚看向谢芳华，精神劲儿在听到“大长公主”四个字时散了一半，“大长公主最是讲究了，估计不见得喜欢我们两个去，怕我们两个捣乱。”

谢芳华笑了笑：“如今荥阳郑氏的人还没进京，说这些都为时过早。”

金燕点点头。

三人说罢，郑叶微、王紫茗、程玉屏、宋芩冉等人来到，暖阁内顿时挤满了人。

众人互相见礼，寒暄片刻后，明夫人站起身笑着说：“你们姐妹聊吧，我去寻夫人们待着。”

“夫人们都到了吗？”谢芳华看向几人。

几人齐齐点头：“我们都是与娘一起来的。”

“六婶母，这样，我们一起去水榭赏花吧。”谢芳华道。

“对，在这暖阁里也只是干坐着聊天没花可赏。”燕岚摆手，“咱们一起去吧。”说罢，她又对明夫人道：“我听说夫人、小姐、男客们的座席都是分开设的，不过都在水榭，您不必自己走了。”

明夫人笑着点点头。

一行人说说笑笑地离开了暖阁，前往水榭。

今日天气晴好，又不太热，水榭处有风吹来，有些凉爽。

谢芳华等人来到水榭，见夫人们正与英亲王妃待在一处说说笑笑、赏着花，满庭处处花香，人人衣着光鲜。

谢芳华、金燕、燕岚等人给夫人们见礼。

夫人们笑着打量众位小姐，虽然谢芳华纤细瘦弱，但她眉目如画，气质尊华，在一众小姐中显得分外出众。众人暗赞，怪不得这小王妃惹得京城多少人痴心，皇上和铮小王爷甚至因为她险些反目。

众人一番寒暄后，英亲王妃笑着问谢芳华："雪莹呢？"

"伊妹妹想看紫荆花，大嫂带她去了。"谢芳华道。

英亲王妃笑了起来："我们大公子院子里的紫荆花的确值得一观。刚刚秦倾来了，将秦浩拽走了，也说要去看紫荆花，凑巧了。"

明夫人一怔。

谢芳华心思微动，抬眼向紫荆苑的方向看了一眼，正看到谢伊挽着卢雪莹远远走来，谢伊的脸色似乎不太好，谢芳华想起了那日秦倾在落梅居与秦铮、燕亭等人吃酒时说喜欢谢伊的话。

燕岚也看向卢雪莹和谢伊，立即说："她们回来了。"

明夫人等人也都向二人看去。

这时，谢伊忽然抬手用袖子遮了一下脸，不过很快就放下了，脸上瞬间出现了灿烂的笑容，见众人看来，她扬了扬手。

"哎哟，看到谢伊这张脸，我的心情都好了。"英亲王妃笑着说，"她这笑脸比我这满院的花还好看。"

"王妃快别夸她了，我都替她脸红了。"明夫人连忙道。

"看到她，我就想起怜儿了，自从数日前来了一封信，说她在临安城养伤，至今再没消息传来，不知道伤好了没。"英亲王妃又道。

"娘放心吧，这么些日子了，她的伤势应该好得差不多了。"谢芳华道。

英亲王妃点点头。

这时，卢雪莹和谢伊来到近前，一起给众位夫人、小姐见礼。

谢伊语调欢快："夫人们好，各位姐姐好。"

"明夫人真有福气，快别多礼了。"一位夫人笑着摆摆手。

英亲王妃刚要再夸谢伊两句，抬眼看到秦浩和秦倾随后走了出来，秦倾垂着头走在秦浩身边，一副没精打采的样子，她好笑地道："这孩子今天是怎么了？怎么没精神？"

无人接话。

明夫人看了谢伊一眼，见她已经放开了卢雪莹，转而去挽谢芳华，脸上的笑容依旧灿烂，手下悄悄拉谢芳华的衣袖，似乎要与谢芳华说话，全不在意别人，明夫人移开视线，看向秦倾和秦浩。

谢芳华感觉谢伊拽着她的衣袖有些紧，虽然谢伊笑着，似乎掩饰着心里的不安，但气息里还带着些恼怒。她隐约猜出秦倾来到英亲王府后应该是要找谢伊，听说卢雪莹带谢伊去紫荆苑了，估计央求秦浩带他去了，看样子他应该是与谢伊说了什么。她拍拍谢伊的手，没说话，以示安慰。

谢伊又拽了拽谢芳华的衣袖，用身边几人都能听到的声音说道："芳华姐姐，我想小解，刚刚只顾着赏花了，你带我去找茅房好不好？"

"这孩子，让婢女带着你去就是了，你拽着芳华做什么？"明夫人回头轻斥了谢伊一句，"芳华还需要招待客人呢。"

"没关系，都是要好的姐妹，不用招待。我知道伊妹妹最黏她的芳华姐姐，芳华，你就快带她去吧。"燕岚立即笑着推了谢芳华一把，取笑道，"免得她走错茅房。"

谢伊脸一红："燕姐姐取笑我。"虽然这样说着，但她还是拽了谢芳华就走。

谢芳华知道谢伊怕是有话要对她说，如今这里人多不方便，她点点头，笑着与谢伊一起又走出了水榭。

二人迎面碰到秦倾和秦浩走来，谢芳华给秦浩见礼："大哥。"

秦浩连忙错开一步避开她的礼，他一改曾经的模样，文质彬彬地还礼："弟妹不必多礼。"

谢芳华仔细打量了秦浩一眼，他眉目间的轻浮之气已经散去，看来真是改了很多。她的笑意也多了些："秦铮不在府内，今日来府的男客就辛苦大哥招待了。"

秦浩连忙说道："弟妹客气了，都是自家人，二弟不在我尽力周全。"

谢芳华点了点头。

秦浩向英亲王妃等人走去。

秦倾顿住脚步，抬眼看向谢伊，张了张嘴，刚要说话，谢伊忽然冷冷地警告他："我告诉你，今日你若是敢在这里胡言乱语半句，我定然饶不了你。"

秦倾面色一变。

谢伊拽着谢芳华走了。

秦倾转过身，见二人已经走出几步远，他咬咬牙喊了一声："芳华姐姐。"

谢芳华看了谢伊一眼，见谢伊小脸紧绷着，谢芳华移开视线看向秦倾。

秦倾咬着唇，面上露出央求之色。

谢芳华叹了口气，转过头跟谢伊转过了回廊。

秦倾见二人走得没了影，垂下头，站在原地一动不动。

秦浩走了几步，见秦倾没跟上，他想折回去，见众位夫人都看着，他犹豫了一下，又向众位夫人走去，来到近前给众位夫人见礼。

"倾儿这孩子怎么了？"英亲王妃摆摆手，问秦浩。

秦浩抬眼看向卢雪莹。

卢雪莹对他摇了一下头。

秦浩立即说道："他有一对蛐蛐，十分喜爱，今天带来了这里，刚刚被燕亭抢去了，不高兴呢。"

"哥哥也来了？"燕岚看向秦浩，"怎么没见他？他去了哪里？"

秦浩摇摇头："抢了秦倾的蛐蛐后就不见了，不知道去了哪里。秦倾找不到他，正生气呢。"

英亲王妃闻言顿时笑了："都多大的人了还玩蛐蛐，竟然还有人抢。"

"他的蛐蛐一定很好，一般的蛐蛐我哥哥看不上眼的。"燕岚道。

秦浩点点头。

英亲王妃对秦倾招手："倾儿，过来。"

秦倾闻言抬头看来，连忙收敛了神色，走了过来。

他来到近前，给众位夫人见礼。

英亲王妃笑着问："太妃怎么没来？"

"太妃说她是老人家了，就不凑这个热闹了。"秦倾道。

英亲王妃好笑地说："太妃哪里老了？秦浩说你的蛐蛐让燕亭抢了？"

秦倾看了秦浩一眼，点了点头。

"稍后大伯母帮你要回来，别不高兴了。"英亲王妃看着他苦着的脸，笑着拍拍他的头。

秦倾脸一红，犹豫了一下，忽然鼓起勇气抬起头看着英亲王妃，认真地说："大伯母，您还真得帮我要回来，我那对蛐蛐是准备提亲用的。"

英亲王妃一愣。

众位夫人也跟着愣了，都看着秦倾。

秦倾的脸在说完这句话后便涨红了，他后退了一步，但依旧没在众人的视线下落荒而逃。

英亲王妃一愣过后，忍不住笑了："你要拿一对蛐蛐提亲？哎哟哟，快来说说，让大伯母听听，你相中了谁家的姑娘？"

秦倾咬着唇瓣没言声。

英亲王妃凑近他："我听说这些日子以来太妃一直在给你物色媳妇儿人选，可是你都不中意，原来是心里有了喜欢的姑娘。"顿了顿，她又说，"今日到这里来的这些姑娘一个个都如花似玉，要才华有才华，要品貌有品貌，都十分出挑，没一个差的。你说说是哪个？夫人们都在这里，没准儿就应允你了。"

秦倾又看了英亲王妃一眼，没说话。

众位夫人都看着他，都想着这位八皇子看上了谁家的姑娘。

“你若是说出来，大伯母正好帮你说说。你若是不说，我们可就赏花去了哟，蛐蛐我也不帮你找燕亭要了。”英亲王妃笑着逗秦倾。

秦倾立即说道：“我想……”说罢，他看向明夫人，肯定地说，“向明夫人求娶贵府的二小姐谢伊。”

众人齐齐一怔，有些知晓谢氏六房的老太太和林太妃给谢惜做媒的内情的人顿时暗暗唏嘘。

英亲王妃似乎早已经知晓，闻言笑着说道：“原来是谢伊那小丫头呀，你小子还真挺有眼光。”说罢，她看向明夫人，笑了起来，“刚刚我夸谢伊你还说脸红，如今怎样？求亲的都上门了。”

明夫人刚刚便在想怎么恰巧秦倾也去看紫荆花了？他出入英亲王府那么多次，难道没看过紫荆花？而且，谢伊刚刚回来时便脸色不对，没想到竟然是……

她一时间不知如何回英亲王妃的话。

谢惜喜欢秦倾喜欢得越来越自闭了，自从得知他拒绝了之后，谢惜都瘦得不成人形了。

如今他竟然看上了谢伊。

这让明夫人怎么说？

这么多年来八皇子的确不曾与谢惜交往，谢惜如今的样子也的确怪不得他。但是他喜欢谁不好，求娶谁不好，竟然求娶谢伊？

而且还用一对蛐蛐求娶，古来少有。

明夫人看着秦倾，脸色说不上好看也说不上难看。

同样是她的女儿，手心手背都是肉。

秦倾看着明夫人，见她半晌不语，他当即单膝跪在她面前，诚恳地说：“我对谢伊是真心爱慕，求夫人成全。”

明夫人吓了一跳，连忙错开身：“八皇子快起来，我可受不住你的大礼。”

秦倾摇头：“夫人若是不答应我就不起。”

明夫人看着他，一时不知如何是好，在一众夫人的注目下，她只能看向英亲王妃。

英亲王妃顿时笑了：“这孩子，原来是来逼婚了。”

秦倾的脸爆红，但依旧直挺挺地单膝跪着。

“今日是赏花会，若是能成全一桩姻缘，也算是喜事。”英亲王妃笑着握住明夫人的手，感觉到明夫人手指尖冰凉，她话锋一转，“但是呢，这求亲嫁娶是大事，也要两厢情愿。”说罢，她看向秦倾：“你喜欢谢伊，谢伊是否也喜欢你？”

秦倾低下头，小声说：“我刚对她表露心迹她便怒了，我心仪她甚久，所以……”

他说到这儿，话语顿住，后面的意思不言而喻，来求明夫人了，也是把这件事情当面说出来。

英亲王妃好笑地道："小姑娘脸皮薄，你这样公然求娶估计她更会恼。"说罢，她为明夫人解围道，"你先起来，你是皇子，虽然先皇不在了，但还有太妃给你做主，还有皇上和太后，这事情不是能轻易说答应就答应的。你的心意谢伊和明夫人已经知道了，回头再仔细商量。"

秦倾闻言没立即起来，而是有些倔强地看着明夫人，说道："夫人，我是真心喜欢谢伊的，只喜欢她，从没喜欢过别人。既然大伯母已经说了，我这就回去禀明太妃，让她前来和您商量。"

明夫人看着秦倾，有些无奈，想着林太妃是个精明人，林太妃教导出来的秦倾自然不是傻子。这件事若是藏着掖着来办，整个谢氏六房反而对他不喜，而如今他公然这样求娶，她还真拉不下这个脸一口回绝。于是，她点点头："婚姻大事的确不能轻易做决定。"

秦倾点点头，站起身对英亲王妃和明夫人行了个告退礼，转身匆匆向府外走去，看来是真要去请林太妃了。

"这孩子，不知该夸他还是该骂他。"英亲王妃见他走了，又好气又好笑。

明夫人叹了口气，没说话。

一位夫人笑着上前，说道："明夫人好福气，我看八皇子是真心喜欢谢伊，实意求娶才做出这样的事来。你家的二姑娘聪明伶俐，和八皇子般配。"

其他几位夫人也你一言我一语地笑着应和。

明夫人看着众人，反驳不得，只能苦笑。

众人正说着话，外面有人高喊一声："皇上驾到，太后驾到。"

众人连忙出去迎接。

众人迎到半路，秦钰和太后已经来到，太后穿着一身轻便的服装，从打扮来看，比以前看着年轻了好多岁。

一群夫人、小姐迎上前来见礼。

秦钰笑着摆摆手："今日朕是陪太后来赏花散心的，都不必拘礼，随意就行。"

众人都起身道谢。

"哀家好久没出宫了，都快发霉了。"太后笑着对英亲王妃说，"皇嫂，我今日来不打扰吧？别因为我扫了大家的兴致。"

英亲王妃笑着摆手："哪儿能呢，你和皇上来了大家都高兴。"

一众夫人连连附和。

有人说太后年轻了，有人说太后气色好，有人说太后要常出宫散散心云云，众人你一言我一语，一堆的恭维话奉上来，太后眉开眼笑，连连摆手。

一番寒暄后，英亲王妃领着众人重新入水榭。

秦钰走在前面，没看见谢芳华，他也没开口询问。

太后则笑着问英亲王妃："怎么不见小王妃？"

英亲王妃笑着说："被谢氏六房的二姑娘给拽走方便去了，估计一会儿就回来了。"

太后闻言问明夫人："你家的二姑娘是不是叫谢伊？"

"正是。"明夫人笑着回话。

太后转头问秦钰："刚刚我们在府门口碰到急匆匆出府的秦倾，他说已经向谢氏六房的二姑娘提亲了，这便回去请太妃做主，说的是不是这谢伊？"

秦钰笑着点头："是，早先他与我提了此事，我说他的婚事由太妃做主。"他顿了顿，又笑着说道，"没想到他的胆子倒是不小，今日竟然就自己在这里提亲了。空手提亲，当面问未来岳母，我还是第一次听说。"

明夫人在听到秦钰说"未来岳母"四个字时，一时有些尴尬，但她又隐约明白了秦钰这是在帮秦倾。

太后大笑："我们秦家的小子都是痴情种，每个人娶媳妇儿都要闹一出。"

秦钰没接话。

太后说罢顿时惊醒，后悔不已，但话已出口想收回也来不及了，她只能转了话锋，对明夫人说："八皇子勤奋好学、知书识礼、积极上进，如今尚且年幼，虽然行事不太沉稳，但是假以时日必能成才。"

明夫人点点头："八皇子自然极好，只是这事还需要多多商议。"

"也是。"太后颔首，"婚姻之事是大事，不能轻易决定。"说罢，她改了话题，对英亲王妃说，"我听说你府内的十八学士全开了，其中有两株珍品，快带我去看看。"

"好。"英亲王妃笑着点头。

众人一起前往水榭赏花处。

谢芳华和谢伊走到了僻静之处，谢伊自从见到秦倾并对他警告了一句话后一直绷着脸。

谢芳华好笑地看着她："怎么了？"

谢伊拉着她的衣袖紧紧地拽着，恼怒地道："秦倾说喜欢我。"

"喜欢你就喜欢你，至于将你气成这副样子？"谢芳华含笑看着她。

谢伊更恼怒了："芳华姐姐，你不知道，秦倾他竟然说现在就要去找我娘当面求娶我。"

“嗯？”谢芳华愣了一下，“今日？现在？在英亲王府？”

谢伊恼恨地点头。

谢芳华有些无语：“我见他一没拿礼金，二没请太妃陪着，怎么求娶？”

“谁知道呢！”谢伊没好气地说道，“我听说他带来了一对蛐蛐，被燕亭抢走了。”

谢芳华好笑。

“你还笑！”谢伊着急地拽着她，“我刚刚已经警告他了，你说他会不会胡来？万一他胡来怎么办？芳华姐姐，你快帮我想想办法。”

谢芳华看着她，她那张小脸又青又白，看来真是气坏了，谢芳华想了想，问：“那你喜不喜欢秦倾？”

“不喜欢！”谢伊立即说。

谢芳华看着她：“你是因为你姐姐而不喜欢他，还是你本身就不喜欢他？”

谢伊咬了咬唇瓣，说道：“我不喜欢他。”

“当真？”谢芳华看着她，“其实，秦倾还是不错的，如今他是年纪小了些，行事上也有些幼稚，但是磨炼上几年，在这南秦京城的一众年轻公子里，他的才华、品貌、能力定然是排得上号的，而且又是皇子，先皇的一众皇子里，只他左右周全，与秦钰、秦铮等人都交好，如今就受秦钰器重，将来更不必说了。他能当面找你表露心迹，又打算当众找六婶母求娶你，看来是真心喜欢你。”

谢伊不说话。

谢芳华又道：“你若是也喜欢他，不必为了你姐姐而不接受他，毕竟情意之事关乎一生。若细究起来，秦倾一直并没有与你姐姐真正有过瓜葛，你们若是两情相悦，你姐姐也怨不得你，谁也不能说你什么。”

谢伊摇摇头，小声说：“芳华姐姐，我不是为了我姐姐，是我真不喜欢他。”

谢芳华闻言便打住了话，看着她的神色，心思一动，忽然压低声音问：“你有喜欢的人了？”

谢伊本来青白的脸色有了些红色，不敢看谢芳华。

谢芳华看着她，笑着问：“那你喜欢谁？”

谢伊摇摇头。

“是没有还是不能说？”谢芳华看着她。

谢伊依旧不说话。

谢芳华好笑地看着谢伊拽着自己衣袖的手越来越紧，她无奈地说：“我的袖子快被你拽破了。”

谢伊立即松了两根手指，头都快垂到地上了。

谢芳华刚要再说话，侍画便匆匆走过来小声喊了一声：“小姐。”

谢芳华转头看向侍画，问道："什么事？"

侍画看了谢伊一眼，低声说："您和谢伊小姐刚离开，八皇子便向明夫人求娶谢伊小姐了，奴婢想着应该来告诉您二人一声。"

谢伊猛地抬起头，面色大变，看着侍画："你说什么？"

侍画重复了一遍。

谢伊大怒："秦倾这个讨厌鬼，我明明就没答应他。"说罢，她松开谢芳华的衣袖，一把拽住侍画的胳膊，急迫地问，"快告诉我，我娘说了什么？她答应了吗？"

侍画摇摇头："明夫人没答应。"

谢伊松了一口气。

侍画又道："不过也没反对。"

谢伊面色一变。

侍画连忙将经过简略地说了一遍，最后说道，王妃从中解围，八皇子回府去请太妃了。

谢伊闻言松开侍画，又拽住谢芳华的衣袖，白着脸说："芳华姐姐，我真不喜欢秦倾，我不要嫁给他。"

谢芳华想着，秦倾的一腔心思怕是只能空付了，不过姻缘之事不能强求，也强求不来。她道："秦倾去请林太妃，林太妃虽然为了当初他和谢惜没成之事不太好意思再来提，但是她疼八皇子，怕是也会拉下脸面来提。若是你喜欢，六婶母怕是不会反对，若是你不喜欢，就要提早拒了。"

谢伊立即问道："我不喜欢他，但是这由得了我吗？万一我娘和我祖母答应了怎么办？"

"六婶母明智，六婶祖母也不糊涂，你若是不同意，她们应该不会强求你。"谢芳华道。

"可是秦倾实在讨厌，我都明明白白地告诉他我不喜欢他了，他竟然还厚着脸皮找我娘。而且当着这么多人的面向我娘求娶我，如今怕是都传出去了。"谢伊恨得跺脚，"我怎么做才能有转圜的余地？"

谢芳华看着谢伊，她从来没有见过这个样子的谢伊，她低声问："你告诉我，你喜欢的人到底是谁？我兴许能帮你。你若是不说，万一事情变得更不可收拾就晚了。"

谢伊咬唇，挣扎了片刻，小声说："芳华姐姐，我喜欢……"

谢芳华等着她往下说。

谢伊深吸了一口气，鼓起勇气说："我喜欢皇上。"

谢芳华一愣，有些难以置信。

谢伊的脸通红，看了谢芳华一眼，垂下头肯定地说："我就是喜欢皇上。"

"秦钰？"谢芳华怎么也没想到谢伊喜欢的人是秦钰。

谢伊点头："是他。"

"你……怎么会喜欢秦钰？"谢芳华看着谢伊，一直以来她不曾听说谢伊和秦钰有过接触。

谢伊红着脸说："四年前的上元节，我娘去法佛寺上香，我也跟着去了，我贪玩跑去了后山，不小心被蛇咬了，他救了我，将我背了回去。后来我才知道他是四皇子秦钰，此后我就不知不觉地总想起他。"顿了顿，她小声说，"以前我不知情爱，直到上个月他要娶你时我才觉得难受，我不想他娶你，这就是喜欢吧？是不是？"

谢芳华一时无言，片刻后，点了点头，问她："在那之前你没见过他？"

谢伊摇摇头："我娘嫌我太贪玩，以前我还小，她从来不带我进宫，而他是四皇子，我自然见不到了。"

谢芳华叹了口气："你若是喜欢别人还好，可是你喜欢秦钰，这怕是更难办了。"

谢伊拽住她的衣袖，小声说："芳华姐姐，我知道皇上喜欢你，若是你真嫁给了他，我虽然心里不舒服，但也会将这个秘密烂在肚子里永远不说。可是如今你和姐夫和好了，而秦倾又要求娶我，我实在是……只能求你了。"

谢芳华抿了抿唇："你知道金燕自小喜欢秦钰，秦钰一直不喜欢她吧？"顿了顿，她又压低声音说道，"我和你娘最近做的事情，你应该也知道一些吧？金燕为了他要嫁去荥阳，可是即便如此，他还是不喜欢她。"

谢伊咬唇。

谢芳华又道："喜欢秦钰是一条极难的路，也算是一面南墙，你一旦去撞，不头破血流怕是难以回头。"顿了顿，她握住谢伊的手，"他是喜欢我，但我也希望他放下，去重新找一个中意的女子，但我怎么忍心那个女子是你？更何况，如今南秦又处于内忧外患的境地，他哪里有心思来谈婚事，尤其秦倾还喜欢你，他和秦倾的关系一直不错。"

谢伊看着谢芳华，小声说："芳华姐姐，我喜欢了他四年呢，若是就这么算了，我不甘心。"顿了顿，她道，"我本来想慢慢地说动我娘等着选秀，可是如今秦倾要求娶我，我没办法了。"

谢芳华想着，谢伊性格活泼、品性端方、聪明坚忍，且心地善良，若是秦钰有她，以后清冷的皇宫应该不会孤寂。可是秦钰会喜欢她吗？谢芳华暗暗叹了口气，看着她，问道："你想试试？"

谢伊重重地点了点头："嗯。"

谢芳华想着对策。

谢伊又补充道："芳华姐姐，我不只想试试，我还不想放弃，哪怕孤独终老。"

谢芳华闻言，所有的想法立时打住，看着她有些坚毅的表情，也能感受到她的感情。谢芳华沉默片刻后，说道："那好，这样，你现在就找皇上，赶在林太妃来之前，你当面去向皇上求亲。"

谢伊睁大眼睛。

谢芳华看着她："喜欢一个人是要有勇气的，若是你没有勇气，就干脆放弃，毕竟你若是真喜欢秦钰、非他不嫁的话，那么，以后你在他身上会遇到无数挫折。但是任何一种挫折，都及不上今日你去当面求亲的难度。"

谢伊呆了片刻，喃喃地道："古来哪里有女子当面求亲的？而且还是向皇上求亲？这……这跟自荐枕席有什么区别？我……我做不出来。"

谢芳华好笑地看着她："你说得对，所以说这是开天辟地鲜有之事，不管秦钰应不应允，你的名字都会在后世的传记上被提到，算是帝王的风流艳事。他若是不娶你，你也会因此芳名远播，以后就真嫁不出去了。" 谢芳华顿了顿，叹了口气，"就今日之事，我也只能想到这一种办法了，既然已经乱了，不如就更乱一些，兴许能有一成的成功率。否则，你若是没有比城墙还厚的脸皮，不敢大胆地去求，怕是这一辈子只能固执地孤独终老了。"

谢氏的女儿金尊玉贵，若是可以，谢芳华不想谢伊以如此惊世骇俗之举去得到秦钰。

但是话又说回来了，谢氏的女儿虽然金贵，但是若是能以此换来喜欢了四年的人的眷顾也是值得的吧！

值与不值，就要看自己的心了。

诚如金燕。

诚如谢伊。

她们自己认为值，那就是值了。

谢芳华暗暗想着，秦钰真是一个祸害。

谢伊听完谢芳华的话后，半晌没说话。

谢芳华静静地站在原地等着她做决定，世间有千万条路，但是也只能走一条路。谢氏六房的女儿谢伊，任何人都看得出来她是谢氏中比较出彩的女儿，凭借她的身份和聪颖，别说八皇子秦倾喜欢，待她及笄后多少人怕是会踏破谢氏六房的门槛。

只要她愿意，摆在她面前的就是一条一帆风顺的锦绣之路。

但是她若是选择秦钰，可以预知将是一条处处荆棘、步步艰难的路，秦钰接受了还好，不接受的话，她将会把这些年金燕所受的那些诟病和流言蜚语承接到自己的身上，以后千秋万世一提起秦钰，就会提到她的名字。

过了许久，谢伊忽然抬起头，鼓起勇气说道："芳华姐姐，我去做。"

谢芳华看着她，对于她的这个决定并不意外，女人一旦陷入爱情，就有了飞蛾扑火的决心。但谢芳华还是问了："这个办法不是什么好办法，你可想好了？"

谢伊点头，坚定地说道："芳华姐姐，我觉得没那么严重，我就去见皇上，他不喜欢我，至少也知道我喜欢他了。就算今天我做了惊天动地的事，被外面人的唾沫星子淹死又能如何？我就豁出去了。人活一世总要任性一两回是不是？"

谢芳华慢慢地点了点头。

第二十六章
破釜沉舟

“今日的事情发生后，不管后果如何，我都悉数承受就是了。再多的唾沫星子也不一定淹得死我，流言蜚语又伤不了我的骨头和肉，千秋万世的传记若是一提到皇上就能提到我，我当高兴才是，我巴不得呢，也不枉我喜欢他一回。”谢伊说着，眼睛里、脸上都现出了明亮的光，“他不接受我又如何？只要谢氏不觉得我丢脸，不将我驱逐出门庭，我就还是谢伊。”

谢芳华失笑：“这也算不上丢脸的事！你求的不是别人，是这南秦最尊贵的皇上。天下多少女人想飞上枝头变凤凰都没有那个勇气。你有勇气，睿智的史官当赞扬你。”

“真的？”谢伊的眼睛更明亮了些。

谢芳华点头：“若我是史官，我就赞扬你。”

谢伊顿时笑了，挽住她的手臂，撒娇：“芳华姐姐，若是你面临今日这样的事，你是不是也会做这样的决定？否则你也不会替我想出这样的办法了。”

谢芳华失笑，想了想道：“伸头是一刀，缩头也是一刀。你既然喜欢了他四年，我觉得让他知道你喜欢他，也不枉你喜欢他一场。”说罢，她狡黠地对谢伊眨眨眼睛，“换句话说，就算他记不住，天下人也会替他记住，就算他想忘记今日这一幕，别人也会替他记着。就连快板、评书里，都会有你谢伊的故事。”

谢伊忽然大乐：“那就这样做。”

谢芳华点点头，随即又叹了口气：“金燕一直喜欢秦钰，秦钰也知道，但秦钰就是不喜欢她。”说罢，她握住谢伊的手，“伊妹妹，所谓有放有收，你能放手大胆地去做，也一定要收得回来。没有路，踏着荆棘也要走出一条路来，但也要记住不要把自己折腾得遍体鳞伤，那样就得不偿失了。”

谢伊重重地点头：“芳华姐姐，你放心吧，我以前想着只要等着选秀就好，毕竟他离我太远了。可是如今不同，他就在这英亲王府，如今又正是个机会，我会把握好分寸的。”

谢芳华笑着点点头。

谢伊一把拽住谢芳华，连忙往水榭走：“芳华姐姐，走，咱们这就去找皇上。”说罢，走了几步，她又放开手，“不行，我不能将你拖下水。这样，我自己先去，你慢慢地走回去吧。”说罢，她提起裙摆撒腿就往水榭跑。

谢芳华看着谢伊轻盈的身影转眼就跑没影了，她又是好笑又是感慨。

这样年轻而有朝气、聪明又活泼的谢伊，不知道宫墙能不能给她一番天地。

但是无论如何，谢芳华都觉得谢伊应该不会因为求而不得而走入绝境。

不过六婶母和六婶祖母能不能承受就难说了，明夫人应该是不想谢伊嫁入皇宫的。据说当初六房的老太太和林太妃商议秦倾和谢惜的婚事时，明夫人就不太赞同女儿嫁入皇室。

谢芳华慢慢地往回走，她不知道当谢伊当面对秦钰说喜欢时，秦钰会有何表情，她也不知道英亲王妃和明夫人会有何表情，更不知道一众夫人、小姐会有何表情，尤其金燕会是什么感受。

若是前世的她，也一定会如谢伊一般，鼓起勇气大胆去追求自己的幸福。

她所有的力气似乎都用在前世了，不过幸好还有秦铮，他用了两倍甚至更多倍的力气来缔结姻缘。

她正走着，忽然一道人影从斜后方向她劈来一掌。

谢芳华一惊，瞬间移步错位，一掌还了回去。

她那一掌打出去后，只听有人哎哟了一声，那人刚站稳便倒退了数步。

谢芳华听到熟悉的声音，抬眼看去见是燕亭，他一只手里拿着一个笼子，一只手捂住拿着笼子的那只胳膊，一脸震惊地看着她，她没好气地问：“你偷袭我干什么？”

燕亭看着她：“你不是伤势还没好吗？”

谢芳华瞪了他一眼：“我伤势没好你就能偷袭我了？”

燕亭一噎：“我就是试试你，哪里是真的偷袭你了？”

谢芳华看着他：“我的伤势已经好得差不多了，幸好只用了七分气劲儿，否则你这只胳膊就废了。”

燕亭嗯了一声，看着手里的笼子，长舒一口气：“幸好这两只蛐蛐没大碍，否则秦倾估计会吃了我。”

谢芳华早就看到了他手里的笼子，问道："你抢人家的蛐蛐做什么？"

燕亭眨眨眼睛："逗逗他。"

谢芳华无语："你早就来了英亲王府，去了哪里？"

燕亭向落梅居的方向看了一眼，理直气壮地说："去你的落梅居找品竹了。"

谢芳华好笑："见着她了？"

燕亭嗯了一声，点头说："她不买我的账。"说罢，他问，"皇上来了？"

谢芳华点头。

"秦倾呢？还在不在？我将蛐蛐还给他。"燕亭道。

谢芳华摇头："回府去请林太妃了。"

燕亭眨眨眼睛："有多大一会儿了？"

"有一会儿了。"谢芳华看了一眼天色。

"我刚刚不在这儿的一会儿，发生了什么事吗？"燕亭又问。

谢芳华简略地将秦倾当面向明夫人求娶谢伊的事情对他说了一遍。

燕亭立即说道："姐姐喜欢秦倾而秦倾求娶妹妹，林太妃和谢氏六房的老太太早先牵线没成，如今又凑到一块儿了，只不过汤里换了菜。"说罢，燕亭大笑，"那有好戏看了，走，我们快过去看戏。"

谢芳华想着，不只这一出好戏，还有别的好戏呢，不过她才不会告诉燕亭。

燕亭提着笼子大步往前走，走了几步见谢芳华慢悠悠地挪步，他催促："你怎么走得这样慢？磨蹭什么？还不快点儿走？"

"你快走就是了，管我做什么？"谢芳华扫了他一眼。

燕亭翻了个白眼："你不喜欢凑热闹吗？"

谢芳华摇头："不喜欢。"

燕亭喊了一声，自己径直转身大踏步走了。

谢芳华想着燕亭真是变了，不知道他去落梅居见了品竹如何。

早先谢伊拉谢芳华出来时，二人本就没走多远，如今即便谢芳华放慢脚步，依旧不到半盏茶的工夫便来到了水榭。

这时，该来的人已经全在水榭内了。

看见秦倾和林太妃后，谢芳华愣了一下，她没想到秦倾这么快就将林太妃请来了。

她的目光扫了一圈，见谢伊规规矩矩地坐在明夫人身边，秦钰则与秦浩、李沐清、程铭、宋方等人坐在一处喝茶，燕亭站在秦倾面前，将装着蛐蛐的笼子还给了他，又说笑了一句什么，秦倾的脸立即红了。

林太妃满面笑容，面上看不出什么来，果然是在皇宫里待了近一辈子的女人。

英亲王妃与太后，还有一众夫人坐在一处围着一盆花说说笑笑。

卢雪莹和燕岚、金燕等人坐在一处吃点心、聊天，偶尔说出几句笑话。李如碧除了瘦了些外，一如往日。

水榭内风和日丽、繁花似锦，气氛十分轻松、热闹。

显然什么也没有发生。

谢芳华一到便被燕岚看到了，燕岚喊了一声："芳华快过来打牌，正好缺你一个。"

谢芳华看向燕岚，挑了挑眉，笑着走进水榭，来到一众小姐的面前："今日不是赏花的日子吗？怎么打上牌了？"说罢，她看向李如碧，笑着说，"李小姐瘦了，却是漂亮了。"

"你也一样。"李如碧也笑着回话。

燕岚看了李如碧一眼，对谢芳华说："一边赏花一边玩嘛，快来坐下。"

"这么多人，还差玩牌的？"谢芳华扫视了一圈，笑着问。

"两个人一把牌，郑叶微、王紫茗一起，程玉屏、宋芩冉一起，我和李如碧一起，你和燕岚一起。八个人玩八手牌，对着打，这不正好缺你吗？"金燕道。

"不是还有大嫂吗？"谢芳华看向卢雪莹。

"她说不玩，她要伺候我们茶水。"燕岚道，"谢伊被她娘叫去说亲了，没法玩，只能你上了。"

谢芳华的眉梢动了动，笑着问："林太妃和秦倾什么时候来的？"

"刚刚到。"燕岚道。

谢芳华想着，谢伊跑回来时，林太妃和秦倾怕是已经来了。她伸手将卢雪莹一推，让卢雪莹坐到金燕身边，对她们说："我还没去给太后和皇上见礼，大嫂先替我玩着。"

卢雪莹闻言笑着点头："也好，那你快回来。"

谢芳华颔首。

燕岚没意见，一众小姐玩了起来。

谢芳华来到英亲王妃等人待着的地方，对太后和林太妃见礼。

太后笑着拉住她的手："小王妃快免礼。"

林太妃也笑着摆手："多日不见小王妃，今日看来气色极好。"

谢芳华直起身，笑着说："太后今日看起来年轻了许多，林太妃也比在宫里时年轻了呢。"

太后笑了起来："是皇上说让我穿得轻便些的，没想到我从踏入这府门后，便得了不少夸奖。"

林太妃也笑了起来："我可是地地道道的老太太了，小王妃会说话哄人开心。"

谢芳华刚要再说话，燕亭就已经去了秦钰身边，喊她：“芳华，过来。”

谢芳华偏头看去，燕亭对她招手，秦钰、李沐清等人看来。

“这个小子，刚刚把蛐蛐还给了秦倾，如今不知道又要闹什么。”英亲王妃笑着说道。

太后知道秦钰出宫应该不只是为了陪她散心，便笑着摆摆手：“快过去吧。”

谢芳华点头，走了过去。

她自然不会给秦钰见礼，来到后便问燕亭：“你又要闹什么？”

燕亭瞪了她一眼：“你这是什么话？我哪里闹了？”

“你该喊‘小王妃’。”秦钰开口。

燕亭立即问他：“你怎么不喊？”

秦钰瞥了他一眼，理所当然地道：“我是皇上。”

燕亭一噎，眼皮翻了翻：“这不是理由。”说罢，他对谢芳华说，“你落梅居藏着不少好酒，给我们搬几坛来呗！”

谢芳华好笑：“原来你喊我来是为了这个？”

“你当是为了哪个？”燕亭看着她。

谢芳华想了想道：“不是给你们准备酒了吗？非要喝我落梅居的酒？”

“落梅居的酒好喝。”燕亭道。

谢芳华看着他们在桌子上放了几样东西，挑眉：“这是在设赌局？”

燕亭点头：“输的人喝酒。”

“这样喝酒岂不是糟蹋好酒？”谢芳华说道，“落梅居的酒可是要品的，这样喝不给喝。”说罢，她转身又走回英亲王妃、太后等人所坐的地方。

燕亭干瞪眼，喂了一声，谢芳华头也没回，他转头看向秦钰。

秦钰失笑。

李沐清也好笑。

燕亭只能摆手，对喜顺说：“喜顺叔，就拿王府的酒吧，挑好的拿。”

喜顺应了一声，连忙下去了。

谢芳华走回来，坐在了英亲王妃身边，笑着说：“他们要拿我落梅居珍藏的酒做赌注，糟蹋好酒，我没给。”

英亲王妃好笑：“做得对，就不给。铮儿好不容易藏了几坛好酒，燕亭这小子总是惦记着。”

“燕亭好酒是出了名的，不过酒量倒不大，喝一回醉一回。”林太妃也笑着说道。

“这帮孩子如今聚在一处，又让我恍惚觉得先皇还在一样，一切还如从前。”太后感慨。

林太妃宽慰她："先皇去享福了，你就别总惦念他了，当心伤了自己的身子。"

"我知道。"太后点头。

"刚刚我们说到哪儿了？这一打岔我就忘了，我这记性如今真是越来越差了，快成老糊涂了。"林太妃问明夫人。

明夫人看了一旁的谢伊一眼，见她从回来后便一直低垂着头，除了给林太妃见了个礼外，再没说多余的话，不知是害羞了还是怎的。明夫人笑着说："芳华这一来我也给忘了说到哪儿了。"

太后这时笑着说道："我记得，刚刚说到八皇子心仪谢氏六房的伊姑娘，太妃说若是明夫人也觉得这桩婚事过得去，便趁着今日说说，这总归是一桩好事。"

林太妃闻言连连点头："对，对，正说到这里。"

明夫人闻言想了想，斟酌着道："婆婆不在这里，我也未曾与丈夫商议，这件事是不是等些时日慢慢再谈？"

林太妃笑着看向明夫人："虽然说婚姻一事，父母之命媒妁之言，不过也要考虑孩子们的意思。如今也不是此时就要定下来，只是趁着今日秦倾和谢伊都在这里，我们帮着过过目。"

明夫人偏头看了谢伊一眼，见谢伊依旧垂着头，她一时不知如何作答。

见明夫人没说话，林太妃又道："八皇子早就中意谢伊了，只是这孩子心里有闷主意，一直没与我提。我今日知道的时候，也吓了一跳。怪不得这些日子给他看哪家的姑娘他都不中意呢，原来等在这里。"

秦倾红着脸低下头，但又忍不住抬头来看谢伊。

谢伊依旧垂着头，眼皮都没抬。

林太妃笑着说道："夫人一直在京中，也是知道八皇子的品行的。我从来没见他这般情急过，连一刻也等不了，非磨着我来提亲。我也是被他缠得没办法了，只能来搅这赏花会的局了。"

明夫人看了秦倾一眼，他的脸通红，似乎有些紧张。

林太妃又笑着说道："谢伊这姑娘我早就看着不错，当初只是没往她身上去想，不想八皇子喜欢，一直隐瞒着，我果然是快老糊涂了，压根儿没看出来他心里竟然放了你家二姑娘。你家二姑娘聪明活泼，也正合我的心意。若是他们能结秦晋之好，我也高兴。"说罢，她看着明夫人，"夫人若是没有异议，我们就趁此谈谈，反正两个孩子都在这里，就不拘泥于礼数了。"

明夫人想了想道："今日八皇子突然对我求亲，我也吓了一跳，竟然不知他喜欢伊儿，这事来得太突然。婚姻毕竟是大事，所以，太妃也不必急，咱们改日再商议如何？俩孩子毕竟还小，先皇的孝期也还没过，就算商定了，也要等来年才能大婚，时间多的是。”

林太妃摇摇头：“我老了，越发觉得力不从心了，趁着我能动弹的时候，就想尽快把八皇子的婚事商定下来，尽快办妥当了。今日这里没有外人，再加上这孩子已经提亲在先了，也不怕再惹笑话。”说罢，她笑着说道，“我知道夫人不愿意将女儿嫁入皇室，但是呢，你别看皇室，只看这个孩子，若是能入你的眼，你就点个头，我再厚着脸皮去求你们当家的和你婆婆。”

林太妃将话都说到这个地步了，明夫人再往后推显然就不合适了，而她暗暗碰了碰谢伊，谢伊也不回应，她一时拿不定主意，看向谢芳华。

谢芳华也不知该给她什么表情，更不知该说什么，本来婚姻是喜事，谢伊若是喜欢秦倾，一切都好办，可是如今谢伊竟然喜欢秦钰，这就是一团扯不开的乱麻。

林太妃觉得要趁着今日太后和英亲王妃，以及众位夫人都在，要明夫人一个态度，也好接下来再谈。

虽然从情理来说，林太妃想必也是无奈，秦倾不喜欢姐姐，反而喜欢妹妹，让她心里作难，怕六房不答应，只能在态度上做强，可是正因为如此，反而显得有些咄咄逼人了。

但是林太妃昔日待她不薄，谢芳华此时也不好开口帮明夫人拒绝。毕竟谢伊的婚事，还轮不到她来插手。

谢伊先跑回来，也是为了不拖她下水。

谢芳华只能对明夫人摇了摇头，又看了谢伊一眼。

明夫人顿时意会，她不动声色地收回视线，看了谢伊一眼，叹了口气，对林太妃道：“太妃，也不是我不喜欢与皇室结亲，只是儿女的婚姻大事，我想慎重一些，毕竟做不得儿戏。不过太妃已经将话说到这个地步了，就问问伊儿自己的意思吧。她若是也喜欢八皇子，那么我这个做娘的也不能阻拦。”

林太妃闻言顿时乐了：“要的就是你这句话。你家的二姑娘和八皇子年纪相仿，他们坐在这里连我看着都觉得般配。八皇子的才华、品貌不是我自夸，谁都能点个头，如今差的就是年岁小，需要再磨砺几年。二姑娘若是连他也看不上，那以后该找什么样的夫婿？”

明夫人也跟着笑了。

林太妃看向谢伊，慈祥和蔼地笑着问道：“伊姐儿，如今我和你娘将话都说到这儿了，你也说一句话，或者，你害羞的话点个头也行，表个态，若是你觉得八皇子可行，稍后我们就一起去你们府里找你父亲和你祖母，将婚事定下来。”顿了顿，她又道，“以前我怎么那么糊涂，竟然没觉得你们……”

谢伊面色一变。

谢芳华见林太妃说到这儿，也蹙了蹙眉，虽然她的话语听起来没什么，但语气上却有些不同。

不禁让敏感的人猜想林太妃这句话是什么意思，竟然没觉得他们什么？合适？般配？还是彼此有意？难道林太妃误解了，觉得是谢伊勾引了秦倾，秦倾才不要谢伊的姐姐？

谢芳华抬眼看了林太妃一眼。

秦倾此时立即开口打断林太妃："太妃，是我……"

他的话音还未落，谢伊便腾一下站了起来，将一直低着的头抬起，目光平静地看着林太妃，认真地说道："太妃，我不喜欢秦倾。"

林太妃一愣。

秦倾的脸顿时白了。

太后和英亲王妃等一众夫人都看着谢伊，谢伊看起来再认真不过。

有人觉得能当面拒绝林太妃和八皇子，她勇气可嘉。更有人觉得能得八皇子青睐，这是别人难求来的福气。最近京城因为林太妃给八皇子选亲，多少人家都恨不得想各种办法让自家姑娘入八皇子的眼。这谢伊果然还是小姑娘，说不喜欢就不喜欢，太任性了。

明夫人看着谢伊，没作声。

林太妃一愣过后，和气地笑了："伊姑娘，是不是有什么误会，或者我老婆子哪句话说得不合适，让你着恼了？我在这里给你赔个不是，人老了就是糊涂了。"

谢伊摇头，认真地说道："没有误会，太妃说的话我也一直听着呢。八皇子想娶我，是因为喜欢我，但是我不喜欢八皇子。"

秦倾的脸色一下子变得有些灰败。

面对谢伊认真且直接的回绝，林太妃一时也不知道该说什么了。

太后忽然笑了，出来解围："两情相悦是好，但也要看是不是姻缘。二姑娘还年轻，喜欢不喜欢的倒是可以缓缓，有多少人大婚前都不曾见过，婚后多相处就互相喜欢了。"

林太妃连忙点头："对，正是这个理儿。"

谢伊看向太后，见她也和气地笑着，谢伊咬了咬唇瓣，忽然看向不远处。

这时候，因为谢伊突然站起来说不喜欢秦倾，声音比较大，这里一静，不远处的男客们的桌席和小姐们的桌席也都静了下来，数双眼睛都向她看来。

其中包括秦钰的眼睛。

谢伊见秦钰看来，忽然有些紧张，又低下了头，太后和林太妃说完后，她没立即说话。

燕亭忽然一笑，小声说道："原来是秦倾剃头挑子一头热，人家姐姐喜欢他，他偏不喜欢，非要喜欢妹妹，这回傻了。"顿了顿，他又道，"太妃这些日子将京城各府邸的姑娘们都给秦倾筛选了个遍，太妃眼睛都挑花了，觉得谁也配不上秦倾。如今倒好，也让太妃尝尝遭嫌弃的滋味。”

“不要胡言乱语。”秦钰低声说道，“太妃听不到，别人耳朵可不聋。”

燕亭撇撇嘴，不说话了。

谢芳华向这边看过来，觉得燕亭的话不无道理。不过喜欢与不喜欢，哪里有定论？也怨不得秦倾。

安静了片刻，谢伊又抬起头，认真地对林太妃和太后说道：“太后和太妃的话都有理，只是我确实不喜欢秦倾。”她顿了顿，深吸一口气，“我有喜欢的人了。”说罢，她一鼓作气地补充：“喜欢四年了。”

四周顿时变得极为安静。

秦倾忽然也站起身，颤着声问她：“你有喜欢的人了？你喜欢谁？”

谢伊没接话。

秦倾盯着她：“你是不是搪塞我？这两年我总是暗中注意你，没见你喜欢什么人。你是不是因为你姐姐，所以才不接受我，找出个理由来搪塞我？”

谢伊恼怒地看着秦倾：“我有必要搪塞你吗？喜欢就是喜欢，不喜欢就是不喜欢。”顿了顿，她看向卢雪莹，“今日，雪莹姐姐带我去紫荆苑赏花，你与我说此事时，我就明明白白地告诉你了。我不喜欢你，你还非要找我娘求亲。你当我是开玩笑的吗？”

秦倾看着她，脸上露出难受之色：“可是我是真的喜欢你。”

谢伊闻言怒意散去了些，语气平和下来，对他抱歉地说道：“对不起八皇子，我不喜欢你。”顿了顿，她又道，“就如你不喜欢姐姐，不喜欢就是不喜欢，没有原因。”

秦倾的脸色一片惨淡，见她再认真不过，他闭了闭眼睛：“那你告诉我，你喜欢谁，若是真如你所说，我也好死心。若是你不说，或者你没有喜欢的人的话，我是不会放弃的。”

谢伊闻言慢慢地从座位上走开。

明夫人不明其意，一把拽住她：“伊儿，你要去哪里？”

“娘，您曾经说过，我们姐妹的婚事，只要我们不点头，您就不答应，是不是？”谢伊问明夫人。

明夫人点了点头。

“我早就有喜欢的人了，只是他太高、太远，我一直不敢对您说罢了。”说罢，谢伊挣开明夫人的手，“今天到了这个地步，索性我就告诉您。”

明夫人虽然不放心，但还是慢慢地放开了手，她隐约觉得事情怕是会变得更严重，但当着这么多人的面，到了这个地步，反而没办法阻止了。

谢伊离开这里，径直向男客的席位前走去。

众人顿时都跟着她的脚步看向男客席，想着难道谢氏六房的二姑娘喜欢的人坐在男客席里？今天就来了这么几位公子，但毫无疑问，都是南秦京城数一数二的优秀男儿。

难道是右相府的公子李沐清？

难道是永康侯府的燕小侯爷？

难道是程侍郎府的程公子？

或者是宋公子？

再或者是英亲王府的大公子？

众人暗暗揣测。

谢芳华的目光在四下里扫了一眼，见众人的目光都在那几人身上打转，唯独没落在秦钰的身上，她又是感叹又是觉得若是谢伊说出来，今日这一桩事情可就真的具有戏剧性了。

秦倾不喜欢姐姐，喜欢妹妹。

而他喜欢的妹妹，却喜欢他哥哥。

这是怎样一笔难扯的账！

谢伊来到男客席，没看别人，而是径直对秦钰福了福身。

秦钰笑着对她摆摆手，温和地道："伊小姐免礼。"

谢伊直起身，也没道谢，而是看着秦钰，认真地道："皇上，我喜欢的人是你。"

秦钰一怔。

燕亭忽然睁大眼睛，仔细地看着谢伊，片刻后，捅捅李沐清："我没听错吧？"

李沐清笑着摇头："你没听错，伊小姐说喜欢皇上。"

燕亭啊了一声，开玩笑地说："我还以为伊小姐喜欢我呢，白自作多情了。"

李沐清咳嗽了一声。

女客席里，燕岚啊了一声。

程铭、宋方一左一右地推了推燕亭："你再胡说，小心传出府去，你娘该过来抢人了。"

燕亭猛地咳嗽起来。

秦钰一怔过后，失笑地看着谢伊："喜欢虽然很简单，但是伊小姐怕是不太懂。"

谢伊抿唇，认真地说道："我是不太懂，但简单地喜欢不好吗？为什么凡事都要弄得复杂？喜欢就是喜欢。我喜欢你，确实很简单。"

秦钰又笑了笑，温润、平和地说道："朕是天子，南秦脚下，海内四宇，都是朕的子民。有人喜欢朕很正常，但这种喜欢，却不是拿婚事作筏子。"

谢伊摇头："我喜欢你的时候，你不是皇上，也不是太子，而是四皇子，只是那时我也不知道你是四皇子，只是喜欢你这个人罢了。"

秦钰挑眉："你的意思是……"

谢伊认真地说道："四年前，在法佛寺后山，你是不是救过一个被蛇咬的小女孩，你问我是谁，我说我是谢氏六房的谢伊。你身边没有随从，帮我挤出毒血后，将我送回了寺里。就是从那时候起，我就记住了你，后来我才知道，你是四皇子，以前我也不知道自己喜欢你，只是时常想起你，真想明白这就是喜欢时，也是最近的事。"

秦钰闻言愕然。

燕亭看着秦钰，伸手在他眼前晃了晃："皇上，是不是真有这事？你做四皇子时，还助人为乐过？救过十多岁的小姑娘？亲自背人家回去？"

李沐清扑哧一声笑了。

秦钰咳嗽一声，一时无言。

谢伊看着他："你是高高在上的天子，我不过是尘埃一粟，但是喜欢就是喜欢，我自然要站出来告诉你，你把我当小孩子也罢，觉得我不够资格也罢。但是，就是不能说我对你的感情不是喜欢。我喜欢你四年了呢！"

最后一句话，谢伊说得很轻。

我喜欢你四年了呢！

这句话里包含着真挚的感情，这种感情如不掺杂质的湖水，清澈纯净，还有着破釜沉舟的勇气。

秦钰一时收了笑容，看着谢伊。

谢伊还是一个少女，阳光照在她的身上，打着光晕，她就如光的水影，清澈无瑕。

这一刻，在京城里住了多年的人们似乎才发现，一直被明夫人挂在嘴边的小淘气鬼长大了，成了一个少女。她就站在这里，亭亭玉立，一众小姐也盖不住她的光华，尤其是这一刻的光华。

有的人甚至暗暗想着，今日之后，谢伊小姐的名字将会传遍天下。

无人笑话，更无人言声，四周静如无人。

秦倾在谢伊说出喜欢秦钰时，身子晃了晃，险些栽倒，一旁有人及时地扶住了他。

林太妃看着秦钰和他对面的谢伊，又看了看秦倾，暗暗地叹了口气。

太后一直是打着帮林太妃和秦倾说项的心思，如今没想到谢伊却喜欢她的儿子，她着实惊了个够呛，吃惊不是因为谢伊喜欢秦钰，喜欢秦钰的闺阁女子不少，但是敢这样跑到秦钰面前说出来的却没有。

谢伊可比金燕大胆，可谓惊世骇俗了。

明夫人也惊了个够呛，她怎么也没想到谢伊喜欢秦钰，而且真大胆地这样说了出来。她一时不知该夸自家的女儿，还是该站出去训斥谢伊竟然敢对皇上不敬。

她隐约地记着有那么一码事，四年前，的确是秦钰送回了谢伊，那时候她还郑重地谢了四皇子，谁想到却因此埋下了自家女儿喜欢的种子？她因为从来没有生起与皇室结亲的心思，谢伊也从来没有表露过，所以，她自然从来就没想过。

英亲王妃也愣住了，没想到这谢伊的胆子这么大，但心底的赞赏却比惊异多，想着小姑娘勇气可嘉，不是谁都能当着这么多人的面对皇上说喜欢的。金燕喜欢皇上，虽然这些年闹得众所周知，怕是也做不到这样。

大长公主偏头去看自家的女儿。

金燕脸色平静，静静地看着男客席的方向，目光似乎落在秦钰的身上，又似乎落在谢伊的身上，极其平静，像是一个看客，不知道在想什么。

燕岚则是目瞪口呆。

李如碧也如金燕一样，看着男客席的方向，目光放空，不知道在想些什么，面上看不出来。

卢雪莹、郑叶微、王紫茗、程玉屏、宋苓冉等人与大多数夫人一样，惊讶于谢伊的大胆。

今日是英亲王府办赏花会的日子，几乎集齐了南秦京城整个贵裔圈子里的人。

今日皇上、太后、英亲王妃、林太妃、大长公主、左右相夫人等一众夫人、小姐都在。

这样的日子，这样众多的人，大家把自己换作谢伊，都觉得自己做不到。

过了片刻，秦钰忽然开口，问谢伊：“你告诉了朕，朕知道了，那么接下来，你打算如何做？”

谢伊一愣，没想到秦钰会这样说，一时怔住。

秦钰看着她，等着她回话。

不过片刻，谢伊便大声且认真地说道：“你现在不喜欢我也不要紧，以后不喜欢我也没关系。我喜欢你就好了，不做何，就等着你想娶我的时候娶我，想纳了我也行。”

“等着我？”秦钰眯了眯眼睛。

谢伊认真地点头：“我先排队，让你先记住我，有朝一日，你娶后纳妃，或者选秀，我先报名算上一份。”

秦钰忽然笑了一声：“若是朕这一辈子都不娶后纳妃了呢？”

太后面色大变，险些站起来。

众人也都齐齐心惊。

谢伊立即灿烂地笑了：“那正好，我早已经做好了孤独终老的准备。你不娶后纳妃，我也就不必难受了，你在那里就好。”

秦钰又笑了一声：“若是朕选后纳妃，一定要选不喜欢朕的女子，你当如何？”

谢伊想了想，说道：“我已经喜欢你四年了，不可能不喜欢你，但你若是一定要选不喜欢你的女子，你是皇上，我哪里能将你如何？我依旧孤独终老呗。”

秦钰看着她，不再说话。

谢伊任他看着，也同时看着他，似乎说出这件事后，她十分轻松地站在那里，对于结果如何也不那么在意了。

第二十七章

郑氏来人

秦钰看了她片刻，笑着摆摆手："你还是一个孩子，切莫说孩子话。秦倾喜欢你，你便嫁给他吧！他是朕的弟弟，朕自然不会亏待他，待几年后，他磨炼出来，也有不输任何人的风采。你如今看着朕好，几年后，皇位磨没了朕的性情，怕是还不如他。"

谢伊摇头，肯定且坚决地道："我说不喜欢秦倾，就是不喜欢秦倾，我不说假话。"

秦钰说道："既然你不喜欢，那就算了。若是你同意，朕便认你做妹妹，封你为公主，将来再帮你选一门你中意的婚事。"

众人闻言齐齐暗暗唏嘘，想着皇上如此仁厚。

谢伊依旧摇头："我才不要做妹妹，我哥哥多的是，即便你是皇上，我也不想认你做哥哥。"

秦钰蹙眉："既然如此，那就罢了。不过你要知道，朕不喜欢你，不会娶你的。当年救你，也是举手之劳。"顿了顿，他又道，"当时因为知道你也是谢氏的女儿，谢氏六房与忠勇侯府向来亲厚，你是芳华的妹妹，我才出手救你的。"

众人闻言，这才想起昔日与秦钰有诸多瓜葛、险些做了皇后的谢芳华还在这里，一时都将目光看向她。

谢芳华暗暗叹息，揉揉眉心，只觉得头疼。

秦钰身为皇上，曾经的事天下人都知道，倒也不需要再遮遮掩掩，可是他这样说，也就是明摆着拉她下水。

他故意的！

谢伊却道："我知道你喜欢芳华姐姐，不管当初你因为什么救的我，但我确确实实喜欢你了。"顿了顿，她又道，"皇上不喜欢我，也不必苦恼，我虽然早先打定了主意，想缠着你、磨着你，练就比城墙还厚的脸皮来着，可是如今我改主意了。我就等着你，待白发苍苍时，我还不能如愿的话，大不了白活一世，在奈何桥上，我喝了孟婆汤，忘了你，来世再不为你所苦就是了。人这一辈子，短得很。"

秦钰无言片刻，失笑："你倒是看得开。"

谢伊点头，神色认真："我就是这样想的。"

秦钰对她摆摆手："有些人今天喜欢，明天就不喜欢了，有些人前一刻想着这样，后一刻就想着那样了。刚刚你还想缠着我如何，转眼便改主意了，这都是小孩子的事。你去吧，朕权当你什么都没说过。"

谢伊恼怒："你怎么能权当我什么都没说过？难道你喜欢我缠着你、磨着你、没脸没皮？"

秦钰揉揉眉心："自然不是。"

"那就记住我喜欢你，谢伊喜欢你。你不喜欢我没关系，不能当作我什么都没说。"谢伊大声地说完，对秦钰恭敬地行了一个礼，不等他再言语，便转身向明夫人走去。

秦钰看着她的背影，似乎也不知道该再说什么。

燕亭忽然哈哈大笑，一拍桌子："我喜欢谢伊。"

秦钰偏头看他。

众人也都向他看来。

燕亭忽然凑近秦钰："你若是不喜欢她，我可就喜欢了呀。"

"随意。"秦钰收回视线，端起茶盏，喝了一口，神色淡淡地说道。

燕亭喊了一声："谢伊！"

谢伊顿住脚步，回头看向燕亭。

燕亭看着她，笑着说道："嫁给本侯爷吧，怎样？兴许我能让你改变主意，喜欢上我。"

谢伊闻言认真地看了燕亭一眼，摇摇头，一字一顿，一本正经地道："燕小侯爷，对不起，我只喜欢皇上。若是这一辈子我一定要嫁人，就嫁给他，要不然，就孤独终老。"

"我还没说孤独终老，你个小姑娘，比我们小好几岁呢，说什么孤独终老？太早了。怪不得别人拿你当儿戏。"燕亭看着她，意有所指地道。

谢伊认真地道："再过几个月，我就及笄了，是小孩子吗？"

燕亭点点头："看着像孩子。"

谢伊又低头看了一眼自己，然后又抬头，认真地说道："燕小侯爷，我不是小孩子，我是谢伊，谢氏六房的女儿谢伊。兴许现在所有人都觉得我是孩子气地说了孩子话、做了孩子才做的任性事，但是，有朝一日天下人都会知道，谢氏有一个女儿，叫作谢伊，喜欢一个人，一直等着他，就算他选后纳妃时不选她，她孤独终老，老死在府内，也是心甘情愿的。我今日之言，永远作数。"

她的话语掷地有声。

燕亭一噎，顿时对谢伊刮目相看。

秦钰又抬眼看了谢伊一眼，见她说完后，转身就走了，背挺得笔直。

有那么一瞬间，他觉得她是像谢芳华的。

不过，所有人都清楚，她不是谢芳华，忠勇侯府的小姐不会这样任性行事，即便喜欢一个人，喜欢铮小王爷，依照谢芳华清冷的性情，也不会如此恣意任性地说这样的话。

这一刻的谢伊，反而像秦铮，年少轻狂、肆意任性。

明夫人本来纠葛着这一团乱麻，现在听到了谢伊的这些话，顿时心惊又心凉，她可不想自己的女儿真的孤独终老，但是她对自己女儿的性情很了解，怕是这个结就此就系死了。

明夫人看着向自己走过来的谢伊，顿时忧心忡忡。

一众夫人、小姐无一人言声，都各有所思、所想，不得不说，这一番话，极具冲击力。

英亲王妃在静寂中忽然叫了一声好。

她说罢，太后看了秦钰一眼，想了想，也附和地叫了一声好。

二人一开口，便是对谢伊的认可，一众夫人、小姐的心思又齐齐地转了几道弯。

燕岚腾一下站了起来，脸上满是赞扬的神色，大声叫道："好。"

金燕随后也喊了一声好。

金燕的喊声刚落，一众人便都向她看来，众人的视线一下子聚焦在了她的身上。

金燕笑了笑，招呼燕岚等人："继续，该谁出牌了？"

"该我了！"李如碧收回视线，一边看牌一边说。

众人这才想起，除了喜欢秦钰多年的金燕郡主在，先皇曾经赐婚又取消了婚约的右相府小姐李如碧也在。

很多夫人发现，这一代南秦京城的风月事比如今翻涌不定的时局还要刺激人的神经。

谢伊来到明夫人身边，低声说："娘，我们回府了。"

明夫人勉强站起身子，还算镇定地点了点头，转身对太后、林太妃、英亲王妃告辞。

这样闹了一出，谢伊自然不好再在英亲王府待着了。

事情到了这个地步，都是众人始料不及的，林太妃再也说不出什么话来。

太后看着谢伊，仔细端详，觉得谢伊就像海棠，娇艳、明媚。太后忽然想着，若是谢伊做她的儿媳妇儿也不错。

她拉过谢伊的手，温和、慈爱地笑笑，从自己的手腕上脱下一只玉镯，套在了谢伊的手腕上，嘱咐道："哀家在宫里一直无人陪着，憋闷不已，明夫人若是有空，就带二小姐多入宫。"

太后这算是变相地认可了。

做娘的自然希望自己的儿女好，明夫人笑着点点头："多谢太后，有空我便带着伊儿去打扰。"

"谢太后。"谢伊也没推辞，露出笑脸，清脆地道了一声谢。

英亲王妃从头上拔下一根玉步摇，插在谢伊的鬓发上，对她温暖地笑："真是一个好孩子，以后多过来陪华丫头玩。"

"谢王妃，我以后一定常来，一旦想芳华姐姐了就过来。"谢伊转头对谢芳华挤挤眼睛。

谢芳华失笑。

明夫人与一众夫人告辞，带着谢伊出了英亲王府。

二人走后，林太妃看了一眼秦倾，见他低着头，像是失了魂魄，她顿时心疼，拍拍他的肩膀："倾儿，缘分乃天注定，不是你的，也没办法强求。谢伊不是你的缘分，便算了。"

秦倾低着头不语。

林太妃又道："我也乏了，咱们回府吧。"

秦倾这回听了，站起身，扶住林太妃。

林太妃向众人告辞，英亲王妃和太后等一众夫人起身相送，秦倾脚步有些踉跄，祖孙俩一起出了英亲王府。

这祖孙俩的背影，让人看着有些难受。

谢芳华想着，今日她给谢伊出的这个主意，不知是好是坏。只不过她是站在了谢伊的角度上，她帮了谢伊，却伤了秦倾。

秦倾喜欢谢伊，但是谢伊不喜欢秦倾，就如当初秦倾拒绝谢惜一样，任谢惜肝肠寸断，又能如何？

若说没有因果循环，她也不信。

谢芳华暗暗地叹了一口气。

明夫人和谢伊林太妃和秦倾相继离开后，赏花会上沉寂片刻，夫人、小姐们又陆续地说起话来，但气氛总归不如早先一般喧嚣、热闹了。

过了片刻，小泉子走了过来，对谢芳华见礼："小王妃。"

谢芳华转头看向他："公公有何事？"

小泉子立即作了个揖，低声说道："奴才离宫前忘了给皇上带衣服了，刚刚燕小侯爷不小心将酒杯打翻了，酒洒在了皇上身上，如今若是回宫去取，皇上就要一直穿着湿衣服。奴才想着，铮小王爷和皇上身量相当，是否可以……"

谢芳华了然，向秦钰所在的方向看了一眼，喊道："侍画。"

"小姐。"侍画来到近前。

"你去落梅居取一件秦铮的外衫来，要崭新的，交给小泉子公公。"谢芳华吩咐。

侍画点点头。

小泉子立即小声说道："皇上的内衫也湿了，皇上得前去换了。"

谢芳华只好说道："这样吧，让侍画带路，皇上去落梅居换吧。"

"多谢小王妃。"小泉子连忙道谢，向秦钰跑去。

他跑到秦钰面前，说了两句，秦钰向这边看来，谢芳华对他点了点头，秦钰站起身，侍画引路，三人向落梅居走去。

不多时，侍画跑了回来，气喘吁吁，来到谢芳华面前，耳语："小姐，皇上看中了昨日您刚做好的衣服，非要穿，奴婢阻拦不住。"

谢芳华一怔："你是说……"

"就是新做的。"侍画有些急，补充，"您给小王爷新做的，昨天做好后，忘记收起来了。"

谢芳华立即问："他已经穿上了？"

侍画点头。

谢芳华问："那他可知道内情？"

侍画摇摇头："不知道皇上看出来没。"

谢芳华无语片刻，摆摆手："既然穿上了，就给他穿吧。"说罢，她揉揉头，"他的衣服怎么就偏偏被洒了酒呢。"顿了顿，她看向男客席，燕亭正在和程铭划拳，看样子燕亭输惨了，已经醉了，她气闷："这个燕亭，都怪他。"

秦钰走回来时，已经换了一身衣装。

外面是一件织锦玉兰花的长衫，内衫在衣领处露了一个边角，阳光下，线落不同的素雅暗纹，他缓步走来，温润秀逸，风雅俊美。

小泉子亦步亦趋地跟着，不时地偷偷拿眼睛往谢芳华这边扫。

谢芳华抬眼看了一眼，正对上秦钰的视线，然后狠狠地瞪了他一眼。

秦钰淡淡一笑，神色轻松，全无负担地回到了座席，将已经喝醉了歪头晃脑的燕亭抬手扶正，笑着对他说道："你这杯酒洒得好。"

燕亭虽然已经醉了，但还有些神志，瞥了他一眼："有什么赏赐吗？"

秦钰道："将御留的醉青竹给你一坛。"

"两坛！"燕亭伸出两个指头。

"好。"秦钰点头。

燕亭满意了，打了个酒嗝，凑近他说："谁叫她不给我落梅居的好酒喝，也让她长长记性。用她做的衣服换两坛美酒，值了。"

秦钰笑着看了他一眼："这衣服何止值两坛美酒！"

"什么意思？"燕亭问。

秦钰摆摆手，对小泉子吩咐："将酒都拿走，上茶吧，再喝下去，燕小侯爷就该躺到地上了。"

小泉子连忙应声，带着人将桌子上的酒都撤走了。

燕亭不满，但没吱声，捂住额头，说："来一碗醒酒汤，程铭不是东西，暗中使诈，要不然我输不了。"

"我看你今天想喝酒，成全你而已。"程铭道。

燕亭撇撇嘴。

喜顺连忙吩咐人去熬醒酒汤给燕亭。

宋方捅捅燕亭："你看中的那个品竹不答应你？"

燕亭嗯了一声："看来小爷我要打光棍了，她看不上我。"

"忠勇侯府的婢女的确不是那么好讨要的。"宋方道，"尤其那个品竹，我听说她也是出身谢氏。"

"谁讨要了？是娶。"燕亭道。

"娶她，她也不同意？"宋方讶异。

"嗯。"燕亭揉揉头，"她心仪的人是子归兄。"

宋方大惊："他们不是同姓一谢吗？"

李沐清此时说道："他们虽然同姓一谢，但早已经出了五服，可以通好。"

"要是我，我也选子归兄，他比你讨喜多了。"宋方拍拍燕亭的肩膀，"大丈夫何患无妻？别气闷了，你燕小侯爷若是想娶妻，排队的人多了去了。"

"你懂什么，多少别的人也不如那个心爱之人。"燕亭挥开宋方。

"这话倒有道理。"宋方点头。

"照我说，女人就是那么回事，大丈夫当建功立业，儿女情长不过是云烟。"程铭道，"看开点儿。"

"你倒是建功立业去呀！我们一个两个忙得四脚朝天，你这些日子在干什么？”燕亭看着他。

程铭咳嗽一声：“我对朝堂没兴趣，但是已经答应皇上了，届时我的生意做大，军饷我出三分之一。”

“三分之一的军饷可不少呢。”李沐清道。

程铭一拍胸脯：“放心！”

“这还差不多。”燕亭心里舒服了些，“一起玩大的，我们累死累活，你也不能闲着。”

“我能闲着吗？我若是闲着，就算你放过我，皇上放过我，秦铮兄能放过我？”程铭挑眉。

燕亭点头。

说到秦铮，宋方问：“话说秦铮兄做什么去了？从回京、回府后，只见过他一回。”

“他做的事情谁也做不来，打听这个做什么？”燕亭一个硬板踢了过去。

宋方一噎，想想也是，遂作罢。

几人正说着，外面便有人来禀告了：“皇上，荥阳郑氏的族长和大老爷、长公子进城了。”

众人打住话。

秦钰想了想道：“去请他们来英亲王府吧。”

“是！”那人立即去了。

程铭立即说道：“我昨日才听说荥阳郑氏的人要进京，他们这也太快了吧？”

“娶媳妇儿嘛，当然要马不停蹄了。”燕亭道。

秦钰向金燕所在的方向看了一眼，见她与燕岚、李如碧等一众小姐玩得正欢，他吩咐小泉子：“将荥阳郑氏的人进京了，朕请他们来府的事告知王妃、大长公主、金燕郡主。”

“是。”小泉子连忙去了。

小泉子来到夫人的座席前，对太后、英亲王妃、大长公主作揖：“荥阳郑氏的人进京了，皇上说让他们来英亲王府。”

大长公主一愣：“这么快？”

小泉子点头：“城门处的人禀告，的确进京了，是快了些。本来以为他们最快也要晚上才到的。”

“来的人都有谁？”大长公主问。

“据说有荥阳郑氏的族长郑轶和大老爷郑诚、长公子郑孝纯。”小泉子道。

大长公主点点头，对小姐的座席处喊了一声：“燕儿。”

金燕玩得正欢，没听到。

卢雪莹一直注意着这边的动静，连忙放下牌道：“金燕，公主喊你呢。”

金燕闻言看向大长公主，大长公主对她招招手，金燕立即放下牌，走了过去。

金燕来到近前，大长公主对她说道：“荥阳郑氏来人了。”

金燕看了一眼天色：“这么快？”

“的确到了。”大长公主看着她，“你要不要准备一番？”说罢，大长公主不等她回话，便对一旁的谢芳华道：“小王妃，你带她去打扮一番吧。”

谢芳华站起身。

金燕从袖子里拿出镜子，照了一下，又放回袖子里，摇头：“娘，我发髻没乱，妆容也没花，不是挺好的吗？”

大长公主瞪了她一眼：“总要正式一点儿。”

金燕伸手一拉谢芳华：“既然皇上在英亲王府召见他们，就由芳华与我去门口亲自接他们吧，这正式了吧？”

大长公主一噎：“这……你去门口迎接，合适吗？”

“怎么不合适了？娘，这里这么多如花似玉的美人，不让他先看到我，万一他眼睛花了，认不过来，记得清楚哪个是我吗？”金燕道。

大长公主扫了众位小姐一眼：“也是，那……”

“你们都坐着，我们去就行，虽然芳华长得美，但是我也不怕他瞧上芳华，毕竟谁敢同铮表哥抢媳妇儿？不要命了。”金燕说着，拉着谢芳华就走。

谢芳华无语，只能跟上她。

英亲王妃笑了起来：“金燕说得对，让她们去吧。荥阳郑氏的人来了，总不能我们亲自去迎吧？华丫头是我们英亲王府的儿媳妇儿，也是女主人，她带着金燕出去迎，也是应当。”

“我怕她不庄重，让荥阳郑氏的人不满。”大长公主道。

“这你就多虑了，金燕要才有才，要貌有貌，出身又好。我看她这样出去，自然端方，也没什么不好。荥阳郑氏的人若是看不上她，还能看上谁？”太后也笑了起来，“正如金燕自己说，难道看上小王妃？那秦铮可不干。”

“秦铮就是个小阎罗王，这天下还有谁敢跟他抢媳妇儿呀？”大长公主自己也笑了起来。

一众夫人又说笑了起来。

唯一见过荥阳郑氏嫡出公子郑孝纯的人便是明夫人了，但是明夫人离开了，一众夫人都好奇，这郑孝纯有什么品貌、才华，有多出挑，竟然让当初的谢氏长房敏夫人、后来的右相夫人，以及如今的大长公主看中。

谢芳华和金燕出了水榭，前往府门口。

秦浩以及喜顺，还有小泉子也随后走出来迎接。

金燕一边走着，一边低声对谢芳华说："秦浩的变化可真大。"

谢芳华点了点头。

"卢雪莹受苦一场，如今也算是苦尽甘来了，若是秦浩以后真能好好对她，她也算是有后福了。"金燕又道。

谢芳华低声说道："她要给秦浩纳八房妾室。"

金燕吓了一跳。

谢芳华也笑了笑："还要看以后，夫妻之事，如人饮水冷暖自知。"

"也是。"金燕点头，挽住她的手臂，"谢氏六房的谢伊真是让人刮目相看，如今比起来，我还真是不及她有这份胆量。"

"伊妹妹今日也是迫于无奈了。"谢芳华道。

"就算迫于无奈，这样的场合，也不是什么人都能站出来的，至少在这一点上，我就不及她。以后她真能等到钰表哥回眸，我也祝福她。"金燕道，"自此后，谢氏六房的女儿也要名满天下了。"

谢芳华见金燕心里对今日的事情没芥蒂，反而赞赏谢伊，她也不知道该说些什么。

人与人没办法去真正地比较。

有的人千求万求求不来，有的人轻而易举地就能得到一切。

金燕往后要走的路，比谢伊的路难多了。毕竟荥阳郑氏的人这时已经进京了，很快就会与金燕见面。

为大义牺牲，几人能够做到?

谢芳华和金燕说着话，来到了府门口，荥阳郑氏的人还没到。

秦浩、小泉子、喜顺三人来到，也与谢芳华和金燕一起等着。

大约也就等了半盏茶的工夫，一行三骑便来到了英亲王府。

最前面的是一位须发花白的老者，看着像是年过古稀的样子，另有一位年过半百的中年男子，剩余一位则是年轻男子，其长相虽然称不上俊美无俦，但也十分耐看。

三人均是风尘仆仆。

谢芳华感慨，那位须发花白的老者，应该就是荥阳郑氏的族长郑轶了。这般大的年纪，还骑快马奔波，想来身体真是硬朗。

另一位年过半百的中年男子，应该就是大老爷郑诚，郑孝纯的父亲了。

那位唯一的年轻人，应该就是郑孝纯了。

三人下马，见府门口站着人，当前一位男子，两位女子，男子俊朗，两位女子一个绝美如画，一个娇质玉颜，其余的一位挂着府内的大管家腰牌，一位挂着宫里大总管的腰牌。

这几人的身份，定然非比寻常。

老者上前一步："在下是荥阳郑氏郑轶，携侄儿郑诚、侄孙郑孝纯前来拜见皇上。几位是？"

秦浩拱了拱手："见过郑公，在下是秦浩。"说罢，他伸手一指谢芳华，"这位是弟妹谢芳华。"说罢，他又伸手指向金燕："这位是大长公主府的金燕郡主。"

荥阳郑氏的人闻言一惊。

两位老者的目光顿时落在了谢芳华的身上。

郑孝纯一愣，抬眼认真地看了金燕一眼。

金燕的目光与郑孝纯对视，对他福了福身。

郑孝纯连忙还了一礼。

二人相见，以礼相待。

那边，郑轶和郑诚上前给秦浩和谢芳华见礼："原来是大公子、小王妃，失敬、失敬。"说罢，二人对金燕含笑着和气地道，"金燕郡主。"

金燕上前给二人福了一礼。

谢芳华淡淡一笑："郑公三位从荥阳远路而来，辛苦了。皇上、太后、王妃，还有大长公主都在内院等着各位，请吧！"

郑轶、郑诚连忙也道了两句"请"，一行人向府内走去。

路上，谢芳华问："郑公身子骨可真硬朗，据我所知，荥阳距离京城路远，你们最快也应该今日傍晚才到吧？"

郑轶哈哈一笑："老头子身子骨还算硬朗，小王妃说得不错，荥阳距离京城路远，我们最快也应该今日傍晚才到。我和郑诚恰巧出门在外，听到皇上召见，便与孝纯会合赶来了。要不然我这把老骨头，明日晚上能赶到就不错了，孝纯由荥阳赶来，更辛苦一些。"

"原来是这样！"谢芳华笑笑，转头对郑孝纯说，"辛苦郑公子了。"

"皇上召见，理应立即进京，不辛苦。"郑孝纯连忙说道。

谢芳华笑着看了一旁的金燕一眼，对郑孝纯开玩笑地道："郑公子可是看准金燕郡主了？如今认识且记住了吧？稍后进了内院水榭，各府小姐们很多，你见多了人，可别记错了。"

郑孝纯没想到谢芳华会开他的玩笑，脸一红，连忙抬头又看了金燕一眼，摇摇头："在下记住了，识得金燕郡主了，断不会记错人。"

"那就好。"谢芳华从郑孝纯的言谈神色间打量他，会脸红的男子，一般都比较内向端正，人品都不错。彬彬有礼，给人印象很好，怪不得敏夫人、右相夫人、大长公主都看中了他。

金燕用胳膊碰了谢芳华一下，悄声对她说道：“你若是把他吓跑了，坏了我的事，我饶不了你。”

谢芳华拍拍她的手，笑着说：“放心吧，郑公子哪里是那么容易被吓跑的？”

金燕那句话极其小声，是用只有她们两个人才能听到的声音说出来的，而谢芳华这句话故意用了不小的声音逗趣地说了出来，刻意让郑孝纯听见了。

金燕的脸腾一下就红了，挥手打她。

谢芳华连忙躲闪，同时对她笑着说道：“金燕郡主，注意仪态，小心郑公子没被我吓跑，却被你撒泼的样子吓跑了。”

金燕立即住了手，难得地红了脸，看向郑孝纯。

郑孝纯向二人看来，脸色更红了，有些不好意思地对二人笑笑，咳嗽了一声，小声说：“在下为求亲而来，自然不会……不会被吓跑的……”

谢芳华闻言好笑，想着这郑孝纯是个有意思的人，脸皮还真是很薄。

金燕明知谢芳华是逗郑孝纯观其品行的，但还是被弄得不好意思了，佯怒地打了她一下，羞恼地道：“等着我告诉铮表哥收拾你。”

谢芳华顿时露出求饶的表情：“我不逗郑公子就是了，你可别告诉秦铮那个小阎王。”

金燕扑哧一下乐了：“俗话说一物降一物，还真是说对了。有你怕的人就好，省得你欺负我时，我治不了你。”

谢芳华一时无语。

二人说说笑笑，没有贵裔小姐的拘礼、拘谨、死板，让郑孝纯有些讶异。

而郑轶、郑诚见二人如此，对看一眼，两人用眼神交流着信息，也露出了笑意。

谢芳华清楚地看到了，不动声色地笑了笑。

一行人来到内院。

此时，内院已经换了一番布置。

秦钰、太后、英亲王妃、大长公主都坐到男客席这边来了。李沐清、燕亭、程铭、宋方等人坐在了外围。

郑轶、郑诚、郑孝纯三人来到，给皇上行叩拜之礼。

秦钰起身，扶起了郑轶，温和地含笑着说道：“郑公年纪大了，以后见到朕不必行礼了。”

“多谢皇上宽厚，老头子身子骨还硬朗，见到皇上理应行礼，礼不可废。”郑轶连忙说道。

秦钰笑了笑：“母后和大伯母、姑姑刚刚还在说荥阳郑氏礼教极好，超越各大世家，看来真是如此。”

郑轶连忙说“不敢”，带着郑诚、郑孝纯拜见太后，又给英亲王妃、大长公主见礼。

太后笑着说：“郑公免礼。”

英亲王妃和大长公主的目光落在郑孝纯的身上，二人打量之后，英亲王妃笑着说道：“这位是郑公子吧？果然如传言一般，一表人才。”

大长公主也满意地点了点头，看了自家女儿一眼，见金燕没有不满，暗暗松了一口气。

秦钰笑着吩咐人看座。

郑轶、郑诚、郑孝纯逐一落座。

秦钰也如谢芳华一样，询问了这三人为何会来得这样快，郑公如回答谢芳华一般，逐一回答了。

秦钰笑着点点头。

寒暄片刻，已经到了午时，英亲王妃吩咐喜顺、春兰将准备好的饭菜安排人端到水榭。

秦钰招手，让燕亭、李沐清、程铭等人坐上前来，一起入席。

郑轶见秦钰丝毫没有皇上的架子，与永康侯府的小侯爷、右相府的李公子等人言谈无忌，笑容温和，真如传言一般，是个温润平和的人，与做四皇子、太子时一般，提着的心渐渐放松了一半。

席间，郑轶询问：“几位公子都在，怎么不见铮小王爷？”

秦钰偏头看了女眷席的谢芳华一眼，有些无奈地说：“据说苍梧山有一株有着五百年历史的情人花要开花了，他跑去苍梧山摘情人花了。”

郑轶一愣。

郑诚纳闷儿：“何为情人花？”

“据说这花开在苍梧山之巅的陡峭山崖上，相互喜欢的男女一起吃了，此生不离不弃，恩爱白首到老。”秦钰道，“他听说后，朝事也不理了，便跑去摘了。”

郑诚道：“未曾听说世上竟然有这种花。”

“天下之大，无奇不有。”秦钰道。

郑轶想了想道：“我倒是隐约听过是有这样一种花，一直以来都以为是传说，没想到还真有其事。铮小王爷竟然跑去了苍梧山之巅，苍梧山距离京城应该有几千里地吧？”

“可不是？苍梧山距离京城快马跑路也要七日才能到。”燕亭哼了一声，“我本来想跟着，但是他怕我抢他的情人花，死活不让我去。”

“铮小王爷是性情中人。”郑轶道。

秦钰轻哼了一声：“不务正业。”

郑轶看了秦钰一眼，想到了什么，眼底闪过一丝精光。

“那个臭小子可不是不务正业吗？华丫头又跑不了，去摘什么情人花，那么高的苍梧山，平白地让人担心死。”英亲王妃接过话，“不过他任性惯了，先太皇、先太后、先皇在世时，他便嚣张无忌，任性胡为，想做什么就做什么，都是被惯的，如今想给他扳正，也扳正不了了。”

太后笑着说道：“皇嫂怎么不说你也惯着他？都推给先人们了。”

英亲王妃瞋了太后一眼：“我如今后悔着呢，日日为他担心。”

“他既然要去苍梧山摘花，就是有那个本事。我看你不必为他担心，他可舍不得出事。家里还有华丫头呢，他可不傻。”太后笑着说道。

英亲王妃闻言也笑了：“倒也是。别只顾着说这些闲话，可不能忘了郑公三人来京的重要事。”

太后笑着点头，对一旁的大长公主笑着说道：“我看郑公子人品、样貌都极其出挑，你看中的这门亲事还真是不错。”

大长公主笑着点头，对郑孝纯极为满意，见金燕也没什么反感情绪，便笑着说道：“郑公和大老爷、公子也看到燕儿了，不知意下如何？”顿了顿，她又补充道，“燕儿这孩子也是自小被我惯坏了。”

郑轶捋着胡须哈哈一笑：“老朽觉得金燕郡主极好，虽然我荥阳郑氏族内规矩多，礼教严苛，但是对郡主可以宽厚待之。”

郑诚也颔首，笑着说道：“金燕郡主是大长公主的女儿，大长公主向来令人赞赏，金燕郡主自然差不了。”顿了顿，他看了一眼郑孝纯，接着说道，“倒是犬子生性有些木讷，不善言谈，怕是会委屈了郡主。”

郑孝纯的脸又红了红。

大长公主听着郑诚夸她的话心下极为高兴，笑着摇头：“我看郑公子人品极好，我倒不喜欢那等浮夸多话之人。只要能待燕儿好，不善言谈又有什么？”

“犬子能得大长公主看中，是他的福气。”郑诚连忙说道。

郑轶笑着转头看向上首的秦钰，对他一拱手：“皇上，老朽有个不情之请。”

“郑公请说。”秦钰笑着点头。

郑轶道：“我们对金燕郡主十分中意，大长公主和金燕郡主看来对孝纯也没意见。不如趁此，皇上下一道赐婚的圣旨，皆大欢喜。”

秦钰温和一笑：“两方都中意，朕下一道赐婚的圣旨自然简单。”说罢，他话锋一转，继续说道，“不过如今是先皇孝期，金燕表妹毕竟也是皇亲国戚，先皇只这一个外甥女，自小疼宠，她也是要等孝期满了才能大婚的。”

郑轶立即说道：“这是自然，孝大于天，更何况先皇驾崩，乃是国孝，定然要遵从。孝纯和金燕郡主先定下婚约，明年再完婚也不迟。他们都还年轻，等上一两年自然无碍。”

秦钰看向大长公主和金燕。

大长公主笑着点了点头。

金燕没意见，也点了一下头。

秦钰笑着说道：“既然如此，朕今日便下旨吧，朕观郑公子人品、行止也都不错，两家门楣也相当，互不辱没。金燕表妹能托付给郑公子，郑公子善待之，朕也欣慰。”

郑孝纯立即站起身，拱手，红着脸看着金燕，说道：“若是郡主不嫌弃，在下定然会善待郡主。”

金燕的脸也适当地红了，点了点头。

秦钰见此，沉默了片刻，吩咐小泉子去找拟旨官拟旨。

片刻后，秦钰提笔下了一道赐婚圣旨，当场给郑孝纯和金燕赐了婚。

赐婚圣旨一下，水榭内顿时热闹了起来。

一众年轻男子纷纷恭喜郑孝纯，燕亭、李沐清拉着他喝酒。一众女子将金燕拉走了，纷纷对她表示祝贺。

第二十八章
兄代弟罚

燕岚笑着捅捅金燕："郑孝纯真不错呢，你看，他虽然不善言辞，但他同哥哥他们待在一处，举止不失风采，看着便好相处。而且他一直都没往我们这边扫一眼，可见是个心实的人，木讷人有木讷人的好处，不见得好色。"

金燕咳嗽了一声，险些喝呛了。

谢芳华好笑地向那边看了一眼，说道："虽然他不善言辞、品行端正，但是他的酒量可真不错呢。"说罢，她向金燕打趣，"你也该练练酒量，别洞房花烛夜时你喝得酩酊大醉，输了阵势。"

"你今天真是皮痒痒。"金燕放下酒盏，扬手就打谢芳华，嗔怒道，"你新婚第二日，日上三竿都没起来，还好意思笑我吗？"

谢芳华猛地咳嗽起来，脸也红了："小心被人听到，荥阳郑氏的人觉得你孟浪，立即退了婚。"

金燕哼了一声，使劲地掐了谢芳华一把。

谢芳华笑着顺势拉住她，对众人道："我看咱们也吃得差不多了，去我的落梅居坐坐如何？上午累了半日了，大家也去我那里歇歇。"

"铮表哥可是从来不让外人进落梅居的呢。"金燕道，"你确定？"

"自然确定，他不在，我当家。"谢芳华绷起脸道。

"好，走。"金燕立即招呼众人。

这时，右相夫人走了过来，对李如碧说："碧儿，娘乏了，咱们回府吧，时候也不早了。"

李如碧笑着说：“娘，我们这里还没散场呢，夫人们都乏了吗？”

右相夫人摇头：“是娘有些乏了。”

李如碧想了想，点头：“那好吧，我陪您回去。”说罢，她对谢芳华、金燕等人道，“你们继续去玩吧，母亲乏了，我陪母亲回府。”

“夫人既然乏了，那你自是要陪着回去，改日再过府来玩吧。”谢芳华笑着说道。

李如碧点点头。

谢芳华要出府送右相夫人和李如碧，卢雪莹走过来，笑着说道：“弟妹，你带她们去落梅居吧，我来送右相夫人和李小姐。”

谢芳华颔首。

卢雪莹送二人出府。

那二人走远了，燕岚拉住谢芳华，小声说：“李如碧看不上郑孝纯，如今怕是后悔了。这荥阳郑氏的公子真是不错呢，被金燕给捡到了宝。看到他脸红，我就想去逗他，可惜，我不敢去，怕大长公主以为我要抢女婿，用刀子眼杀了我。”

金燕气得打了燕岚一巴掌：“小心我娘听见，现在就拿刀子眼杀了你。”

燕岚对金燕俏皮地吐了吐舌头，然后转头又对谢芳华小声说：“你有没有觉得如今李如碧给人的感觉怪怪的？”

谢芳华看着她，问道：“怎样个怪法？”

燕岚摇头：“说不上来，就是觉得她这次突然不闹着要出家了，如今出府后就跟什么都没发生过一样，很奇怪。哪有闹了半天，如今反而一点儿动静也没有的，该玩玩，该笑笑。你不觉得奇怪吗？”

谢芳华笑了笑：“也许她彻底放开了。”

燕岚挠挠脑袋：“我也不愿意将人往坏处想，但愿吧。”

谢芳华不再说话。

一行人说说笑笑地前往落梅居。

玉灼和林七在落梅居早已经得到了消息，侍蓝、侍晚等人在院中摆设了桌椅、茶水、果盘。

一行人进来后，白青和紫夜两个小东西嗖一下跑出来，横在院中，对着一行人龇牙咧嘴地嗷嗷叫，十分凶恶。

胆小的郑叶微、王紫茗吓得差点儿叫出声来。

白狐和紫貂自从来了落梅居，好吃好喝好住，即便秦铮、谢芳华不在府内，林七也不误它们两个的一日三餐，将两个小东西喂得长大了一圈，本来可爱无害的两个小东西，如今露出牙齿，还是极具威慑力的。

“它们这是不欢迎我们？”金燕问。

“跟它们的主人一个样。”燕岚抿着嘴笑，“看来是不欢迎你们，昨天我来的时候，它们可没这样对待我。”

“你讨喜行了吧？”金燕白了燕岚一眼。

谢芳华好笑，对两个小东西摆摆手：“这些是我带来的客人。”

两个小东西闻言叫了一声，收了凶相，跑到谢芳华脚边，拽着她的裙摆蹭了蹭。

谢芳华弯下身，用手摸了摸它们，它们舒服地抖了抖毛，乖乖地走了。

“好通灵性。”程玉屏惊讶地说。

谢芳华笑着请众人进去。

一行人坐下，你一言我一语，一边喝茶，一边闲聊起来。

落梅居的梅花清香四溢，落梅被风吹起，飘飘落落，远离前面的喧嚣，十分温暖、安静。

“落梅居可真好，铮表哥真会享受，我还是第一次来落梅居呢。”金燕感慨道，“铮表哥从来不喜女人来他的院子，侍婢都不行。”

“脾气怪。”燕岚碰碰谢芳华，小声说，“我隐约听说我哥哥想娶你的婢女，有这回事吗？”

谢芳华一愣，失笑，点了点头。

燕岚立即问：“是你的哪个婢女？”

谢芳华四下里看了一眼，说道：“是品竹。”

“品竹……”燕岚想了想，恍然大悟，“哦，我知道了，就是十分有气派的那个。”

谢芳华笑着点了点头。

“还别说，我哥哥的眼光还真的不错。”燕岚道。

谢芳华没说话。

燕岚又说：“她是不是不答应？否则我哥哥今天就不会是看起来有些气闷的样子了。”

谢芳华点了点头。

燕岚纳闷儿：“她为什么不答应我哥哥？我哥哥哪里不好吗？”

谢芳华想了想，将品竹喜欢谢墨含的事情说了。

燕岚恍然大悟：“怪不得呢。”说罢，她露出愁容，“比起你哥哥，我哥哥看起来的确有些不靠谱。可是他们毕竟同姓一谢，你哥哥总不能娶她吧，谢氏族亲怎么看？虽然谢氏分族分宗了，这事也不可能吧？再说，你哥哥喜欢她吗？”

谢芳华道：“我也不知，哥哥不在京中。”

“我今日回去悄悄问问我娘的意思，若是我娘也同意，我们就帮帮我哥哥。”

燕岚低声说道，“我可不想我哥哥看中的人都娶不成，对自己失去信心。”

谢芳华失笑：“燕小侯爷能看开，凡事还是不要太过强求，顺其自然吧。”

燕岚伸手点她的眉心：“担心你哥哥吧，他也老大不小了，如今在边境，咱们和北齐交战，没个几年打得完吗？你哥哥怎么才能娶到媳妇儿？”

谢芳华皱眉：“也是。”

燕岚见成功地让她忧心了，自己反倒轻松、高兴了：“看吧，同样得为哥哥操心，你还能顺其自然吗？”

谢芳华对她又是无语又是好笑。

众人闲聊了大约半个时辰。

这时，侍画来到谢芳华身边，压低声音禀告：“小姐，刚刚明夫人传来话，说荥阳郑氏来的人不止三个，还有一位二公子。”

“嗯？”谢芳华偏头。

侍画点头：“这位二公子是大公子郑孝纯的亲弟弟，平素游手好闲，喜好各种玩趣乐子，生平无大志，别无长处，据说也是被惯的，大老爷的夫人在生他时母子的心长在了一处，夫人为了救活他放弃了生命。临死前，夫人要求大老爷和大公子好好待他，不准欺负他。所以，大老爷和大公子对他疼宠有加，要什么给什么，以致养废了。”

谢芳华想了想，说道：“既然他也来了，那为何刚刚无人禀告于皇上？”

侍画道：“他是晚那三人一步刚刚进城的，而他在荥阳郑氏里不是才华杰出的子孙，谁会注意到他？就算注意到他，也不会当回事地禀告。”

“六婶母还说了什么？”谢芳华问。

侍画摇摇头：“明夫人只说告诉小姐一声，再没说什么。毕竟如今对荥阳郑氏敏感，这位二公子即便名声不好，也是荥阳郑氏的人，大意不得。”

“嗯，你去回话，告诉六婶母我知道了。”谢芳华压低声音说道，“皇上还没走吧？”

“没有。”侍画摇头。

“你也去告诉小泉子一声。”谢芳华吩咐。

侍画点点头，去了。

侍画刚走不久，前方便散了场，有人来禀告，各位夫人要回府了，问问小姐们要不要一起回府。

都玩了大半日了，自然也都乏了，小姐们也不逗留了，纷纷起身出了落梅居。

谢芳华将一行人送出了落梅居，本来打算送去府门口，侍画走过来，悄声说：“小姐，那位郑二公子进城后，当街纵马，冲撞了右相夫人的马车，右相夫人挑帘子想问问，他竟然一鞭子打过来说‘好狗不挡路’，李小姐为了护右相夫人，被打伤了半边脸，破了相，右相夫人大怒，命人将他拿下了，说交由相爷处置。”

谢芳华一愣：“右相夫人跟李如碧不是早就离开了吗？”

侍画道：“路上右相夫人去买了什么东西，耽搁了一会儿，正好赶上郑二公子进京了。”

谢芳华听罢，不由得蹙眉。

荥阳郑氏的这位二公子尾随郑轶、郑诚、郑孝纯之后进了京，刚进京，便好巧不巧地冲撞了右相府的马车，打伤了李如碧的半边脸，使其破了相，右相夫人焉能不大怒？右相知道后，怕是也会大怒。但是这位郑二公子却是郑诚和郑孝纯捧在手里的宝贝，也就是说，荥阳郑氏和右相府怕是就此结怨了。

右相是两朝重臣，受先皇器重，秦钰也准备重用他。

荥阳郑氏这一潭深水，如今丝毫不能惊动，自然要明里笼络着，不能重处。更何况，荥阳郑氏刚与大长公主府结亲，也不应该此时撕破脸，太难看的话，对江山不利。

总之，突然出了这等事情，秦钰这个皇上才是夹在中间左右为难的人。

谢芳华转眼间便将利害关系在脑中梳理了一遍，问侍画：“如今荥阳郑氏的二公子被右相夫人拿下去了哪里？”

“绑回了右相府。”侍画道。

“皇上知道这件事情了吗？”谢芳华问。

“此时应该知道了吧。”侍画道。

谢芳华想了想，又问：“皇上还没回宫吧？”

“还没有。”侍画摇头。

谢芳华抬腿向水榭走去。

她刚走出去不远，小泉子便迎面跑来，气喘吁吁，见到谢芳华，也顾不得见礼了，连忙说：“小王妃，皇上请您立即随同前往右相府一趟，右相府的李小姐破了相，据说十分严重，太医们怕是救治不了，只能请您前去相救了。”

“好，皇上如今在哪里？”谢芳华问。

“皇上已经前去府门口等您了。”小泉子立即回答道。

谢芳华转了路，向府门口走去。

她来到英亲王府的大门口，秦钰、郑轶、郑诚、郑孝纯、英亲王妃、大长公主、金燕等人都在。

见谢芳华来到，秦钰看了她一眼，说道：“去右相府吧，先救好李小姐再说。”

谢芳华颔首。

秦钰乘坐玉辇打头，众人上马的上马、上车的上车，皆前往右相府。

谢芳华和英亲王妃坐在一辆马车里，英亲王妃低声说道："华丫头，你觉不觉得此事太巧了？今日天气好，外面阳光明媚，街上人来人往，荥阳郑氏的二公子为何偏偏冲撞了右相府的马车？"

谢芳华颔首："我也觉得此事太巧了，先去看看。"

英亲王妃忧心地道："真是一日都不得安静，怎么好生生的偏偏冒出来个荥阳郑氏的二公子？这个郑二公子，你可知道？"

"侍画查了。"谢芳华将明夫人传来的消息与英亲王妃说了一遍。

"原来是这样，也是个被娇惯的人。"英亲王妃道，"但愿李如碧脸上的伤能救治。"

谢芳华点了点头。

二人不再说话。

另外一辆马车上，大长公主和金燕坐在一起，大长公主的眉头拧成了一根绳，嘀咕道："荥阳郑氏怎么还有个二公子？"

金燕看了她娘一眼，小声说："娘，您不会不知道吧？当初给我选亲时，您没有调查荥阳郑氏都有什么人？"

"荥阳太远了。"大长公主道，"郑孝纯是敏夫人和右相夫人看中的，她们二人眼光毒辣，她们相中的人自然错不了，我便没细问。"

金燕叹了口气："稍后我问问芳华，兴许她知道。"

大长公主点了点头："怎么出了这个事情，希望能妥善解决，别闹大了，否则你们刚被圣旨赐婚，多不吉利。"

金燕低下头，不再说话。

吉利不吉利又如何？她选择的本就是这样一条布满荆棘的路，只是没想到，开篇便这么热闹，拉了右相府进来。

玉辇内，秦钰吩咐小泉子："去查荥阳郑氏的二公子。"

小泉子应了一声，立即吩咐了下去。

郑轶、郑诚、郑孝纯三人骑在马上，人人面色又是紧张又是凝重，似乎也没料到郑孝扬会悄悄跟在他们三人后面进京，更没料到他一进京就闯了祸。

一行人匆匆来到右相府。

右相已经得到了消息，匆匆回了府，与他一同来府的还有英亲王和左相、永康侯。

李沐清得到消息后，更是先一步地回了右相府。

一行人等在门口迎接圣驾。

秦钰下了玉辇，对右相摆摆手，温和地道："朕刚听闻此事，便匆匆赶来了。芳华也跟来了，她医术高超，让她尽快给李小姐看看，看可否恢复李小姐的样貌。”

“多谢皇上，多谢小王妃。”右相连忙颔首，对秦钰和谢芳华拱手。

“李小姐在哪里，相爷带路吧。”谢芳华道，“我定尽我所能。”

右相连连点头，走到前面去带路。

一行人进了相府内院。

李如碧早已经被送回了房，右相夫人和李沐清正在她的房内，已经有两名太医早一步来了。

刚到李如碧的院子门口，一行人便听到了右相夫人的哭声，其中夹杂着又气又恨又怒的骂声，骂的自然是荥阳郑氏的二公子郑孝扬。

郑轶、郑诚、郑孝纯三人不方便进去，便在门口止了步。

女子的闺房，外男轻易不得入内。

秦钰也在屋门口止了步，对英亲王妃道：“大伯母，您陪芳华随右相进去吧。”

英亲王妃点了点头，与谢芳华一起随右相进了屋。

郑轶对大长公主拱拱手：“长公主，您和郡主进去看看，情况如何也好让我们知晓。”

大长公主意会，李如碧的脸被打得是轻还是重，需要有人亲眼所见，荥阳郑氏才能酌情处理。大长公主拉着金燕，也随后进了屋。

屋中，李如碧坐在床上，神色默然，半边脸血肉模糊。

右相夫人挨着她坐着，痛心疾首，拿着帕子哭得不能自已，口中连连骂着，似乎气得失了理智。

右相夫人一直以来都是端庄贤淑的人，从来没人见过她如此。

要知道女子的容貌最是可贵，心爱的女儿被打成了这个样子，哪个母亲都无法无动于衷。

李沐清站在一旁，眉心拧成了川字。

两名太医似乎对此束手无策。

右相带着谢芳华和英亲王妃进来，李沐清扭头看来，右相刚要开口，右相夫人见到谢芳华，忽然大怒：“你来做什么？出去！”

谢芳华一怔，抬眼看右相夫人，见她满面含怒，一双眸子似乎要冒火。

英亲王妃蹙眉，忍着怒气说道：“你这是在做什么？华丫头是皇上请来给李小姐诊治的，你要是赶她出去，谁来给你的女儿诊治？我们能理解你的心情，但是就算再痛心也不该逮住谁都咬，毕竟冤有头债有主。”

谢芳华没言声，右相夫人不喜欢她、厌恶她，她也知道缘由。

右相皱眉：“哭什么哭？我看该出去的人是你。你这样子，打扰诊治。”说罢，他忍着怒气说，“清儿，先扶你娘出去。”

李沐清走过去，扶住右相夫人：“娘，我先扶您出去，您需要冷静。”

右相夫人哭着摇摇头：“我不出去，我就在这里看着她诊治，都怪我，若是我不掀开帘子质问那个郑孝扬，也不至于让碧儿替我挨打。”

“这时候自责有什么用？你先出去，诊治要紧。”右相转头对谢芳华拱手，“辛苦小王妃了，夫人气急，口不择言，你和王妃海涵。”

谢芳华淡淡地说道：“夫人的心情我能理解，相爷放心吧，我定然尽力给李小姐诊治。”

右相感激地点点头。

谢芳华走到近前，吩咐：“打一盆清水来。”

立即有人去了。

谢芳华仔细观察李如碧被伤的脸，微微蹙眉，想着郑孝扬真是下了狠力，这样的伤，就算是让言宸来医治，怕是也要留下疤痕，除非……

她正想着，李如碧忽然抬起头来，直直地看着她。

谢芳华对上李如碧冷冽的目光，微微一怔，抬眼看她。

李如碧看了谢芳华片刻，忽然问：“能治好吗？能恢复我原来的样貌吗？”

谢芳华想了想，斟酌着说道：“伤口太深，怕是会留有细微的印痕，能恢复十之八九。”

“也就是说，不能恢复到我原来的样子了？”李如碧问。

谢芳华点头：“不太容易。”

“就是不能了？”李如碧追着问。

谢芳华沉默了一下：“也不是全无可能。”

李如碧看着她：“到底是能还是不能，你给我一句痛快话。”

谢芳华摇摇头：“要看你伤口的恢复情况，这个事情我不能对你保证，任何一个医者也不能保证，但是，以我的医术，能做到恢复十之八九。”

李如碧立即说道：“既然不能恢复原貌，就不要治了。”

右相皱眉：“碧儿，你什么意思？”

李如碧道：“爹，我不诊治了，就这样吧。反正对我来说，容貌的好坏也没什么区别。”

“胡闹！”右相恼怒地训斥她。

右相夫人一听急了：“容貌的好坏对女人来说，有着天大的干系，你若是不好好诊治，这一辈子就毁了。”说罢，她收敛起怒气，求谢芳华，“小王妃，别听她的，快帮她诊治，若是能恢复她的容貌，你的大恩我将永远铭记。”

英亲王妃闻言有些无语。

谢芳华点头，有人将清水打来了，她动手要帮李如碧清洗。

李如碧躲开她的手，坚决地说："我不治了。"

谢芳华看向右相。

"不治不行，听话，现在不是胡闹的时候。"右相怒道，"你已经不小了，不要让我们担心。"

"妹妹听话，诊治的时机也不能错过。"李沐清走上前，对李如碧温声说道，"乖。"

李如碧摇摇头："哥，我不想治了，治不好不如不治。"

"我说没有十成的把握，但没说一定治不好。"谢芳华道，"不试试又怎么知道？再耽误下去的话，便真的治不好了。"

"碧儿，听话。"右相夫人也连忙来劝，"你好生诊治，娘一定要郑孝扬不得好死。"

"胡言乱语什么，皇上在外面，郑孝扬还轮不到你来惩治，由皇上做主！"右相怒道。

右相夫人闻言又哭了起来。

"哭什么哭！你就知道哭。"右相脸色难看，又是头疼，又是无奈，看向李沐清。

李沐清犹豫了一下，挥手照着李如碧的脖颈间轻轻一敲，李如碧顿时昏了过去。他伸手接住她："这么多人都在这里干什么？爹、娘，你们都出去吧，我留在这里，陪小王妃给妹妹救治。"

右相见此，点了点头，示意右相夫人跟他出去。

右相夫人不想走，右相凌厉地瞪着她，她便跟着走了出去。

英亲王妃、大长公主对看一眼，也都退到了门外。

金燕没走，留在了屋中。

"动手吧。"李沐清对谢芳华说，"需要什么，我给你打下手。"

谢芳华点头，走了过去，先给李如碧清洗伤口、消毒，又掏出怀里的上好的金疮药和凝脂露膏，给她涂抹上，深深的鞭痕几乎露骨，最后将她的半边脸都包扎上，洗了手，又走到桌前开了药方，递给李沐清。

李沐清接过药方，看着她，低声问："这样深的伤口，是不是真没办法治好？"

谢芳华看了他一眼，没回答，将手中的金疮药和凝脂露递给他，对他说："要看好李小姐，这是药，刚刚我上药的手法你也看到了，每日换三次药，不能着水，十日后，视情况而定。"

李沐清接过，点了点头。

谢芳华对金燕点点头，金燕与她一起走了出去。

谢芳华和金燕来到屋外，秦钰对谢芳华温声询问："如何？"

"以我的医术，可以恢复十之八九，不近看，与以前无二，近看的话，会发现细微的痕迹。"谢芳华道，"伤口确实太深了，几可见骨。"

秦钰的脸色沉了沉。

右相也有些恼怒，看了荥阳郑氏的人一眼，拱手对秦钰道："皇上，请移步至客厅说话。"

秦钰点点头，对英亲王妃和谢芳华道："大伯母，一起来吧。"

英亲王妃点了点头。

一行人前往右相府的客厅。

荥阳郑氏的三人一个个愁眉不展，虽然心里焦急，但也未询问郑孝扬被右相绑在何处。

进了会客厅，众人落座后，秦钰还没开口，右相夫人便哭着跪在了秦钰面前："请皇上做主，老身和碧儿走得好好的，那郑孝扬突然纵马冲过来，差点儿掀翻马车，老身待要问问是何人，他一鞭子就打了过来，碧儿便成了如今这副样子。您知道，女子的容貌最是重要，这等刁民，求皇上将他绳之以法。"

秦钰忍着气，和气地道："夫人先起来，荥阳郑氏的郑公、大老爷、郑大公子都在这里，自然会给右相府一个交代。"

小泉子立即上前，扶起右相夫人："夫人快起来吧，您别着急，皇上不会不管的，而且荥阳郑氏是礼教严苛的世家大族，族法大于礼法，自然会给右相府一个交代的。"

右相夫人闻言站起身，点了点头，看向荥阳郑氏的人，摆出一副今日他们不给她个交代，她就杀了郑孝扬的姿态。

郑轶闻言，花白的胡子抖了抖。

郑诚极力地克制着心里的忧急，起身对秦钰、右相拱了拱手，又恨又恼地道："在下不知犬子竟然跟进了京，又冲撞了右相府的李小姐。他自小没了娘，都怪在下将他惯坏了，让他养成了……"

"少说这些没用的，儿子没教导好是你的责任，在这里说给谁听？你只告诉我，你拿什么来给我们右相府一个公道。"右相夫人撂出狠话，"我宝贝在心尖儿上的女儿就这么破了相，你若是不给个说法，我就命人杀了郑孝扬这个不是人的东西。"

郑诚一惊，顿时噎住，一时间不知该如何答复。

郑孝纯站起身，对右相和右相夫人抱歉地拱手："舍弟纨绔，是父亲与我这个做长兄的管教不严，才酿成了如此大祸。"顿了顿，他跪在地上，"孝纯愿意顶替舍弟，任右相府杀剐打罚。”

“你是你，你弟弟是你弟弟，你顶替他受杀剐，就能弥补他闯的祸了吗？”右相夫人怒道。

“多年来都是我在教导舍弟，弟错，兄之过。”郑孝纯道，“请相爷和夫人责罚，孝纯愿一力代之。”

右相夫人怒极：“那好，这是你自找的。”说罢，她对秦钰道，“皇上，您也听见了，郑孝纯愿意为他弟弟顶罪，我女儿的样貌不能还回来，您一定要重罚他。”

秦钰闻言看向郑轶和郑诚：“郑公、大老爷，你们怎么看？”

郑公叹了口气：“此事是孝扬不对，是郑诚教子无方，是孝纯教弟有责，但凭皇上做主。皇上如何处理，我等绝无怨言。”

谢芳华抬头看了郑轶一眼，对他刮目相看，觉得他是个豁得出去的主儿。

荥阳郑氏的嫡长子，为了给纨绔弟弟顶罪，甘愿受罚。

荥阳郑氏的家主对此不说二话，倒是让人再说不出什么来。

大长公主刚要反对，金燕拽了拽她的衣袖，她偏头看来，金燕对她摇了摇头。

大长公主只能作罢。秦钰闻言看向右相：“右相，你怎么看？”

右相没想到郑孝纯会出来替弟弟顶罪，他一时也说不出什么来，若说饶过郑孝扬吧，他女儿被人打成了那副样子，关乎女子一辈子的大事，他怎么也不能饶过，否则传扬出去，以后人人都能骑到右相府的脖子上撒野了。若是不饶过吧，让郑孝纯代替，他可是荥阳郑氏的嫡子，这可怎么罚？

尤其郑孝纯刚与大长公主府的金燕郡主定下婚事，而皇上对荥阳郑氏也是极为重视。

“相爷，您可不能心软呀。您也看见了，碧儿都成了那副样子，以后还如何出嫁？这一辈子可就毁了。”右相夫人说着，呜呜地痛哭起来，“不惩治，难消我心头之恨。”

右相看了夫人一眼，叹了口气，对秦钰道：“此事但凭皇上做主。”

右相夫人一听，立即对秦钰说道：“皇上，您可不能饶过他，否则老身就一头撞死在这儿。”

右相恼怒：“你胡闹什么？”

右相夫人哭了起来：“相爷，我何时胡闹过？若不是我的女儿无缘无故遭这场大难，我能如此吗？荥阳郑氏明明就是教子无方，还将郑孝扬放出来祸害人，郑孝扬这副嚣张、狂妄的样子，指不定祸害了多少人呢。”

“皇上，多年来，夫人也未曾如此失智过，多有冒犯，您看在她因女儿受伤的分儿上，不予计较吧。”右相对秦钰拱了拱手。

秦钰颔首："夫人因女痛心，朕自然能理解。朕没说要饶过郑孝扬，夫人暂且宽心。"说罢，他问右相，"郑孝扬如今被绑在何处？"

"回皇上，是夫人命人将他关押起来的，臣还没见到其人。"右相看向右相夫人。

右相夫人恨恨地道："在柴房里，我命人看押着他。"

秦钰道："将他带上来，朕看看，不能没过目就对他惩处定罪。"

右相颔首，对管家吩咐："去将郑孝扬带进来见驾。"

"是。"管家立即去了。

不多时，几名壮汉就押着被绑着的郑孝扬来到了前厅。

秦钰抬眼看去，只见郑孝扬头发散乱，衣衫破败，身上有几道鞭痕，脸上黑一道白一道，几乎看不出人样儿。

谢芳华仔细打量着郑孝扬，见他此时虽然邋遢，但一双眼睛却是清亮有神，被人押着推到前厅，脚步踉跄间，还是快速地将前厅里的所有人打量了一遍。他的目光落在她身上时，似乎顿了顿，便撇开了脸。

"弟弟？"郑孝纯几乎认不出郑孝扬，试探着喊了一声。

郑孝扬立即转过头去，见郑孝纯跪在地上，立即大叫："大哥，你怎么跪着？"

郑孝纯立即说："这是皇上，还不拜见皇上？"

"孝扬，快拜见皇上。"郑诚也连忙说道。

"皇上？"郑孝扬顺着二人的视线看向秦钰，今日秦钰并没有穿明黄色的帝王服饰，只穿着谢芳华做给秦铮的寻常衣衫。郑孝扬皱了皱眉："这是皇上？"

小泉子立即站出来，大声说："圣驾在此，不得无礼！"

郑孝扬闻言伸手一指谢芳华："那她是谁？皇后？"

小泉子心里咯噔一下，立即说道："这是英亲王府的小王妃。"

郑孝扬眨眨眼睛，忽然哈哈大笑起来："我知道了，就是那个差点儿做皇后的小王妃，使得皇上和英亲王府的小王爷厮杀争斗的小王妃，忠勇侯府的小姐。"

小泉子脸色一沉，顿时怒道："郑孝扬，你当街打了右相府的小姐，还不快跪下认罪。"

郑孝扬收了笑，挺直腰板，嚣张地说："我又没错，凭什么认罪？"

小泉子一噎，看向秦钰。

秦钰对于郑孝扬的放肆倒是没恼没怒，看着他，说道："你打了右相府的小姐，使之破了相，如何说没错？"

"她挡了我的路，不该打吗？"郑孝扬哼了一声。

"挡了你的路就该打吗？"秦钰挑眉，"路人人都可以走，挡了你的路让过就是了，也没必要打人呀。”

郑孝扬嗤之以鼻：“在荥阳，我一直这样走，没人敢挡我的路，如今她挡我的路，被我打了，活该。”

“孝扬，不准胡言乱语。”郑孝纯大急。

“大哥，我说的本来就是实话，什么时候胡言乱语了？”郑孝扬看向郑孝纯。

郑孝纯一噎。

“荥阳是荥阳，这儿是京城，能一样吗？你在京城放肆，如今到了皇上面前，还一样大言不惭，着实可恨。皇上，您看看他，若不重罚他，何以服众？”右相夫人大怒道。

郑孝扬忽然转头看向右相夫人，恼怒道：“就是你，若是你不撞坏我的情人花，我怎么会出手打你？本少爷向来也是讲道理的人，我怎么不打别人，偏偏打你？我还没找你要情人花呢！你女儿的破脸值几个钱？我的情人花可是无价之宝。”

“情人花？”秦钰忽然挑眉。

谢芳华也看着郑孝扬。

英亲王妃也一怔。

客厅内知道些情由的人，也都齐齐一惊。

大长公主讶异地说道：“秦铮不就是去采情人花了吗？怎么这里还有情人花？情人花这么多？人人都可以采来？”

“谁说情人花人人都可以采？我守了半个月才采到，想拿给大哥看看，谁知道刚进京，就被一辆突然从斜角蹿出来的马车给撞坏了！”郑孝扬恼怒地道，“而且这位夫人还质问什么人冲撞右相府的马车。如今还口口声声要重罚我，正好皇上在这里，那么我就问问，右相府就是这样以强欺弱、以大欺小的？”

“我怎么没看到你的情人花？”右相夫人也怒道。

“你没看到吗？你现在就去看看你的车轱辘，看那上面是不是还沾着碎花！”郑孝扬怒了，“本少爷从不虚言。”

“你少胡言乱语，我根本就没看到你的什么情人花。”右相夫人不认。

“你没看到，难道本少爷的情人花就白被你碾轧了？”郑孝扬也怒了。

“管家，去将那辆马车带到这里来。”右相吩咐管家。

管家连忙颔首：“是，相爷。”

“小泉子，你也随管家去。”秦钰吩咐小泉子。

“是，皇上。”小泉子也立即去了。

秦钰见二人走了，缓缓开口：“口说无凭，若是真有实据，再说不迟。”

右相夫人住了口。

郑孝扬哼了一声，走上前："大哥，你跪着做什么，起来。"

郑孝纯无奈地看着郑孝扬，摇摇头："弟弟，不准胡闹。皇上面前，不得放肆。"

郑孝扬翻了个白眼："天子面前，也要讲究礼法吧？我虽然一直以来总是闯祸，但这次的事情真不怪我。"说罢，他忽然委屈地说，"我守了半个月的情人花呀，一路上还有一个小子在我屁股后面追着抢，我跑死了三匹马，才将他甩掉。"

"你这半个月不在家，就是去采情人花了？"郑孝纯看着他，"你怎么这么胡闹，据说情人花生长在天险之地，你若是有个好歹，你让我和父亲如何去跟九泉下的母亲交代？"

郑孝扬别过头："大哥，从小到大你都是这句话，就没点儿新鲜的？我已经说过了，我若是死了，就去九泉之下见母亲，跟她团聚，也没什么不好。"

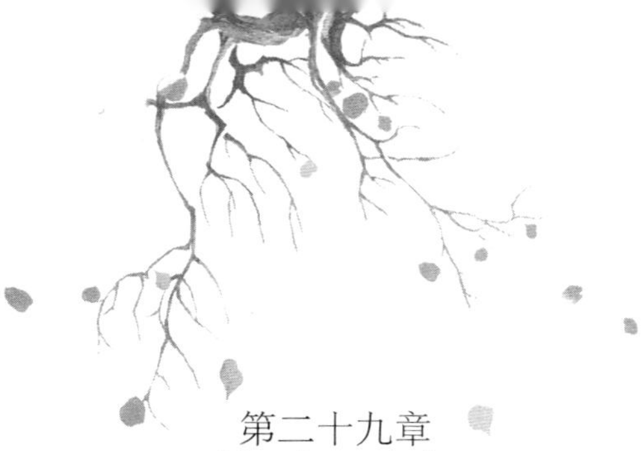

第二十九章

换亲而娶

郑孝纯一噎。

郑孝扬想摆手，但是后背被绳索绑住了，解不开，他转向秦钰：“皇上，可以给我松绑吗？我又不是犯人，绑得我胳膊都麻了。”

“皇上，不能给他松绑！”右相夫人立即反对。

右相看了他夫人一眼，说道：“如今皇上在这里，荥阳郑氏的郑公、大老爷、长公子都在这里，事情也不是绑着人就能解决的。”说罢，他对皇上拱手，“给他松绑吧。”

秦钰轻轻一挥手，一阵疾风扫了过去，绑着郑孝扬的绳索被齐齐切断。

郑孝扬顿时眼睛一亮：“皇上好厉害的功夫。”

秦钰看了他一眼，没说话。

郑孝扬抖掉绳索，松了松被绑僵的筋骨，上前一把拽起郑孝纯：“大哥，起来。”

郑孝纯无奈，被他拽了起来。

郑公此时开口道：“孝扬，你做的错事，你大哥要替你顶罪。”

郑孝扬顿时不干了：“我都说了我没有做错，你顶个什么罪？”

“右相府的李小姐如今破了相，十分严重，女儿家最重视样貌。就算是撞坏了你的情人花，也可以找右相府讨要，不该出手伤人。”郑孝纯对郑孝扬谆谆教导，“我一直对你说的话，你都当耳旁风了吗？”

郑孝扬伸手捂住耳朵，抱头蹲在地上：“你说吧，怎么训我，我听着。”

他抱头蹲在地上，动作连贯，一副做习惯了的样子，准备接受郑孝纯的长篇训导。

郑孝纯见他如此，一噎，气得没了声。

郑孝扬等了半天，不见郑孝纯再训他，他偷偷看了郑孝纯一眼，站起身，像个孩子：“大哥，你不训我了是不是？那我就起来了哟。”

郑孝纯头疼地揉揉额头，没说话。

右相夫人见郑孝扬如此，气得七窍生烟，指着他，对右相说：“相爷，您看看，咱们碧儿如今脸上还血淋淋的呢，他这里倒像没事一样了。”

右相没说话。

这时，右相府的管家和小泉子命人抬着车来到了大厅门前，与他们一同来的还有李沐清。

待众人走后，李沐清吩咐人照看李如碧，安排妥当后，才赶到了前面，恰巧碰到了右相府的管家和小泉子，便检查了一遍马车。

小泉子进来禀告：“皇上，确实是有一株被车轱辘碾轧碎的花的渣迹。不过奴才不认识情人花，不知道是不是情人花。”

“就是情人花！”郑孝扬立即说。

秦钰站起身，偏头看谢芳华：“你可认识情人花？”

谢芳华点头：“认识。”

秦钰当先走了出去，谢芳华随即站起身跟了出去。

二人来到门口，见一辆车被摆在了门前。

谢芳华围绕着车转了一圈，从车轱辘的夹缝中抽出一片被碾碎了的叶子，仔细地看了片刻，看向李沐清。

李沐清叹了口气：“虽然妹妹破相十分令人气愤，但是右相府不欺人，该如何就如何。”

谢芳华颔首，对秦钰等人道：“这确实是情人花的叶子。”

郑孝扬此时大声嚷嚷：“看看，我没说谎吧！我辛辛苦苦摘的情人花，试问，这么一株情人花，天下买得到吗？值多少钱？”

右相夫人怒道：“就算我们的车轧碎了你的情人花，不知者无罪，你也不该伤我的女儿。对你来说，情人花是无价之宝；对我来说，我的女儿还是我捧在心尖儿上的无价之宝呢。”

“我就算破她十回相，她的脸都能治好，我的情人花却还不回来了。”郑孝扬也怒道。

“谁说我女儿的脸能治好？小王妃都已经说了，只能恢复十之八九。”右相夫人道，“试问天下，还有谁能将我女儿的脸治好？你给我找来。”

郑孝扬立即说道："她的脸还能恢复十之八九呢，那么我的情人花呢？它就剩下这么一片叶子了，也能恢复十之八九吗？"

右相夫人气得一噎："我好好的女儿，你的破花能相比？"

"你的女儿不见得有我的花值钱，她不就出身高贵点儿吗？若不是出身右相府，她值什么钱，白给我都不要。"郑孝扬哼了一声。

右相夫人气得脸色铁青，一把拽住右相："相爷，你看看他，若不惩治他，人人都觉得我们右相府的人好欺负。"

右相一时也说不出什么，情人花确实是无价之宝，据说天下有情人都想得到它，而他的女儿在他的眼里自然也是无价之宝。若只是郑孝扬无缘无故地打人、伤人，那么右相府占理，可是如今，毁了郑孝扬的情人花，如何理清这笔账？

他无奈地道："我早已经说过了，此事由皇上做主，你别再多言了。"

秦钰看向谢芳华："李小姐的伤十之八九能治好，是不是？"

"嗯，我只能说尽力而为。"谢芳华道。

"花虽然无价，但是女子的容貌也无价。"秦钰斟酌片刻，对右相道，"朕思索再三，无论怎么罚，右相府和荥阳郑氏怕是都不甚满意。朕觉得，不如就做个和中。"

"怎样和中？"右相夫人的心提到了嗓子眼儿，生怕秦钰饶过郑孝扬，立即问。

秦钰不答右相夫人的话，转头问郑轶和郑诚："二公子还未娶妻吧？"

郑轶和郑诚齐齐一怔，摇头："此子顽劣，长兄还未娶亲，他自然还未娶。"

秦钰笑了笑："那正好，二公子还未娶亲，右相府的李小姐也还未婚配。不如朕做个媒人，将右相府的李小姐许给郑二公子吧，一个赔人，一个赔花。二公子虽然顽劣，但朕看他也算是头脑清明之人，荥阳郑氏和右相府也算相配，谁也没辱没谁。不知两府意下如何？"

右相闻言一愣，右相夫人也愣了。

郑轶、郑诚、郑孝纯也愣了。

郑孝扬顿时大惊，立即反对："我不要，我才不要娶破了相的女人。"

秦钰面色一沉："破了相的女人也是被你破的相，后果自然该你承担。"

"我可消受不起。"郑孝扬一仰脖子，"这个方法不行，我不听从。我才不要娶那个女人。"说罢，他又补充："大不了我的花不用她赔了，也把我的脸毁了赔给她。"

右相夫人本来还起了考虑的心思，见郑孝扬如此，勃然大怒："我们右相府的女儿金尊玉贵，你是个什么东西？你想娶，我的女儿死也不嫁给你。"

郑孝扬闻言立即说道："那正好，我正不想娶呢。"

右相夫人转过头来，对秦钰道："皇上，您听听，他刚刚也说了，要把他的脸也毁了。您下命令，毁了他的脸，老身自此也就什么话都不说了。就以脸赔脸，我们右相府也认了。"

郑孝扬闻言一仰脖子，将脸往前凑了凑："行，来吧，毁就毁，反正本少爷也不在乎这张脸，没脸也照样活着。"

右相夫人怒不可遏。

郑孝纯立即走上前，将郑孝扬拽到了后面："夫人息怒。"说罢，他对秦钰拱手，"皇上，舍弟自小被父亲和我惯坏了，不知深浅，皇上恕罪。我这个当长兄的，愿替舍弟顶罪。"

秦钰没说话。

右相夫人大怒道："你又要顶罪？你怎么顶罪？他说让毁了他的脸，如今你是要毁你的脸吗？"

郑孝纯立即说道："若是毁在下的脸能让夫人消除怒火，在下愿意代替弟弟。"

右相夫人还没作答。

郑孝扬忽然翻了个白眼："大哥，你不如代替我娶右相府的李小姐，代替我毁什么脸？"

郑孝纯一怔。

郑孝扬哼了一声。

郑孝纯忽然看向在谢芳华身边站着的金燕。

金燕也看向他。

郑孝纯抿了抿唇，忽然转过头，上前一步，跪在地上，对秦钰请求："皇上，在下愿意代替弟弟娶右相府的李小姐，请皇上恩准，收回在下与金燕郡主的婚约。"

金燕忽然眯了眯眼睛。

大长公主忽然大怒："郑孝纯，你当圣旨赐婚是什么？是儿戏吗？你说请皇上收回就收回？你当我们大长公主府的女儿是什么？"

郑孝纯垂首，诚恳地道："在下与金燕郡主无缘，请皇上恕罪，请大长公主恕罪。"

"你……"大长公主气怒地要上前。

金燕一把拽住她："娘，大公子宽厚，挺身护弟，此是义举，女儿着实敬佩。"说罢，她对秦钰拱手，"钰表哥，您就恩准了大公子之请吧，李小姐如今处于这般境地，当以她为先。"

"那你怎么办？"大长公主恼怒地道，"你们刚刚定下婚事！如今转而悔婚，传扬出去，你如何做人？”

金燕道：“我愿意成全大公子的护弟之情，也是义举，娘当以我为荣。传扬出去，我也不怕市井百姓笑话。”

“你……”大长公主看着她，“你是要气死娘吗？”

好好的一桩婚事，大长公主对郑孝纯极为满意，还没来得及高兴，就要转手让人？尤其这桩婚事还是从右相府接过来的，如今再让右相府接回去吗？

大长公主看着金燕，一时间不知是该骂她还是该恼她。

秦钰拍了一下手，赞扬金燕：“金燕郡主大义，甘愿成全大公子，不只大长公主府以你为荣，皇室也以你为荣。”说罢，他对右相和右相夫人询问，“右相、夫人，如今大公子愿意毁了与金燕郡主的婚事，求娶李小姐，你们二人意下如何？”

右相看着秦钰，又看向跪在地上请求的郑孝纯，一时不知该说什么：“这……”

右相夫人此时也不怒了，比起郑孝扬，郑孝纯实在是强了千百倍，任谁选了这个女婿，也是说不出什么来。她当初本来就看中了郑孝纯，是她女儿不同意。

右相斟酌着说道：“此事还需要慎重商量，看看碧儿的意思。”

右相夫人闻言立即说道：“相爷，依我看，不用看碧儿的意思了。如今她都这个样子了，还哪里有心思？若是听说此事，一准儿不会同意。她十有八九不能恢复原来的容貌，自古哪个男人不爱美女？若是不应允大公子，将来她的一生可怎么办？岂不是毁了？”

“那也不能因此强求。”右相道，“否则，即使结了亲，也会成为怨偶！”

郑孝纯闻言立即说道：“在下保证，一定会善待李小姐，求相爷成全。”

“这……”右相看向李沐清，“清儿，你觉得如何？”

李沐清一直在旁边看着，自始至终没说话，如今见右相问他，他道：“右相府的女儿虽然破了相，但也金贵，抢亲之说传扬出去，世人会如何看待右相府？我不同意。”

“清儿，可是你妹妹怎么办？”右相夫人看向李沐清，着急地说道。

“娘，女儿家的名声不是应该比容貌更重要吗？”李沐清道，“若是真的逼迫大公子毁了与金燕郡主的亲事，转而娶妹妹，妹妹的声誉受损怎么办？自此后，她就真幸福了？”

右相夫人一噎。

郑孝纯立即说道：“没有人逼迫，是在下心甘情愿代替弟弟求娶李小姐。”

李沐清忽然笑了：“大公子真是个好哥哥，舍身护弟，令沐清也着实佩服。大公子想过没有，你如此护弟弟，若是我妹妹嫁给了你，一旦他们起了争执，你该向着谁？”

郑孝纯立即说道："长嫂如母，我会教导弟弟敬着李小姐。"

"你说你自小教导郑二公子，可是如今也没将他教导得听你的话是不是？那么，你能确保他会敬着我妹妹？"李沐清询问。

郑孝纯咬了咬牙，立即说道："经此一事，我不会再对弟弟纵容，会对他严加看管，请李公子放心。"

郑孝扬翻了个白眼："大哥，你可真是我的好大哥。"

郑孝纯怒道："你闭嘴，不准再说话。"

郑孝扬伸手捂脸："好，我闭嘴，就让你娶那个破了相的丑八怪吧。"

"你……"郑孝纯也生起了怒意，但又极力压住了。

右相夫人立即说道："你看看他，如此顽劣，都到这个时候了，竟然死性不改，真是该杀。"说罢，她对秦钰道，"皇上，不惩罚他，实在是让人难以解气。"

秦钰叹了口气："大公子代替二公子认罪、认罚，古来也有这个先例。夫人先息怒吧。"说罢，他看向李沐清，"你不同意？"

李沐清沉默片刻后，说道："我是不同意，但是父亲、母亲和妹妹若是都同意，我自然也不反对。"

"李小姐如今醒了吗？"秦钰道，"右相，着人去问问，若是李小姐同意，此事就这么定了。若是不同意……"

郑孝纯忽然恳请道："皇上，请准许在下前去问问李小姐，所谓冤家宜解不宜结。我愿求娶李小姐，对其负责，善待她一辈子，全是我自愿，不关右相府逼迫之事，若有传言，我自当出来更正，不让她受言论委屈。"

秦钰看向右相。

右相叹了口气，点点头，对李沐清道："沐清，你带大公子前去吧。"

李沐清颔首。

右相夫人闻言怕李如碧不答应，毕竟是当娘的，她才不管传出去好听不好听，总归是郑孝纯自愿的，是郑氏该做的，就该负责，她道："我也去看看。"

右相头疼地点了点头。

郑孝纯站起身，一行三人去了李如碧的院子。

三人走后，大长公主气怒道："这算什么事，好好的一桩婚事，如今就没我大长公主府什么事了吗？天下哪儿去说这个理去？"

"此事是我荥阳郑氏不对，愧对公主的厚爱了。不过事已至此，只能请公主恕罪了。"郑诚连忙上前，给大长公主赔不是。

大长公主恼怒地不搭话。

郑轶上前，拱手道："公主海涵，我荥阳郑氏除了孝纯，实在再没有一个子孙能匹配金燕郡主。郡主高义，是我荥阳郑氏没有福气。”

“少与我说这个。”大长公主一甩袖子，有些恼怒地道，“燕儿，回府。”

金燕点点头。

“慢着！”郑孝扬忽然开口。

大长公主转头看向他，对他的样子有些嫌恶：“你还有什么话？你闯了祸，让兄长背锅，如今难道还不准我们走了不成？”

郑孝扬不答话，转头看向郑轶：“叔公，你刚刚说的是什么话？什么叫作荥阳郑氏除了我大哥，再没有一个子孙能和金燕郡主匹配？难道荥阳郑氏只有我大哥是好的吗？”

郑轶似乎拿他没有办法，不愿与他争执，无奈地道：“你不要胡闹了。”

郑孝扬哼了一声：“我反正不要那个破了相的女人，既然我大哥愿意顶替我，就让他顶替好了，我就代替他娶金燕郡主吧。”

郑轶一怔。

“荒唐！”大长公主彻底怒了，“你是什么东西？要娶我的女儿，做梦。”

郑孝扬翻了个白眼：“大长公主，我如今虽然脏乱不堪，但那是被右相府的人给打的，我洗洗之后也是能看的。本少爷连情人花都摘得，还配不上您的女儿？我乐意娶她，是看在您一心想要和荥阳郑氏结亲的分儿上，否则谁愿意娶了？”

“你……”大长公主一时被噎得哑口无言。

郑孝扬转头看向金燕，问道：“你愿不愿意嫁给我？我虽然有些地方不及我大哥，但是我比我大哥会玩千百倍，他整日里跟个糟老头子似的，没什么趣味。我就不同了，保证让你日日有新鲜的事可玩，你嫁给我也不会让你吃亏。我总归是荥阳郑氏的二公子，也是嫡出的，也不辱没你。”

大长公主立即说道：“燕儿，不准答应他，你敢答应他，娘就一头撞死。”

郑孝扬又对天翻了个白眼：“大长公主，您不喜欢我，没必要搭上命吧？”

大长公主被气得额头上的青筋跳了跳，一把扣住金燕的手，拉着她就要走。

金燕却没动。

大长公主看着她，见她似乎认真地在打量郑孝扬，大长公主的脸忽然白了：“燕儿，你不会……你……他是什么纨绔东西，你可不能……”

“娘！”金燕喊了一声，声音不大，却有些不高兴。

大长公主顿时住了嘴，看着她。

金燕问郑孝扬：“我若是同意嫁给你，你也能像你哥哥一样保证，一辈子善待我？”

“能！”郑孝扬道。

金燕摇头：“你回答得这么快，‘善待’这种事是要靠嘴里保证的吗？你哥哥半日前与我订婚时，也保证过一辈子善待我，可是转眼就要去娶别人了。”

郑孝扬顿时笑了，说道：“看来你也是个有意思的人。”

金燕不说话。

郑孝扬又道：“这样说来，我便不能保证了，本少爷脾气大得很，发起火来，十头牛都拉不住。”说罢，他摆摆手，潇洒地道，“算了，刚刚的话当我没说，不娶你了。”

金燕忽然说道：“我答应。”

“什么？”大长公主忽然尖叫起来，看着金燕，难以置信，“燕儿，你疯了吗？”

郑孝扬也转过头来。

金燕对大长公主道：“娘，我没疯，也没傻，我觉得人与人之间是要讲究缘分的。郑二公子虽然性情乖张，但是我若有这样的丈夫，至少不会受人欺负，不是吗？”

郑孝扬咳嗽一声：“嗯，你说对了，你若是嫁给我，我自然不会让你受人欺负。”

“若是他欺负你怎么办？”大长公主立即问道。

“他是我丈夫，欺负就欺负了，也是我的选择。”金燕说罢，看向秦钰，“若是我被人欺负了，不是还有钰表哥和娘替我做主呢吗？到时候我真被欺负狠了，让钰表哥下旨杀了他就是了。”

“哇，你也太狠了吧？”郑孝扬睁大眼睛，连忙惊恐地摇头，“不行，我不娶你了。”

“由不得你。”金燕转过身，对秦钰道，“求皇上下旨，更改圣旨，为我和郑二公子赐婚。”

秦钰看着金燕，一时没言语。

谢芳华想着，现实永远比戏文里唱的更曲折。

英亲王妃、左相、永康侯等前来看热闹的人也是暗暗唏嘘。金燕更是令人刮目相看，轻而易举地就成全了郑孝纯的护弟之情，还面不改色地答应了郑孝扬的求亲，甚至还亲自求圣旨赐婚。

大家觉得金燕是被秦钰伤得狠了，郑孝纯又取消婚事去娶李如碧，她则破罐子破摔，索性答应了郑孝扬。

郑孝扬一看就是被惯坏了的孩子，与昔日的秦铮倒是有些相像之处，不过没秦铮身份高贵。

众人又想到，情人花被这位郑二公子给弄到了，且被毁坏了，那铮小王爷呢？

他若是知道，焉能罢休？他能饶了郑孝扬？

这怕又是一笔账了。

秦钰沉默片刻后对金燕说道：“大姑姑不同意，你还是……”

金燕立即打断他的话：“娘有言在先，婚事全凭我自己做主，我如今同意嫁给郑孝扬，请钰表哥赐婚。大公子娶李小姐，我嫁给郑二公子，右相府和荥阳郑氏也不会因此反目，大长公主府和荥阳郑氏也不会自此有疙瘩，也算是两全其美之事，而且我也是心甘情愿的。”

秦钰看着金燕，一时又没了言语。

金燕所说的确有道理，李如碧委屈不委屈谁也不知道，她答应不答应倒是没那么重要了。

整件事里，最无辜的人便是金燕了。

秦钰沉默片刻，转头看向谢芳华：“你怎么看？”

谢芳华一直打量着荥阳郑氏的人，尤其郑二公子。她此时敢肯定，他一定不是一个不通世事之人。

他与秦铮有相通的地方，可以算是一类人，这类人的心思都藏得比较深。

金燕若是嫁给他，谢芳华还真说不上是好还是坏。

尤其金燕对于嫁入荥阳郑氏抱有目的，难保以后不被郑孝扬识破。

谢芳华一时也没说话。

金燕走了两步，来到谢芳华面前，对她说：“不会连你也反对吧？郑孝扬看着是混账了些，难道就真不能嫁吗？我若是受了他的欺负，不是还有你和铮表哥吗？你们还能任我被他欺负？”

郑孝扬闻言又翻了个白眼，忽然恶声恶气地说：“我后悔了，我都说了不娶你了。”

“圣驾面前由不得你反悔，我还就是要嫁你了。”金燕回头瞪了郑孝扬一眼，看着谢芳华，继续说道，“你到底同意不同意，钰表哥听你的，你倒是给我说句话呀。”

谢芳华无奈地叹了口气：“这是你一辈子的大事，我同意不同意有什么用？”

“你听到了？她不反对，快些给我更改圣旨。”金燕从袖子里抽出原来的圣旨递给秦钰。

“你若是嫁给他，就别认我这个娘。”大长公主恼怒地看着金燕，撂下狠话。

金燕嘀咕：“这话都说了多少次了，也没见哪回奏效过。”说罢，她催促秦钰，“快点儿呀！”

大长公主拂袖而去。

秦钰看着金燕：“这件事情不急，待郑孝纯要得李小姐的回复再说。”

金燕立即说道：“李如碧同意不同意与我何干？轻易弃我另娶别人，不管是出于什么原因，我都要放弃他。”

“你确定？”秦钰看着她。

“确定。”金燕肯定地点点头。

“那好。”秦钰颔首，拿起金燕还回来的圣旨，转头对小泉子吩咐，“将这道圣旨毁了。”

小泉子应了声是，立即拿着圣旨当着众人的面点燃烧了。

郑孝扬看着这一幕，眼皮跳了那么一下。

圣旨烧罢，秦钰又吩咐：“重新拟旨，朕给金燕郡主和郑二公子赐婚。”

小泉子垂首：“是，皇上。”

拟旨官很快被传来，当场拟旨。

圣旨拟到一半，郑孝扬忽然大声嚷：“不行，我不同意。”

秦钰冷眼看过去，沉声开口：“朕容许你放肆，可一可二不可三，你确定你不同意？”

郑孝扬一噎，梗着脖子道：“这个女人这么泼辣，我还不想那么早被她害死。”

“你知道怕死，也算有救。”秦钰收回视线，冷冷地说道，“你抢了秦铮的情人花，若是不想死就识相点儿。否则，除了金燕没人庇护得了你。”

郑孝扬骇了一跳：“在后面追我的那个小子是秦铮？”

“若是他，能追不上你？”秦钰不看他。

郑孝扬咳嗽了一声：“我跑死了三匹马呢。”

“若那个人是他，你跑死一百匹马也不管用。”秦钰道。

郑孝扬挠挠头，本来脏乱的头发顿时被他挠成了鸡窝，片刻后，他撇撇嘴：“好吧，娶就娶。”说罢，他警告金燕，“不准动不动就找人告状。”

“你不欺负我的话，我自然不会。”金燕道。

“欺负女人算什么本事，本少爷才不做。”郑孝扬立即说道。

“那是谁将女人打得破了相？”金燕揭他的短。

“当时没觉得车里坐着的会是女人，任谁毁了我的情人花我都要打一顿。”郑孝扬哼了一声。

金燕对他摆摆手，嫌恶地道：“你快滚去洗洗吧，难看死了。”

“这京城我哪里都不认识，去哪里洗？难道去你大长公主府？大长公主不把我打出来吗？”郑孝扬问。

金燕一噎：“把你打出来算是轻的，当心我娘要了你的命。”

郑孝扬抱头走了两圈，摊摊手：“那怎么办？”说罢，他转头问郑诚，“爹，你们找到落脚的地方了吗？”

郑诚恨铁不成钢，恼怒地道：“我们进京后连脚都没歇，到哪里去找？”

郑孝扬叹息：“我们荥阳郑氏真差劲，也就在荥阳是地头蛇罢了，在这天子脚下屁也不是，连个落脚的地方都没有，本少爷在荥阳横着走，一来京城就被人捆起来了，扫兴。”

“你个混账东西，还不是你惹的事？”郑轶听不下去了，气得骂了一句。

“叔公，您一把年纪了还是歇歇吧。”郑孝扬摆摆手，向外走去，“我自己去找地方。”走了两步，他忽然又转回头，对郑诚伸出手：“爹，我没有银子了。”

“你这些天是怎么活的？”郑诚看着他，觉得今天算是丢人丢到家了。

“我离家时带了五千两银子，都花光了。”郑孝扬道。

“你……五千两你只花了半个月？”郑轶看着他，两撇胡子抖了抖。

“大惊小怪做什么？所谓在家千日好，出门事事难，不花银子怎么活？”郑孝扬道。

郑诚气得一句话也说不出来，从怀里掏出一包银子塞到他手里。

郑孝扬拿着银子就要走。

“你要去哪里？”金燕喊住他。

“听你的话去洗洗。”郑孝扬道。

“你等接了赐婚的圣旨再走。”金燕道。

“你代替我接了呗。”郑孝扬无所谓地摆摆手。

金燕皱着眉头盯着他。

郑孝扬泄气了：“好吧，好吧。”说罢，他催促拟旨官，“都这么半天了，你怎么这么慢，拟好圣旨了吗？”

“快了，快了。”拟旨官的汗都要出来了，从来没见过这样赐婚的，也没见过这样催拟旨官的。

秦钰一直没说话。

英亲王妃忽然笑着说道：“这孩子倒是和我家的臭小子有些相像，这样吧，你跟我去英亲王府吧。”

郑孝扬看向英亲王妃，眨眨眼睛：“王妃的意思是要收留我？”

英亲王妃笑着说：“你们来京是奉了皇上的旨意，皇上自然会给你们安排地方住。不过我英亲王府里也有不少院子，留你住下倒是绰绰有余。你既与燕儿订婚，与英亲王府也算是近亲。”

“多谢王妃，据说英亲王府十分华丽，那我就不客气了。”郑孝扬立即高兴地说道。

英亲王妃笑着点点头。

拟旨官拟好圣旨，小泉子双手举着，高喊：“金燕郡主、郑二公子接旨。”

金燕跪在地上，见郑孝扬没过来，她挑眉。
郑孝扬立即走了过来，与她跪在一起："多谢皇上。"
秦钰看着郑孝扬，沉声说道："这一道圣旨朕可不希望再有收回之说。"
郑孝扬撇撇嘴："只要她忍得了我的脾气，我自然会善待她。"
秦钰不再说话，摆摆手。
郑孝扬将圣旨揣进了怀里，对英亲王妃说："王妃，我先去英亲王府？"
英亲王妃站起身，对谢芳华说："这里也没我们什么事了，我们回府吧。"
谢芳华颔首，看向金燕。
金燕拿着圣旨，对她笑着说："我回去哄我娘。"
"臭丫头，好的不选，选了这么个臭小子，以后有你受的，高兴个什么？"英亲王妃笑着骂了一句，"你把你娘气了个够呛，回去好好哄她。"
"知道啦，大舅母。"金燕拿着圣旨先一步走了。
郑孝扬立即快步追了过去。
英亲王妃挽着谢芳华，落后那二人一步，跟众人告辞出了右相府。
右相府门口，金燕上了马车，郑孝扬挑着帘子扶着车辕，吊儿郎当地在与她说话。
谢芳华听力极好，只听郑孝扬说："等我洗干净了去找你。"
"算了，你还是等我去英亲王府找你吧，我娘的怒气可没那么容易消。"金燕对他说道。
"我这个做女婿的，总不能一直不登门吧？"郑孝扬看着她。
金燕瞪了他一眼："能登门的时候我就告诉你，若是你不马上回荥阳，就在英亲王府先住着。"
郑孝扬眨眨眼睛："不哄好岳母怎么回荥阳？"
金燕啪一下落下帘幕："你最好能想到办法哄我娘高兴，否则依我娘的脾气，怕是你以后没好日子过，她会日日找你麻烦。"
郑孝扬哀呼一声："我如今肠子都悔青了，当时怎么脑子一热就喊住了你……"
金燕不再听他啰唆，吩咐赶车，马车离开了右相府。
英亲王妃和谢芳华一出来，便看到了抱着头一副悔恨不已的样子的郑孝扬。
英亲王妃好笑："这孩子真有意思。"
谢芳华想着，可不是有意思吗？她可不信郑孝扬真如表面看起来这样混账。
他恐怕是荥阳郑氏最厉害的人物了，毕竟荥阳郑氏的家主对他的恣意妄为习以为常，大老爷对他无奈听从，郑孝纯对他袒护有加，而他如此言行无忌、纨绔不羁，冲撞了右相府的马车，打得李如碧破了相，却依旧能娶金燕、拿圣旨，最终全身而退。

这一切的由来是好命吗？

不见得！

英亲王妃来到近前，笑着对郑孝扬说道："走吧。"

郑孝扬垂头丧气地点了点头。

英亲王妃和谢芳华上了马车，有人给郑孝扬牵来一匹马，他骑马跟在马车后。

马车内，英亲王妃和谢芳华谁也没说话，一路顺畅地回到了英亲王府。

马车来到府门口，喜顺迎上前："王妃、小王妃，小王爷回来了。"

英亲王妃一愣："铮儿回来了？"

谢芳华也有些讶异："这么快？"

喜顺笑呵呵地说："小王爷刚刚回府，如今已经回了落梅居。"

谢芳华立即快步往回走："娘，我先回去。"

英亲王妃笑着摆手："你快去吧，我安顿好郑二公子再过去。"

谢芳华应了一声，匆匆进了内院，向落梅居赶去。

英亲王妃笑着吩咐喜顺："去将意芝在咱们府时住过的院子收拾出来给郑二公子住，郑二公子会在咱们府多住些时日，一应所用务必周全，切不可怠慢。"

"是，王妃。"喜顺打量着这位刚进京城，便在京城搅起滔天大浪的郑二公子，他看了半天也没看出郑二公子真正的模样，连忙拱手："郑二公子，请随老奴来。"

郑孝扬四下里打量了英亲王府一眼，随意地拱拱手。

喜顺在前面带路，郑孝扬跟着他往里走。

第三十章
爱不释手

英亲王妃见二人走了，将春兰叫过来，低声吩咐："去打听打听，我和华丫头回来后右相府的情形如何了。"

"是，王妃。"春兰连忙去了。

英亲王妃回了正院。

谢芳华回到落梅居，还没进院子，林七、玉灼便笑嘻嘻地迎上前，对她说道："小王妃，小王爷回来了，正在房间里沐浴。"

谢芳华点点头，低声问："他没受伤吧？"

林七、玉灼对看一眼，摇摇头："没见到小王爷受伤，他沐浴的时候从来不让我们进去，不过看起来十分疲惫，气色不是太好。"

谢芳华了然，不再多言，进了屋。

她来到内室，只见秦铮果然在沐浴。

他整个人躺在浴桶里，闭着眼睛似乎睡着了。

谢芳华来到近前，看了他一眼，见他十分疲惫，好像真的睡着了，连她走到近前都没发现。她伸手到水里探探，水还热着，幸好是夏季，在这里睡着也无碍。她不忍打扰他，便转过身准备去等他醒来。

她刚转身，秦铮忽然伸出手扣住了她的手。

谢芳华转过头，见他依旧闭着眼睛，嗓音里带着浓浓的倦意，说："不准走，就在这里陪着我。"

谢芳华又是心疼又是好笑："你要睡也该回房间睡，在这里怎么能睡好？"

“不想动。”秦铮慵懒地道。

“那好吧，我去搬把椅子，就坐在这里陪着你。”谢芳华道。

秦铮嗯了一声。

谢芳华搬了一把椅子坐在木桶旁，秦铮握着她的手，又睡了过去。

她轻轻伸手，摸着他的眉毛，描画着他的五官。

过了片刻，秦铮忽然低笑：“你是不是想我了？嗯？”

谢芳华立即掣回手，小声、温柔地说：“你睡吧，我不打扰你就是了。”

秦铮忽然站起身，跨出木桶，将她拦腰抱起：“去床上睡。”

谢芳华低呼一声：“弄得哪里都是水。”

“再收拾就是了。”秦铮说着便出了屏风，挥手落下窗前的帘幕，抱着谢芳华上了床。

帷幔落下，秦铮俯下身将谢芳华压在身下，给了她一记绵长的深吻。

谢芳华几乎喘不过气来，伸手捶他。

秦铮吻够了，放开她，凑到她耳边说道：“想你了。”

谢芳华搂住他：“天色还早，你先休息。”

“嗯，我想先做些什么。”秦铮嘟囔一声，伸手扯掉谢芳华腰间的丝带，锦绣薄纱从她肩上滑落，露出她漂亮的锁骨、优美的脖颈，他呼吸浊重，不受控制地低头吻了起来。

谢芳华轻喘，伸手推他：“秦铮。”

秦铮嗯了一声。

“娘也知道你回来了，一会儿处理完事估计就会过来，你先别……”谢芳华推他。

秦铮不高兴：“没空见娘。”

谢芳华又好气又好笑：“那也该注意身子，你都累成这副样子了，还不忘……”她说不下去了，推他，“下去。”

“不忘什么？”秦铮抬起头来，一双漂亮的眼睛看着她，眸中情愫翻涌。

“不忘思淫欲。”谢芳华红着脸小声说，“你当我不敢说吗？”

秦铮失笑，伸手点她的额头，又低头吻了吻她的脸颊，从她身上滑落，伸手抱住她，控诉：“我睡得好好的，是你勾引我。”

谢芳华对于他这倒打一耙的行为瞪眼，气笑了：“我就该让你睡在凉水桶里，才不是勾引你呢！”

秦铮嗯了一声，闭上眼睛：“你舍得吗？”

谢芳华无语，舍不得。

秦铮大约实在是累了、乏了，不多时便又睡着了。

谢芳华想着，难道他从离府就再没睡过觉？这两日他都做了什么？

北齐安插在南秦的暗桩可都清除了？

不应该这么快才是。

谢芳华有一肚子的话想问，但只能忍住，等秦铮休息够了再说。

她躺了片刻，侍画在外面压低声音喊："小姐。"

谢芳华动了动，打算起身，却被秦铮死死地扣住手，她起不来，偏头看他，见他依旧睡着，只能继续躺着，压低声音问："什么事？"

"小泉子公公来传话，说皇上得知小王爷回府了，请小王爷立即进宫。"侍画道。

谢芳华想着，秦钰的消息可真灵通，问侍画："右相府的事情如何解决的？"

若右相府的事情没有解决，秦钰就不会有空。

侍画低声说："李小姐醒来后，听说此事后不同意，荥阳郑氏的大公子跪在李小姐的门外求娶，说一定要代替弟弟对她负责。右相、李公子都觉得事情闹到了这个地步，便不予追究了，让大公子也不必负责了，此事就此揭过。但是大公子也是个执拗的人，死活不走，一定要负责，如今还在右相府僵持着。"

"那秦钰和荥阳郑氏的人呢？"谢芳华问。

"皇上说既然如此，就让郑大公子和李小姐自己解决吧，便回宫了。荥阳郑氏的人由右相安排，暂且住在了右相府，毕竟事情没解决。"侍画道。

谢芳华又问："郑二公子呢？"

"王妃将他安排在了崔侍郎住过的院子，距离落梅居不远。"侍画道，"据说他沐浴、梳洗完，便倒头睡了。"

谢芳华想着郑孝扬一路奔波进京，怕是也累惨了，倒头就睡也不奇怪。她又问："大长公主府呢？金燕回府后，怎样了？"

"据说大长公主回府后，气得砸了一屋子的东西，不见金燕郡主，金燕郡主主意已定，自己回房了。"侍画道。

谢芳华想了想，对侍画道："你去回小泉子，给皇上回话，就说秦铮回来后，实在太过疲累已经睡下了，等他睡醒了自然会进宫。"

侍画应了一声，去了。

谢芳华也有些累了，听着秦铮均匀的呼吸声，同样犯了困，闭上眼睛，也跟着睡着了。

英亲王妃本来不打算打扰二人小叙，但是忙完一应事情，在正院里左等不见秦铮，右等不见秦铮，眼见天已经黑了，实在坐不住了，来了落梅居。

侍画迎上来，低声说："小王爷太过疲乏，回来倒头就睡下了，至今没醒。小王妃大约也累了，陪着睡了，如今也没醒呢。"

英亲王妃闻言只能止步："这俩孩子，我说怎么见不着人呢。"

"他们也睡了有些时候了，要不然……奴婢将他们喊醒？"侍画小声问。

英亲王妃摆摆手："算了，让他们睡吧，我就是不放心过来问问，等他们睡醒了再说。"

侍画点点头。

英亲王妃又出了落梅居。

英亲王已经回来了，见到她便问："铮儿回来了？"

"回来了。"英亲王妃道。

"怎样？事情可处理妥当了？"英亲王立即问。

英亲王妃摇摇头："据说他实在太累了，回来便睡下了，我刚去了一趟落梅居，人还没醒，我还没见着他。"

英亲王叹了口气："既然如此，就让他睡吧。"

英亲王妃低声问："右相府那边如何了？我听说李小姐不同意，郑大公子执意负责？"

英亲王点头，感慨道："据说还僵持着，右相也是极为头疼，荥阳郑氏的这两位公子，可真叫人刮目相看呀。"

英亲王妃忽然笑了起来："可不是吗，尤其那位二公子。"

英亲王忽然压低声音问："你将他带来咱们府住，是什么打算？"

英亲王妃摇头："我没什么打算，就是看这孩子顺眼罢了。"说罢，她压低声音说道，"这位二公子进京前，可是半点儿风声都没传进京，忽然就进京了，偏偏冲撞了右相府的马车，打伤了李如碧。如今有大公子顶着，他全身而退，可不是个简单的人。我见华丫头一直在打量他，应该是有想法，我便顺势把他带来放在咱们府了。"

英亲王颔首："他一直以来没有什么名气，天下人、京城人只知荥阳郑氏的大公子，不知二公子，如今乍一进京，便将京城搅了个天翻地覆，的确不可小看。"

英亲王妃点头："金燕那丫头，眼睛比大长公主可毒辣多了，也有海量多了。"

"总体来说，没因此事引得各府结怨、朝局动荡，便值得庆幸。"英亲王摆摆手，"进屋吧，我也累了。"

英亲王妃颔首，与英亲王一起进了屋。

天色已黑，谢芳华睡了一觉醒来，见秦铮依旧在睡，她便借着细微的光线看他。

不过片刻，外面便传来一声叫嚷，在喊"秦铮"，是燕亭的声音。

谢芳华抬眼向外看去，屋中窗帘落着，什么也看不见。

侍画迎上前，说道：“燕小侯爷，小王爷回来后太累了，如今还在睡。”

“都半日了吧？还睡？我去将他喊醒。”燕亭大步流星地往里走。

侍画立即拦住他：“小王妃也陪着小王爷在休息，您不方便闯进去。”

燕亭脚步一顿，眨眨眼睛，抬眼看看天，忽然说道：“你是说，白日他们便……”

侍画脸一红，吓了一跳，抬脚用力地踩了燕亭一脚。

燕亭惨叫了一声：“你这丫头，干吗踩我？”

侍画后退了一步，小声说：“燕小侯爷，得罪了，小王爷和小王妃只是在休息，您胡说什么呢？”

燕亭撇撇嘴：“那你去喊他们，让他们别再睡了，我有事找他们。”

侍画看了他一眼，向门口走去，小声喊：“小姐，燕小侯爷来了。”

谢芳华自然已经清楚地听到了外面的动静，有些无语又好笑，偏头看秦铮，见他已经被吵醒，她道：“燕亭来了，你可睡好了？起吧！”

“别理他。”秦铮将她搂在怀里。

谢芳华低声说道：“若不是侍画拦着，他就闯进来了。”

“他敢，打断他的腿。”秦铮冷哼一声。

谢芳华好笑，伸手推他，柔声说：“快起吧，睡了半日了，我隐约听见娘来过一次，知道咱们没醒就走了。燕亭没耐心，一会儿等急了又该嚷了。”

秦铮当没听见。

谢芳华又推推他。

秦铮睁开眼睛：“你亲我一口。”

她凑上前，低头蜻蜓点水般吻了他一下：“起吧。”

“不够。”秦铮不满意地道。

谢芳华伸手轻轻拍拍他的脸：“我问你，怎么这么快就回来了？”

秦铮哼了一声：“你少转移话题。”

谢芳华无语，伸手拉起他：“当你是孩子呢，快起来。”

“晚上你补偿我。”秦铮趁机要求。

谢芳华红着脸看着他。

秦铮补充：“你若不补偿我，我就不起来。”

谢芳华又是好气又是好笑，压低声音说：“这么多人、这么多事在等着你，我就算想补偿你，也要你忙完了才行呀。”

秦铮伸手抱住她，吻她的脖子：“你答应了？”

谢芳华斜睨他：“我不答应管用吗？”

"不管用。"秦铮道。

谢芳华拿开他的手："你在这里等着，我去给你拿衣服。"

秦铮乖乖放开了手。

谢芳华下了床，走到衣柜前，给秦铮拿了一套崭新的衣服。

"你帮我穿。"秦铮伸开胳膊。

谢芳华见他只不过刚离开两天，回来就跟个孩子一样，要求这要求那，还黏她黏得不行。她无语地看了他一会儿，见他打定主意要她动手，她只能帮他穿。

秦铮美滋滋地任她给他穿衣、穿鞋、打理头发。

片刻后，将他收拾妥当，谢芳华赶他："快出去吧。"

秦铮慢慢地走了出去，打开房门，抱着膀子倚着门框懒洋洋地看着燕亭："你皮痒了是不是？爷刚回来你就跑来闹腾。"

燕亭咳嗽一声："我哪里知道你大白天的回来倒头就睡。"

秦铮冷冷地看着他："什么事？"

燕亭道："我就是过来问问你，今天京中发生的事你都知道了吗？你怎么看？"

"什么事？"秦铮问。

"你不知道？"燕亭看着他。

"我应该知道？"秦铮挑眉。

燕亭泄气："就是荥阳郑氏、右相府、大长公主府的这一出事。"

秦铮扬了扬眉，似乎真不知道。

燕亭无语："你回京后就没问问？"

"少废话。"秦铮瞪了他一眼，"有事说事，没事就滚，爷没心情跟你兜圈子。"

燕亭无语，走上前来，将这两日发生的事情详略得当地说了一遍。

秦铮听罢，眯起眼睛："郑孝扬？"

"你认识他？"燕亭立即问。

秦铮哼了一声："爷就是因为他回的京。"

燕亭一愣："他是个人物？"

"若不是个人物能从苍梧山之巅的陡峭山崖上摘到情人花？谢云继晚了一步，追死了三匹马也没追上他，便给我传信让我拦住他。"秦铮道。

燕亭睁大眼睛："这个郑孝扬难道跟传言不一样？不是个废物？"

秦铮嗤了一声："纨绔的名声在外，就一定是废物吗？"

燕亭一噎。

秦铮扫了他一眼："秦钰让你来吵醒我的？"

燕亭看着他："你怎么知道？"

"你什么时候成了秦钰麾下跑腿的了？"秦铮挑眉。

燕亭嘁了一声："我进宫找他有事情，知道你回来了，他说都这个时辰了，你难道还在睡？让我来看看你，我正好也想来看看便过来了。"

秦铮闻言看了一眼天色，已经彻底黑了，他道："你去吩咐一声，备车，我即刻进宫。"

"喂，我去吩咐？"燕亭指了指自己的鼻子。

"你不是乐意当跑腿的吗？"秦铮看了他一眼，又扭头进了屋。

燕亭喂了两声，秦铮头也不回，燕亭无语，片刻后出了落梅居。

谢芳华已经收拾妥当，正要起身，秦铮从外面进来，来到她身后，从镜中看着她："大晚上的，梳洗打扮得这么美，给谁看？"

谢芳华翻了翻眼皮："我哪里梳洗打扮了？你和燕亭说了这么一小会儿话，够我做什么？头发散了，我重新梳理一下而已。"

"那也太美了。"秦铮有些吃醋。

谢芳华无奈，看着镜子，问他："这跟以往有什么不同吗？难道我要将头发打乱了再随你出去？"

"总之太美了。"秦铮道。

谢芳华打开他的手，站起身，又好气又好笑："你还有心情磨蹭，秦钰估计在宫里都等急了。"

"你要随我进宫？"秦铮看着她。

"不随你进宫吗？"谢芳华也看着他。

秦铮挣扎片刻，握住她的手，泄气地道："罢了，随我进宫吧，估计今日要很晚回来，舍不得把你扔在家里看不见。"

谢芳华笑容蔓延开。

秦铮牵着她的手出了落梅居。

谢芳华叫来侍画，对她吩咐："去告诉爹、娘一声，就说我们进宫了，估计今日会很晚才回来，明日一早我们再去给他们请安。"

"是。"侍画连忙去了正院。

秦铮和谢芳华来到门口，燕亭已经吩咐了喜顺，喜顺已经派人将马车准备好了。

秦铮拉着谢芳华上了马车，落下帘幕，对燕亭摆手："你该干什么干什么去！"

燕亭瞪眼。

秦铮吩咐一声，马车离开了英亲王府。

燕亭对天翻了好几个白眼："什么人呀这是！还是兄弟吗？"

喜顺乐呵呵地道："燕小侯爷，进府喝杯茶吧？"

"不喝了，你们府的茶烫人。"燕亭丢下一句话便转身走了。

喜顺关上了大门。

马车上，谢芳华压低声音问秦铮："你刚刚也听燕亭说了这两日发生的事情，你觉得如何？荥阳郑氏到底有什么打算？"

"此番出去，我发现北齐暗桩埋得极深，极其坚固，有一根绳在死死地捆着，我开始不解，后来你传了消息说是荥阳郑氏，我才恍然大悟。"秦铮也压低声音说道，"要想铲除北齐暗桩，比我预想的难。"

"你动了多少？"谢芳华问。

"百余暗桩，不过十之一二。"秦铮道。

谢芳华面色凝重地问道："为何突然回京了？剩下的不能动？"

"也不是不能动。"秦铮抿唇，"是有人在我动手的同时，暗中快速地沿途结了一张网，其手法之快不可小视。不查清楚这个人是谁，不弄明白他这样做的原因，就不能动了。"

"是什么人？"谢芳华问。

"我跟踪下来，那个人进了京。"秦铮忽然笑了一声，"应该就是荥阳郑氏的二公子郑孝扬了。"

谢芳华没有意外，低声说道："从今日所发生的一系列事情来看，我便知道他不是表面这般纨绔不通世务。"

秦铮挑了挑眉。

谢芳华便将自己的观察说了出来："不过郑孝扬与荥阳郑氏之人的关系也很奇怪，他对荥阳郑氏之人嗤之以鼻，但是荥阳郑氏之人却处处维护他，而荥阳郑氏的家主郑轶似乎不敢惹他，郑诚对他无奈，郑孝纯爱护他到了非同一般的地步。"

秦铮笑着说道："这便是症结所在了，也是我回京想弄清楚的事。"

谢芳华看着他。

秦铮道："按理说，我动手铲除北齐暗桩，荥阳郑氏的人第一时间发觉，就会极力反击，或者隐蔽，或者另寻他法抗衡。但是这个人并没有这样做，而是在我铲除暗桩后，第一时间结了网，似乎网住了荥阳郑氏对外传递消息的根源。"

谢芳华一愣："你的意思是，那张网不是牵制你，而是你的保护圈？免于被荥阳郑氏得到消息，对你出击？"

秦铮颔首："而这个人，又是荥阳郑氏的二公子郑孝扬，他是荥阳郑氏的嫡系子孙，做此逆反之事，不是很奇怪吗？"

谢芳华不解："荥阳郑氏之人这么维护郑孝扬，他为什么反而如此？"

秦铮摇头："若是知道，我也就不必跟着他回京了。"

谢芳华将今日见到郑孝扬之后的事情在脑中过了一遍，他就如一个天不怕地不怕的少年，她思索片刻，不得其解，便道："反正如今郑孝扬就住在咱们府，从宫中回来后你会会他。"

秦铮嗯了一声，勾唇一笑："这么有意思的人，自然要会会。"

马车来到宫门口，守门侍卫见到秦铮和谢芳华，立即打开了宫门。

二人刚进宫，便见小泉子疾步走来，来到近前，给秦铮和谢芳华见礼："小王爷，小王妃，您二位可算是来了，您二位再不进宫，皇上就要冲去英亲王府了。"

"做皇帝倒没做太子时有耐性了？"秦铮嗤了一声。

小泉子立即小心地赔笑："如今不是多事之秋吗？皇上也不敢行差踏错一步，以免愧对列祖列宗。"

秦铮冷哼一声："他倒是有个皇帝的样了。"

小泉子这回不再接话了。

谢芳华看了秦铮一眼，这自小养成互掐的习惯，怕是一辈子也改不了了。哪怕秦钰做了皇帝，秦铮在他面前还是从前那个样。

小泉子赔着笑说："皇上从右相府回宫后，一直在御书房，晚膳还没用呢，知道小王爷和小王妃应该也没用晚膳，便吩咐奴才命人将晚膳摆去了御书房。"

"爷正饿着呢，这还差不多。"秦铮说道。

三人来到御书房门口，小泉子对里面通禀："皇上，小王爷、小王妃来了。"

"进来！"秦钰的声音传来。

秦钰说罢，秦铮拉着谢芳华进了御书房。

晚膳摆在了正中的坐榻上，秦钰依旧坐在案前，伏案疾书。

秦铮看了他一眼，目光定在他身上，猛地顿住了，眼神顿时凌厉了几分。

谢芳华见秦钰回宫后，竟然还没换下在英亲王府穿的衣服，无语地扶额。

"怎么回事？"秦铮偏头问谢芳华。

谢芳华无奈地将秦钰的衣服被洒上了酒，侍画带他去落梅居换衣服的事说了。

秦铮听罢，冷眼看着秦钰："若是你不想身上被洒上酒，十坛酒也洒不到。"

秦钰抬起头，颔首："你说对了。我就是故意的。"

"你想死吗？"秦铮盯着他。

秦钰放下笔，顿时笑了："你的女人给我牵红线，谢氏六房的二小姐说喜欢我，闹得天下皆知，难道不允许我要点儿赔偿？"

秦铮眯了眯眼睛："牵红线？"

"你自己问她。"秦钰合上奏折，站起身。

谢芳华更头疼了，被秦钰识破了，谢伊毕竟还年幼，虽然当时临危不乱说出那番话，把很多人都蒙蔽了，但是蒙蔽不了秦钰。若是没有她出主意，谢伊自然不敢那样去做，也想不到这样的方法。

见秦铮转头看来，她无奈地将事情从头到尾给他说了一遍。

反正秦钰已经猜到了，也不怕他再听到。

秦铮听罢，气忽然消了，笑着说道："我倒觉得这桩事你没做错，他是该有个女人了。"

秦钰的脸色沉了沉："管好你的女人吧，能不能保住命还是个未知数，还有闲心给人牵红线。"

"我的女人我自然会管。"秦铮拉着谢芳华坐下，看着秦钰身上的衣服，衣领露了一道边，他敏锐地问，"内衫也是？"

秦钰挑了挑眉，得意地一笑："你的眼睛倒是毒辣。"

秦铮冷哼一声，回头看向谢芳华："回去收拾你。"

谢芳华头疼，立即转移话题："这内衫可不是普通的内衫。"

秦钰的眼皮跳了一下，哦了一声。

"你别告诉我你没发现。"谢芳华没好气地看着他。

秦钰笑了一声："自然发现了，中午阳光那么足，怎么可能看不到？"

"怎么回事？"秦铮问。

谢芳华压低声音将这内衫的秘密说了。

秦铮问："你从哪里得到的？"

谢芳华看了秦钰一眼，觉得左相不易，既然他没给秦钰而是给了她，她便不该点破："别问我是从哪里得到的，有用处就行了。"

秦铮别过头，冷冷地对秦钰说道："你乐意穿，回头我将那些布都给你送来。"

秦钰看着他："你是告诉我，送来后荥阳郑氏你就不管了？"

秦铮哼了一声："你以为呢？"

秦钰摇摇头："就算如今我脱下来给你，你还要？"

秦铮嫌恶地看了他一眼："烧了。"

秦钰伸手往上拢了拢外衣的领子，慢慢地道："小气什么？不就是一件衣服吗？朕为你的女人没少操心，穿她亲手做的一件衣服你也舍不得？难道将来你的孩子出生，不让他管我叫'叔叔'了？你能撇开关系？"

秦铮眼皮翻了翻，恶声恶气地说："只此一次，再有下次爷扒了你的皮。"

"一件就够了，下次给我也不要了。"秦钰说罢，摆摆手，"吃饭吧，吃饱了再说。"

秦铮也饿了，止住话。

谢芳华中午没吃多少，也有些饿了，秦钰跟谢芳华差不多，所以，一时间三人都不再说话，安静地用膳。

饭后，秦铮一推碗筷，将出京铲除北齐暗桩，牵引出荥阳郑氏，以及郑孝扬的事情说了。

秦钰听罢，放下碗筷："这个郑孝扬倒是个人物，以前怎么一直没发现荥阳郑氏还有个他？"

"以前谁理会荥阳郑氏了？更别说郑孝扬了。"秦铮道。

秦钰叹了口气："其实，当初谢氏长房的敏夫人给女儿选亲事，遍京城不找，却选了荥阳郑氏的郑孝纯，我们就该察觉这中间有问题，只是谢氏长房处处踩着忠勇侯府，视线都被移到了谢氏长房夺权和忠勇侯府与皇室的纠葛上了，便忽略了这里面趁势而起的荥阳郑氏。"

"你可还记得法佛寺失火？"秦铮问。

秦钰颔首："那时候我没回京，你以为纵火的人是我？"

"我原先以为是你，但是后来觉得不是你，因为你不会趁机想杀了我。"秦铮道，"更何况，你那时又没有回京。"

秦钰点头："不错，你我虽然互相看不顺眼，但不至于以性命相抵。"

"当时法佛寺失火，牵连了谢氏长房、永康侯府。不过，在墨珠未找到，以及无忘大师的尸体失踪后，这事情便被搁置了，后来皇叔处理了谢氏长房，这件事情便不被提起了。"秦铮道。

"京中连环杀人案，孙太医、韩大人接连被杀。"秦钰道，"这事情如今还没个结论，外面都传会无疾而终。"

"什么是终？"秦铮嗤笑一声，"所有的事情都不算完。"

秦钰看着他。

秦铮冷声说道："荥阳郑氏藏得可真深。"

"你有什么好办法？"秦钰问他。

秦铮端起茶盏，慢悠悠地晃着，茶水在杯子里晃出一道道螺纹，他忽然端起来一口气喝尽，放下茶盏，对秦钰道："今晚会会郑孝扬。"

"他如今住在英亲王府，万一那个人不是他，岂不是会打草惊蛇？"秦钰看着他。

"你以为不打草蛇就不惊？"秦铮挑眉。

秦钰揉揉眉心，沉默片刻："罢了，你看着办吧。"

秦铮站起身，拉起谢芳华："走了，出宫。"

谢芳华看着他，本来以为他们有很多话要说，如今就这么结束了？

"舍不得走？"秦铮见谢芳华不动，偏头。

谢芳华瞪了他一眼："谁舍不得走了？"

"舍不得走的话，住在宫中也行。"秦钰此时道。

"做你的梦去吧。"秦铮拉着谢芳华，出了御书房。

秦钰随后跟出来，问秦铮："你近来不打算出去了？"

"看情况！"秦铮头也不回地道。

秦钰不再说话，目送二人顶着夜色离开。

他站了许久，直到小泉子上前，小声说："皇上，夜里风凉，仔细身子。"

秦钰忽然问道："小泉子，你说朕是不是很没用？"

小泉子吓了一跳："皇上，这从何说起呢？"

"芳华身子不好，朕却帮不上忙，还要依靠秦铮处理这南秦的麻烦。"秦钰道，"只能困在这宫墙里，越发觉得帝王难做。"

小泉子脸一白，连忙说道："皇上，正因为您是皇上，才要坐在这皇城，坐在这宫里，只有您在这里，才能稳住这朝野上下的文武百官，朝局不倒南秦江山就能稳定。铮小王爷与您的身份不同，所以，有些事，他能去做，但您不能去做，这都是命。"

"是命吗？"秦钰问。

小泉子点头："是命，您是天子之命，自然不能与小王爷相较。"

秦钰笑了一声，揉揉眉心："我倒宁愿我是他。"

小泉子住口，不言声了，有些话皇上能说他不能说。

秦钰也不再言语，又站了片刻，问小泉子："太后呢？"

"晌午从英亲王府回来，直接回宫歇着了。"小泉子向太后寝宫的方向看了一眼，"太后的宫里似乎还亮着灯，看起来太后还没歇下，估计下午歇多了。"

秦钰转回身，向太后的寝宫走去："去太后宫里坐坐，先皇去了，太后也寂寞。"

小泉子立即跟上秦钰。

秦铮和谢芳华出了皇宫，上了马车后秦铮对车夫吩咐："去右相府。"

谢芳华一愣，疑惑地问："去右相府做什么？"

秦铮看了她一眼："情人花毁在了右相府的马车轮子底下，我回京后不该去右相府看看？"

谢芳华想起今日右相夫人对她的态度，叹了口气："右相府的人不见得待见你。"

"不待见我我便不去吗？"秦铮嗤笑一声。

谢芳华无言地看着他。

秦铮笑了一下："我就是去看看那只毁了情人花的车轱辘。"

谢芳华更是无语。

马车很快便来到了右相府。

"去敲门。"秦铮对外面的人吩咐了一声。

车夫立即上前去敲门。

"谁呀？"门房里有人从里面探出头。

"我家小王爷和小王妃。"车夫道。

守门人吓了一跳，看了一眼天色，虽然不是极晚，但夜色也已经深了，他不敢怠慢，连忙对一人吩咐了一句，那人立即向府内跑去禀告，他连忙打开了门。

秦铮和谢芳华下了马车。

守门人小心地看着秦铮和谢芳华，试探着询问道："小王爷、小王妃，这么晚了，您二位……"

秦铮看了守门人一眼，没说话。

守门人一时也不敢再开口。

不多时，右相府的管家得到消息匆匆跑来，来到之后连忙给二人见礼："小王爷、小王妃，这么晚了您二位可是有事情？"

一般这个时候，不会有客人在没打招呼的情况下登门拜访。

秦铮看了管家一眼，慢悠悠地说道："我听说，右相府的车轱辘碾碎了情人花？"

管家一惊。

秦铮看着他："把那辆车搬来，给爷看看。"

"这……"管家看向一旁的谢芳华，猜不准秦铮的用意。

谢芳华不说话，面上没露出什么情绪。

"还不快去！"秦铮沉下脸，"爷连看一眼也不行吗？还需要你去向右相禀告？"

管家连忙摇头："不需要，不需要，小王爷稍等，老奴这就去吩咐人将那辆车抬来。"

秦铮不再说话。

过了片刻，那辆车没抬来，一群人呼啦啦地从里面出来了。

右相、右相夫人、荥阳郑氏以客人身份居住在右相府的郑轶、郑诚，以及落后众人一步慢慢走出来的李沐清。

秦铮挑了挑眉。

右相来到近前，纳闷儿地看着秦铮和谢芳华："小王爷、小王妃，这么晚了有何贵干？"

“看看那辆车。”秦铮道。

“什么车？”右相询问。

“那辆碾碎了情人花的车。”秦铮说。

右相一愣。

右相夫人顿时大怒：“秦铮，你别欺人太甚，大晚上来右相府闹腾，是为了看车还是为了找碴儿？”

秦铮扬眉，看着右相夫人，慢悠悠地道：“夫人怎么这么激动？我与右相府无怨无仇闹腾什么？自然是为了看车。”

右相夫人怒道：“一辆车有什么好看的？”

“对您来说是没什么好看的，但对我来说自然不同。”秦铮看着她道，“因为它碾碎了我要的情人花。”

右相夫人一噎，刚要再怒斥，右相便拦住了她，皱眉道：“让你不要跟来你偏偏跟来，不就是一辆车吗，铮小王爷要看，让他看就是了，你激动个什么？”

“相爷，他是为了看车吗？他是不安好心，来看咱们碧儿的笑话。”右相夫人又红了眼眶。

右相头疼地不再理她，对管家吩咐：“去将那辆车弄来。”

“老奴已经吩咐人去抬了。”管家连忙道，“就快来了。”

右相点点头。

这时，荥阳郑氏的郑轶、郑诚上前给秦铮见礼：“原来是英亲王府的小王爷，久仰久仰。”

秦铮挑眉，不客气地说：“荥阳郑氏没人了吗？怎么一把年纪了还来京操劳？”

郑轶一噎。

郑诚咳嗽了一声：“叔叔多年未来京城了，顺便来看看。”

秦铮哦了一声：“我听说今日右相府极为热闹，最出彩的当数荥阳郑氏的大公子了，今日护弟贤良、敦厚的名声怕是传出京城了，怎么不见他？”

郑轶还被秦铮刚刚那句话噎得喘不上气来，没说话。

郑诚看了郑轶一眼，又看了右相一眼，斟酌着回道：“犬子十分固执，为了代替次子赔罪，如今还长跪不起，在求李小姐谅解。”

秦铮点点头，无所谓地道：“今日不见也罢，改日请他喝酒。”

郑诚连忙道：“能得小王爷邀请，是犬子的荣幸。”

秦铮不再言语。

第三十一章

你若害羞

李沐清这时走上前来，将秦铮上上下下打量了一番，问道：“刚从皇宫出来？”

“你的消息倒灵通。”秦铮看了他一眼，

李沐清上前，拍拍他的肩膀，挑眉：“看那辆车？”

“否则你以为呢？”秦铮同样挑眉。

李沐清笑了一声：“不如那辆车就送你了。”

秦铮嫌恶地道：“爷要一辆破车做什么？”

这时，有人将那辆车抬了出来，放在了大门口。

秦铮走上前，围着车上上下下打量了个遍。

右相夫人本来就有气，怎么也忍不住，看到秦铮便想起了她痴心的女儿，她恼怒道：“铮小王爷，看了半天你看出了什么没有？”

秦铮点点头：“看出来了。”顿了顿，他冷哼一声，“不过是一辆普通的车而已，能碾碎珍之重之收在怀里的情人花？怎么没将人也给碾碎？”说罢，他拉上谢芳华，不再理会右相府里的那些人：“走了，回府。”

谢芳华被他拉上车，他动作极快地落下了帘幕，车夫一挥马鞭，马车立即离开了右相府。

他们来得突然，去得莫名其妙。

右相府门口的那些人面面相觑。

秦铮的车走得没了影，右相府内的众人依旧回不过神来。

右相夫人恼怒道："秦铮的话是什么意思？"

李沐清淡淡地看了右相夫人一眼，没答话转身径自走回了内院。

右相脸色紧绷，对右相夫人恼怒道："你够了，今天这一整天，你哪里还有半点儿相爷夫人的样子？你自己回去照照镜子，看看你自己都成什么样子了？有你这样的娘，女儿如何能好？连清儿都与你说话少了，你还看不出来吗？还闹腾什么？此事关英亲王府什么事？关谢芳华什么事？关秦铮什么事？你抓着他们不依不饶、横鼻子竖眼的做什么？"

右相夫人和右相虽然不是情意甚笃，但多年来也是夫妻和睦、相敬如宾，可是今天这一天，她便不知挨了右相几次训斥，一时间再也受不住了，当即痛哭了起来："相爷，您这是怨我？女儿被人家打，怨我这个当娘的没保护好，儿子也怨我，我没一处做得对的地方了？我还不如去死了算了。"

"那你就去死吧！"右相气得转身进了府。

右相夫人从没被右相这么厌恶过，一时情绪崩溃，一口气上不来晕死了过去。

近身侍候右相夫人的丫鬟、婆子大惊，连忙惊喊成一片。

有人连忙喊住刚离开的右相。

右相回头看了一眼，恼怒地道："请太医。"说罢，他径自向书房去了。

有人立即跑去府外请太医，有人连忙追去禀告已经进了内院的李沐清。

李沐清听说他娘晕了过去，只能折返回来，吩咐道："将夫人先送回房，赶紧去请太医。"

有人立即扶着右相夫人向正院而去。

李沐清没立即走，而是看向依旧站在门口的郑轶和郑诚，声音温和，姿态却寡淡："右相府平静多少年了，荥阳郑氏一进京城，右相府就如被风浪卷了一般。"

郑轶和郑诚对看一眼，连忙上前致歉："李公子，实在抱歉，我等也没料到会出这个事情，若说起来都怪孝扬，是我等教导无方。"

李沐清扯了一下嘴角，冷笑道："你们对郑二公子是教导无方吗？在我看来，实在是教导有方，大公子未必比得上二公子。"

郑轶和郑诚一噎。

李沐清轻轻掸了掸衣袖，随意地道："我给郑孝纯三日时间，若是他不能让我妹妹吐口答应与他的婚事，我便将他赶出右相府、驱逐出京，永远不让其踏足京城。"顿了顿，他又道，"除了与大长公主府有婚约的郑孝扬外，荥阳郑氏的人以后永远别想再踏足京城。"

郑轶和郑诚齐齐一惊。

"两位可以将我的话当作耳旁风，毕竟荥阳郑氏的能耐大得很，不见得能将我李沐清看在眼里。"李沐清说罢，转身向正院走去，边走边说，"天色太晚了，今日已经过了一日，郑公和大老爷去歇着吧！”

郑轶和郑诚看着李沐清离开，即便他走得没了影，二人依旧能感觉到他身上散发出来的透骨的冷意，二人齐齐打个寒战。

传言，右相府的李公子，继承了右相的平和、圆滑，从来不会轻易得罪什么人。

今日二人进京，从进入英亲王府到来到右相府，发生了一系列的事情，这一日，在这一刻之前，这位李公子都不曾多说一句话，待人极其平和、浅淡，即便李小姐被打得毁容，郑孝扬闹腾右相府，李夫人恼怒多次，这位李公子也未有过激行为和言辞。

如今，这样的一席话，用这样淡薄的语调说出来，却让他二人浑身发冷。

荥阳郑氏的家主和大老爷，也是见惯诸事纷扰的，可是在这样的夜里却不得不惊心，更不得不将这位李公子的话记在心里。

过了许久，郑轶示意郑诚先回房间。

郑诚平复了一下心情，点点头。

二人回到房间，郑轶感慨道：“南秦京城的年轻一辈真是人才济济。”

郑诚颔首：“皇上果然如传言一般，铮小王爷也如传言一般，李公子也如传言一般。”

“是呀，都如传言一般，却都不一般。”郑轶道。

郑诚点点头。

“本来孝扬惹了一桩麻烦事，荥阳郑氏和右相府这一桩事，让皇上夹在中间，可是皇上一说互相嫁娶，便轻而易举地抽身事外了，让我们两府自己解决。铮小王爷看了马车一眼，便点破了。李公子的一席话，实在让人毛骨悚然。”郑轶道。

郑诚看着郑轶，低声说：“叔公，我们如今怎么办？”

郑轶叹了口气：“还能怎么办？再等两日，看看孝纯能否把李小姐说动吧。”

“若是说不动呢？”郑诚低声问。

郑轶说道：“他这么没本事，自然要滚回荥阳，我们荥阳郑氏的人永不踏足京城就是了。”

郑诚一惊。

郑轶对他道：“你稍后去将这件事告诉孝纯，让他看着办吧。”

郑诚沉默片刻，点了点头，又问：“那孝扬呢？”

郑轶翘了翘胡子：“你养的好儿子！”

郑诚垂下头。

郑轶摆了摆手。

郑诚出了房门，看了一眼天色，向依旧守在李如碧门外的郑孝纯走去。

太医很快就到了右相府，为右相夫人诊脉，仔细看过脉后，对李沐清拱手："李公子，夫人是气急攻心，再加之忧急劳累，才致使腹劳气伤，昏迷不醒。"

"严重吗？"李沐清连忙问。

太医摇摇头："在下开一张药方，夫人仔细按时服药，切忌动气动怒，需要平心静气，否则郁结于心，落下心病就麻烦了。"

李沐清颔首："劳烦您开药吧。"

太医点点头，连忙走到桌前，为右相夫人开了一服药。

李沐清拿着药方看了一眼，吩咐人送太医出府。

太医离开后，右相夫人醒来，见李沐清守在她的床前，顿时眼泪就流了下来，哽咽地喊："清儿，你是不是也怪娘？"

李沐清没说话。

右相夫人哭着说道："是娘这双手没积德行善，如今报应来了。"

李沐清叹了口气，拍拍她："我没有怪您，妹妹出了这个事，父亲也忧急心烦，说了些重话，娘也不要太记在心上，我们总归是一家人。有些事情，焦急恼怒没什么用处，不如静下心来想想最妥善的处理办法。"

右相夫人哭着说道："还能有什么更妥善的处理办法，你妹妹这一辈子就算是毁了。"

"娘太武断了。"李沐清看着右相夫人，拿出帕子为她擦眼泪，"妹妹只不过刚过及笄年岁而已，她的一生还长得很。"

右相夫人摇头："清儿，你是男子你不懂，女人一旦容貌被毁了，这一生就完了。"

李沐清摇摇头，叹了口气："真正蕙质兰心的女子，依靠的不是容貌，而是品行、才华。"

"你妹妹答应郑孝纯了没有？"右相夫人问。

李沐清摇头："没有。"

右相夫人又哭了起来："郑孝纯是个好人，你妹妹到了这个地步都不答应，说明她还是放不下秦铮。这可怎么办呀？"

李沐清对她说道："我已经对荥阳郑氏的人说了，给郑孝纯三日的时间，若他不能让妹妹答应，荥阳郑氏的人便滚出京城。"

右相夫人一惊，顿时停止了哭泣："清儿，你这是……什么意思？"

"就是您听到的意思。"李沐清道。

右相夫人看着他："如今郑孝纯才是良人，你将他赶出京城，那你妹妹以后怎么办？"

李沐清看着她："他是不是良人我不知道，他处处维护弟弟倒是真的。我给他三日时间，若是他不能让妹妹应允，娘觉得，强行让妹妹嫁给他，妹妹会幸福？”

右相夫人一时无言。

李沐清吩咐人端来药，亲自喂右相夫人喝药：“娘，您也累了，仔细身体，喝完药便歇下吧。您若是真病了，怎么再操心妹妹的事？”

右相夫人闻言点点头，喝了药。

一碗药喝罢，右相夫人看着儿子，心下欣慰，毕竟是她的儿子，比丈夫能够让她依靠。本来她还想再与李沐清说会儿话，奈何眼皮发沉，药效上来了，不多时便睡着了。

李沐清见他娘睡着了，给她掖了掖被角，又坐了片刻便离开了房间。

他出了右相夫人的住处，便去了书房。

书房内亮着灯，右相坐在椅子上，靠着椅背闭着眼睛，昏黄的灯光下，他一脸疲惫。听到外面的叩门声，他声音沙哑地开口：“进来！”

李沐清推开门走了进来。

右相睁开眼，看了他一眼：“你娘如何了？”

李沐清回话：“太医看过，无大碍，喝了药睡下了。”

右相点了点头，叹了口气：“也不怪你娘受不住，这么多年，你和碧儿就是她的心头肉。你们一直顺遂，这一年来，她为你妹妹操碎了心，如今出了这样的事，她绷着的那一根弦断了。”

李沐清点点头。

右相又道：“这么多年，右相府太平静了，这么一点儿风浪，不只是你娘，我也经不住了。若不是如今朝中正是用人之际，爹明日便想上书告老。”说罢，他感叹，“都老了。”

李沐清看着右相，发现右相的两鬓不知何时已经染上了华发，他恍然想起，与右相同样年岁的先皇已经去了。他揉揉眉心，低声说道：“爹若是想告老便告老吧，右相府的门楣我支撑着就是了，朝中如今虽然是用人之际，但皇上心知右相府的处境，会应准的。”

右相不过是随口一说，见李沐清竟然同意了，他立即抬起头来看着李沐清：“清儿，你觉得为父如今真能告老？”

李沐清颔首：“荥阳郑氏的人是冲着京城来的，右相府被卷入这场风波，虽然是缘于娘和妹妹，但是冲着您和右相府来的。若您突然告老，应该不在他们的算计之内。”

右相闻言缓缓开口：“这么多年，荥阳郑氏的人在背后做了什么，我虽然没去查，但也知道几分。只是没想到，他们一入京城便盯上了右相府。”

“不见得是刚入京就盯上的，昔日，谢氏长房的敏夫人看中了郑孝纯，后来随着谢氏长房被发配到岭南以南的湿热之地，婚事自然便取消了。随后，荥阳郑氏便入了娘的眼，妹妹不同意，转手去了大长公主那里，如今绕了一圈又回来了。爹觉得这是巧合吗？”李沐清挑眉。

右相沉默片刻：“哪里有那么多巧合？”

“这就是了，哪里有那么多的巧合？”李沐清接过话。

“从十年前，左相盯上了荥阳郑氏，我便盯上了左相。”右相叹了口气，“可是这么多年，荥阳郑氏的人都没什么动作，如今他们刚一进京就冲着右相府来了。”说罢，他摆摆手，“罢了，我如今便起草奏折，明日早朝上书。我退了，你娘和你妹妹兴许就不会被利用了。”

“爹若是将右相府交给我，我自然不会让人兴风作浪。”李沐清眸色暗沉，说罢，将他对郑轶和郑诚的警告告诉给了右相。

右相听罢，点了点头：“皇上若准许我告老，以后右相府自然就交给你了，若你妹妹三日后仍不同意，待她伤好我和你娘就带着她离京返乡，反正她也没有嫁人的想法，我们一直养着她也未尝不可。”说罢，他又道，“忠勇侯府如今已经人去楼空，这一招隐遁极好，以前的京城，风波一直是忠勇侯府顶着，还是老侯爷比我们早看得开，说放下就能够放下。”

李沐清点点头。

父子二人说了一席话后，右相整个人都轻松了起来，华发似乎也少了些。

右相能说放下便放下，也是智者。

秦铮和谢芳华的马车从右相府出来后，便径直回了英亲王府。

路上，谢芳华低声问秦铮：“你这样点破郑孝扬的行为，好吗？”

“有什么不好的？”秦铮挑眉，“当局者迷，旁观者清。这一年来，右相府因为李如碧而鸡飞狗跳，右相和夫人都已经累了，应付右相府内的事情都力不从心，更何况朝局？”

谢芳华看着他：“你是提醒右相该退了？”说罢，她蹙眉，“可是如今朝中正是用人之际。”

“这么多年来，老一辈的人都跟着皇叔盯着忠勇侯府和谢氏，磨没了宏图，内斗起来一个个都是高手。但如今南秦面临的是外敌强侵，他们只能做些摆设，弄不好，还会被利用，不如卸了去，朝堂的血液才能鲜活起来。”秦铮道。

“你说得虽然有理，但是年轻一辈，哪里有几个如你一般，深知且通透的人？”谢芳华道。

秦铮伸手拽了她的一缕青丝，目光忽然变得柔柔的：“在你心里，我这么好？谁也比不上？”

谢芳华失笑，打掉他的手：“在说正事。”

秦铮将她拽到怀里，低头吻她：“我这难道不是正事？”

谢芳华躲他躲不过，被他吻住，一句反驳的话也说不出来了。

过了片刻，秦铮喘息着咬她的脖子、锁骨，声音沙哑地说道：“我受不住了，怎么办？”

谢芳华不敢吱声，被他欺负只能忍着，闻言轻轻地喘着气推他：“你今夜不是还要会郑孝扬吗？”

“这个时候，爷哪里还有空理他？”秦铮又低头吻她，同时，手轻轻扯掉她的衣带，对外面的车夫吩咐，“你先回府吧，马车不用你赶了。”

车夫闻声，自然不会询问为何，应了一声是，立即跳下了马车，嗖一下没了影。

谢芳华心惊，睁大眼睛看着秦铮：“你赶走车夫做什么？”

衣带滑落后，秦铮的手轻而易举地摸到了她柔滑如锦缎一般的身子，声音低沉：“你说呢？嗯？”

谢芳华倒抽了一口冷气，立即扣住他的手，阻止他：“不行。”

秦铮低头吻住她：“我说行就行，你说了不算。”

谢芳华嗯了一声，说不出来话，但手上用力，死死地挡着他的手，坚决地摇头。

秦铮看着她一副“你若是敢在这里胡来，我便死了算了”的模样，好笑地轻轻去咬她，声音低哑地说道：“如今已经是深夜，街上半个人影也没有，打更的人就算看到我们的马车路过，看清车上是我的标牌后，都会躲得远远的，你怕什么？”

“我……”

“你若是害羞……”秦铮再次堵住她的嘴，也堵住了她所有的话，“就尽管忍着，别出声。”

秦铮说罢，便开始在谢芳华身上攻城略地。

谢芳华强忍着不敢出声，却被他扰得控制不住，唇瓣紧紧地抿着，可是也阻止不住低吟。

幸好，如今是深夜，街上真的无人。

幸好，车轱辘轧着地面，马儿一步一步地走着，掩盖了些轻微的声响和动静。

世界静到了极致，车厢内热到了极致。

隔着厚厚的车帘，车内挂了一颗小小的夜明珠，光线极暗，暗到透不出厚厚的车帘，只能全部映射在这狭小的车厢内，暗到只能清楚地看到谢芳华的红粉娇颜、莹润肌肤。

衣料全部滑落，车内美人如玉。

秦铮呼吸一窒，再也控制不住地疯狂起来。

谢芳华无奈且无力，又羞又恼地被他带着卷入了热潮里，一时间，红色蔓延至她的每一寸肌肤。

这样的红中透粉、粉中透艳的娇人儿，天下哪个男人见了还能提起自制力？

人生难得荒唐！

车夫虽然早早就走了，但是马儿却通灵性，没有回英亲王府，反而沿着南秦京城的街道慢悠悠地转悠起来。

直到马儿沿着南秦京城的主街道转了三圈后，车内的滚滚热潮才息止。

车内有人春风得意，终于餍足，也有人困倦至极，抬手的力气都没有了。

打更的人见到英亲王府标志着小王爷车牌的马车，正如秦铮所说，都远远地躲了。可是来来回回躲了三次之后，他们心下纳闷儿，大晚上的，没有车夫赶着的小王爷的马车，为何一直在城内的街道上转悠？却无人敢上前拦住马车一问究竟。

秦铮满足之后，伸手爱怜地拢了一缕谢芳华鬓角的青丝，在手里一边把玩一边凝视着她。

这样一张含着春露一样的如花娇颜，在他身下被春雨滋润，如牡丹盛开。

明知道她已经累极，再也承受不住，可是他依旧不想让春雨歇下。

被他欺负得狠了时，她气恼地瞪着他，一双水眸更是媚色动人。

他从来不知道，这般清冷的人，会有今日这样惊艳的媚色。

这是一种前所未有的体会和刺激。

今日他真是赚了。

可是估计她明日有力气了，一定气得不理他了。

他看着看着，突然轻轻地笑了起来。

谢芳华闭着眼睛昏昏欲睡，不只抬手的力气没有了，说话的力气也没有了。她听着他低沉的笑声，脑中想着的却是，看她明日理他才怪。

秦铮瞧够了，心满意足地驱车回了英亲王府。

英亲王府内除了落梅居，各处都熄了灯，十分静谧。

秦铮将谢芳华的衣服给她穿好，用车内的薄被将她裹住，抱着昏昏欲睡、浑身无力的她下了马车。

二人回到落梅居，几人都还留门等着他们回来。

侍画、侍墨连忙迎上前：“小王爷，小姐她这是……”

“累了，睡着了。”秦铮抱着谢芳华迈进门槛，同时吩咐，“抬一桶热水来。”

侍画、侍墨得了吩咐，连忙去了。

不多时，她们将一桶温热的水抬到了房内。

秦铮抱着谢芳华进了浴桶，为她清洗了一番，抱着她出了浴桶，回到了床上。

帷幔落下，谢芳华翻了个身，彻底地睡去。

秦铮见她不像每次睡前都自动地窝来他的臂弯，今日即便睡着，身体还牵连着心对他生气，也不来他怀里了，他凑过去将她扳正过来，在他怀里摆了个舒服的姿势，满足地闭上了眼睛。

怎么也爱不够的人，他两世对上天争来的姻缘。

若是能这样相守、相爱一辈子，他下一世哪怕做牛做马也心甘情愿。

不多时，他也睡着了。

夜静静，风静静，夜风静静，整个南秦京城宁静至极。

右相府李如碧的门外，郑孝纯依旧笔直地跪着求娶，心诚意满。郑诚传来李沐清的话，他点了点头没起身，他已经跪了一日了。

英亲王府的一座院落内，郑孝扬睡醒时已经三更天。

他口渴了，下床灌了一壶水，便没了睡意，打开窗子，整个英亲王府极其安静。

他打开窗子后，夜风吹进来，他睡足后更精神了些。

他在窗前站了片刻，转身穿好衣服出了房门。

他刚跨出门，喜顺按照英亲王妃的吩咐，安排的守夜人立即从外间榻上起身，迷迷糊糊地问道："二公子，您这是要去哪里？王妃已经吩咐了，您是贵客，您有什么需要，支使小人就行。"

郑孝扬回头看了一眼，挠挠头："吵醒你啦，我饿了，厨房在哪里？"

"小人这就去给您看看厨房有什么吃的。"小厮立即说道。

"你告诉我就行，我自己去，你回去睡吧。"郑孝扬摆摆手。

小厮摇摇头，困意立马没了："怎么能让您自己去厨房？王妃吩咐了，有什么事吩咐奴才就行，您饿了应该奴才去给您弄吃的。"

"王妃待客可真是极好的。"郑孝扬闻言对他招手，"那咱们两个去，你带路。"

小厮点头，连忙披好衣服，走到前面带着郑孝扬向大厨房走去。

今夜没有月亮，但是英亲王府的主路上都挂着灯笼，所以府内一点儿也不昏暗。有守夜的侍卫，在府中轮流巡逻。

府中的一盆一景、一草一木、一砖一瓦，甚至护卫，都堪比皇宫，没有皇宫辉煌，但是不输皇宫的气派。

从英亲王府的内景就能看出来，英亲王府深得皇权倚重，哪怕这一代出了个自小和当今天子不对付的秦铮。

如今，新皇和铮小王爷握手言和，朝局虽然不稳，但是朝政却在屡次风波下稳如磐石。

多少人低估了新帝的肚量，低估了铮小王爷的涵养。

郑孝扬背着手闲闲散散地走着，一边观赏府中的夜景，一边和小断说话，遇到每一处院落，他都会询问一句。

小断得了王妃的吩咐，也不隐瞒，郑孝扬问什么，他就说什么。

大厨房虽然距离郑孝扬住的地方不远，但也不近，二人走了大约一盏茶的工夫，小断恭敬地说："这里就是厨房了。"

郑孝扬点点头。

小断将厨房的管事喊了起来，开了厨房的门，说郑二公子饿了。

厨房的管事是一个年约四十的胖婶子，看向郑孝扬，立即笑着说："郑二公子好俊俏，您乍一走来，奴婢还以为是我家的小王爷来了呢。话说我家小王爷以前经常半夜跑到厨房来找吃的，自从娶了小王妃，小王爷自己院子内的小厨房开了炉灶，就没再来过了。"

"小王爷以前半夜找吃的这个毛病如今改了吧，没听林七再说起。"小断道。

胖婶笑呵呵地说："估计是改了，我还挺怀念小王爷时常跑来找吃的的那些日子呢。"说罢，她问郑孝扬，"二公子喜欢什么，我这就去给您做？"

郑孝扬也不讲究，随意坐在厨房内的板凳上，大大咧咧地问胖婶："我不挑，有什么简单的您给我弄点儿填饱肚子就行。"

"哎哟，二公子您可真好打发。"胖婶笑起来，一边挽袖子一边说，"不像我家小王爷，挑剔着呢，每次来了非要闹着吃我拿手的阳春面。"

"您若是不怕麻烦，也给我来一碗阳春面。"郑孝扬将凳子挪到灶膛前，"我给您烧火。"

胖婶又笑起来："小王爷也帮我烧火，您二人还真有些地方挺相像的，怪不得外面人人都说荥阳郑氏新进京的郑二公子有点儿像小王爷呢。"顿了顿，她又道，"王妃早已经吩咐了，您是贵客。阳春面不难做，我这就给您做，我都做顺手了。"

郑孝扬哦了一声，立起眉梢："我才刚进京吧，外面就有传言了？"

"京城这个地儿，什么也比不上流言传得快。"胖婶舀了一勺面，开始和面。

郑孝纯咳嗽了一声，嘟囔着说："我没想出名呀，真让人烦恼。"

他话音刚落，胖婶和小断还没接话，外面走进一个人来，立在门口，看着他，冷笑着说道："你刚进京就冲撞了右相府的马车，打得右相府的小姐毁了容貌，在皇上面前大闹易亲而娶，一日之间就在京城搅起了风浪。你还说不想出名？若是不想出名，你就该夹着尾巴进京城。”

听到这熟悉得不能再熟悉的声音，胖婶立即转过头，笑着说道：“小王爷，奴婢正说着您呢，说您自从娶了小王妃，就没再来大厨房找吃的了。没想到，说曹操曹操就到。”

“饿了，睡不着，林七做菜的手艺好，做阳春面不行。”秦铮道。

“我这就再多加一勺面，给您和郑二公子做两大碗。”胖婶来了劲儿，困意全没了，整个人也精神焕发了。

“麻烦胖婶了。”秦铮点了点头，抱着膀子倚着门框，看着郑孝扬，“我当荥阳郑氏的二公子是谁，原来是你。”

郑孝扬翻了个白眼：“曾经有过一面之缘，难为小王爷还记得我。”

“当然记得，当年乱葬岗子上，你抱了一堆骨头引走了一群狗。”秦铮看着他，“虽然没救我，但帮了我。”

郑孝扬哈哈一笑：“那时候谁能想到，英亲王府的铮小王爷会躺在乱葬岗子上，被一群狗围住差点儿给吃了。我当时也没想救你，就是觉得这一群狗挺好，想都领回去驯养，若是驯养好了，估计比豺狼还厉害。若那时候我知道你是英亲王府的秦铮，说什么也不要那群狗，就将你捡回去了，你比那群狗值钱多了。”

秦铮听郑孝扬拿狗和他相比，也不怒不恼，走进来随手搬了把椅子，与郑孝扬一起坐在了灶膛边，接过郑孝扬的话道：“后来你是怎么知道的？”

“我又不傻！转天就听说了京中的一件趣事，据说英亲王府的二公子险些丧命在乱葬岗子，太后和英亲王妃大怒，将京城方圆三百里内的乱葬岗子都铲平了。”郑孝扬说，“那时候，我悔死了，肠子青了半截。”

秦铮嗤笑，问：“那些狗呢？”

“都炖了吃了。”郑孝扬道。

秦铮看着他，挑了挑眉。

郑孝扬见胖婶已经将面和好，他将干柴放入灶膛，拿出火石点燃干柴，火光顿时照在他的脸上，他看起来颇为生气：“那些破狗哪儿比你值钱，为了记住这个教训，小爷不吃它们吃谁？”

秦铮沉默片刻，似乎无言以对：“吃得好。”

郑孝扬听罢，得意地挑了挑眉。

秦铮随手捡起一根干柴放入灶膛，干柴哧一下燃烧起来，他淡淡地说道：“我也很好奇，当年你怎么会路过乱葬岗子，荥阳距离那处乱葬岗子怕是有几百里吧？”

郑孝扬哼了一声：“也不瞒你，我的好叔公看我是一棵好苗子，要将我送入皇室隐卫培养。我中途摆脱了送我的人，恰巧路过那处乱葬岗子。”

“郑轶？”秦铮问。

“除了他还有谁？”郑孝扬拿着烧火棍，扒拉了一下灶膛里面的干柴。

“那得多谢你叔公了。”秦铮道。

“你不用谢了，我已经帮你谢了。我回去之后，带着那群狗，直接闯入了他族长的斗室，那群恶狗扑食，咬了他的命根子。”郑孝扬道。

秦铮眯起眼睛：“如今进京的郑轶？荥阳郑氏的家主？”

“你以为我说谁？”郑孝扬翻了个白眼。

“你可真敢！”秦铮抬眼瞅了他一眼。

郑孝扬得意地说：“我自然敢，我回荥阳的那一路上，整日驯狗，要的就是那个效果。”

“你如此伤郑轶，他怎么会善罢甘休？”秦铮看着他，问道。

郑孝扬更得意了：“他敢不善罢甘休吗？我一声号令，整个荥阳的狗都会跑到我身边来，谁动我狗就咬谁。他有护卫也不管用。”

秦铮失笑：“没想到你在荥阳还有这等事，倒是第一次听说，新鲜得很。”

郑孝扬翻了个白眼：“小爷在荥阳做的新鲜事多了去了，不比你在京城做的少，这一桩算什么？只不过荥阳地方小，有人有意地封闭了消息。”说罢，他往灶膛里加了一根干柴，“当时我还得意扬扬，自诩那些狗可真不错，后来才发现，几百只狗加起来也不如你秦铮值钱。”

秦铮也往灶膛里加了一根干柴，看着胖婶自动将自己变成了聋哑人，往锅里下面，小断早就躲了出去，他淡淡地说道：“你给了郑轶一个教训，也给了自己一个教训。我倒想知道，你从这教训里学到了什么？这么多年，凭你的本事，没踏足京城，如今你反而到京城来了，是想蹚蹚京城的浑水，还是想蹚蹚天下的浑水？”

郑孝扬忽然眨眨眼睛：“你猜我想蹚哪潭浑水？”

秦铮盯着他：“你虽出生在荥阳郑氏，但是荥阳郑氏你不看在眼里，京城虽然荣华，不过也是包了一层外衣，你没什么兴趣，否则这么多年，也不至于今日才进京城。”说罢，他挑眉，“你是想蹚天下这潭浑水？”

郑孝扬忽然拍拍秦铮的肩膀，说道：“兄弟，你觉得我蹚得起吗？”

“被右相夫人带着几名护卫就抓住的人，蹚不起。”秦铮拂开他的手。

郑孝扬闻言眼皮翻到了棚顶上：“一个愚蠢妇人，你别拿出来侮辱我行不行？我在跟你说正经的。”

秦铮随意地拿了一大把干柴，全部塞入了灶膛里，火势顿时大了起来，灶膛内火声噼啪作响：“既然你觉得蹚得起，那就说说你拿什么做本钱。”

“整个荥阳郑氏！”郑孝扬道。

秦铮偏头看他：“你的父亲、兄长、至亲之人待你不好？”

“他们简直将我当祖宗供着，有什么不好？”郑孝扬道。

“既然如此，我就不明白了，整个荥阳郑氏毁于一旦，对你有什么好处？”秦铮看着他。

郑孝扬撇撇嘴：“玩呗，我喜欢。”说罢，他也抓了一大把干柴，也都就着秦铮没塞满的缝隙塞了进去，火势顿时又加大了一倍，他不着调地勾着嘴角说，“我想要的家族是站在阳光下的，如英亲王府、忠勇侯府一样，屹立于天地之间的，而不是躲在阴暗中，做着背弃母国的龌龊肮脏之事，遭千秋万世骂名的。”说罢，他随意地说，“不破不立。”

好一个不破不立！

第三十二章
告老封官

秦铮顿时对郑孝扬高看了一眼，点点头，对他表示赞同："荥阳郑氏难得出了你这么一个通晓忠孝大义的子孙。"

郑孝扬翻了翻眼皮："明明你嘴里说的是夸人的话，可是让人听在耳里怎么这么不舒服？"

秦铮拿起烧火棍，在灶膛里扒拉了一下，让灶膛里的火着得更旺些："所以，你暗中帮我铲除荥阳郑氏的暗桩，就是为此？"

郑孝扬颔首："铮小王爷手段狠辣，耳聪目明，我料到你很快就会发现，所以，特意先一步进京来等你谈一笔买卖。"

秦铮看着他："你这笔买卖可真是不小，不只引了我回京，还在京城掀起了大风浪。"

"那你可愿意做这笔买卖？"郑孝扬瞅着他。

秦铮颔首："愿闻其详。"

郑孝扬哈的一声："这笔买卖对你来说稳赚不赔。"

秦铮笑了一声，淡淡地说道："这笔买卖关乎江山，我不过是代表南秦江山的主人来和你谈而已。对我来说没什么赚赔，江山毕竟不是我的。"

郑孝扬眨眨眼睛，盯着秦铮："铮小王爷连南秦江山都不看在眼里，想要的是什么？难道真如传言一般，小王妃是你心尖儿上的至宝？其余都如尘埃？"

秦铮瞥了他一眼，目光温柔了那么一瞬间："她何止是至宝，她就是我的生命！"

郑孝扬咳嗽了一声，看着秦铮，嘻嘻一笑："我今日见过你的小王妃，确实与众不同。"顿了顿，他又道，"再不同，也只是一个女人而已。"

秦铮用力地用烧火棍扒拉了一下灶膛，将聚在一起的火苗打得四分五裂："她有多好别人不需要知道，我知道就好了。"

郑孝扬翻了个白眼，一时无语。

秦铮也不再说话，专心地看着火苗燃烧，就如这南秦江山即将遍地烧起来一般。南秦江山同样到了不破不立的时候。

但是除了南秦江山外，压在他心头的却是她和他是否能够得到上天垂怜，能够相守一世。

从昨夜开始，他发现他贪求的更多了，以前他是想着，大不了陪着她一起死。可是如今，他想与她白首到老。

郑孝扬坐在秦铮身边，切实地感受到了秦铮突然散发出来的沉重的气息，这种沉重如山河瞬间压下，让人感觉透不过气来，他有些惊讶地问秦铮："喂，你在想什么？"

秦铮瞬间回神，抬眼看他。

郑孝扬更惊异了："什么事让你看起来……看起来……"他想着词，发现想不出来。

秦铮转过头，对他道："你不需要知道。"

郑孝扬又想翻白眼，但是忍住了，凑近他："咱们俩虽然没什么交情，但当初那一面也算是渊源极大，你对我说说，没准儿我能帮你。"

"荥阳郑氏的二公子除了驯狗、打人、抢花，还有什么大本事？"秦铮问道。

郑孝扬瞪眼："你还能不能好好地让人谈买卖了？有你这么瞧不起人的吗？"

秦铮笑了一下，说道："这样说吧，若是我和我的小王妃性命都保不住了，南秦的江山对我来说还重要吗？"

郑孝扬一惊。

秦铮继续说道："人只有活着才能谈其他，不是吗？"

郑孝扬吸了一口气，试探地问："你是说，你和你的小王妃……"说罢，他忽然大声说道，"对了，我想起了一件事。"

秦铮又偏头看他。

郑孝扬对他挤挤眼睛："也许我手里还真有能救你和你小王妃的东西。"

秦铮忽然眯起眼睛看着他。

郑孝扬说道："这么多年来，我除了喜欢驯狗和研究荥阳郑氏的地图外，还对两件事情也比较热衷，那就是收集古书古籍以及寻觅奇珍异草。"

秦铮看着他，没言声。

“你可不要小看我手中的奇珍异草。”郑孝扬扬扬眉，说道，“万儿八千年的灵宝我也有一个。不说能起死回生，但将人从鬼门关带回来定是没问题的。”

“什么灵宝？”秦铮有了几分兴趣。

郑孝扬神秘地道：“偶然的机会我得了一件来自魅族的宝物，据古籍上说，此宝物能开天地生机、长生不老。”

秦铮嗤笑：“有此等宝物？”

“你还别不信！”郑孝扬不干了，“你这是什么态度？我饿着肚子和你谈我人生中最重要的决定，比答应娶金燕郡主还认真呢。”说罢，他摆手：“算了，你不信拉倒，当我没说。胖婶，面好了没有？饿死啦。”

胖婶连忙说：“二公子，这就好了。”

郑孝扬站起身，拍拍身上的碎木枝，站在锅台前看着锅里的热面，他闻闻味道：“果然好香。”

胖婶一边笑呵呵地往碗里盛面一边说：“小王爷最喜欢我做的阳春面。”

“他估计不想吃了，不如都给我算了。”郑孝扬说。

胖婶看向秦铮，见他看着灶膛，脸色被火光照得明明灭灭，她喊了一句：“小王爷？”

秦铮抬起头：“都给他吧。”

胖婶一愣：“您不是饿了吗？”

“如今不饿了。”秦铮道。

胖婶看向郑孝扬。

郑孝扬立即表态：“我吃得下。”

胖婶笑着点点头，盛满了两大碗阳春面，问郑孝扬：“二公子，您是在这里吃，还是去外间吃？”

“就在这儿吧。”郑孝扬端起面，开始大口地吃起来，一边吃一边夸，“真好吃。”

胖婶转头问秦铮：“小王爷，那……我给您倒杯水？”

秦铮点点头。

胖婶给他倒了一杯热水。

秦铮喝了两口便放下了，对郑孝扬说：“说说你的大买卖，打算如何做？”

“没有买卖了。”郑孝扬边吃边摇头。

秦铮对他挑眉。

“不和瞧不起我的家伙谈。”郑孝扬头也不抬地道。

秦铮忽然笑了，站起身走到他身边，将另一碗面端起来。

“喂，你不是说了不吃的吗？”郑孝扬立即阻止他。

“我如今又想吃了。”秦铮道。

郑孝扬劈手去打秦铮的筷子，秦铮轻巧地躲过，郑孝扬再出手，秦铮还了一招，郑孝扬被打退了数步才勉强站稳，对他恼怒：“君子言而无信，什么人呀你。”

秦铮看着他：“荥阳郑氏的二公子，一入京城便将京城搅了个天翻地覆，金燕郡主向你当堂求婚，如今你是大长公主府的郡马，谁敢瞧不起你？”

郑孝扬鼻孔朝天，哼了一声。

秦铮将那碗阳春面放下，问他：“除了要你的家族光明正大地屹立于世间，你还想要什么？”

“让咱们皇上给我一个史官做做。”郑孝扬道。

秦铮嗤笑：“你所说的大买卖，就是想要做名史官？由你做史官，怕是后世人都不相信历史了。”

郑孝扬气得一噎：“小爷读书破万卷，下笔如有神。”

秦铮转身就走。

郑孝扬喂了一声，立即错身拦住他：“你到底什么意思？又瞧不起我？”

秦铮看着他道：“史官的官阶不大，你为了什么？”

郑孝扬放下阳春面，拍拍秦铮的肩膀，说道：“兄弟，这你就不懂了，史官的官阶虽然不大，但是除了帝王有人敢得罪史官吗？其实，帝王也不敢得罪史官吧？得罪的话，我给他写个遗臭万年的骂名。”

秦铮拂开他的胳膊。

郑孝扬见秦铮不为所动，撇撇嘴：“好吧，跟你实话实说，南秦和北齐早晚要打一仗，对不对？我想掺和掺和这段历史。”

秦铮认真地看着他：“有些人躲都来不及，你确定你想掺和？”

“反正荥阳郑氏也躲不了，我是荥阳郑氏的子孙，再不想承认，我也姓郑。”郑孝扬道，“我不能选择出身，但是能选择家族因为我而改写历史吧？”

“好！”秦铮颔首，“明日我向皇上请旨，给你一个史官做。”

“多谢小王爷！”郑孝扬正儿八经地给秦铮鞠了一躬。

秦铮坦然地受了，对他说：“不过，你要听我的。”

郑孝扬眼皮上挑：“好说。”

秦铮转身走出了大厨房。

郑孝扬转身端起面，继续大口大口地吃了起来。

两碗阳春面下肚，郑孝扬摸摸肚皮，对胖婶道谢：“这面可真好吃，辛苦胖婶了。”

“二公子别客气。”胖婶笑呵呵地说，“您住在王府的这些时日，若是想吃随时来找我。”

“好嘞，以后我怕是要长住京城了呢。”郑孝扬转身走出了大厨房。

胖婶笑呵呵地收拾着碗筷。

郑孝扬出了大厨房，打了个饱嗝，问小斯：“你困不困？”

小斯摇摇头：“二公子还有什么吩咐吗？”

“我昨天来得匆忙，还没逛逛南秦京城的大街，你带我出去逛逛。”郑孝扬道。

小斯看了一眼天色，此时距离天亮还早，他立即道：“二公子，这个时辰商铺什么的都没开门呢，街上无人呀。”

“正因为无人我才要去逛逛，免得再冲撞了谁家的车谁家的马，或者再打了谁家的人。”郑孝扬道。

小斯一呆：“二公子，您……真想这个时候上街去逛？”

“你若是不想去，我自己去也行。”郑孝扬道。

“想去，我陪您去。”小斯连忙带路。

二人出了府门，在门口恰巧遇到了林七。

小斯立即跟林七打招呼：“林七哥，你这是出去采买？”

“嗯，小王爷刚刚说要我炖野鸡汤给小王妃补补身子。我赶早去等着集市，看看今早有没有人来卖野鸡。”林七说着，给郑孝扬见礼，“二公子好。”

郑孝扬弯起了嘴角：“你就是胖婶口中的林七？落梅居的小厨房由你管？”

“回二公子，正是。”林七点头。

“改天尝尝你的手艺。”郑孝扬笑着说。

林七点点头。

三人一起出了府门，林七向早集市走去，郑孝扬吃多了需要消食，随意地沿着大街溜达，东看看、西瞅瞅。

天刚亮，朝臣们有的骑马，有的坐轿，开始上早朝。

英亲王从正院走出来，问喜顺：“昨日铮儿和华丫头什么时候回来的？”

“过了子时了。”喜顺道。

英亲王点点头，继续往外走。

他来到门口，刚要上马车，玉灼就从内院跑了出来，大喊：“王爷，等等。”

英亲王回头，见是玉灼，他面色温和地问：“什么事？”

“信。”玉灼呼哧呼哧地喘着气跑到近前，将一张随意折着的字条递给英亲王，“小王爷给皇上的信，让您捎进宫去。”

英亲王板下脸：“他都回来了，不去上早朝？”

玉灼摇摇头："小王爷说累得很，不去了，今日要在府中陪小王妃，让您将这封信给皇上就行。"

英亲王接了字条，点点头，上了马车。

英亲王往日进宫都比较早，今日也是赶着上朝的时辰提前了，没如往日一般去候着，而是径直去上朝的路上迎秦钰。

秦钰见到英亲王，有些意外："大伯父，您有急事？"

英亲王见了礼，将字条递给秦钰："铮儿交给皇上的，让臣捎进宫来。"

秦钰挑眉，伸手接过后看了一眼，微微蹙眉。

英亲王没看字条，看向秦钰。

秦钰将字条展开，递回给英亲王看。

英亲王接过后，看了一眼便愣住了："他说……要你封郑孝扬做史官？"

"是他的字迹。"秦钰道。

英亲王咳嗽了一声："他没写错吧？是郑孝扬？不是郑孝纯？"

秦钰笑了笑："他怎么会写错人名？"说罢，他抬腿继续向前走。

"什么原因也没写就举荐人。"英亲王有些担心，对秦钰说，"皇上，要不然，臣派人回府去问问他是何意？"

"罢了。"秦钰摆手，"必有他的道理，依他所荐就是。"

英亲王住了口。

二人来到金銮殿后秦钰坐去上首，文武百官齐齐叩拜。

秦钰摆摆手，说了句免礼，询问哪位爱卿有本要奏。

右相看了众人一眼，出列高声说道："臣已经年老，近来因为家事越发觉得力不从心，请皇上恩准臣告老返乡。"

右相此言一出，群臣哗然，都难以置信地看着他。

尤其是左相、英亲王、永康侯等与右相来往甚密的几人，都怀疑自己听错了。

秦钰也怔了一下，温和地说："朕没听错吧？右相怎么突然要告老？"

右相叩首："回皇上，您没听错，臣确实被家事所累，力不从心了。"

英亲王立即出列，对右相道："右相要三思，你是百官之首，告老之事不可轻说，谁家都有事，你右相府那点儿事也算不得什么。"

右相摇摇头："不只家事，近日来我越发觉得自己无用，不如告老。"

英亲王看着他："你若是无用，我们这一帮老家伙岂不是都无用了？"

右相摇头："王爷不必多说，我主意已定。"

英亲王一噎，看向秦钰。

秦钰看着右相，对他温声询问："朝中如今正是用人之际，不知右相可有要举荐之人？"

右相想了想，摇摇头：“犬子才华可担当，但还需要磨炼。”顿了顿，他道，“我朝虽设左右相，但实则一人足矣。即便臣退了，左相依然在，废除右相职位也无不可。”

右相说罢，众人又是一惊。

尤其左相，这么多年来，他和右相时常有政见不合的情况，为此明里暗里争斗。只是他没想到，右相竟然会突然告老，将丞相大权全都推给他。

他立即出列，说道：“废除右相职位可是大事，右相切不可因家事而厌朝，如今朝中正是用人之际。”

英亲王立即道：“不错，左相言之有理。”

群臣顿时议论起来。

右相却不再言语，听着众人议论却不为所动。

秦钰听着众人议论了片刻，众人的声音渐渐小了下去之后，秦钰温声询问：“右相心意已决？”

“回皇上，臣确实心意已决，不能为我南秦江山出力之时，臣自当退出朝堂。”右相道。

秦钰颔首：“也罢，朕准了右相所请。”

“多谢皇上！”右相跪地叩首。

英亲王立即着急地说道：“皇上，万万不可。”

左相也立即上前说道：“皇上，三思呀。”

秦钰摆手，制止英亲王和左相：“朕登基以来，李沐清在筹备粮草方面功劳巨大。他虽无多少朝堂经验，但稍加磨炼便可担当。即日起，封李沐清为丞相司直，将他手中的事务全权交由燕亭处理，他协助左相参政理事。”

群臣又是一惊。

左相也是一惊，不过很快他就明白了，皇上准许了右相辞官，将右相的儿子李沐清调到他身边协助理政，也就是说李沐清承接了右相府门第，将来便会接替右相的职位。

右相有个好儿子，可惜他左相的儿子拿不出手，承不了他的门第。

看着告老已经获得恩准的右相，他暗暗地长叹一声，突然有一种真的老了的感觉。

先皇去了，右相告老了，接下来，朝堂里的老一辈的人都该逐一地退出了，右相是第一个，接下来便会有第二个、第三个……

新的天子临朝，朝堂之内就该有新鲜的血液。

秦钰扫了默不作声的群臣一眼，又道：“至于右相提议废除右相之位，暂且先不做考量。右相告老后，一应事宜交由左相处理。”顿了顿，他看向左相，“爱卿多辛苦些吧。”

“臣万死不辞！”左相连忙表态。

秦钰颔首，对跪着的右相道：“爱卿平身吧，李沐清的才华、品行、能力朕自小便熟知，有他在朝犹如右相在朝。右相且放宽心，好生安享天年。”

“谢皇上！”右相站起身，有儿子承接他的门庭，他也甚感欣慰。

秦钰又问右相：“荥阳郑氏的人昨夜在右相府睡得可好？”

右相谨慎地回道：“郑公和大老爷睡得应是不错，大公子一夜未睡守在小女门前。”

秦钰点了点头：“大公子也是耿直之人，不过李小姐若是不同意，也不要强求。姻缘之事，本不该强求。”

“是，臣也正是这个意思。”右相立即道。

“夫人还好吧？”秦钰又关心地问，“听说昨日夫人昏倒了，可有大碍？”

右相连忙道：“是急火攻心导致的体力虚乏，并无大碍，多谢皇上挂念。”

秦钰颔首：“那就好。”

右相不再多言。

秦钰转向英亲王：“昨日荥阳郑氏的二公子住在了英亲王府，可有给英亲王府添麻烦？”

英亲王一怔，不明白秦钰怎么在早朝上闲聊起来了，想起今日秦铮托他捎进宫的字条，斟酌着道：“二公子大约是太累了，昨日跟随王妃回府后，王妃安排他早早地歇下了。据说他醒得早，天还未亮就出府去逛街了。”

秦钰点头：“昨日，朕给金燕郡主和他赐婚，大姑姑甚是恼怒，朕昨日思索再三，觉得郡马不该不学无术，郡马也代表着皇亲的颜面。”说罢，他对小泉子吩咐，“拟一道圣旨，着郑孝扬明日起进史馆做史官吧。”

群臣闻言齐齐一怔。

有一老太史出列，上前拱手：“皇上，史官虽然是小官，但是史官所需之人，该德才兼备才是。史官担负着‘记功司过、彰善瘅恶、得失一朝、荣辱千载’的责任，怎么能让不学无术之人来做？皇上，此事万万不可。”

秦钰笑了一声：“正因为如此，朕才让郑孝扬做史官，矫正他的陋习，学史、知史、听史、记史，以明事理，晓得大义。”

“这……”老太史还是觉得不妥当，又道，“史官有史官之责，严朝记、肃纲常、直书其事、不掩其瑕色，方为真正的史官。他……怎么能因矫正他一人之品行，而使史官清平被搅乱？如此，史官怕是会被世人小视，传扬出去于圣上英明之名声不利呀，皇上还是要三思。”

“朕也是好生思索了一番，才有此决定的。昨日我见郑孝扬，他虽然纨绔，但所言也不无道理，另有过人之处，不妨将他放在史馆。”秦钰言罢笑道，“爱卿所言虽然也有道理，但也不该太过武断。若他不能矫正品行，朕自当再削了他的史官之职。”

老太史见皇上主意已定，便退了回去。

左相等一众人见此，也都不再有异议。

右相虽然还未离开，但已被恩准告老，自然没他的言论之地了，自然不会言语。

两件事说罢，秦钰温声询问：“众位爱卿，谁还有本启奏？”

众人都被右相辞官、郑孝扬封史官这两件大事惊得忘了别的事，齐齐摇摇头。

秦钰摆摆手，退了早朝。

秦钰一走，与右相交好的人齐齐聚拢到右相身边，将他围住，你一言我一语起来。

“相爷，您怎么突然就辞官了？”

“相爷，您还年轻，再在朝堂十年也有可为。”

“相爷，您真准备告老还乡？”

“……”

右相对他们一一拱手，对于告别朝堂，他也有诸多不舍，昨日一夜未眠，也是艰难地做了这个决定。他深刻地认识到自己老了，儿子能承接右相府门楣了，他也该退了。

他的儿子聪明、有手段、有魄力。

他的夫人虽然不讨喜，但是的确给他生了一个好儿子。

一番告别后，众人叹息连连地出了宫。

宫门口，众人都走后，左相上前拍拍右相的肩膀：“老兄，你说告老就告老，实在是太突然了。让我连反应的机会都没有，你可真果断。”

右相笑着说道：“所谓无官一身轻，我也希望自己学学忠勇侯府的老侯爷，安享几年好日子。”

“急流勇退是为智者。”左相佩服地感慨，“我却舍不得这权势，如今朝局未稳，还有我发挥的余地，我还舍不得告老。”

右相哈哈大笑：“你与我不同，你虽然与我年纪相仿，但是你雄心勃勃，我却力不从心。”说罢，他也拍拍左相的肩膀，“老兄，犬子以后就蒙你多照顾了。”

左相连忙摇头：“李公子才华满腹、智勇双全、能文能武，与皇上、铮小王爷、燕小侯爷交好。我可不敢说照顾李公子，以后怕是还要李公子多照顾我。你有个好儿子呀，叫人只有羡慕的份儿。”

右相叹了口气：“希望犬子不负所望。”

英亲王走过来，拍拍右相的肩膀："所谓清官难断家务事，你离开朝局，本王还真是舍不得。"

右相连忙道："身居高位者，家事也是朝事，不能因家误国。"

英亲王颔首："还是你看得明白、通透。"说罢，他询问，"以后真打算离京归故里？"

右相颔首："有这个打算。"

英亲王道："何时做准备？李小姐的伤势还需要仔细照看，切不可急。"

右相道："待碧儿伤好再做打算。"顿了顿，他又道，"府中这一堆家事，也够我忙些日子。改日闲了，请王爷、左相、侯爷喝酒。"

英亲王、左相、永康侯齐齐点了点头。

几人同朝为官二三十年，此时右相突然告老，对他们冲击甚大，一时间他们感慨万千。

早朝后，右相告老、荥阳郑氏的二公子被封为史官的消息便在南秦京城传开了。

市井街道、茶楼酒肆，传得沸沸扬扬。

右相突然告老，便是一大惊浪。

郑二公子进京，冲撞了右相府的马车，将李小姐打得毁了容，由大公子护弟代罪后，与金燕郡主圣旨赐婚，现在他又由皇上钦封为史官了。

史官虽然是小官，但是南秦建朝来，史官的位置却是极高，一般都由当时大儒门下德才兼备之人来担当。

荥阳郑氏的二公子进京第一日便闯了大祸，第二日竟然就被封官，实在是罕见的事。

这两件大事还是一同发生的，不免让人们产生各种猜测。

右相夫人也不知道右相辞官的事，听到贴身侍候的人禀告，她惊得从床上跳下了地，抓住贴身婢女，着急地问道："这事情当真？相爷他真的辞官了？"

婢女连忙点头："奴婢打听了，确实属实，相爷请辞时皇上准了。"

右相夫人难以置信："相爷他怎么会……他明明还可以在朝中再待几年的，难道是因为昨日我……皇上怪罪了他……"

贴身婢女不搭话，她也不明白为何。

"快，帮我穿衣服。"右相夫人脸色发白地道。

贴身婢女立即帮她穿衣。

穿戴妥当后，右相夫人匆匆出了正院，来到门口时正好看到右相下了马车，她立即上前："相爷，您……"

"我已经辞官了，以后不再是相爷了。"右相看了她一眼，"你身子不适，该在床上多休息，跑出来做什么？”

他的声音还算温和，似乎昨日的怒气早已经消了。

右相夫人立即红了眼眶：“您怎么突然辞官了？是不是因为妾身……”

右相摆摆手，打断她的话：“不是因为你，从先皇驾崩后，我便觉得日渐力不从心，不能再为皇上分忧解难，不如辞官。”

右相夫人白着脸看着他，听到他亲口承认已经辞官，似乎一时间颇受打击。

右相看着她，不忍地低声说道：“我若是不退的话，清儿怎么接替我的职位？”

右相夫人眼睛一亮：“您是说……”

右相对她点点头：“皇上已经将清儿重新调派，清儿不再管粮草筹备之事，被封为丞相司直，他手中的职务全权交由燕亭处理，他协助左相参政理事。”

右相夫人也不是真正的糊涂人，闻言大喜：“这么说，皇上真是言而有信，让清儿……我们右相府，几代相门。”

右相颔首：“这也是清儿的本事，纵观南秦上下，还真挑不出一个比他更合适的人。”

右相夫人脸上的惨淡之色瞬间就消失了，改口道：“老爷，那以后我们……”

右相道：“待碧儿的事情处理妥当，我们也学学忠勇侯府的老侯爷，出去走走。这么多年，你跟着我困在京城这高门府邸里也受苦了，出去见识见识世面。”

提起李如碧，右相夫人脸上的喜色又退了几分：“碧儿可怎么办才好呀……”

“交给清儿处理吧。”右相揉揉眉心，“你我都老了，以后她能依靠的只能是她的兄长，你就别再操心了。”

右相夫人想起昨日儿子的宽慰，还是儿子让她省心，曾经他喜欢谢芳华，也没让她多操心，自己就处理好了。她点点头：“妾身昨日是情绪太过激动了，让您操心了，实在对不住您。以后，我听您和清儿的。”

“嗯，这就对了，儿孙自有儿孙福，她没有福也是命，怨不得谁。”右相欣慰夫人今日想通了，示意她回府内说话。

右相夫人点点头，与右相一同回了府内。

郑轶和郑诚也听到了关于早朝上发生的事情，一时间二人面面相觑。他们谁也没想到，右相竟然突然告老了，而新皇竟然准了。

从今以后，右相府就是李沐清当家了。

而这位李公子，对他们并没有好感，对郑孝纯求娶李如碧并不同意。

一时间二人相对无言。

尤其，新皇封了郑孝扬，郑孝扬刚进京便闯了祸，由长兄背负祸端，他则和大长公主府的金燕郡主由圣旨赐婚许了终身，从右相府全身而退不说，皇上还封他做了史官。

皇上是什么打算？

郑孝扬是什么打算？

这二人不能去抓郑孝扬私下里质问，一时间愁眉不展。

他们进京是做好了万全的准备的，没想到事情会到这个地步。

就昨日来说，即便郑孝扬闯了祸，事情也没到不可控制的地步，可是今天，右相辞官、郑孝扬被封为史官，才让他们感觉到事情起了大变化。

与他们原来的筹备有了很大的出入。

因为这两件大事出现变化，有些事情便需要重新部署了。

郑轶有些恼地看着郑诚："你生的好儿子，他这么多年一直在荥阳四下里闹腾也就罢了，从没想过来京城，如今怎么想着来京城闹腾了？"

郑诚摇摇头："叔叔，您知道孝扬的性子，他自小被惯坏了，我也管不住他呀，也不明白他怎么就天不怕地不怕了。"

郑轶哼了一声。

郑诚看着他问："如今可怎么是好？"

郑轶道："还能怎么办？就看孝纯这边了，还有两日，若他娶不到李小姐，我们只能灰头土脸地回荥阳了。"

"可是我们的事……"郑诚看着他，"如今右相退朝了，李小姐的身份……"

郑轶瞪了他一眼："你没听到早朝时皇上的旨意吗？右相告老，李公子还是他的接班人，李小姐毕竟是李公子的亲妹妹，如何会真不管？"

郑轶道："这么说，就看孝纯的了？"

"你再去告诉他，别一味地跪着，这不管用，用些别的办法。"郑轶摆摆手，"一个毁了容的女人而已，让她答应婚事，有什么难的？"

郑诚点了点头。

荥阳郑氏的人进京；大长公主府的金燕郡主和荥阳郑氏的大公子被圣旨赐婚；荥阳郑氏的二公子入京，冲撞了右相府的马车，毁了右相府小姐李如碧的容貌；荥阳郑氏的大公子悔婚代弟请罪，求娶李小姐；金燕郡主和荥阳郑氏的大公子解除婚约，和荥阳郑氏的二公子被圣旨赐婚；右相告老辞官；荥阳郑氏的二公子被封为史官……

不过两日时间，整个京城如煮开了的水。

一桩桩、一件件，事情应接不暇，让南秦京城的百姓们有了聊不完的话题。

郑孝扬从英亲王府出来时，天色微亮，他沿着南秦京城的街道，一条一条地转悠起来，街上的店铺家家关着门，户户闭着锁，没什么可看的，可是他却看得津津有味。

一直到街上已经人来人往，车水马龙，太阳升得老高，人们都三五成群地谈论着右相告老、他被封为史官的事，他依旧闲闲地逛着。

逛完了南秦京城的各大主街，他开始逛小街小巷。

英亲王妃安排给他的小厮累得腿都酸了，可是看这位二公子依旧兴致极浓，小厮只能继续跟着，小厮不明白，这位二公子的腿难道是铁做的不成？怎么一点儿也看不出他累呢？他看起来反而神清气爽，神采奕奕，大有把南秦京城每一寸土地都走遍的架势。

将近中午，小厮实在受不住了，哭丧着脸精疲力竭地求道："二公子，快中午了，咱们回府吧，奴才真是走不动了。"

郑孝扬似乎这时候才想起他身后还跟了个人，抱歉地转身，看着小厮说："你累坏了吧？"

小厮点头："奴才的脚都木了。"

"你怎么不早说？"郑孝扬责怪地看着他。

小厮苦着脸："怕打扰您的兴致。"

郑孝扬感慨："英亲王府果然是英亲王府。"

小厮不明白这句话的意思，看着郑孝扬，只求这位爷能回府，他得去王妃跟前求一求，他的腿废了，换个人来伺候这位爷。

郑孝扬感慨完，对他拍拍后背："你上来，我背着你。"

小厮吓了一跳，一屁股坐在了地上，脸色惨白地说："二公子，您若是还想逛，奴才就算脚走废了也依着您，您可别折了奴才的寿。"

郑孝扬翻了个白眼："折什么寿？说得怪难听的，你走不动了我还走得动，我背着你就行。"

小厮慌忙摇头："不行，奴才可不敢让您背。"

郑孝扬看着他："你放心，我不告诉王妃，是我自愿背你的，王妃就算知道了，由我说清，她也不会怪罪你。"

小厮坚决地摇头，苦着脸，吓得语不成调："二公子，您还是饶了奴才吧，奴才福薄，哪儿能让您背？您可是英亲王府的客人。"

"废话真多！"郑孝扬上前，如拎小鸡一般将小厮拎到他的背上，他稳稳当当地背上小厮向前走去。

小厮吓得连忙大叫："二公子，快放我下来。"

"闭嘴，再多说一句话，我就摔死你。"郑孝扬向前走去。

小厮吓得一噎，一句话也说不出了，闭上了嘴，但恨不得晕死过去，可是偏偏他晕不过去。

第三十三章

温香软玉

郑孝扬背着小厮走出了小巷，偏头一扫，不远处有一座十分华丽、气派的楼阁，上面站着一排身穿薄纱的女子，那些女子环肥燕瘦，各有千秋，美不胜收，他立即抬步向那处走去。

他来到近前，迈进门槛，立即有人迎出来：“哎哟，这位公子长得可真俊俏，里面请。”

在郑孝扬身上装死的小厮吓得立即抬起头，当看清此处是什么地方时，立即吓白了脸，连忙喊：“二公子，这里……这里进不得。”

郑孝扬停住脚步，回头瞅他：“为什么进不得？”

“这里……这里是……”小厮有点儿黑的脸泛起了红色，“这里是红袖楼。”

郑孝扬仰头看了一下上面挂着的牌匾：“我看到了，这里是红袖楼，我要来的就是这里。”

“您……您来这里干什么呀？咱们不是要回府吗？”小厮闻着一阵阵脂粉飘香，几乎快要晕过去，小声说，“这里是青楼。”

“小爷知道，否则还不来呢。来这里歇歇脚，找几个美人伺候，走了一上午怪累的。”郑孝扬说着便走了进去。

小厮都快要哭了：“您要进去，那……先把奴才放下吧。”

“你都不能走路了，好生待着。”郑孝扬进了红袖楼。

老鸨十分精明，看着小厮穿的是英亲王府下人的服饰，这位公子衣着华丽，一看就是富贵人家的公子，可是偏偏这位公子背着小厮，她立即笑着问：“这位公子是外地来的吧？以前未曾见过。”

郑孝扬嗯了一声，对她说：“我是郑孝扬，我要一间上好的房间，还要美酒、好菜，再找你们这里最好的姑娘来，以后我就待在这京城了，记住小爷的名字，若是侍候好了小爷，重重有赏，以后常来你家。”

老鸨一惊，脱口而出：“您是荥阳郑氏的二公子？”

“难道还有人冒充我？”郑孝扬挑眉。

老鸨怎么也想不到眼前的人就是那位在这两日将京城闹得腥风血雨的小爷，关于他的事，这两日连青楼内的人都在谈论，没想到，这尊佛来了这里。她连忙收敛了惊讶之色，赔着笑说：“原来是二公子，您大名鼎鼎，谁敢冒充您？是奴家眼拙。”

说罢，她连忙高喊：“楼上风月阁，请二公子上楼！春花、秋月、夏青、冬梅，出来接客啦！”

她这一声高喊，楼上齐齐响起回应，美人声音娇婉，听着就惹人怜。

郑孝扬满意地上了楼。

老鸨赔着笑跟着上了楼。

小厮吓得六神无主，他从没来过这地方，连连哀求：“二公子，您快放奴才下来吧！奴才的脚不疼了，能走了。”

“这就到了。”郑孝扬依旧背着他。

小厮都快哭了。

不多时他们便上了楼，风月阁果然与它的名字相符，里面香烟袅袅，桌案、器具的摆设处处透着欢情。

郑孝扬满意地将小厮放在矮榻上，自己一屁股坐到一旁。

小厮刚坐下便腾一下站起身，因为起得急，一个屁蹲儿栽倒，对郑孝扬求饶：“二公子，奴才去外面等着您。”

郑孝扬伸手一把将他提溜起来，重新放到座位上：“去外面做什么？就在这里，你跟着我走累了，就该好好歇歇。”说罢，他补充道，“放心，王妃不会怪罪你。”

小厮的脸成了苦瓜：“奴才可消受不起。”

“不用你买单。”郑孝扬拍拍他，“放松，你的身子太僵硬了，一会儿让美人给你捏捏。”

他说完，小厮的身子更僵了。

春花、秋月、夏青、冬梅四位美人款款走进来，四人进来后，美酒、佳肴也陆续地被端了进来。

“你们都过来，给他捏捏肩、捶捶腿、松松筋骨。”郑孝扬对四人说道。

四人一愣，让她们四大招牌侍候小厮？

老鸨立即瞪了四人一眼："没听到二公子的话吗？还不快些上前来！"

四人只能上前，齐齐将小厮围住了。

郑孝扬满意了，自己动手去拿酒壶，老鸨连忙快一步地拿到，给他倒满酒。

小厮从来没享受过这种待遇，四位美人环绕，幽香处处，他被捏得骨头都酥了，却如坐针毡，脸都快白成纸了。

"给他捏捏脚。"郑孝扬喝了一杯酒，还不忘关照小厮。

四位美人略微不满地瞪了郑孝扬一眼。

郑孝扬从口袋里掏出一袋子银子，扔到桌子上："这些够吗？"

四位美人的不满顿时一扫而空，齐齐笑开了颜，去给小厮捏脚。

老鸨也笑开了颜："当然够了，别说侍候一日，就是三日的也够了。二公子若是满意，就尽情地多留些时候。"

郑孝扬拿起筷子："没歌舞助兴吗？"

"来人，去请最好的乐师、舞姬。"老鸨喊了一声。

不多时，乐师、舞姬都齐齐鱼贯而入，霎时间，风月阁软香处处、娇声细语、丝竹管弦。

好一个美人香、英雄冢。

郑孝扬闲闲散散地靠着软榻坐着，吃着好菜，喝着美酒，欣赏着美人奏乐、舞姬纤腰曼舞，好会享受。

小厮被四位美人服侍得晕晕乎乎，有人捏肩，有人捏腿，有人捏脚，有人喂饭菜、美酒。小厮此刻不知自己是在云里，还是在雾里，找不到东南西北了。

郑孝扬正在红袖楼享受，却不知道外面又有了新传言。

据说，有很多人亲眼看到荥阳郑氏的二公子背着英亲王府的小厮去了红袖楼。

据说，荥阳郑氏的二公子点了红袖楼的所有招牌名妓，天色还大早，他就沉浸在了红袖楼的红罗帐里。

一传十，十传百，百传千，千传万。

没多久，京城的各大府邸就都得到了消息。

大长公主府自然也得到了消息，大长公主昨日回府后，就砸了一屋子的器具摆设，气得没吃饭，也没见金燕，一晚上都没睡好。她捧在手心里的女儿，怎么能嫁给郑孝扬那个浑蛋？

金燕回府后来见大长公主，被她大骂了一顿，金燕索性自己回了院子，任她闹腾。

早上，金燕前来给大长公主请安，大长公主没好脸色，让她去找皇上取消婚约。

金燕摇头："您是想女儿赶紧嫁出去，还是想一辈子不嫁人？"

大长公主怒道："那个郑孝扬是什么东西？你怎么不睁开眼睛看看？他配得上你吗？他给你提鞋都不配。"

金燕幽幽地道："您觉得谁配得上我？钰表哥不喜欢我，无论我做什么他都不会娶我。还有谁？郑孝纯吗？他昨日在李如碧的门前跪了一晚上求娶，李如碧也没答应。"

"郑孝纯也不是个东西，难道除了皇上，除了他们郑家，就没别人了？"大长公主想起郑孝纯，更是气得大怒。

"似乎还真没别人了。"金燕道，"我看郑孝扬不错，就是他了。以后无论他待我好还是坏，我都认了。"

"你认我不认。"大长公主想起郑孝扬就气得肝疼，"混不吝的东西，要才无才，要貌无貌，要人品没人品。你看上他什么了？不能因为郑孝纯改了主意，你就心灰意懒选郑孝扬吧？"

金燕笑了一声："郑孝纯我没看在眼里，我也没心灰意懒。"说罢，她上前，摇晃大长公主的胳膊撒娇，"娘，您也不想我一辈子嫁不出去吧，您别气了，女儿的终身女儿自己做主。就算将来落不到好下场，也怨不得别人。"

"你要气死我？"大长公主打开她的手。

金燕还要再说话，大长公主府的大管家匆匆走来，在外面急声说道："长公主，不好了。"

大长公主正在气头上，沉着脸问："什么事？"

大管家抬头，透过帘子隐约看到金燕在里面，立即止了声。

"快说！"大长公主的声音又沉了几分。

大管家咬着牙关道："外面传来消息，说荥阳郑氏的二公子背着英亲王府的一名小厮去了红袖楼……点了满楼的姑娘侍候……"

"什么？"大长公主腾一下站了起来。

大管家一哆嗦，立即说："奴才派人去核实了，确有此事。"

"郑孝扬，岂有此理！"大长公主拿起杯子，啪一下摔在了地上，转头看向金燕，"你看看，他就是这么一个东西，你还有什么话说？"

金燕倒是镇定，面不改色地说："娘，您气什么？男人不风流枉为男人。"

"你……"大长公主伸手指着她，气得哆嗦起来，"我含辛茹苦抚养你长大，你就是这么让那个混账东西糟蹋的？"

金燕看着大长公主："您消消气，这也不算什么大不了的事。"

大长公主看着金燕的模样、神色，气得失言，过了片刻，她一甩袖子，对外面喊道："备车。"

大管家立即应了一声是，撒腿就跑了。

大长公主提着裙摆快步走出房间，怒气冲冲地向府外走去。

金燕连忙跟上她："娘，您要去哪里？"

"红袖楼！"大长公主头也不回地道。

"您去那里干什么？"金燕蹙眉。

"去打断郑孝扬的腿。"大长公主怒气冲冲，"我看看他还有什么脸娶你？"

金燕无奈，伸手拦她："您还是别去了。"

大长公主一把拽住她的手："你跟我一块儿去！"

金燕被大长公主拖着走了两步，见她下定了决心，金燕无奈，只好跟着她出了府门。

二人上了马车，大长公主带着金燕气势汹汹地向红袖楼而去。

不多时，马车来到红袖楼，大长公主下了马车，拽着金燕，一脸怒气地踢开连忙出来迎接的老鸨，恼怒地问："郑孝扬在哪里？"

老鸨这才想起，那位在这里花天酒地的郑二公子是大长公主的准女婿，连忙回答道："在二楼风月阁。"

大长公主怒气冲冲地上了楼。

风月阁内，丝竹声声、管弦慢慢，十足的温柔之乡。

大长公主来到后，抬脚砰一下踢开了门，里面的人顿时惊得尖叫连连。

金燕跟在大长公主身后，向里面看去。

入眼处，一众女子，有弹琴的、奏乐的、伴舞的、陪酒的、喂菜的，美人各有千秋，能酥了人的骨头。

郑孝扬似乎已经喝得醉醺醺的了，他的身边坐着一个女子，正抬手给他喂酒。

大长公主看到这一幕，气得暴跳如雷："好你个郑孝扬！竟然在这里风流快活！你找死是不是？"说罢，她对身后一挥手，"来人！给我打断他的腿！"

立即有人要进来。

金燕立即上前一步，从后面跨进门槛，轻喝一声："都不准进来！"

外面的人齐齐一顿，看向大长公主。

大长公主横眉怒目地瞪着金燕："如今你看到了？这样的东西，你还要嫁给他？"

金燕叹了口气："娘，他再不是个东西，也是女儿的准夫婿。"说罢，她拽住大长公主的手，"您忘了，今早皇上下旨，已经对他封官，您就算贵为公主，也不能轻易殴打朝廷官员。"

大长公主恼怒："就他这样的混账东西，我如何打不得？朝廷官员？"她冷笑，“你看他有半丝朝廷官员的样子吗？还史官？没有半丝样子！皇上怎么选这样的人做史官？自打脸面！”

“就算他混账，那也该由御史台的人弹劾他，由皇上处置他才是。”金燕道。

大长公主闻言，恼恨地道：“好，我这就去找御史台的人，去找皇上，让他处置。”说罢，她转身气冲冲地又下了楼。

金燕没拦着，也没跟着大长公主走，而是转回身看着郑孝扬。

郑孝扬慢条斯理地将美人手中举了半天的美酒一饮而尽，然后站起身走到金燕面前，笑嘻嘻地看着她说：“好郡主，由皇上处置我，比打断我的腿这个方法要好。”说罢，他伸手执起她的手，吧唧亲了一口她娇软的手背，打了个酒嗝，“我喜欢……”

喜欢什么，一个尾音哽在了未打完的酒嗝里。

金燕面无表情地看着他，被他无礼地亲了手背后也没恼怒，而是平静地问他：“喝醉了吗？”

郑孝扬摇摇头：“你的未婚夫我千杯不醉，这才几杯，焉能醉倒我？”

“没醉最好，你跟我走。”金燕转身向外走去。

郑孝扬一把拽住她：“去哪里呀？”

“去皇宫。”金燕道。

“把我领到皇上面前，由皇上处置？”郑孝扬歪着头看着她。

金燕瞪了他一眼：“你不是就想皇上处置你吗？我成全你。”

郑孝扬顿时笑了，脸笑成了花一样，轻轻一抬手，将她拽进了自己的怀里，低下头看着她，声音极低地问道：“传言说你喜欢当今皇上？”

金燕感觉他动作极轻，但轻轻抬手，便让她仰在他臂弯里环着动弹不得，她眯了眯眼睛：“以前喜欢来着。”

“如今呢？”郑孝扬看着她。

“可以不再喜欢。”金燕道。

郑孝扬勾唇一笑，慢慢地低下头，对着她的唇覆下。

金燕整个身子顿时僵了，可是没躲没闪。

比起昨日邋遢看不出模样的人，今日这人身上除了一身脂粉香外，端的是俊俏风流。

从昨日到今日，郑孝扬像是换了一副样貌。

这样的样貌，在这南秦京城里也是极扎眼的。刚刚她娘踹开门时，她能清楚地看到她娘虽然盛怒，但是明显愣了一下，她娘显然不能将昨日那个邋遢得没有人形的郑孝扬和今日这个俊俏的郑孝扬放在一起。

可是他就是郑孝扬。

他如今抱着她，在这样的地方，她娘打上门来，他这算得上是侮辱人了吧？可是……她竟然不觉得。

若是这一生，不能与秦钰在一起，那她跟谁在一起都一样。

郑孝扬虽然看着讨人嫌，但也没到让她厌恶、不可忍受的地步。

更何况，这是她的选择。

她轻轻地闭上了眼睛。

郑孝扬一直盯着金燕，见她躺在他怀里十分乖巧，即便在这样的地方，他即将侵犯她，她依然没怒没恼，也没说什么，由着他侵犯。她很轻，腰肢纤细、容貌艳美，当得上“京城双美”的盛名。

与他比起来，她金尊玉贵，而他不过是瓦上尘。

他见她闭上了眼睛，轻轻笑了一声，毫不犹豫地覆在了她紧闭着的唇瓣上，舌尖轻轻描绘她的唇瓣，见她的脸红了又白，白了又红，他放开她，笑嘻嘻且充满柔情地说：“郡主的芳唇真香，今日我没沾到这里美人的红唇，就由你的来弥补吧。”

金燕的身子僵着，她闭着眼睛，睫毛在剧烈地颤着。

郑孝扬将她扶正，拉着她出了风月阁，不正经地对老鸨抛了个媚眼：“这里的水酒很让人满意，改日小爷再来。”

老鸨是经历过大场面的，但她所见的大场面也不及今日大长公主带着郡主打上门来抓准郡马来得惊心动魄，尤其他在这里非礼、失礼于郡主，可是郡主却是心甘情愿，实在让她骇得说不出话来。

任何一个女人，看到自己的准夫婿逛青楼，都是不能忍受的吧？

可是金燕郡主没有，她不但没震怒，反而由着他侵犯。

让这个在风月场上纵横了多年的老鸨一时觉得匪夷所思。

金燕睁开眼睛，僵硬地跟着郑孝扬走了几步之后，才找到脚踩到地上的感觉。

她的脸有些发热，心口不疼。

以前的很多时候，她常常想着，这一生她都是秦钰的人，她不会与别人做亲密的事。可是今日她便与别人做了亲密的事，这个人是郑孝扬。

郑孝扬是荥阳郑氏最纨绔的子嗣。

她娘不满意这桩婚事。

她闭了闭眼睛，心中依旧很平静。她想，原来她真的能与秦钰以外的人做亲密的事。

出了红袖楼，郑孝扬回头看了金燕一眼：“你说皇上会怎么处置我？”

“你想让皇上怎么处置你？”金燕脸上的烧退了些。

郑孝扬挠挠脑袋，回头望了一眼红袖楼，有些恋恋不舍：“把我关在屋子里，再送我一大堆美人、美酒，让我醉死在温柔乡？”

金燕点点头：“我跟皇上建议一下。”

郑孝扬吓了一跳：“你舍得我死？”

金燕忽然转过头对他笑了一下，柔声说：“你死后我给你守寡，不再二嫁。”

郑孝扬哀号一声。

金燕甩开了他的手，上了马车，对他说：“上车。”

郑孝扬把着车轱辘，挑着帘子看着她，笑嘻嘻地说：“虽然你愿意为我守寡我很高兴，但我还不想死，到时候郡主帮我求个情呗。”

金燕瞥了他一眼：“你再耽搁下去，我娘进了宫，御史台的一帮大臣弹劾你，我娘再大闹寻死一番，你说，后果会如何？”

郑孝扬咳嗽了一声：“总不能杀了我吧？”

金燕哼了一声：“闹腾的人不嫌事大是吗？”

郑孝扬嘻嘻一笑，跳上车，将金燕抱在怀里：“郡主说对了，奖赏你。”说罢，他在她的脸上又亲了一口。

他三番五次挑逗，金燕即便再镇定，再对他无感情，也受不住，她的脸有些红但也没推开他，任他抱着。

郑孝扬抱着她，说道：“我给你唱首小曲儿吧，今天的郡主比昨天可人，让我觉得娶你也挺好的。”

金燕没说话，算是默认了。

郑孝扬唱起了荥阳小调。

小调十分欢快、喜庆。

金燕开始不以为意，渐渐听出了些趣味。

一曲小调唱罢，马车也来到了皇宫。

车夫停下马车，恭敬地对里面的人说道：“郡主，皇宫到了。”

金燕这才回过神来，收敛了神色，伸手推郑孝扬。

郑孝扬坐着没动，问她：“好听吗？”

金燕点了点头：“比京城的小调好听。”

郑孝扬笑得愉快，又亲了她的脸颊一口：“以后我时常唱给你听。”说罢，他抱着她跳下了马车。

金燕的心跳慢了半拍，她看着皇宫的巍巍宫墙，点了点头：“好。”

郑孝扬拉着金燕的手，大踏步地进了宫。

他们正碰到小泉子匆匆带着人出宫，迎面碰到二人，小泉子连忙见礼：“奴才给郡主、二公子请安。”

“小泉子公公，皇上呢？”金燕询问。

“皇上在御书房。”小泉子看着二人携在一起的手，委婉地说，“大长公主如今在御书房，御史台的不少大人也在，皇上吩咐奴才出宫来请二公子进宫，没想到郡主和二公子不用奴才请便进宫了。”

金燕点头：“我们这便去御书房见皇上。”

小泉子连忙跑到前面去带路。

郑孝扬大模大样地走着，拽着金燕的手一直没松开，金燕也没甩开他的打算，二人便这样去了御书房。二人一路上遇到了不少宫女、太监，宫女、太监悄悄在远处低语。

“那位就是荥阳郑氏的二公子吗？”

“是吧，荥阳郑氏的二公子原来长得这么俊俏呀？”

“听说他今天跑去了红袖楼。”

“听说大长公主都快气疯了，郡主和他牵着手呢，若是郡主护着，大长公主也没办法惩治他吧？”

“……”

金燕没有武功，自然听不到宫女、太监们的低低议论。

郑孝扬勾起唇角，小声说：“宫里的人都这么嘴碎吗？”

金燕顺着他的视线看了一眼，几个宫女、太监连忙避开了。她聪明，隐约猜到他们是在说她和郑孝扬，不见得是好话，她道：“皇上登基后遣散了先皇的妃嫔，这后宫内除了太后便没别的女主人了，太后便没以前管得严格了。”

郑孝扬不正经地说：“皇上遣散了先皇的妃嫔，是准备多选些年轻的吧？他总不能再用先皇剩下的吧？”

金燕顿时被气笑了，低声警告他：“你少胡说八道，皇上可不是真的没脾气，你胡闹可以，但别触碰他的底线，否则，他若是真惩治你，谁也帮不了你。这里是京城，不是你荥阳郑氏的地盘。”

郑孝扬撇撇嘴：“我也没说错呀。”

“你还说！”金燕皱起眉。

“好，好，我不说了，不说了。”郑孝扬举手投降。

金燕不再理他，想着，以后这偌大的皇宫真的会住进三千粉黛吗？

二人来到御书房。

小泉子小心谨慎地对里面的人禀告：“皇上，郡主和二公子来了。”

“进来。”秦钰低沉的声音从里面传出。

金燕看了郑孝扬一眼，见他全无怕意，与昨日在右相府闹腾时一般无二，她与他牵着手一起走了进去。

御书房内，秦钰坐在玉案前，面前堆了一摞奏折。

大长公主被赐了座，坐在距离秦钰的玉案不远处，一脸的怒气，见金燕和郑孝扬竟然携手进来，她腾一下站起来，脸色铁青，伸手指着金燕："他这种东西，你竟然……竟然还跟他……"

金燕给秦钰见礼，秦钰摆摆手，看了她和郑孝扬一眼，没作声。

金燕转头看着被气得不成样子的大长公主，说道："娘，我和他总归是未婚夫妻，他混账不是人慢慢教导就是了。您别生气，当心气坏了身子。"

"赐婚就成了他的护身符了？他就能无法无天了？我这就请皇上取消婚约。"大长公主怒道。

金燕摇头，坚定地说："我不同意。"

"你疯了是不是？刚刚在红袖楼里，他是什么样子？你亲眼看到了，还想嫁给他？"大长公主气得直哆嗦，"你想气死我是不是？"

金燕看着她："娘，您何必生气？我早已经说了，我选他就不会后悔。"

"你不后悔就行了？你想过我没有？我是你娘，我从小把你捧在手心里，由不得别人糟蹋你。"大长公主走上前，劈手就要打郑孝扬，"你个混账东西，还不给我放开她。"

她刚抬手就被金燕挡住了，金燕无奈地道："娘，我心意已决，您是想逼死女儿吗？"

大长公主气得浑身发抖，见金燕态度坚决，郑孝扬吊儿郎当地站在那里，站没个站相，白瞎了一副好样貌，她转过头对秦钰道："皇上，今日你不取消婚约也行，但不能饶过这个混账东西。"

秦钰点头，扔了笔，看向郑孝扬说道："朕刚封你为史官，你就给朕招来了大长公主和御史台的一众大人。你说朕要如何处置你，才能消大长公主的怒气，才能让御史台的一众大人觉得朕是个明君？"

郑孝扬挑了挑眉，忽然抱住金燕："就将我和郡主关进小黑屋子算了，关个半年让我们好好反省反省。"

"混账！"大长公主又怒了。

秦钰没理会大长公主，转头问金燕："你觉得呢？"

金燕垂下头："朝事与家事相比，自然是先国后家。他去红袖楼，身为史官，德行有亏，皇上如何处置，金燕都没什么意见。"

"嗯？"秦钰看着她，"朕问的是你自己。"

金燕摇头："我认为，男子不风流枉为男子。"

"你这是什么话？"大长公主气得快背过气去了。

"我的意思就是这个，皇上定夺吧，虽然我们还未曾大婚，但有婚约在身，我愿意陪他一同受惩罚。"金燕道。

大长公主一时上不来气，眼前一黑，晕了过去。

这是她捧在手心里的女儿，尤其荥阳郑氏这个火坑还是她给女儿选的，她心中如何不恼、不怒？

金燕连忙上前，扶起大长公主，焦急地喊了两声："娘。"

秦钰也站起身，来到近前伸手给大长公主探脉，片刻后，对金燕道："是气火攻心，无大碍。"说罢，他吩咐小泉子，"将大姑姑送去太后宫里，请太医去太后宫里看诊。"

"是。"小泉子连忙带着人来抬大长公主。

金燕看看大长公主，又看看秦钰。

秦钰对她摆摆手："你若是不放心大姑姑，就跟随着过去吧。"

金燕看了郑孝扬一眼，并没有离开，摇摇头："皇上说娘没事，她就会没事，她醒来估计更不愿意看到我。"

郑孝扬此时上前，看着她："郡主不会是舍不得我吧？怕我被皇上惩罚太重是不是？"

金燕看了他一眼，没说话。

"有你陪着，我整个人都舒畅了。"郑孝扬笑着转头，对秦钰说，"皇上，软刀子磨人最是难受，你给个痛快的硬刀子。"

秦钰眯起眼睛："既然你愿意被关进黑屋子，朕就成全你。"说罢，他吩咐，"来人，将郑孝扬押入暗牢，让他好好反省反省。"

"那郡主呢？"郑孝扬立即问。

秦钰没说话。

禁卫军从外面进来，押住了郑孝扬。

金燕上前一步："皇上，我……"

"朕不要他的命，你放心。"秦钰摆摆手。

郑孝扬被押了下去。

被押出御书房后，郑孝扬大喊："皇上，你不让郡主陪着我，那总得给我两个美人吧，还有美酒，还有好菜……"

郑孝扬的声音渐渐远去。

御史台的众位大人齐齐唏嘘，想着暗牢比天牢还可怕，暗无天日不说，潮湿阴冷，尺寸之地冰水混浊，这郑孝扬被关进去，不知道要关多久？寻常人就连三天也受不住。

皇上没废除刚刚封的他的官职，却把他押去了暗牢，看来是为了金燕郡主，惩治他的性子。

不过，这罚得的确重了些。

将人弹劾进了暗牢，御史台的这些官员也无话可说了，齐齐告退。

秦钰摆摆手，众人下去后，他看着金燕郡主，温声说：“你若是现在反悔，朕还能收回圣旨，取消你与郑孝扬的婚约。”

金燕摇摇头：“当初先皇对铮表哥和芳华几度赐婚废婚，已经被载入历史，视作帝王儿戏。皇上是新君，不该效仿先皇，将来被人诟病。”说罢，她行了个告退礼，坚定地说，“我已经做了决定，非郑孝扬不嫁，他死了我就给他守寡。”

秦钰看着她走了出去，御书房的门被关上，他淡淡地笑了一下，拿起笔继续批阅奏折。

金燕出了御书房，长长地吐了一口气。

郑孝扬已经被押去暗牢，御书房外十分安静。

她在御书房外站了片刻，转身向太后宫里走去。

大长公主被人抬去太后宫里后，一直昏迷不醒，太后吓了一跳，连忙询问缘由，吩咐人赶紧请太医。

太医不多时便匆匆而来，给大长公主诊脉，片刻后，恭敬地对太后回话：“大长公主气火攻心，暂时昏迷并无大碍。”

“需要开药方吗？”太后问。

太医摇摇头：“依下官所见，不用开药方，下官给大长公主施一针，大长公主很快就会醒来。”

太后颔首：“那你就快给她施针吧。”

太医依从吩咐，取出金针，给大长公主施针。

片刻后，大长公主悠悠醒转。

太后一喜，连忙上前：“果然醒了。”

大长公主醒来后，发现是在太后的宫里，腾一下坐起来，一把抓住太后：“燕儿呢？那个郑孝扬呢？我睡了多久了？”

太后暗暗叹了口气，她连忙说道：“你先别急，你没睡多大一会儿。郡主和郑孝扬如今应该还在皇上那里。”

“皇上怎么处置的那个混账东西？”大长公主又立即问。

太后摇摇头。

“不行，我必须立即去御书房，我不在，燕儿护着那个郑孝扬，皇上没准儿就不会罚他了。”大长公主说着，立即下了床榻，就要往外走。

太后伸手拦住她：“你先别急，你刚刚晕倒了才醒过来，要仔细身子。”

“我怎么能不急？”大长公主拂开太后的手，匆匆出了门。

太后无奈地看着她，想了想抬腿跟了出去。

大长公主刚走到太后寝宫的门口，便见金燕迎面缓步走来，她脚步顿住，立即问金燕："郑孝扬呢？皇上怎么处置他的？"

金燕看着大长公主一副恨不得让皇上杀了郑孝扬的模样，她叹了口气，对大长公主道："皇上下旨，将他关进暗牢了。"

大长公主一愣，她自然知道暗牢比天牢还可怕，怀疑地看着金燕："当真？"

"自然当真，女儿虽然不怪他，但是他如今毕竟是朝廷官员，光天化日之下逛青楼，有违史官的德政品行。更何况娘找了御史台的一众大人弹劾他，皇上如何能不处置？"金燕淡淡地说道。

大长公主听闻她如此说，面色稍缓，但见金燕面无表情，她上前一步，缓和了语气："燕儿，那是个什么东西，怎么配得上你？皇上将他关进暗牢最明智不过，他既然有脸做出这等事情来，就没想过结果？他也算是罪有应得，你无须为他伤心。"

金燕摇摇头："我自然不会为他伤心。"

大长公主一喜："你想开了？已经找皇上取消婚约了？"

金燕看着大长公主，依旧摇头，淡淡地说道："他若是死在暗牢，我给他守寡就是。"

大长公主面色一变，顿时又大怒："你疯了是不是？他那么个混账东西，有什么好的？"

"他就算不好，全天下的人都觉得他配不上我，那又如何？他总归是在最恰当的时间被我选中的人。"金燕道。

大长公主伸手指着她，气得说不出话来。

金燕看着她，忽然低声说："娘，当年嫁去北齐，本该是您的责任，却由忠勇侯府的小姐谢凤代替了您。您则选择了父亲，可是，父亲早早就扔下您去了，南秦皇室的规矩，公主出嫁后不能再嫁。这么多年，您快乐吗？"

大长公主面色一僵。

"您独守空房，年纪轻轻便为爹守寡时，可曾后悔？这么多年，明里虽然无人敢对您言语半句，可是背后却总是有人说忠勇侯府的小姐谢凤聪明、果敢、有家国大义，而您自私自利，没有身为皇室公主的自觉，享受着荣华富贵，却没为南秦皇室做过什么，女儿不信您不知道。"金燕看着大长公主的面色渐渐变得难看，她叹了口气，"您可能没后悔过，但是女儿却不想将来后悔。"

"你……"大长公主气怒地看着金燕，浑身发颤，"你这是在对娘说话吗？"

"女儿无意伤您的心。"金燕看着她，继续说道，"我只是想就这件事情来说，当年您是自己选择的路，自认为比起去北齐，这条路上满是荣华锦绣，可是没想到爹却那么早就去了，让您空守这么多年，还要一直守下去。所以说，没有什么东西是天定的，没有什么路是一定对的。今日我选郑孝扬，无论他如何不好，我也已经选了，他日即便悔断肝肠，我也会自己承担，正如您一样。”

大长公主看着她，嘴唇哆嗦、脸色惨白，却一句话也说不出来了。

“我扶您回府吧。”金燕不再多言，上前搀扶大长公主。

大长公主猛地打开她的手，恼怒地看着她：“你可真是我的好女儿呀！”

金燕不言声。

大长公主气极而笑：“好，我就依你，若是郑孝扬死在暗牢，你就给他守寡吧。他若是能活着出来，你爱嫁就嫁，我从今以后再也不拦你了。”

金燕点头。

大长公主气得拂袖离开，向宫外走去。

金燕站着没动，看着她脚步有些踉跄地走出宫去。无论她娘私下被多少人诟病、不屑，但是身为女儿，自己的确不该用娘的软肋伤娘的心，可是她没办法。如果她不这样做，她娘一定会闹个没完没了。

第三十四章
催发心血

当年，为了不嫁去北齐，大长公主也是不停地闹。

最后，幸好谢凤出来解了大长公主的围。

金燕忽然很想见谢芳华。

“郡主若是不想跟随公主回府，便陪哀家进殿坐坐吧。”太后看着金燕，想着以前金燕一直喜欢她的儿子，她虽然从未表露过不满意，但是就心里来说，还是觉得金燕配不上秦钰，可是如今短短的时间内，金燕竟然有了这么大的变化，她的心里也是不得不感慨的。

金燕比大长公主要强上许多，金燕深明大义，但是偏偏跳入了荥阳郑氏二公子这个火坑。太后虽然未曾见过那位二公子，但想着他入京才两日便名震京城，将大长公主气成这个样子，可见是个不好相处的人。

不过金燕愿意，皇上又赐了婚，大长公主已经拦不了，也算金燕与他有缘。

金燕看了太后一眼，收敛了神色，摇摇头：“我想去英亲王府一趟，找芳华有些事情，改日再陪您吧。”

“也好。”太后闻言也不强留，笑着点点头。

金燕转身出了皇宫。

太后目送金燕母女先后远去，轻轻地叹了口气。

如意上前，小声问：“太后，您怎么叹气了呢？”

“哀家在想皇上什么时候能立后，会娶个什么样的女子。”太后道。

如意眨眨眼睛：“谢氏六房的伊姑娘说即使孤老一生也要等皇上，皇上对于伊小姐似乎不厌恶，兴许会被她感动而选她。”

太后说道：“但愿吧。”说罢，她又问，“林太妃和八皇子那里怎么样了？”

如意小声说道：“据说八皇子回府后便把自己关进了书房，到如今也没出来，今日连早朝也没上，皇上也没怪罪。太妃回去后便病倒了，请了太医。”

“太医如何说？太妃的身子骨可要紧？”太后立即问。

如意道：“据说是因为太妃前些时候为了八皇子的婚事太过操劳了，如今得知八皇子心仪伊小姐，可是伊小姐喜欢皇上，这一出乱麻样的事，解都解不开，便累倒了，说是没大碍，在府中休养着呢。”

太后叹了口气：“太妃聪明一世，糊涂一时。八皇子在她身边养了这么久，她竟不知道他心仪谢氏六房的谢伊。早先还牵红线说谢惜，如今经此一事，病倒也不奇怪。”

如意点了点头。

“太妃年纪也大了。”太后想了想，吩咐，“你去命御药房的人给八皇子府送些给太妃补身子的好药。”

“是。”如意垂首应声。

太后转身回了殿内。

英亲王府落梅居内，谢芳华睡到午时过了方醒来。

她睁开眼，见秦铮坐在床头倚着靠枕，手里拿着一个黑色的手札，正在翻看，他身旁随意地扔着一摞同样的黑色本子。

这人昨日让她累得几番求饶，她昏昏睡死到现在，他却似乎一点儿也不劳累。

想起昨日，她的脸不由得红了，心里又生起恼意。

他竟然……

他竟然在南秦京城的大街上，竟然在马车里就对她……

她伸手拉起被子，虽然昨日深更半夜，街上无人，他做的事情除了她没人知道，但她也觉得脸都丢尽了，伸手用被子捂住脸。

她的动静虽然不大，但秦铮还是被惊动了，转头看向她。见她将本来好好地盖在身前的被子拉到头顶蒙住，整张脸都蒙在被子里看不见了，他眨眨眼睛，明白了她这样做的原因，不由得露出笑意，凑近她：“这么热的天，你想捂死自己吗？”

谢芳华恼怒地在被子里说：“捂死算了。”

秦铮嗯了一声，摇头，伸手拽被子：“我可舍不得。”

“你给我滚。”谢芳华死死地拽着被子。

秦铮拽不动被子，好笑地看着她：“都睡了一夜了，你的气怎么还没消？”

谢芳华不言声，她昨日就决定了，今日一定不理他。

“你真不出来？”秦铮小声问。

谢芳华依旧不言声。

秦铮叹了口气：“时候差不多了，我该离京了，你确定你真不出来？”

谢芳华一怔，他又要离京？但她依旧没言语。

秦铮继续说：“这次离京怕是要一两个月才能回来。”

谢芳华皱眉，一两个月？难道还是为了荥阳郑氏的暗桩？他是被郑孝扬引进京城的，难道他已经见过郑孝扬，处理妥当了？

“我说的是真的。”秦铮道，“我真要出京了。”

谢芳华依旧不说话，出京就出京！谁稀罕你！

秦铮等了半晌，见她依旧不出来，他便放弃了：“好吧，我知道昨日我过分了，你气我也是对的，可是我实在没忍住嘛。”

“你还说！”谢芳华羞怒。

“好，好，我不说了。”秦铮打住这个话题，“我就是为了等你醒来跟你说一声，你既然不想见我，那我这就走，你别捂着了。”

谢芳华在被子里不动，又没了声音。

秦铮无奈，转身收拾东西下了床，对窗外喊：“青岩。”

“公子。”青岩应声出现。

“你去皇宫一趟，去拿暗牢的钥匙，接出郑孝扬准备出京。”秦铮道。

“是。”青岩退了下去。

秦铮回身看向床上，帷幔内，那人蒙在被子里依旧一动不动，他走到床前，温柔地道：“我走了，我不在京中的这些日子你要乖些，不准胡来，一定要仔细养身子。”

谢芳华依旧没说话。

秦铮转身向外走去。

他刚走到门口，谢芳华就一把掀开被子坐起身，又气又恼地喊他：“站住。”

秦铮立即转过头，笑吟吟地看着她：“舍不得我是不是？”

谢芳华脸色不好看，瞪着他。

秦铮转身走了回来，来到床前，伸手一把将她娇软的身子抱在怀里，低头吻她。

谢芳华气恼地伸手推他，这个浑蛋就是有办法让她对他生不起气来。

他这回一走就一两个月，她如何还能生气？

秦铮吻了个够本，才气喘着放开谢芳华，看着她：“真是不能沾染你，我还没走就又想你了，怎么办？”

谢芳华窝在他怀里，轻轻地喘息着，伸手打他一下，也没多大力气，软绵绵的。

秦铮看着她娇软虚弱的样子，无奈地叹了口气："罢了，我还是忍着吧。"

"你真要出京？还是为了荥阳郑氏和北齐暗桩？"谢芳华问。

"嗯。"秦铮点头，"没有人比我更适合去做这件事。"

"你和郑孝扬会面了？"谢芳华询问。

秦铮颔首："他昔日与我有一面之缘，如今进京是为了使荥阳郑氏光明正大地屹立在南秦，所以与我达成了协议。他帮我铲除荥阳郑氏这么多年在南秦掩埋的暗桩，我帮他改写家族历史。"

谢芳华闻言也有些敬佩："没想到荥阳郑氏出了郑孝扬这个睿智的后人。"

"我也没想到。"秦铮道。

"他昨日闹出那一场，如今成为大长公主府的准郡马，南秦京城里的人将视线都聚焦在了他的身上，你这时候带他走，荥阳郑氏的人难道不会发现？"谢芳华又问。

秦铮摇头，将今日郑孝扬早朝被封为史官，他竟然去逛青楼，大长公主大怒，御史台的一众大人弹劾他，秦钰将他打入暗牢的事情说了。

谢芳华了然，失笑："这郑孝扬果然不是寻常人，竟然用此来掩藏视线，再没有比这招更有用的了，荥阳郑氏的人也不会怀疑。"

"嗯。"秦铮颔首。

谢芳华伸手抱住秦铮，小声地问："我也随你去吧？"

秦铮立即摇头："不行。"

谢芳华挑眉看着他："怎么就不行了？"

"你身体还没大好，不能随着我奔波，要在府中用药仔细调理身子。"秦铮认真地看着她，"别忘了你身体里隐藏着魅族的血液，它时刻会要我们两个的命，在我找到办法之前，你的身体再不能受伤了。"

谢芳华咬唇："可是你要去一两个月呢，那么久。"

秦铮勾起唇角，就知道她不会真生他的气，他伸手紧紧地抱住她："也许我因为想你，会尽快地将事情处理完。"

谢芳华将头埋在他怀里，轻声说："那好吧，你一定要小心，也不用把自己逼得太急，我等你就是了。"

秦铮低头吻她，重重地点了点头："真乖。"

秦铮又抱着谢芳华在床上腻了半晌，才恋恋不舍地出了落梅居。

谢芳华穿好衣服，走到窗前，见他出了落梅居，应该是前往正院去见王妃了，她不舍地扣着窗棂，想着他们真正相依相偎的日子也就大婚那几日和在深山别院的那十日。

南秦京城如今这个局势，谁都知道是暴风雨来临的前奏。

人人都小心谨慎，只待南秦江山真正的风云起。

她和秦铮，不只背负着家国责任，也背负着他们拴在一起的命运。

她轻轻咬了咬唇瓣，秦铮一直暗中寻找着破解魅族天道祖训的办法，她更不该放弃。

她想到此，对外面轻喊：“侍画。”

侍画立即走了进来，小声说：“小姐，您是饿了吗？小王爷一早就吩咐了林七给您炖野山鸡，如今早已经炖好了，在灶台上热着，我去给您端来。”

谢芳华摇摇头：“我还不饿，一会儿再去端吧，我先问你点儿事。”

“小姐您问。”侍画连忙说道。

“有云澜哥哥和云继哥哥的下落了吗？”谢芳华问。

侍画摇摇头：“还没有，奴婢查到追荥阳郑氏二公子到了京城百里之外的人是云继公子，可是他并没有进京，而是又消失了踪迹。”

“为了情人花追郑孝扬的真是云继哥哥？”谢芳华问。

“是云继公子。”侍画道。

谢芳华抿唇：“他既然已经到了京城百里之外，为何如今没进京呢？”

“这就不得而知了。”侍画看着谢芳华问，“奴婢再派人去查？”

谢芳华点头。

侍画走了下去。

谢芳华转身洗漱、梳妆。

侍墨从外面端了野鸡汤和饭菜进来，放在了画堂里：“小姐，小王爷刚刚离开时嘱咐了，让您起床后一定要立即吃饭。”

谢芳华应了一声，从里屋走出来来到画堂。

她刚拿起筷子，外面便有人匆匆跑来禀告：“小王妃，金燕郡主来了，说想见您。”

谢芳华筷子一顿，立即说：“快请她来落梅居。”

那人立即去了。

谢芳华放下筷子。

不多时，金燕来到了落梅居。

谢芳华迎出门，见金燕脸色不大好，她关心地问：“怎么了？可有难事？”

金燕摇摇头：“没什么难事，就是想跟你说说话。”说罢，她问，“铮表哥呢？他在吗？不会不喜我来吧？”

“他去正院见王妃了。”谢芳华笑了笑，对她说，“进屋吧。”

金燕跟着她进了画堂，见桌子上摆着饭菜，显然还没动过，金燕道：“你还没吃饭？”

谢芳华揉揉眉心，不好意思地说：“刚睡醒。”

金燕眨眨眼睛，恍然大悟，抿着嘴笑：“昨日铮表哥回来，你累坏了吧？”

谢芳华瞪了她一眼：“你可还是个未出阁的姑娘呢，这话也说得出来？怎么跟燕岚学坏了？”

金燕大笑：“好香呀，我正好也没吃呢，介不介意我陪你吃？”

谢芳华好笑，转头对侍墨吩咐：“再去拿一副碗筷。”

侍墨连忙去了。

不多时，侍墨给金燕拿来碗筷，金燕喝了一口鸡汤，大赞：“嗯，这鸡汤炖得好香。”

谢芳华笑着看着她：“听说郑孝扬被押入暗牢了？”

金燕嗯了一声。

“皇上说关多久了吗？”谢芳华虽然知道秦铮要秘密带郑孝扬出京，但见金燕这时候来，也想探探金燕对郑孝扬的态度。

“没说。”金燕摇头。

“暗牢可比天牢难受。”谢芳华又道。

金燕忽然抬眼看她：“你想说什么？”

谢芳华忍不住笑了：“我听说大姑姑气坏了，反对你和郑孝扬，但你执意嫁他，如今你可想好了？昨日郑孝纯弃你转而求娶李如碧，你迫于无奈选了郑孝扬，他如今被关进暗牢，若是不让他活命，也不是难事，这事我就能给你办。”

金燕翻了个白眼：“他若是死了，我就给他守寡。”

谢芳华看着她：“你们如今还没大婚，他就算死了，你也不必给他守寡。”

金燕摇头：“我已经答应他了。”

谢芳华不解地看着她：“你应该也看出来了，对荥阳郑氏来说，也不一定非要与大长公主府联姻。如今郑孝纯求娶李如碧，右相府受皇上器重，迂回利用右相府，稳住荥阳郑氏联姻，徐徐图之，也无不可。而荥阳郑氏的人有所谋，也是先选在朝中具有举足轻重的地位的右相府联姻。所以，这样一来，你倒是不必非要嫁给郑孝扬，也不必非要嫁入荥阳郑氏了。”

“右相今日早朝时已经辞官告老了，皇上准许了，你知道吗？”金燕看着她。

谢芳华一怔，想起她和秦铮昨日深夜造访右相府的事，讶异地问：“右相告老了？这么快？”

“嗯。右相告老，李沐清被封为丞相司直，右相府也算是换了一重天。李沐清可没右相好对付，荥阳郑氏怕是得不到李如碧，如今李如碧好像还没答应婚事呢。”金燕道。

谢芳华想了想，摇摇头："即便右相告老，荥阳郑氏已经走到了这一步，也不会轻易放过右相府这棵大树。所以，与你还是可以全没关系，你还是可以另择姻缘。"

金燕摇摇头："今早我发现，不是钰表哥，是郑孝扬也没所谓的，我也能接受，他也没那么讨厌。而且，我隐约觉得，他就是荥阳郑氏和皇权之间的突破口，他不像是表面那样不学无术，所以，这桩婚事定下了就定下了，昨日兴许还是一时意气，如今我却是想好了。他是一棵歪脖树的话，我吊死也就吊死了。"

谢芳华见金燕神色认真，心里看得清楚、明白，她笑了笑："你的选择兴许是对的，郑孝扬没准儿还真是荥阳郑氏和皇权的突破口。"

金燕抬眼看她："你是不是知道这背后还有什么事？我知道你比我有本事，比我看得清，也比我知道得多，所以，我才忍不住想来找你说说话。"

谢芳华想了想，还是觉得秦铮和郑孝扬的事情不告知金燕为好，大事一日未成，任何地方都要小心谨慎，金燕虽然可信，但如今因为她和郑孝扬的婚约，难保荥阳郑氏的人不会打她的主意。谢芳华道："其实，有些事情倒没必要看得那么透，也不一定要看透。"

金燕看着她，不太理解。

谢芳华对她道："如今郑孝扬被关进了暗牢，荥阳郑氏的人还在右相府求李如碧，无论成与不成，这件事情都得解决。待这件事情解决之后，你总归是荥阳郑氏的准儿媳，所以，还是小心谨慎些好，有些事情不知道也就罢了，总有看透的一日。"

金燕并不是爱钻牛角尖的人，闻言对谢芳华话里的意思明白了几分："你是说，荥阳郑氏的人兴许会利用我？"

谢芳华道："兴许在某些路行不通时，会将主意打到你身上，你要有心理准备。"

金燕闻言点头，冷哼了一声："我的主意也不是那么好打的。"

谢芳华不再说话。

金燕也不再说话。

二人默默地吃饭。

饭后，金燕喝了一杯茶，站起身："我娘被我气坏了，我跟你说说话，便觉得心里踏实了些，不久留了，我回府去看看她。"

谢芳华点点头，站起来送她。

将金燕送出落梅居后，谢芳华转道向正院走去。

她来到正院，英亲王妃正在打理花草，见她来了，笑着招手："华丫头，快过来，你看我这盆金玉兰，昨日搬出去晒了晒太阳，反而长了骨朵儿。"

谢芳华凑到近前，笑着说道："这么大的骨朵儿可不是一夜之间长的，兴许娘一直以来没注意。"

"不是，昨日搬出去时，我特意看过。"英亲王妃摇头，"不过我也奇怪，这花怎么一夜之间就长骨朵儿了。"

谢芳华又仔细地看了看那盆花："娘，您确定吗？"

"确定。"英亲王妃道，"我昨日还与春兰说来着，说这花最怕见太阳，要放在稍微避着点儿阳光的地方。"说罢，她问春兰，"是吧？"

春兰点头："回小王妃，是的，王妃和奴婢特意说了这盆花，所以奴婢也记得很清楚。"

"我刚看到的时候，还以为自己看错了。"英亲王妃纳闷儿，"我养花这么多年，还真没想明白原因。"

谢芳华疑惑："这盆金玉兰以前可曾长得快过？"

"没有，一直长得慢，这花娇气，我细心呵护，既怕冷了它又怕热了它。"英亲王妃道。

谢芳华围着花又仔细地看了半晌，没再说话。

"算了，甭想它了。"英亲王妃拉住她的手，"铮儿这臭小子又外出了，再三嘱咐我看着你些，仔细调理你的身子。"

谢芳华忽然说道："娘，您将这盆花搬到内室去。"

英亲王妃一愣，看着她。

谢芳华对她点了点头："我看看是不是我想的那样。"

英亲王妃闻言亲手搬起花，对春兰吩咐："你守好房门，任何人都不准进来。"

"是。"春兰应声。

英亲王妃搬着花进了内室，谢芳华跟着英亲王妃来到内室，关上房门，见英亲王妃将花放到了桌案上，她走到近前，用指甲用力一划，指腹顿时划破，英亲王妃一怔，刚要阻止，只见她已经将一滴血滴在了那个花骨朵儿上，霎时间，花骨朵儿吸了她的血，顿时长了一倍。

英亲王妃伸手捂住嘴，才使得自己没惊呼出声。

谢芳华又滴了一滴血，花骨朵儿瞬间暴涨，紧接着缓缓地绽开，变成了一朵散发着浓郁芳香的花。

英亲王妃的表情已经不能用震惊来形容了，她看着谢芳华，伸手握住谢芳华流着血的手，好半晌才说出话来："华丫头，这……是怎么回事？"

谢芳华止住血，看着那朵娇艳的花，对英亲王妃道："娘知道魅族有三宝，一是血脉，二是咒毒，三是圣女吧？血脉能活万物生灵；咒毒能控制人兽心魔；圣女是魅族的传承之魂。”

“我知道。”英亲王妃点头，看着她，“你是说……有魅族人如你一样，让这株花吸了血液？所以，才长了一个骨朵儿？”

“魅族人的血脉能活万物生灵，也只有王室一脉和圣女一脉的继承人的血脉才能活万物生灵。”谢芳华道。

英亲王妃一惊：“你是说，除了你外……谢云澜？他来咱们府了？”

谢芳华道：“若这样推算，应该是云澜哥哥来过英亲王府。”说罢，她抿起嘴角，“不过，懂得魅术的人，催生一朵花也不难，所以，还不能确定。”

“那到底是不是他？”英亲王妃的面色凝重起来，“若是他，他来了为何不露面？”

谢芳华刚要说话，忽然心口绞痛，她伸手捂住心口，心口如翻江倒海一般，她面色大变，气血上涌，没忍住，一口血喷了出来。

英亲王妃大惊，连忙伸手扶住她，骇然地道：“华丫头，你怎么了？你可别吓娘。”说罢，她对外面喊，“来……”

“不要喊人。”谢芳华立即拦住她。

英亲王妃住了口。

春兰在外面立即问道：“王妃，您刚刚喊奴婢了？”

英亲王妃看着谢芳华，见谢芳华痛苦地摇头，她道：“没事了。”

春兰本来已经走过来了，又退回了门口。

谢芳华吐出一口血后，觉得心如刀割，疼痛难忍，但她拼命忍着，额头上的汗大滴大滴地滚落，她想压制，可是气血却不听她的使唤，她忽然惊醒：“娘，快，将……这盆花挪走。”

英亲王妃正手足无措，闻言立即哆嗦着将那盆花挪开，她明白谢芳华既然如此说，应该就是这盆花有问题，她不敢让这盆花再留在内室，于是立即打开密室的门，将那盆花放去了里面。

她回身将密室的门关上，又连忙走到窗前打开了窗子。

谢芳华心口的疼痛感随着那盆花被挪开而轻了些，她再没力气站着，伸手扶住桌案，顺着桌角滑坐到了地上。

英亲王妃走回来蹲下身看着她，脸色发白地问：“华丫头，你怎么样？”

谢芳华摇摇头：“娘，我没事。”

“这哪里是没事的样子？”英亲王妃自责地道，“快吓死娘了，铮儿离开时再三嘱咐，让我好生照顾你，可是他刚走你便出事了，我怎么跟他交代？”

谢芳华觉得心口的疼痛感渐渐平息了，她摇摇头：“怎么能怪您？是我没想到有人竟然用这么高明的方法催动我体内的心血。”

“谁？”英亲王妃恼怒，“是谢云澜吗？”

谢芳华摇头：“云澜哥哥不会害我。”顿了顿，她补充道，“我与他也是身系性命，害我等于害他自己。就算他不顾及自己，也不会这样对我。”

无论什么时候，她都是相信谢云澜的。

“那会是谁？”英亲王妃气极，“什么人竟然敢在我的眼皮子底下，利用我喜欢花做出这种事情来？”

谢芳华也想着会是谁。九曲山夹道她和秦钰联手诛杀皇室隐卫宗师，但到底还是跑了一个。难道那个人这么快便恢复生机来对付她了？

还是有别人想要她死？

她养了这么些日子的伤势怕是白养了。

是什么人竟然想出了这样的方法？

这个方法这样高明，需要步步算无遗漏才是。

这背后下手之人一定极其熟悉英亲王妃也熟悉谢芳华体内隐藏着随时会要她命的血脉，才能将她引入这个圈套。

她不由得心底发冷。

英亲王妃见她不说话，抓住她的手：“华丫头，心口还疼吗？”

谢芳华打住思绪：“不疼了，娘。”

英亲王妃掏出绢帕帮她擦了擦嘴角的血，又给她擦了擦额头的汗，伸手扶她，心疼地道：“地上凉，快起来到榻上去。”

谢芳华点头，拉着英亲王妃的手站起身，脚步虚软，由着英亲王妃扶她坐到了榻上。

英亲王妃将她扶着坐好，回身给她倒了一杯水，看着她脸色苍白的样子，恼怒地说道：“到底是什么人这么居心不良，让我查到，定要扒了他的皮！”

谢芳华喝了一杯水，觉得心里好受了些。

英亲王妃坐在她身边看着她：“华丫头，你快自己把把脉，开一服药吃，你的脸白得吓人。要不然，去请太医？”

谢芳华摇头：“娘，不用把脉，我的身子我知道，回头我开一服药，吃下养着就好了。太医看不了我的脉，还是我自己来吧。”

英亲王妃自然也知道自从孙太医被杀后，太医院已经没有好的太医了，她叹了口气：“都怪我，给你看什么花呀！”

“怎么能怪您？谁也没料到，您别自责了。”谢芳华摇头。

“刚刚你吐了血，如今这么虚弱，真的没大事吗？”英亲王妃看着谢芳华，“还是将铮儿叫回来吧，你这个样子，我又不懂医术，又不请太医，我也不知晓你的身体情况，不放心你。”说罢，她就要站起身。

谢芳华伸手拉住她：“娘，您别告诉他，他此次出京暗中带走了被关在暗牢里的郑孝扬，要铲除荥阳郑氏和北齐的暗桩，要做的事情必须保密，且必须快速出手，不得出丝毫差错。而且，他不懂医术，回来也只能恼怒心急。”

“总要查出来是什么人动的手，他在你身边，我心里踏实些。”英亲王妃道。

谢芳华握住她的手：“我们也能查出来，荥阳郑氏和北齐暗桩不能再拖着不解决了。齐言轻被立为太子，站稳脚跟后定然会立即出兵的，必须赶在他前面做好一切。”

英亲王妃叹了口气：“你这孩子，就是为南秦江山想得太多，反而辛苦了自己。”

“您放心，我真的无碍，这次催动我身体里的心血翻涌，只不过是白养了这么长时间的伤罢了，但不至于要我的命。”谢芳华道，“也没那么容易要我的命。”

英亲王妃闻言压下担忧，看着她：“好吧，听你的，不喊他回来。”

谢芳华点点头。

“到底是什么人做的？昨日上午，我和春兰将花搬了出去，来来往往那么多人。”英亲王妃抿起唇，“难道是参加赏花会的人中有人动了手脚？除了太后、皇上、太妃、八皇子，各府的夫人、小姐、公子，能来英亲王府的都是与咱们府来往甚密的人，实在不敢想象这里面竟然有心思如此歹毒的人。”

谢芳华没说话。

“华丫头，你心里可有谱？可知是什么人做的？”英亲王妃看着她。

谢芳华摇头：“娘，昨日您和兰姨将这盆花搬出去后，都什么人看了它、碰了它？”

英亲王妃想了想道：“昨日办的是赏花会，来的人都依次地看过那些花，怎么会有人去注意谁看了什么花？”

谢芳华抿唇：“这么多花，为什么只这一株金玉兰长了花骨朵儿？”

英亲王妃一怔：“是呀，这么多花呢，金玉兰也不是最娇贵的。”

“您和兰姨在将金玉兰搬出去时，应该是仔细地观察了它，所以，如今看到它突然长了个骨朵儿，才会十分肯定原来一定没有骨朵儿。您虽然对每一盆花都小心呵护，但也难免有疏忽的地方，毕竟上百盆花，哪盆花突然长出一棵芽，哪盆花突然开花了，您也不见得都记得那么清楚。”谢芳华道。

英亲王妃点头：“对，正是这样。”

“娘您想想，会是什么人知道您昨日早上对这盆花有过一番仔细的观察，才在这盆花上动了手，特意让您发现从而引您和我入局？”谢芳华问。

英亲王妃看着她，压低声音问道：“你是说春兰？”

谢芳华看着她：“娘，您信任兰姨吗？”

英亲王妃抿唇，想了片刻，点点头：“她是我的陪嫁丫头，进府后便嫁给了王爷身边的喜顺。王爷和我信任他们夫妻，否则也不会什么事都交给他们了。”

“不是什么人都能得娘信任的，娘的眼光我也信得过，我也觉得兰姨不会害我。”谢芳华道，“您再想想，除了兰姨当时可还有别人也注意了？”

英亲王妃低头思索片刻后，她揉揉头：“昨日早上起来后，我便一直忙着布置花草，小厮、侍婢来去匆匆，我倒不记得当时我和春兰看这盆花时还有谁在场了。”

“您将兰姨叫进来。”谢芳华道，“再吩咐个您信得过的人守着门。”

英亲王妃点头，走了出去，见春兰守着门口，对她道：“你随我进去。”

春兰见英亲王妃的脸色十分难看，她一惊：“王妃，可是出了什么事情？”

英亲王妃点点头，伸手敲敲门框，对外面喊：“来人。”

“王妃。”翠荷来到门口。

“你守着门，没有我的吩咐不要让任何人进来。”英亲王妃吩咐。

“是。”翠荷垂首。

英亲王妃带着春兰进了内室。

春兰进来后看到桌案上、地面上都是血，又见谢芳华脸色苍白、身子虚弱地坐在软榻上，她吓了一跳：“王妃，这……小王妃您……这是……”

她惊得话都说不完整了。

“那盆花被人下了毒，催发了华丫头的心血。”英亲王妃简单地道，“你想想，昨日你我观察这盆花时还有什么人在场？”

春兰脸色发白地看向谢芳华，好半晌才平息下了惊骇：“您是说那盆金玉兰？”

“嗯。”英亲王妃道，“你仔细想想。”

春兰低头仔细地想：“昨日……刘侧妃、府中的丫鬟、婆子、小厮，除了落梅居的人外都调动了。”说罢，她道，“难道是刘侧妃下的毒？”

英亲王妃脸一寒。

春兰又立即说道：“不对，您是说咱们在仔细观察金玉兰时有谁在场，那就不是刘侧妃，当时咱们在看那盆金玉兰时，刘侧妃早已经出去安排别的事了。”说罢，她忽然想起了什么，一惊，“难道……不可能……”

英亲王妃看着她：“谁？”

春兰向外瞅了一眼，脸色发白，压低声音：“您和奴婢观察完那盆金玉兰，是吩咐翠荷抱出去的。”

英亲王妃顿时看向外面。

内室的门紧紧地关着，她们在内室说话时声音小，外面隔着几间屋子和画堂，外面的人若是规矩地守在门口应是听不见。

英亲王妃沉默片刻，低声问：“你确定？”

“奴婢确定，难道真是……”春兰看着英亲王妃，低声说，“她可是除了奴婢外王妃最信任的丫头呀，王妃都已经给她选好了婆家，准备放她出去嫁人的，而且那户人家的公子是个举人，有些才华，她嫁去做的是妻，不是妾，她也是极其中意的。她不该……不该害小王妃才对。”

英亲王妃没说话。

春兰继续道：“可是除了奴婢和她，当时奴婢真不记得还有什么人在场了。”

英亲王妃偏头看向谢芳华。

谢芳华也没想到春兰说的是翠荷，翠荷的确是除了春兰外英亲王妃最信任的人，很多事情英亲王妃都会交给翠荷去做。见英亲王妃看来，谢芳华道：“翠荷是在外面吗？娘何不将她叫进来问问？”

英亲王妃点了点头，对春兰说：“你出去将她叫进来。”

“是。”春兰走了出去。

她刚走到外间，便啊地叫了起来。

英亲王妃一惊，立即快步走了出去，人未到声先出去了：“发生什么事了？”

春兰惊骇的声音止住了，回头见英亲王妃已经快步走出来，春兰伸手指着门口：“王妃，您……您看，她……”

第三十五章
雷霆彻查

英亲王妃看向门口，只见翠荷七窍流血已经死在了门外，她面色一沉：“什么人干的！”

春兰说不出话来。

“来人！”英亲王妃大喝。

府中的侍卫立即从暗处现身。

“你们可看到是什么人杀了她吗？”英亲王妃恼怒地问，她怎么也没想到，这么短短的工夫翠荷竟然惨死在了门口，而且没有丝毫动静。

侍卫们也吓了一跳，齐齐摇头。

一人道：“回王妃，属下们一直守在院外，没见到什么人过来。”

“难道是武林高手？”英亲王妃问。

一人又回话：“即便再厉害的武林高手，要在青天白日之下杀人，也会有动静，属下等人没听到任何动静。这样的白日，想要做到来去无踪地在王妃的院子里杀人并不容易，若真是高手的话，那此人的武功应该比小王爷还要厉害。”

英亲王妃闻言，问道：“比铮儿还要厉害的武林高手，整个南秦有几个？”

“几乎没有。”那人道。

“所以，应该不是武林高手杀人的。”英亲王妃一边说话，一边打量着外面。

因为春兰的一声尖叫，院外的丫鬟、婆子、小厮们都被惊动了，齐齐从各处跑出来聚在院外，见翠荷仰倒在门口，七窍流血死相凄惨，都吓得脸色发白腿发软。

英亲王妃将众人扫视了一圈，怒道：“刚刚都有谁在外面，可看到了翠荷是怎么死的？”

众人齐齐摇头，无人说话。

谢芳华从内室走出来，见英亲王妃气得脸色铁青，她道：“娘，我来看看。”

英亲王妃立即回头：“你怎么下地了？快回屋子里躺着。”

“无碍的。”谢芳华道。

“春兰，扶着小王妃。”英亲王妃连忙吩咐春兰。

春兰应了一声，连忙扶住谢芳华。

“扶我上前，我看看翠荷。”谢芳华道。

春兰点点头，扶着谢芳华来到翠荷身边。

众人看着谢芳华，发现她的脸色极其苍白、身体极其虚弱，像是得了大病一样。早先见谢芳华来正院的人不解，半个时辰前小王妃的气色还是极好的。

不过无人敢问。

谢芳华将翠荷的尸体上上下下检查了一遍，直起身对英亲王妃道：“是虫蛊之术。”

英亲王妃一惊：“虫蛊之术？”

“嗯，和范阳卢氏的子嗣的死一样，是虫蛊之术。不过，这个虫蛊之术更霸道，使人七窍流血而死。”谢芳华道。

“到底是什么人给她下的虫蛊之术？”英亲王妃握住谢芳华的手。

谢芳华没说话。

英亲王妃怒道：“竟然有人对英亲王府的婢女下虫蛊之术使其惨死在我门外，去请王爷立即回府。”

“是。”喜顺闻信赶来，也吓得脸色发白，闻言连忙去了。

“去将大公子、大少奶奶、刘侧妃，以及府中的所有人都请到这里来。”英亲王妃又吩咐。

“是。”有人立即去了。

“春兰，去取府中所有人的名册，我要点人。”英亲王妃又吩咐。

“是。”春兰慢慢地松开谢芳华，转身去了。

英亲王妃伸手握住谢芳华的手。

谢芳华清晰地感觉到英亲王妃的手指在抖，她轻轻地握了握：“娘，我没事、您没事就不可怕，您别急。”

英亲王妃回握住她的手，转身拉着她进了里面，坐在椅子上，对她道：“竟然在光天化日之下发生这样的事，如何不让人心里发寒？娘不是害怕，是觉得竟然连咱们府里也不安全了。”

谢芳华抿唇：“有些作恶的东西一日不除，天下便哪里都不安全。”

英亲王妃闻言想到了什么，点了点头不再说话。

大约两炷香后，刘侧妃、卢雪莹，以及府中的一众侍妾、丫鬟、婆子、小斯都聚到了正院。

刘侧妃和卢雪莹在门口时遇到了，对看一眼，都不解地摇摇头，一同走了进来，当看到门口惨死的翠荷时齐齐吓了一跳，刘侧妃更是惊呼出声，卢雪莹虽然也吓了一跳，但没像刘侧妃一样惊呼出声，伸手扶住了刘侧妃。

刘侧妃定了定神："王妃姐姐，出了什么事？"

"你们来了？进来说话。"英亲王妃示意二人进来。

二人迈过翠荷的尸体进了画堂。

卢雪莹扶刘侧妃坐下，立即对谢芳华关心地问："弟妹，你怎么了？怎么看起来……"

谢芳华还没开口，英亲王妃便将今日发生的事简略地说了一遍。

"可要紧？可请了太医？"卢雪莹立即问。

"以她的医术自然用不着请太医。"英亲王妃道，"可是着实伤着了，她的身子本来就不好，不知道是哪个心狠手辣的人，竟然要害她的性命。"

"王妃可请了衙门的人？让衙门的人来查，到底是什么人，竟然敢在咱们王府害人。"卢雪莹道。

"等王爷和大公子回府后再说吧。"英亲王妃摇摇头，"虫蛊之术，衙门的人不见得彻查得了。"

卢雪莹点了点头，对谢芳华关心地道："弟妹，你这副样子让人看着实在担心，还是快去熬药服下才是。"

"对，什么也不及你的身子重要。"英亲王妃立即道，"你快开个方子，先熬药。"

谢芳华点点头。

卢雪莹站起身，亲自将纸、笔递到谢芳华的面前，谢芳华提笔写了个药方，对外面喊："侍墨。"

"小姐。"侍墨也吓坏了，立即走了进来。

"你拿着药方去熬药。"谢芳华将药方递给了她。

侍墨点点头，立即去了。

英亲王妃知道侍墨是谢芳华信任的人，就没说什么。

过了片刻，喜顺匆匆跑了回来："王妃，王爷和大公子说这就回府。"

英亲王妃点点头，将名册递给他："你去点名，看看府中的人都到齐了没有。"

"是。"喜顺立即拿着名册去点名了。

英亲王府仆从众多，足足点了一炷香的时间，喜顺才将名册点完。喜顺将名册交还给英亲王妃："回王妃，人都在，除了已经死了的翠荷，以及王爷和大公子的随从外都到齐了。"

英亲王妃点头。

这时，英亲王和秦浩从外面匆匆走了回来，一眼便见到正院立满了人，门口横躺着七窍流血惨死的翠荷，面色齐齐一变，急急走进屋。

英亲王立即问英亲王妃："出了什么事情？"

英亲王妃将谢芳华受伤、翠荷惨死的事情说了。

英亲王立即转向谢芳华，见她脸色苍白，面色极差，嘴角还依稀有没擦净的血，立即紧张地问："可有大碍？"

"爹放心，无碍。"谢芳华摇摇头。

"什么人竟敢于光天化日之下在王府害小王妃、杀人！"英亲王恼怒，"喜顺，去查……"

他话音未落，外面便传来一声高喊："皇上驾到！"

英亲王话音一顿，看向英亲王妃："皇上来了？"

英亲王妃偏头看了谢芳华一眼，说道："皇上应该是得到信儿了，快去请皇上进来。"

英亲王闻言带着秦浩、刘侧妃、卢雪莹等人迎了出去。

英亲王妃并没有跟着出去，她不放心谢芳华，留在屋里陪着谢芳华。

秦钰今日并没有乘坐玉辇，而是骑马出的皇宫，身后跟了一队禁卫军。

他来到英亲王府门口，连马也没下便径直纵马冲进了府门，向府内而去。

小泉子气喘吁吁地跟在他身后，只来得及高喊一声"皇上驾到"，便见秦钰已经进了内院走得没了踪影。

英亲王等人刚来到正院门口，便见秦钰纵马而来，众人齐齐一怔。

秦浩先反应过来，连忙跪下："皇上……"

刘侧妃、卢雪莹等人也连忙跪在地上。

秦钰来到正院门口，勒住马缰绳，翻身下马，对秦浩等人摆摆手："免礼。"说罢，他便问英亲王，"大伯父，芳华怎么样了？"

英亲王这是第一次见秦钰如此紧张、失态，他惊了片刻，定了定神，连忙说道："她说无大碍……"

"她如今在哪里？"秦钰说着便已经疾步进了正院。

"就在屋里。"英亲王连忙跟上他。

秦钰脚步不停地冲进了正院，然后进了画堂。

秦浩、刘侧妃、卢雪莹等人齐齐起身，对看一眼，暗暗猜测谢芳华在皇上心中的地位。

秦钰迈进门槛，迈过地上翠荷的尸体，一眼便看到了谢芳华脸色苍白、气色极差。他的薄唇紧紧地抿了抿，走到她跟前，压低声音问："你怎么样？"

谢芳华摇摇头："我没事。"

"当真？"秦钰看着她，明显不信。

"自然是真的，我怎么会拿自己的身体开玩笑？"谢芳华点头，"你放心吧，真没事。"

"你这副样子怎么可能没事？"秦钰盯着她，"来人，去把所有的太医都给朕叫来。"

"是。"小泉子刚到院门口，听到秦钰的吩咐立即转身又跑了出去。

谢芳华立即道："我自己就是医者……"

"你这个医者我信不过。"秦钰不留情面地道。

谢芳华失语。

英亲王妃闻言点点头："刚刚我便说请太医来看看，一想华丫头比太医的医术高便作罢了，但是她只说没事，也不说具体是什么情况，她这副样子我这心也放不下，还是请太医来看看较好。"

谢芳华无奈地看了英亲王妃一眼。

秦钰对谢芳华道："你先将手给我，我给你把把脉。"

"你懂医术？"谢芳华看着他。

"号脉还是会的。"秦钰道。

谢芳华将手递给他。

秦钰给她号脉，刚一碰到她的脉搏，他的脸便沉了下来，怒道："你这是没事？"

"这些日子的伤白养了而已，若说大事，自然是没有的。"谢芳华道。

"身体都虚弱成这个样子了，怎么能叫没事？"秦钰冷下脸来，"难道要了命才是大事吗？"

谢芳华摇头："还不至于要我的命。"

"你还是别说话了。"秦钰挥手，"来人，将她送回落梅居养伤。"

立即有人上前。

谢芳华连忙摆手："地上躺着的惨死的人是中了虫蛊之术，我不在这里谁来……"

"朕会彻查。"秦钰制止她。

谢芳华无奈："我不说话就是了，我就坐在这里真无碍的，我也想知道是什么人害我的。"

“少废话！”秦钰不为所动。

谢芳华顿时生气了：“我回落梅居心下也不踏实，就算你是皇上也不该这么霸道。”

秦钰一噎。

“你可不能动气。”英亲王妃连忙出声，对秦钰道，“华丫头说得也有道理，把她送回落梅居她心下也惦记着，不如就让她在这里跟着查查。更何况太医稍后就来了，我们不放心她的身体，还得跟去落梅居看个究竟。而且她刚刚吐了不少血，还是不要对她强硬的好，免得气血再上涌而加重病情。”

秦钰闻言缓和了语气：“那你先去榻上躺着。”

谢芳华这回顺从地点了点头，也知道秦钰是为了她好。

英亲王妃连忙吩咐春兰：“扶她去软榻上。”

春兰连忙扶了谢芳华去了不远处的软榻上，帮她拿了靠椅和薄被让她倚好。

秦钰见谢芳华躺好，回转身问英亲王妃：“大伯母，这是怎么回事？”

英亲王妃看了一眼屋内的人，想了想说道：“刘侧妃、大公子、雪莹、春兰留下，其余的人都出去吧。”

两名正端茶过来的婢女立即退了出去。

刘侧妃心里感动，英亲王妃没将她、大公子、卢雪莹当外人，连忙道：“王妃，若是隐秘之事，妾还是不听了，妾也出去吧。”

“有些事，不知虽然有不知的好，”英亲王妃点头，“但是都是一家人，今日我这里发生了这样的事，说明咱们王府也不是安全之地。你还是留下吧，以后指不定会发生什么，你们今日知道些事情，以后凡事也会多加小心。今日我和华丫头就是栽在了这不小心上，中了别人的圈套。”

刘侧妃闻言点了点头，没出去。

喜顺将翠荷的尸体拖开后关上了房门。

英亲王妃将今日发生之事一一说了。

虽然只有短短几句，但是几人听了，却觉得惊心动魄。

尤其秦钰，对谢芳华恼怒地说道：“你的脑子哪里去了？怎么竟然这么不小心？这样的事情，岂能轻易去碰那盆花？”

谢芳华看着秦钰，揉揉眉心，她当时因为想到了云澜哥哥，她这些日子就在查他的下落，所以当英亲王妃十分确定那盆花昨日没骨朵儿时，她首先便想到了他，便伸手去试了。以她的性情，这样的事情就算早先料到有危险，她顶多会提前防范，不会被算计、伤到，或者伤得轻，即便现在想来，也是会去动手试的。

只是她的确大意了，或者说，背后人步步算计算得太准了。

秦钰骂她也是没错的，身体总归是她自己的，多少人关心她，让她养好身子，她也处处小心翼翼，可是还是让这些日子的伤白养了。

“别怪华丫头，这事说起来还是应该怪我。”英亲王妃自责不已，“我将那些花都扔掉，这府中再不养花了。”

“若是有人有心加害，不是花也能是别的东西，我们防不胜防。娘快别自责了，您喜欢花也没错，是我没想到而已。”谢芳华连忙道。

“如今不是责怪谁的时候，还是要查出凶手。”英亲王半晌没说话，此时出来解围。

秦钰的面色缓和了下来：“先看诊，等太医来了再说。”说罢，他一撩衣摆坐下，“朕今日就把英亲王府的事情查清楚了再回宫。”

英亲王和英亲王妃都无异议，秦铮出京了，有秦钰在这里彻查，他们也放心。

不多时，小泉子便带着一众太医匆匆来到。

秦钰吩咐，让他们全进来，挨个儿给谢芳华诊脉。

谢芳华看着一下子进来了二十几个人，无奈地伸出胳膊。

秦钰抽出绢帕，搭在谢芳华的手腕上，太医们挨个儿上前给谢芳华诊脉，每个人诊完脉都是心惊肉跳的。

两炷香的工夫后，众人都诊完脉了。

秦钰道：“你们说说，她身体如何？”

众人对看一眼，一人上前：“回皇上，小王妃心血溃散、精骨虚乏，大不妙呀。”

又一人上前道：“回皇上，小王妃除心血外，经脉似有枯竭征兆。”

又一人上前道：“回皇上，小王妃脾肾受损极重，心血有不足之兆，若是再不想办法调养，恐有碍性命。”

又一人上前道：“回皇上，小王妃内腹受了重伤，肝肺皆燥，心脉极其虚弱。而小王妃的生命之源在消逝，经脉确实有枯竭之兆。”

“……”

众人你一言我一语，总之谢芳华从头发到脚趾无一处是好的。

秦钰虽然早有所料，但脸色还是越听越沉。

谢芳华想着，太医也不全是废物，至少能从脉象上诊出她身体确实极差。

英亲王妃没想到谢芳华的身体竟然这么差，什么叫作经脉有枯竭之兆？这也就是说谢芳华的生命在消逝呀。她的脸色一时间变得比谢芳华的脸色还白了。

英亲王的脸色比英亲王妃好不了多少。

刘侧妃、秦浩、卢雪莹也没想到谢芳华的身体情况如此糟糕，他们三人的脸色也不好看，无人出声。

谢芳华若有事，意味着秦铮也活不成，对于这一点他们心里比谁都清楚。

谢芳华揉揉眉心，打破沉寂："其实也没有太医们说的这么严重，大夫向来不都是有三分病便说成七分吗？你们放心，我自己开药方调养一阵子就好。"

太医们顿时齐声说道："小王妃，下官们可不曾虚言半句呀，您的身体比我们所说的更严重。"

"行了，你们下去吧。"秦钰摆手。

太医们齐齐告退，走了出去。

秦钰沉着脸问谢芳华："你可开药方了？"

"已经开了，侍墨去煎药了。"谢芳华道。

秦钰点点头，对外面喊："月落！"

"皇上！"月落应声而出。

秦钰转头对英亲王妃道："大伯母，王府的所有人都已经在这里了吗？"

"都被我叫来了，喜顺已经点过人数了，一个不少。"英亲王妃道。

"将名册给我。"秦钰道。

英亲王妃立即将名册递给秦钰。

秦钰站起身，拿着名册走了出去。

英亲王、秦浩等人立即跟了出去。

秦钰将名册递给月落，同时从怀中拿出一个东西递给月落，沉声吩咐："你来查，将王府的每一个人都给朕查一遍，朕倒要看看还有谁的身上藏有虫蛊。"

"是。"月落拿着名册应是。

秦钰站在门口，看着月落点名，月落每点一个便拿着秦钰给他的东西对着那人的心口。

英亲王看到月落手里拿着一个类似钵的东西，低声问秦钰："皇上，那是什么？"

"是初迟给朕的吸蛊虫蛊，能检验出是否有人中蛊，也能吸出虫蛊。"秦钰道。

英亲王知道初迟是谁，初迟随谢墨含去漠北了，他颔首不再多问。

半个时辰后，月落彻查完，对秦钰摇头："回皇上，再无人中蛊。"

"谁平时与死去的这个翠荷交好？"秦钰又问。

有一名婢女走出来，跪在地上："奴婢翠莲，寻常与翠荷走得近些。"

"她中了虫蛊之术，你可清楚？"秦钰问。

翠莲摇头："奴婢不知。"

秦钰看着她："除了你，她寻常还与什么人有交往、走得近？"

翠莲道："翠荷与奴婢都是王妃跟前的大丫鬟，翠荷寻常待人平和，比奴婢讨喜，也不会去说错话得罪什么人，和府中的人都能说上几句话，主子们、下人们也都比较喜欢她。”顿了顿，她又补充道，“因为兰姨一直跟在王妃身边，外客来了，待人接物、侍候茶水、送客出府，王妃有差遣都会选翠荷和奴婢。”

秦钰道：“也就是说，无论是在府内还是在府外，她都吃得开？”

翠莲点头。

“这府内府外，除了你，可还有与她走动得特别密切的人？”秦钰又问。

翠莲想了想，道：“去年，王妃给翠荷选了一门亲事，王妃待我们极好，给翠荷选的亲事也是让翠荷看过，翠荷点头之后才定下来的，说今秋完婚，那家人就住在城内。寻常她不当值时，就会去那边走动。”

秦钰吩咐：“小泉子，带着人去将那家人都给朕叫来。”

“是！”小泉子立即去了。

秦钰又问翠莲：“这两日，你可发觉翠荷有什么异常的地方？”

翠莲想了想，摇摇头：“昨日赏花会时，王府上下的人皆是十分忙碌，奴婢没发觉翠荷有哪里不对劲……”说罢，她忽然道，“对了，今日本来是翠荷休息的日子，往常她休息时都是要去未来婆家走动的，她说昨日太累了今日就不去了。”

“昨日她和什么人有过交谈、接触？”秦钰又问。

翠莲想了片刻，摇摇头：“昨日奴婢二人协助王妃和刘侧妃待客，与每个人都会说上几句话。昨日太忙了，奴婢也没注意。”

“好了，你下去吧。”秦钰对她摆手。

翠莲退了下去。

秦钰又对月落吩咐：“你带着人将整个英亲王府彻查一遍，不要放过任何可疑的地方。”

“是。”月落立即去了。

秦钰转回身，又走回屋里，对陪在谢芳华身边的英亲王妃道：“大伯母，昨日都有什么人来府里了？”

英亲王妃立即说道：“春兰，你和喜顺去拟名单。昨天都有哪些人来过，你们两个人最清楚。”

“是，王妃。”春兰立即去了。

秦钰转回身，又坐回椅子上，冷着脸道：“英亲王府是什么地方？比皇宫还戒备森严，明里有护卫，暗处有隐卫，外面的高手就算飞了进来，也会有痕迹留下。若无痕迹留下，那么就是昨日进府的人，朕就不信查不出来。”

众人都觉得有理，都不言声。

秦钰又怒道：“让朕查出来的话，朕定将他碎尸万段。”

谢芳华看着秦钰，没说话。

英亲王妃拍拍谢芳华的手，冷下脸来：“我也赞成皇上这句话，昨日来府的人，除了荥阳郑氏的人，都是与我和华丫头交好之人，若是参加赏花会的人干的，我也饶不了他。”

不多时，喜顺和春兰便拟好了昨日过府的人的名单，除了男客、女客，还有随同而来的丫鬟、小厮。

秦钰拿过名单从头到尾扫了一眼，面无表情地放下，没再说话。

两盏茶的工夫后，月落禀告：“回皇上，英亲王府并未有外人闯入的痕迹，也没发现任何异常。”

秦钰眯了眯眼睛，对小泉子吩咐：“拿着这份名单，将这上面的所有人都给朕叫来。”

“是。”小泉子立即下去了。

秦钰转身对英亲王妃道：“大伯母，您再仔细想想，昨日什么人让您觉得不对劲？”

英亲王妃点点头，低头寻思了片刻，叹了口气：“昨日人多，如今挨个儿想来也想不出有谁不对劲。”

秦钰闻言看向谢芳华。

谢芳华道：“只凭推敲和臆测，总有不准确之处，还是等着调查的结果吧。”

秦钰看着她：“你是不是已经猜测到是谁做的了？”

英亲王妃立即转过身：“华丫头，是谁？”

谢芳华摇摇头：“没有。”

秦钰和英亲王妃不再说话。

侍墨此时将熬好的汤药端了进来，拿起汤勺搅拌，要喂谢芳华。

谢芳华摇摇头，伸手接过碗，端起来仰头喝了。

卢雪莹见了，有些敬佩地道：“弟妹喝药如喝水一般，若是给我这样一碗药，我得磨蹭半个时辰才会喝下去。”

谢芳华将空碗递给侍墨，对卢雪莹笑了笑。

侍墨接过空碗，倒了一杯清水给谢芳华。

谢芳华喝了一杯清水后，英亲王妃道：“将各府的人召来需要些工夫，你先闭目休息一会儿。”

谢芳华点点头，倚着靠枕闭上了眼睛。

她刚闭上眼睛，燕亭、李沐清、程铭、宋方等人便脚步匆匆地进了府，由喜顺领着进了正院。

燕亭当先迈进门槛，先看到秦钰，匆匆对他见了礼，便转头看向了在不远处的软榻上躺着的谢芳华，疾走几步来到她面前关心地问：“我听说你出事了，怎样？你可有大碍？”

李沐清也走上前来，看着谢芳华，皱眉道：“你向来小心，怎么会出这样的事情？这副样子看来是心血之伤了。”

程铭、宋方也上前，齐齐问：“秦铮兄呢？他怎么不在？他去了哪里？”

四人是实打实地关心。

谢芳华摇摇头。

英亲王妃道：“你们四人来得正好，皇上正在彻查昨日赏花会上到底是谁对我那盆金玉兰动了手脚。”

四人齐齐看向英亲王妃。

英亲王妃简单地说了经过。

燕亭听罢大怒：“北齐筹备出兵，漠北边境多少人日日提着心，我南秦京城近来好不容易平静下来，竟然又有人出来搞鬼害人，着实可恨。”

“此事非同一般，一定要仔细严查。”李沐清道，“内乱不平，江山可危。芳华的性命干系甚大，背后人兴许就看准了这一点，才步步算计，让她在没防备之下受害。”

“什么人这么聪明？”程铭挠挠头，看向秦钰，“皇上，你说排除外面的高手，一定是昨日进府之人了？”

秦钰点头：“月落没查出痕迹，定然是堂而皇之进府之人。毕竟，英亲王府守卫森严，比皇宫还像铜墙铁壁。”

“也难免有疏漏呀。”宋方道。

谢芳华摇摇头：“不会，自从我和秦铮回府后，因为我的身体极差他又要外出，他不放心我，就在英亲王府暗处又加了一层护卫。目前算起来英亲王府里里外外共有三层守卫，什么人能无声息地闯进来？”顿了顿，她道，“连皇上怕是也做不到。”

秦钰摇头：“做不到。”

“所以，一定是堂而皇之进府之人。”谢芳华道。

众人闻言点了点头。

昨日来赏花的人都是京中贵裔圈里的夫人、小姐、公子，外加荥阳郑氏的三人。

众人想着，莫不是荥阳郑氏的人？毕竟荥阳郑氏的人刚入京，郑孝扬便做出了那等事。

而京中贵裔圈的这些夫人、小姐、公子，都是一直以来居住在京城并与英亲王府交好的人，若是他们中的谁加害的谢芳华，那着实可怕。

“太后驾到！”外面传来一声高喊。

英亲王妃一怔，看向春兰：“你将太后也列入名单了？”

春兰摇摇头："不曾列入。"

秦钰道："应该是母后得到消息之后也出宫了。"说罢，他对秦浩道，"大堂兄去迎吧，其余的人就不必出去迎了。"

"是。"秦浩连忙走了出去。

不多时，太后来到正院，众人起身拜见，她看向英亲王妃："我在宫里听说小王妃出事了，事情牵扯到昨日的赏花会，我便也带着昨日跟随我来王府的人来看看。"

英亲王妃点点头。

太后看向谢芳华，吓了一跳："这孩子怎么伤成这个样子了？"

谢芳华暗暗叹息，如今她觉得应对他人的关心比查凶手要累人得多，只能回道："并无大碍，没伤到根本。"

她说罢，秦钰冷哼了一声。

太后转头看了秦钰一眼，见他冷着脸，她道："无大碍就好，有人竟然在王府生事，必须彻查。连王府都不安全了，天下哪里还安全？"

英亲王妃点了点头："我也是这么想的。"说罢，她请太后入座。

太后坐下，问道："小王爷呢？"

"外出了。"英亲王妃道。

太后也隐约知道秦铮是去做什么了，便没再多问。

半个时辰后，昨日前来参加赏花会的人陆续进了英亲王府，荥阳郑氏的郑轶和郑诚也来了。

屋中自然装不下这么多人，英亲王妃命人在院外安排了座位。

众人都坐到了院中。

谢氏六房的明夫人带着谢伊来到，见到谢芳华的样子后都吓得够呛。

燕岚和金燕来得最早，匆匆进了屋，看到谢芳华的样子后，二人纷纷担心询问。

金燕道："我刚刚进府，屁股还没坐热，便听说你出事了。"

燕岚拉过谢芳华，悄声说道："是不是李如碧害的你？昨日我就与你说了李如碧不对劲，给人的感觉怪怪的，她突然不闹着要出家了，出府后就跟什么都没发生过一样。你看，今天你就出事了吧？"

她说这些话时虽然刻意压着声音，但屋中的人都耳聪目明，自然听了个清清楚楚。

秦钰顿时向燕岚看来。

李沐清也立即看了过来。

燕亭、程铭、宋方，就连英亲王妃、太后也都隐约听到了，齐齐看过来。

谢芳华立即道："别乱说话。"

燕岚不满："我没有乱说话，昨日我与你说的时候，你还说她也许彻底放开了，可是以她的性情，怎么会彻底看开？她一直想着、念着秦铮，如今你们和好了，她肯定是对你……"

谢芳华立即皱起眉，加重了语气："燕岚！"

燕岚不甘心地道："好，好，你不愿意将人心往坏处想，我不说就是了。"

谢芳华不再说话，她不是不愿意将人心往坏处想，只是不能做这种没根据的臆测，毕竟李如碧是李沐清的妹妹。

秦钰忽然问道："右相夫人和李小姐可来了？"

小泉子立即回答道："回皇上，右相夫人来了，李小姐因为昨日被郑二公子所伤便没有过来。"

秦钰看向李沐清。

李沐清正了正神色："妹妹伤的是脸，不是手脚。"说罢，他对他的随从吩咐，"去请小姐来这里！"

"是。"随从立即去了。

右相夫人听说要去请李如碧，她走到近前给秦钰、太后见了礼，对李沐清说："你妹妹的脸有伤，万一着了风……"

"这里有大夫，仔细看顾的话，她的脸无大碍。"李沐清道，"昨日来过的所有人都来了，她怎么能不来？今日出的事很大，娘可别犯糊涂。"

右相夫人见到谢芳华脸色苍白、身体虚弱地躺在软榻上的模样时，也着实吓了一跳，住了口。

不多时，李沐清的人便带着李如碧来了英亲王府。

与她一同来的还有郑孝纯，郑孝纯走路一瘸一拐，显然是因为跪得太久了。

众人都来了。

秦钰走出房门，吩咐月落："给每个人验身。"

月落应是，拿着初迟给秦钰的吸蛊之物去了。

月落先来到翠荷的身前，将钵放在她的心口，片刻后钵里动了一下，他起身走向众人。

众人从来没见过这个东西，只看到月落木着脸将钵放到受检验的人的胸口，都不自觉地紧张起来。

左相夫人、右相夫人、大长公主、明夫人，甚至太后依次接受了检验。

荥阳郑氏的郑轶、郑诚、郑孝纯三人也都接受了检验。

金燕、燕岚、谢伊、燕亭、李沐清等众人也接受了检验。

最后接受检验的人是李如碧。

第三十六章
背后之人

李如碧的脸上蒙着面纱，使人看不见她的样貌。

月落将钵靠近李如碧的心口，钵体里面忽然动了起来，月落面色一沉，转头看向秦钰。

秦钰冷下脸来：“将钵打开。”

月落听从吩咐打开了钵。

一只白色的小虫子嗖一下穿透李如碧的衣服，没入了她的心口。

李如碧啊的一声叫了起来，捂着心口踉跄了一步。

右相夫人面色大变，立即上前一把扶住她：“碧儿！”

李如碧虽然蒙着面纱，但是人们依然能感觉到她的表情十分痛苦。

右相夫人立即看向秦钰：“皇上，进入碧儿身体的是什么东西？快让它出来。”

秦钰的脸色又沉又冷，没说话。

右相夫人又立即看向李沐清。

李沐清的脸色十分难看，也没说话。

右相夫人干着急，求救地看向英亲王妃：“王妃，不可能是碧儿害的小王妃，她昨日一直与我在一起……”

英亲王妃看着李沐清，她的脸色也极其难看，没说话。

“小王妃……”右相夫人又看向谢芳华，“昨日是我太激动了，是我不对，我对你态度不好，但是真不是碧儿……”

谢芳华暗暗叹了口气，看着李如碧痛苦的模样，没看右相夫人，话却是对她说的："月落手里拿的是吸蛊，传自魅族。这种虫蛊有两种特性，一种是喜欢身体里中有虫蛊之人，一种是但凡与虫蛊有接触的人，都会被它闻到，进而被它喜欢上。"

右相夫人面色一变，转头看向李如碧："碧儿？"

李如碧疼得说不出话来，若没有右相夫人扶着，她就要倒在地上了。

谢芳华转头看向李沐清，见他的薄唇紧紧地抿着，眸色极为黑沉，她对月落说道："将吸蛊之虫收回来吧。"

月落看向秦钰。

秦钰沉着脸对他点点头。

月落轻轻敲了两下钵，一条血色的小虫嗖一下从李如碧的身体里爬出来，跳回了钵里。

李如碧的痛苦顿时消失了，但身子一软，右相夫人没扶住她，她跌坐到了地上。

谢芳华看着李如碧道："你体内有与翠荷同样的虫蛊，吸蛊进入你身体前是白色的，出来时是红色的，因为它把你身体里的虫蛊给吃了。"说罢，她叹了口气，"我实在不明白，秦铮从来没有给你希望，即便没有我他也不会娶你，你为何非要如此做？这样既折磨了你自己又害了我。"

李如碧抬起脸，透过面纱，一双眸子看着谢芳华，眼中有凄凉也有绝望。

这样的一双眼睛，任谁看了都觉得惊心。

"碧儿，你怎么会……身体里怎么会有虫蛊？怎么会有这种东西……"右相夫人惊骇得难以置信，死死地瞪着李如碧，"是不是弄错了？"

李如碧没答话，只是看着谢芳华。

别人也没有回答右相夫人的话。

英亲王妃站起身，看着李如碧："好好的一个女儿家，你怎么非要钻牛角尖？刚刚燕岚丫头说起你不对劲时，我突然就想起了那日拟名单邀请来客时，翠荷提起你时神色似有不同，我没往深处想。果然是你指使翠荷，来害华丫头的？我也是不敢信的。"

"是什么人往你身体里放了这个东西？你告诉娘，虽然你身体里有这个东西，但不是你联合翠荷害小王妃的对不对？小王妃受伤跟你没关系对不对？"右相夫人颤抖地问李如碧。

李如碧依旧不语，只是看着谢芳华。

右相夫人恼怒，伸手推她："你快说呀！"

李如碧的身子被右相夫人推得晃了两下，她收回视线，看向右相夫人。

右相夫人期待从她口中听到否定的话。

李如碧闭了闭眼睛，冷冷地开口："娘，让您失望了，翠荷跟我有关系，就是我害的谢芳华。"

右相夫人眼前一黑，晕了过去。

李沐清上前一步，眼明手快地接住右相夫人，他沉着脸看了李如碧一眼，对随从吩咐："来人，送夫人回府。"

"是。"随从立即上前，将右相夫人带了出去。

随从送走右相夫人后，李沐清低头看着李如碧。

李如碧慢慢地抬起头，看着李沐清。

李沐清对上她的眼睛，沉声说道："妹妹，你太让我失望了。"

李如碧忽然哭出声来。

李沐清转过身，慢慢地跪在地上，对秦钰道："请皇上责罚，右相府愿代受其过。"

秦钰黑着脸看向李如碧："朕问你，你为何要加害小王妃？"

李如碧哭着说不出话来。

秦钰站起身，走近李如碧，站在她面前一步的距离，看着她："右相府小姐李如碧，大家闺秀的典范，文采出众、仪容出众，先皇甚喜，太后甚喜。南秦京中上下，提起闺阁小姐必提你的名讳。朕也想知道，你是为何？难道只是因为秦铮不喜欢你，你便不顾右相府的声誉，做下害人之事？"

众人闻言都看着李如碧，谁也没想到竟然是这位李小姐害的小王妃。

李如碧哭了半晌，忽然直起身，对秦钰道："不错，我就是为了秦铮，我做的事情我自己承担。与右相府无关，求皇上饶过右相府诸人。"

"你拿什么来求朕？"秦钰怒道。

李如碧看向秦钰，说道："皇上怎么不想想，我怎么会有虫蛊这种东西？到底是谁将它种在我身体里的？我虽然不喜欢谢芳华，恨不得她死，但凭我自己也奈何不了她，我的背后自然另有其人。"顿了顿，她道，"我一人做事一人当，就拿我知道的东西来换，皇上是明君，不该因为一个女人而牵连右相府诸人。"

秦钰眯了眯眼睛，看了李沐清一眼，沉声说道："好，你说。"

众人都看着李如碧，想着谁是背后指使之人，竟然能瞒着精明的右相和李沐清，利用李如碧对秦铮的倾慕之心来害谢芳华。

谢芳华看着李如碧，想着李如碧做出了这等事情，在来时应该就准备好了承受后果，所以，如今才能够在这么多人面前，冷静地与秦钰讲条件。李如碧昨日与众人玩笑，今日又头脑冷静，值得人敬佩。

李如碧见秦钰答应了，便开口道："数日前，也就是秦铮带着谢芳华回京的那一日，有一个黑衣人悄无声息地进入右相府找到了我，说要与我谈一笔买卖。”

秦钰看着她，没开口，听她继续说。

“那人说只要我配合，帮他杀了谢芳华，他就帮我得到秦铮。”李如碧继续说。

“什么样的黑衣人？”谢芳华问。

李如碧看了谢芳华一眼，没答她的话，继续道：“我虽然一直以来都很喜欢秦铮，但也清楚他的性情，我自然没应允。”

“你喜欢秦铮喜欢得都快疯了，有这样的好事，还能有骨气？”燕岚不满地质问道。

李如碧看了燕岚一眼：“我是快疯了，但还有脑子。”

“那你继续说。”燕岚一噎。

李如碧继续道：“那人听我一说，便放出一只虫子，我眼见着那只虫子进入了我的身体。我也如今日这样疼痛难忍，那人说我若不配合就杀了我，我对那人说，这笔交易我不做，他要杀就杀。”

“你的骨气可真值得人鼓掌，谁知道你说的是不是真的！”燕岚撇嘴。

“如今到了这个地步，我至于说假话？”李如碧冷冷地说道。

燕岚刚要反驳，金燕一把拽住她：“你别打岔，让她说。”

燕岚住了嘴。

李如碧继续道：“那人折磨我，见我宁死不从，便不再催动虫蛊，而是对我说：‘若是我，得不到的东西就毁去。既然你这么笃定夺不到秦铮的人和心，那么不如毁了他，让他和谢芳华一起死了算了。其实，要置谢芳华于死地很简单，你只需要动动手指头就可以。因为谢芳华身体里流着魅族圣女一脉的血液，她娘是魅族的圣女，她本来该与谢云澜结为连理，却执意嫁给秦铮。破坏了魅族天训，所以，你只要催动她的心血，创伤之下她不死也会丢掉半条命，我再稍微动动手指头，就能轻而易举地杀了她。她死了，已经与她血脉牵连的秦铮和谢云澜便都会死。’”

众人听着，心中齐齐掀起了巨浪。

谢芳华的娘是魅族的圣女，谢芳华身体里流着魅族的血液之事，知道的人也是少数，今日算是公开了。

众人齐齐看向谢芳华，见她脸色平静，并没有因此而想去掩饰什么。

无人再说话，都继续听着。

“我想着自己此生无望，却看着他们琴瑟和鸣，我肝肠寸断，连出家、远离也做不到，我自然不甘心，被他说动，与他达成了协议。”李如碧道，“我等了几日，便等来了赏花会，我依照那人的算计，联络了早已经被那人收买的翠荷，翠荷告诉我，王妃十分喜爱那盆金玉兰，于是，昨日赏花时，看到那盆金玉兰后，我便将那人交给我的药粉放到了金玉兰的枝丫上。”

英亲王妃恍然大悟：“原来是这样，是什么药粉竟然能让花一夜之间长出骨朵儿？”

“自然是催动谢芳华心头血外溢的药粉，那人给我的，我也不懂。”李如碧道。

“杀了华丫头，杀了铮儿，你心里就能畅快吗？”英亲王妃实在难以想象，这个温婉大气的女子，即便秦钰、秦铮不喜欢她，凭着右相府小姐的身份，以及她的名声，她也能风风光光地嫁个好人家，她怎么会这么爱钻牛角尖。

“杀了他们我也没想着活，快活不快活也不重要了。”李如碧看向地上躺着的七窍流血的翠荷，“若不是体内的虫蛊刚刚被钵里的吸蛊吃掉了，我怕是此时也如她一样惨死了。”

英亲王妃闻言，看了翠荷一眼，再说不出话来。

秦钰冷冷地说道：“你说了半天，只说了经过，对朕半丝用处都没有。”

“皇上急什么？我还没有说完呢。”李如碧道，“人人都当我为爱失去了理智，那黑衣人自然也是这样认为的。可是他不知道，我没失去理智。”说罢，她从怀里取出一张折着的纸，递给秦钰，“人人都知我琴棋书画样样精通，却不知道，我还会一样谁也不知道的本领，就是即便有人蒙着面出现在我面前，我也能勾勒出这个人的样貌，这是我画的那个人的样貌。”

众人齐齐一惊，没想到这右相府的李小姐竟然还有这样的本领，的确不曾听说。

秦钰闻言挑了挑眉，对小泉子道：“去拿过来。”

小泉子立即上前，从李如碧手里接过那张画纸。

秦钰拿到之后，打开，眯着眼盯着那幅画像看了半晌，转身递给谢芳华：“你看看。”

谢芳华伸手接过，眼睛也慢慢地眯了起来。

众人都看着二人，想着画上的到底是什么人。

英亲王妃凑上前来看了一眼，惊道：“这不是言……”话未出口，她摇头，“不对，看着像而已，却比他年岁要大。”

燕亭此时也凑上前来：“给我看看。”

谢芳华将画像交给了他。

燕亭看了一眼，睁大眼睛，难以置信地道：“不会吧，怎么是他？”

“给本王看看。”英亲王走上前。

燕亭立即将画像递给了英亲王。

英亲王看了一眼，眸色变深：“原来是他。”

“王爷您也认识？”燕亭立即问。

英亲王颔首：“李小姐画的这张画像，虽然不是那个人的十分样貌，但是眼睛和轮廓的神韵却是有十成，本王敢肯定是他。”

“是谁？”英亲王妃看向英亲王。

英亲王看向秦钰：“二十多年前，这个人出使南秦，本王前去迎接，已经迎了人，可是，在迎到的第二日，这人却突然暴病身亡了，查不出死因。因此，北齐找南秦要人，边境点燃了战火，那时候老王爷镇守漠北，挥军全力迎战，两国在边境打了三年。后来，两方都疲惫了战事才息止。两国议和，北齐要求南秦嫁一位公主过去，两国便重修旧好，毕竟南秦理亏，所以，南秦便也答应了。后来……”

他看了大长公主一眼：“长公主不同意嫁去北齐，忠勇侯府的小姐谢凤便代替她去了北齐。”

大长公主闻言想起今日金燕对她说的话，脸色有些难看，但也没接话而是垂下了头。

英亲王妃一惊：“你说的是当初出使南秦的北齐国舅玉兆天？他不是死了吗？”

“他还有一个双胞胎兄弟玉兆宴，他们是北齐玉太后的弟弟，玉兆宴生有一女，嫁入了北齐皇宫被封为玉贵妃，玉兆宴还有一子名曰玉言宸。”英亲王道。

英亲王妃唏嘘：“原来是他，怪不得我险些将他认成了言宸公子，原来是言宸公子的父亲。”

英亲王点头：“所以，他和言宸公子相像也不奇怪，若不是当年那件事情使得本王记忆深刻，本王也不会这么多年一直记着这副样貌。”

英亲王妃恍然大悟：“原来一直是北齐人在搞鬼。”

英亲王看向李如碧，想说什么，叹了口气终是没再开口。

李如碧看着秦钰：“皇上，这个可有价值？”

“这个人如今在哪里？”秦钰没答话，又问。

李如碧摇头：“我也不知，他怎么会让我知道他在哪里？”

“你总共见过他几次？”秦钰又问。

“两次。”李如碧道。

“最近一次是什么时候？”秦钰又问。

“昨日。”李如碧道。

秦钰眯了眯眼睛，转头看向谢芳华。

谢芳华也眯起眼睛，也就是说，这个人昨日还在南秦京城，至于今日，他若是知道事情败露了的话，是会离开南秦还是会留下？离开的话，他大半日能走多远？

不过他是言宸的父亲！

言宸可知道他父亲非要杀她不可？

她的心思转了片刻，对秦钰道："封锁南秦上下所有的关卡找他。"

秦钰颔首，对小泉子道："传令下去，封锁南秦上下所有的关卡，同时发布告示缉拿此人。"

"是。"小泉子连忙去了。

秦钰看了李如碧一眼，刚要开口外面便有一人匆匆进来，来人正是右相，他来到正院后扑通一声跪在了地上："老臣教女无方，请皇上治罪。"

秦钰看着右相，沉声说道："右相府的小姐做出这等事，怕是所有人都没想到。"顿了顿，他道，"若非朕相信右相府没有不忠叛国之心，仅凭虫蛊之术害王室宗亲这一宗罪，便足够将右相府满门抄斩。"

右相垂下头，悔恨不已："老臣惭愧。"

"不过朕已经答应李小姐，她拿出有价值的东西，朕便不再追究右相府的责任。"秦钰摆摆手，对他和李沐清道，"你们起来吧。"

右相跪地不起："老臣没脸再起，请皇上责罚。"

秦钰看着他道："朕不希望右相府再出此类的事情，你起来吧。"

右相闻言，叩谢圣恩："多谢皇上。"说罢，他便站起了身。

李沐清也慢慢地站起身来。

秦钰见二人起身，脸色蓦地一沉："右相府的其他人可以免于处罚，但是李如碧……"

"皇上！"谢芳华忽然开口。

秦钰转头看向她，冷着脸问："你要放过她？"

谢芳华还没说话，李如碧却大声说道："我愿意去死，不需要谁放过。"

谢芳华不看李如碧，而是对秦钰疲惫地道："算了，让右相和李公子将李小姐带回去吧。她已经被毁了容貌，所谓善恶终有报，我还想给自己积点儿福祉。"说罢，她对英亲王妃道，"娘，您说是不是？"

英亲王妃虽然恼怒，但见谢芳华不想追究，她只好点点头："既然芳华不追究，我也就没什么好说的了，皇上就让右相和李公子将李小姐带回去吧。"

"我不用你饶我，谢芳华，我早已经抱有死心，你饶我我也不会领情。"李如碧怒道。

右相又跪到地上："求皇上赐死这个孽女，老臣就当没生过她，她做出这等事情，险些害了小王妃和小王爷的性命，若是不赐死她，传扬出去，人人效仿，岂不是人人都敢害人了？皇上能不降罪于右相府，老臣已经感激涕零了。"

李沐清没再跪地，也没再言语。

秦钰想到了谢芳华放过李如碧的原因，脸色难看地摆摆手："既然小王妃说不追究了就罢了。右相，你带李小姐回府管教吧，朕以后不想再看到她。”

右相抬头看李沐清。

李沐清对秦钰深施一礼：“皇上，臣告退。”说罢，他当先走了出去，对随从吩咐，“来人，带小姐回府。”

立即有人上前，拖着李如碧将她带出了英亲王府。

右相只能站起身：“老臣告退。”

郑孝纯看向郑轶，郑轶瞥了他一眼，郑孝纯立即追了出去。

李沐清忽然在门口处停下脚步，对追出来的郑孝纯说道：“郑大公子还是别再黏着舍妹了，今日我便会安排舍妹去千里之外出家，大公子的代弟补偿便罢了。”说罢，他挥手点了郑孝纯的穴道，走出了正院。

郑孝纯顿时一动不动地站在门口。

郑轶见此，连忙追出来，见郑孝纯被点住了穴道，他伸手去解却解不开，又试了几下还是解不开，他求救地看向秦钰：“皇上，这李公子使用的手法实在是……”

秦钰轻轻挥手，郑孝纯的穴道立即被解开了，他沉声说道：“大公子护弟心切，右相府不再追究，既然如此此事便罢了。”

郑轶一听，连忙拱手：“多谢皇上。”

秦钰摆摆手：“如今已经查出真凶，诸位都散了吧。”说罢，他不但没离开，反而还进了画堂。

众人闻言，都齐齐唏嘘着散去。

有人想着小王妃真是仁慈，有人想着皇上果然有手段，这么短的时间内就查出了李如碧和北齐国舅，又想着这李小姐真是可惜了。

太后知道秦钰要留下来说话，自己便吩咐人起驾回宫了。

大长公主、左相夫人等人也不再多留，陆续走了。

燕岚、金燕想与谢芳华说话，但见秦钰留下来了，知道他应该还有要事，便对谢芳华说她们明日再来看她，也都走了。

明夫人和谢伊是自家人，明夫人想了想，带着谢伊留了下来。

燕亭、程铭、宋方等人都各有事情，也就没多留。

喜顺吩咐人将翠荷的尸体拖了下去，翠荷婆家的人也来了，得知翠荷惨死大哭了一场。英亲王妃询问之下，才知道背后之人用这一家人威胁翠荷，才使得翠荷宁愿卖主。

英亲王妃心下感慨，多年的主仆情谊也赶不上女子外向，身边的这些丫鬟以后选了人家后，还是早早地嫁出去算了，免得节外生枝。

秦钰回到画堂后，对英亲王和英亲王妃道：“秦铮此次出京，多则两个月、少则一个月才会回来。英亲王府不安全，她的身体再也受不住创伤了，若是除了玉兆宴还有人藏在背后，再伺机出手的话，后果不堪设想。”说罢，他说出自己留下来的目的，“大伯父，大伯母，朕想接她进宫看顾，你们以为如何？”

英亲王和英亲王妃一愣。

谢芳华立即反对：“不行。”

“你没有反对的权利。”秦钰强硬地道，“你看看你如今的样子！你若是出事了，秦铮也会出事，朕还仰仗谁去？如今你能保护自己吗？”

“我这次是没料到有人在王府动手，大意了。”谢芳华道，“下次不会了。”

“还有下次？再有下次，别人都不用活了。”秦钰恼怒地道，“皇宫吃不了人，你怕什么？”

“谁怕了？”谢芳华立即反驳，“我只是……”她一个有夫之妇，两次住去皇宫，像什么样子。

英亲王妃拍拍谢芳华的手背，点点头赞同地道：“皇上说得有理，华丫头，你就住去皇宫吧。铮儿不在身边，有皇上在宫里看着你，我和王爷也放心，再出这么一次事，娘也不用活了。”

英亲王妃同意，英亲王自然也不反对。

今日的事情实在出乎意料。

谢芳华的生命与秦铮的生命紧密相连，若是她出事，那么秦铮也活不成了。

他们不能没有儿子，也不能没有儿媳妇儿。

虽然让她入皇宫不太妥当，但是非常时期得用非常之法。

今日若没有秦钰，他们根本查不出李如碧和背后的玉兆宴。

背后之人今日没害死谢芳华，保不住会再次出手。

谢芳华见英亲王和英亲王妃都同意秦钰的决定，她无奈地揉揉眉心，对秦钰说道：“宫里能闷死人，既然你非要我住进宫去，那就让伊妹妹陪着我吧，我也能找个人说话。”

谢伊顿时垂下头。

秦钰断然否决：“不行，照顾你一个朕便觉得麻烦。”说罢，他站起身，对外面的人吩咐，“小泉子，备车。”

“是，皇上。”小泉子立即应是。

秦钰对谢芳华道：“你现在就随我进宫。”

谢芳华泄气：“我总要收拾一番吧？”

“你收拾什么？宫里什么都不缺。”秦钰道。

谢芳华一噎。

英亲王妃立即站起身：“有什么需要收拾的你告诉娘，娘给你收拾妥当后送进宫去。皇上在英亲王府耽搁半日了，朝事还要处理。”

谢芳华想了想，其实也没什么需要收拾的，便道：“收拾些衣物，也没别的。”

“那就走吧。”秦钰对侍墨吩咐，“去安排一顶软轿，将她送到门口。”

“是。”侍墨连忙去了。

秦钰转身出了房门，向外走去。

谢芳华趁机对明夫人低声说道：“六婶母，查查玉兆宴，再查查言宸当年为什么会被送去无名山。”

明夫人点头：“你放心吧，一有消息我就让人给你送到宫里。”

谢芳华颔首，这么多年来她信任言宸，从没有查过他，因此也没查过北齐玉家。

谢伊嘟起嘴，挽住谢芳华：“芳华姐姐，我看我是无望了，皇上一点儿也没容情。”

谢芳华拍拍她的头：“这么快就打退堂鼓了？”

谢伊摇头：“也不是，皇上给我的感觉就是，可能我等一辈子都没希望。”

谢芳华叹了口气。

明夫人低声训斥谢伊：“你才多大，便想一辈子的事了？”说罢，她道，“芳华好好养身体，可别再出什么事了，你交代的事情我定会尽快查个明白。”

谢芳华点点头。

侍墨带着人抬来了一顶软轿，春兰上前扶着谢芳华上了软轿。

谢芳华挑开帘幕，对英亲王妃道：“娘也要谨慎些，有些人除了对付我，若是寻不到机会，兴许会瞄准王府。”

“你放心，今日我和你爹便整顿王府。”英亲王妃绷起脸，“娘也不是吃素的，容得别人跑到我王府来兴风作浪。”

谢芳华点头，落下帘幕。

轿子向府门走去。

英亲王和英亲王妃将谢芳华送出府门，秦钰已经等在了那里，见谢芳华乘着软轿来到，吩咐人扶她上车，他回身对英亲王妃道：“大伯母，那盆金玉兰呢？”

“还在暗室里放着呢。”英亲王妃立即道，“回头我就毁了它。”

“您不必毁，那盆花交给我吧。”秦钰道，“我吩咐月落带走。”

“那花害人，给你处理也好。”英亲王妃点头。

秦钰上了马车。

仪仗队离开英亲王府向皇宫而去，护卫比秦钰纵马从皇宫里来时多了三倍，浩浩荡荡的。

明夫人和谢伊在秦钰离开后也告辞回了府。

众人都离去后，英亲王妃感慨道："皇上对华丫头的情意分毫不少于铮儿。"

英亲王点点头，不知道该说什么。

"他们堂兄弟和睦，共为南秦江山，这样也好。"英亲王妃道，"华丫头心思灵透、深明大义，李如碧做出这样的事来，她还能权衡利弊，看在李沐清的面子上饶过李如碧，也是为了南秦江山。先皇以前说华丫头是红颜祸水，依我看南秦有她是福气。"

英亲王又点了点头："虽然如今时局乱，但他们齐心，先皇也当欣慰。"

英亲王妃嗯了一声。

二人又在门口站了片刻才进府。

进了正院后，英亲王妃将府中的所有下人叫到一起，严厉地整顿英亲王府。

当着所有人的面，英亲王妃命人将翠荷的尸首用席子卷了扔去了乱葬岗子。

仁慈宽厚若是害人的话，英亲王妃从此不会仁慈宽厚地对待下人。

相对于英亲王府的热闹来说，右相府便沉寂了许多。

李沐清带着李如碧回府，这一路上，右相、李如碧、李沐清三人都未说话。

回府后，李沐清做的第一件事就是吩咐人给李如碧收拾行囊，将她立即送到千里之外的尼姑庵出家。

右相一言不发地去了书房，没看李如碧一眼。

右相夫人被送回府后一直昏迷未醒。

李如碧眼眶微红但是一声未出，听从了李沐清的安排。

她也算是含着金汤匙出生的，在右相府生活了十六载，这十六载里她穿的是绫罗绸缎，吃的是山珍海味。从今日起这样的生活将成为过眼云烟，她这一辈子从此刻起便算是过完了。

后悔吗？她不知道！

下人们很快就帮李如碧收拾好了行囊，并将行囊装上了车，李沐清分派的护卫也已经打点好，等在了右相府门口，随时准备出发。

李沐清终于对李如碧开口了："你去和爹、娘告别吧。"

李如碧点点头，向书房走去。

来到书房门口，李如碧伸手去推房门，手刚伸出去便又顿住了，提起裙摆，在地上向里面磕了三个头，低声说："爹，不孝女儿走了，您只当没生过女儿吧。"

右相在书房内闭了闭眼睛，缓缓开口："不必向你娘辞别了。"顿了顿，他又道，"今日你走出右相府的大门后，我便会从族谱上删去你的名字，从今以后你不再是我的女儿。能活着，你便活；想死，你便死。总之，你以后再也不是右相府的小姐，你好自为之。”

李如碧顿时泪如雨下：“女儿知道了。”

右相也忍不住落下泪来：“去吧。”

李如碧站起身，向后院的方向望了片刻，便抬腿向外走去。

来到门口，看着李沐清，她低低地喊了一声：“哥哥！”

李沐清看着她，面上没什么情绪，说道：“你走后，我会将流落在外的弟弟和妹妹接回右相府。”

李如碧愕然：“还有流落在外的弟弟和妹妹？”

李沐清颔首：“这些年，娘背着爹做过什么，不但我知道，你也应该知道。”顿了顿，他道，“娘容不下庶子，五年半前，在娘对紫儿动手后，我及时将他救了出去。绿意当初不小心目睹了娘的行为，我知道娘定然不能容她，便安排了她投湖假死，将他们一起送出了京城。”

李如碧难以置信地看着李沐清，过了片刻她点点头：“果然是哥哥会做的事。”

李沐清看着她：“你不珍惜右相府小姐的身份，她在外面吃了五年多的苦，想必会十分珍惜。你不做右相府的小姐了，以后她来做。我本来也觉得不该让右相府的子嗣流落在外，寻到合适的机会就会将他们接回来。如今你给了这个机会，也算是正好。”

李如碧顿时闭上了眼睛，哭着说道：“哥哥，在送我走之前，你对我说这样的话，实在狠心。”

“爹想必已经将你逐出家门了，你以后再不是右相府的小姐，也不再是我的妹妹，你好自为之吧。”李沐清说罢，转身向府里走去，摆摆手，“启程吧，送她出京。”

“是，公子。”在门口等候的人齐齐应是。

李如碧看着李沐清的背影，她忽然大声说：“哥哥，你其实是恨我的吧？你以前说过，你要以哥哥的身份保护谢芳华，可是到头来，你的亲妹妹却害她至此，你对我不只是失望，还是有些恨的对不对？所以你才在谢芳华说饶过我时一言未发，留下我的命，接回流落在外的妹妹，连右相府小姐的身份也不再留给我，以此来惩罚我？”

李沐清脚步顿住，没回头，冷冷地说道：“我不恨你，我恼恨自己竟然因为你是我妹妹，而一而再再而三地任由你胡闹。不过，如今你不是我妹妹了，从今以后，右相府再无李如碧。”

李如碧顿时泪如泉涌。

李沐清头也不回地向内院走去。

李如碧站在右相府门口痛哭失声，半晌后，被人扶上了马车，马车离开了右相府，不多时马车便出了皇城，向李沐清指定的千里之外的尼姑庵走去。

街上的百姓们纷纷说着英亲王府的小王妃被迫害是右相府的小姐李如碧下的手之事。

百姓们又多了不少谈资。

在他们的谈论中，李如碧哭着坐车出了京城。

马车走出城门，她忽然挑开帘子回头看了一眼，可是她满眼的泪，什么也没看清，只看到了数丈高的城墙，以及城墙上的士兵。

这是她生活了十六年的京城。

那一瞬间，她脑中闪过了一个念头，又猛地压住。

还能后悔吗？

已经不能了！

没人再纵容她的后悔！

她已经没有回头路了！

她落下帘幕，伏在车上痛哭直到泪干。

李如碧被送出京城，前往千里外的尼姑庵，紧接着李沐清便放出了话，右相已经将李如碧逐出家门，从此以后她不再是右相的女儿。

第三十七章
秦铮传信

永康侯府，燕岚已经回了府，听到右相府传出的话，她嘀咕道：“活该！”

永康侯夫人叹了口气：“好好的姑娘家，怎么就这么想不开，可惜了。”

燕岚哼了一声：“娘，您自从怀了弟弟就越发仁慈了。她可惜什么？芳华被她伤成了那个样子，若是秦铮在京城早就杀了她了，她能留着一条命已经是芳华善良了。”

永康侯夫人立即问：“小王妃的伤势很重吗？”

燕岚点头，忧心忡忡地道：“很重，脸白得跟鬼一样，我看到她时吓了一跳，都快认不出她了。”

“原来男子也是祸水。”永康侯夫人道。

燕岚坐下：“我刚刚听说皇上将芳华接去宫里养伤了，本来明日我还想去看她的，她进宫了就不方便了。”

“请了太后懿旨，你也可以进宫去看她。”永康侯夫人道。

“太麻烦！”燕岚摇摇头，“我一点儿也不喜欢皇宫。”说罢，她支着额头，打了个哈欠：“过两日再说吧。”

永康侯夫人点点头。

大长公主从英亲王府回去后便进了房间，疲惫地躺到了床上。

金燕跟着她进了房间，坐在床头看着大长公主，低声说：“娘，郑孝扬都被您送去暗牢了，您的气也该消了。”

大长公主闭着眼睛不说话。

金燕叹了口气，站起身："您休息吧，女儿不打扰您了，回房去了。"

她走了两步，大长公主忽然疲惫地道："罢了，你想嫁郑孝扬就嫁吧，我不拦着了。"

金燕转过头："娘您同意了？"

大长公主叹了口气："总比李如碧如今落得这个下场强。"

金燕一时无言。

大长公主对她摆摆手。

金燕沉默片刻，轻轻地关上房门走了出去。

李如碧的事情，谁也没有料到。金燕、李如碧、燕岚这些人自小在南秦京城的贵裔圈里长大，虽然时常有比较、有争斗、有不和，但从来没有对谁下这么狠的手。

李如碧不只让金燕心惊，也让所有人心惊。右相夫人惯于在背后害府内的人，李如碧耳濡目染，也敢对人下狠手。

大长公主虽然自私了些，但这么多年手里还没沾染谁的鲜血。金燕庆幸自己有这样的娘，也庆幸自己和谢芳华走得近，渐渐明白了"忠孝大义"这四个字。

金燕在门口站了半晌才回自己的院子。

李沐清没回自己的院子，而是去了右相夫人的院子等着她醒来。

这一等，他便等到了天黑。

右相夫人幽幽醒来，见李沐清坐在床头，一把拽住他："清儿，碧儿呢？"

李沐清没说话。

右相夫人手发颤："是不是皇上和谢芳华将她给杀了？"

李沐清依旧没说话。

右相夫人脸一灰，流下泪来，再三确认："真的是碧儿害的谢芳华吗？娘怎么也不信的。昨日我寸步不离地跟在她身边，她什么时候对那盆花动手的？"

李沐清缓缓开口，语气有些冷淡："娘，您确定昨日您寸步不离地跟着她？"

右相夫人一哽。

李沐清看着她："背后指使她的人是北齐国舅。小王妃没追究她的责任，皇上仁慈，没有给右相府定下通敌卖国的罪名，没有降罪于右相府，也没有处置她，她已经被我送去千里之外的尼姑庵了。父亲将她逐出家门，在族谱上抹去了她的名字，从今以后她不再是右相府的小姐。"

右相夫人哭声顿止："北齐国舅……逐出家门……族谱除名……千里之外的尼姑庵……"

李沐清淡淡地说道："她一直想出家，不如就如了她的意。您该庆幸父亲一直忠于南秦，您也该庆幸儿子与小王妃有些交情，您还该庆幸皇上网开一面不予追究，这样她才能活着出家，而不是死在英亲王府。”

右相夫人闭上眼睛，眼泪横流，一句话也说不出来了。

李沐清又平静地道：“当年，受您迫害的紫儿我暗中给救了。绿意没有投湖还活着。送李如碧出京的人回来时，就会顺便将他们接回来。我会请示父亲，将他们二人过继到您的名下。自此后，右相府有二公子李沐紫，有小姐李绿意，再没有李如碧。”

右相夫人哭声顿止，震惊地看着李沐清。

李沐清对她肯定地点点头，站起身拂了拂衣袖：“我已经命人煎了药，稍后端来给您喝下，不要再念着不该念的人了。”说罢，他缓步走了出去。

李沐清走出门，半晌后李夫人终于痛哭失声。

她这一辈子为了这一双儿女，以及右相府夫人的位置，双手沾满鲜血，日日求菩萨、佛祖恕罪，到头来她的儿子原来早已经看不惯她，她的女儿也落得了这般下场。

她幡然悔悟，是否都是她造的孽?

李沐清在门口站了半晌，缓步向书房走去。

右相从英亲王府回来后，便待在书房里一直没出来。

李沐清来到门口轻轻叩门。

右相沙哑的声音从里面传出：“是清儿？进来。”

李沐清推开书房的门，便见到右相坐在窗前的椅子上，书房内虽然没掌灯，但他依然能清晰地看到右相的面容，右相仿佛一下子苍老了十岁，颓然现出老态。

李沐清在门口站了一会儿，走进来，取出火石掌了灯。

书房内顿时明亮起来。

右相看着李沐清，问道：“刚从你娘那里过来？”

李沐清点点头。

“你都告诉她了？她知道后如何？”右相问。

李沐清没答话，手拨动着灯芯，反问右相：“爹，不喜欢一个人，才会由着她做什么您都不去理会吧？您不喜欢娘，所以这么多年右相府内院的事，您睁一只眼闭一只眼，即便她迫害您的子嗣，您也当作不知道？”

右相疲惫地看着李沐清：“你是在怪爹？”

李沐清摇摇头：“我没怪您，只是明白了不喜欢一个人，却要日日对着她的滋味应该极不好受。丈夫性格虽然温和却对妻子冷漠，才由着她作孽，因为不爱她所以不怕她遭报应。”

右相闭上眼睛，沉默许久后点了点头。

李沐清不再说话。

右相看着他拨弄灯芯，深深地叹了口气：“所以，你当初求娶谢芳华我才支持你，虽然没娶到。”

李沐清抿了抿唇，将李沐紫和李绿意的事情说了。

右相先是愕然，片刻后点点头：“我准备过些日子便带你娘回乡，右相府从今以后由你做主。”

李沐清颔首，放开拨弄着的灯芯：“天色晚了，爹回房吧，娘虽然不是您喜欢的女子，但如今您和她都过了大半辈子了，她失了女儿，也失了儿子的心，您该补偿她些。若是她出了什么事，您以后难道要孤身一人？”

右相沉默片刻，缓缓地点了点头。

李沐清出了书房。

他走出不远，见书房的灯熄了，房门也关上了，右相有些蹒跚地向正院走去。

他看着、想着，自己到父亲这个年岁时，是否能够比父亲过得好？他也没有娶到自己最喜欢的女子，但是他应该不会走父亲的老路。

李沐清回到自己的院子，喊出近身隐卫，吩咐道：“倾右相府之力协助皇上查玉兆宴。”

“是，公子。”隐卫应声。

李沐清熄了灯，上了床，闭上眼睛，想着小时候李如碧也是爱黏他这个哥哥的，后来从什么时候起她就跟娘一样了？她学着温婉端庄、知书达理、笑不露齿的大家闺秀风范……

从今以后，他再没有这个妹妹了！

秦钰带着谢芳华进了宫，将她又安排到了自己的宫殿。

谢芳华站在门口不往里走：“我不住这里。”

秦钰冷着脸看着她：“你是非要我将秦铮叫回来看着你吗？”

谢芳华瞪着他。

“看看你如今成了什么鬼样子，朕才不稀罕呢。”秦钰道，“你就住这宫殿的偏殿，我能照应你。别不敢住，我认识的谢芳华可不是这么畏首畏尾的人。”

“谁怕了？”谢芳华没好气地道，“住就住，你别嫌我烦。”

“如今我已经嫌你烦了。”秦钰摆摆手，问小泉子，“都收拾好了吗？”

小泉子立即回答道：“回皇上，都收拾好了。”

秦钰点点头，对谢芳华道：“除了你自己带的婢女外，朕再安排一个小橙子给你使唤，有什么事情你尽管吩咐他。”

小橙子立即从一旁跑出来，给谢芳华见礼：“小王妃，奴才就是小橙子。”

谢芳华看着这孩子清清瘦瘦的，也就十二三岁，跑出来极快，脚步很轻，显然是个懂武功的人，而且可能还是个高手，这么小的年纪就有这样的武功，想必是秦钰特别培养的人，她也不推辞，点点头："好。"

"朕去御书房，你去休息吧，等会儿我过来陪你用晚膳。"秦钰丢下一句话便转身走了。

谢芳华想说不用你陪晚膳，还没开口秦钰就已经走远了，她无奈地对侍画道："扶我进去吧。"

侍画点点头，小心翼翼地扶着谢芳华进了偏殿。

偏殿内，一应布置自然是华丽且舒适的。

谢芳华今日的确虚耗过度，累极了，什么事情都不愿意去想了，不多时便睡着了。

太后回宫后，还没坐稳便得知秦钰带着谢芳华二次来宫住了。

她愣了一下，问如意："这是真的？"

如意点头："回太后，是真的。皇上吩咐，小王妃进宫后就住在他的偏殿，他能就近看顾她。"

太后惊讶地问道："英亲王和王妃同意？"

如意颔首："据说是征得王爷和王妃同意的，皇上说今日英亲王府出了这么大的事，说明英亲王府不安全，小王爷离京办事刚走，小王妃便伤成了这样，皇上不放心便将她接进宫了。王爷和王妃也觉得将小王妃接进宫住着，由皇上照顾比较安全。"

太后叹了口气："皇上今日一听到她出事，连帝王仪驾也不乘坐了，竟然纵马出宫。这么多年，我从不曾见他如此失态。南秦皇室总出痴情种，这一代更甚。"

如意不敢接话。

太后又道："不过秦铮和皇上和好，他们共同保卫南秦江山，儿女私情方面，偶有不合礼数之事，倒也不会被人诟病。如今总比我以前预想的他们以后会斗个你死我活好得多。"

如意点了点头。

太后摆摆手："你去御膳房，吩咐他们做些滋补身子的药膳汤品给小王妃送过去，明日哀家再去看小王妃。"

"是。"如意退了下去。

太后也乏了，躺回榻上歇息。

秦钰快速地批阅完一堆奏折，见天已经黑了，他抬腿出了御书房，回到自己的寝宫。

小泉子跟在秦钰身后，想着皇上临朝以来从来没这么早出过御书房，不知道皇上陪小王妃吃完晚膳还回不回御书房，若是不回御书房，他也就能早早歇下。

这些日子实在累得够呛，他每天抓住白天的一点儿空隙猛补觉，今天没补上。

当大总管果然不轻松。

秦钰回到寝宫，谢芳华仍旧在睡。

秦钰进了偏殿，走到床前看了一眼，见谢芳华的脸色依旧苍白，呼吸声浊重，他吩咐侍画："喊醒她。"

侍画看了秦钰一眼，小声道："小姐伤得太重，如今睡着……"

"喊醒她，让她吃了晚膳、喝了药再睡。"秦钰道。

侍画也明白秦钰是为谢芳华好，点点头上前推谢芳华："小姐，醒醒。"

谢芳华蹙了蹙眉，睁开眼睛，见屋中已经掌了灯，秦钰已经坐在了桌前，她问侍画："什么时辰了？"

"酉时了。"侍画轻声说道，"该吃晚膳了。"

谢芳华点点头。

侍画将她扶着坐起身，给她端了一杯温水让她喝下，然后便扶着她下了床。

"感觉怎样？"秦钰问谢芳华。

谢芳华睡了一觉觉得轻松了些，走到桌前坐下，对他道："好多了。"

"每日按时吃药，我吩咐将御药房里的百年以上的老参都拿出来给你做补品，你就安心住在这里好生给我养着。"秦钰道。

谢芳华撇撇嘴："还不至于。"

秦钰瞪了她一眼，吩咐小泉子："端晚膳吧。"

小泉子应了一声是，连忙命人将已经准备好的晚膳端了进来。

不多时，桌子上便摆了满满一桌。

谢芳华看了一眼，嘀咕道："当皇上的人果然奢侈，这一顿饭够普通老百姓一家五口吃一天的。"

"你以为朕吃剩下就扔了？"秦钰挑眉。

"那如何？"谢芳华看着他。

秦钰没理她。

小泉子连忙解释道："小王妃，皇上吃完后都赏下去给奴才们吃了，不浪费。自从先皇去了，宫里的开支少了一大半。皇上不喜铺张，太后也觉得如今南秦上下筹备军事，宫里应该带头节俭。"

谢芳华没想到是这样，点了点头，对秦钰道："冤枉你了。"

秦钰瞥了她一眼："你冤枉我的事情还少吗？"

谢芳华一时无言。

小泉子又道："今日您进宫了，太后特意吩咐御膳房多加了几个滋补汤品和菜，太后说明日再过来看您。"

谢芳华想着太后比以前宽厚多了，说道："多谢太后。"

秦钰："废话怎么这么多？快吃饭。"

小泉子立即住了嘴。

谢芳华白了秦钰一眼，这个人什么时候都是这么不讨喜，明明是对人好却让人难领情，跟秦铮一样，他们不愧是堂兄弟。

秦铮是晌午时离京的，如今不知道在哪里，英亲王府出事、她受伤、查出李如碧迫害她、秦钰下令封锁关卡查玉兆宴，这连番的事情传得沸沸扬扬，他应该得到信儿了。

秦钰正想着，听得月落清喝了一声："什么人？"

"是我。"青岩的声音传来。

月落收了剑，见青岩翻墙而入，无声无息地落在殿外，他问："什么事？"

青岩一身风尘："公子听说小王妃受了伤，命我回京来看看，我得知小王妃在宫里便进宫了。"说罢，他对殿内拱手，"请皇上恕在下闯宫之罪。"

"你闯宫也不是一次两次了。"秦钰懒洋洋地问，"秦铮如今在哪里？"

"此时应该已经到了五百里之外。"青岩道。

"够快。"秦钰道。

青岩恭敬地对里面见礼："小王妃！"

谢芳华站起身，走到梳妆镜前看了一眼，气色比中午时好了一些，她转回身来迈出门口，看着青岩道："我没大碍，让他放心，安心处理事情。"

青岩仔细地看了谢芳华一眼，抿了抿唇："公子本来要属下传话，让小王妃进宫住。如今皇上已经将您接进宫来，也算是和公子所想不谋而合。"

谢芳华一愣。

秦钰在屋中嗤了一声："他倒是会想朕之所想所为，知道麻烦朕给他看着这个麻烦。"

谢芳华翻了个白眼，她什么时候成了麻烦了？她揉揉眉心，对青岩道："你告诉他多多注意自己不必担心我，我会住在宫里仔细地养身子。"

青岩颔首，又道："公子还有一事，请小王妃告知如何第一时间联络上言宸公子。"

谢芳华想着秦铮应该也知道了玉兆宴暗中利用李如碧动手之事，要查玉兆宴便自然躲不开玉言宸。她轻轻地叹了一口气，对侍画吩咐："去将那只我和言宸联络的鹰鸟拿来交给青岩。"

"是。"侍画立即去了。

不多时，侍画将一只鸟带出来交给了青岩。

青岩接过。

谢芳华对他道："这只鸟被我和言宸特殊驯养过，无论他在哪里这只鸟都能找到他。”

青岩颔首。

谢芳华想了想又道：“告诉秦铮，言宸不会害我。”

“是。”青岩点头。

谢芳华对他摆摆手，青岩带着那只鹰鸟出了皇宫，离开时如来时一般无声无息。

谢芳华看着青岩离开，心里暖暖的，想着秦铮应该是恨不得折返回来，但还是克制住，派了青岩回来。

“还站在门口做什么？吹冷风吗？还不赶紧回来吃饭。”秦钰在屋内不满地道。

谢芳华转身回了殿内。

“汤凉了，给她换一碗。”秦钰对小泉子吩咐。

小泉子连忙上前，将谢芳华刚盛上还没喝的汤换下。

谢芳华无语，这么一会儿的工夫，汤怎么会凉？况且，刚盛出来的汤这么热怎么喝，不得稍微凉一凉吗？

饭后，秦钰喝着茶，对谢芳华道：“今日李沐清回府后，将李如碧立即送去了千里之外的尼姑庵。”

谢芳华点点头，想着这的确是李沐清的做事风格，他对李如碧应该是极其失望的。

秦钰又道：“你知道李沐清暗中安置在外的一个弟弟和一个妹妹吧？”

谢芳华一怔，点头：“知道，就放在平阳城的胭脂楼。”

秦钰道：“李沐清送走李如碧的同时，会接回这一弟一妹，右相府还是有小姐的，叫李绿意，二公子叫李沐紫。”

谢芳华想起曾经在平阳城见到的那二人，那女子的容貌说不上绝美，但是有一种明丽的艳色，是胭脂楼的第一头牌绿意，卖艺不卖身。绿意喜欢言宸，不知如今可放下了。

还有那个小男孩，见到谢芳华的时候有些羞怯，对她有着好奇，但又不敢明目张胆地看，躲在绿意身后好奇又羞涩地瞅着她。那个小男孩的眉目和李沐清有几分神似。

没想到李沐清会趁着现在接他们回府。

右相夫人若是知道，不知会作何感想。

李如碧离京时知道的话，不知道又会有何感想，可会后悔？

她叹了口气：“李沐清也是不易。”

秦钰嗤了一声：“别人都不易，就你易？”说罢，他站起身，“你好好养身子，我准备月内就对北齐出兵。希望到时候你能被养得壮如牛，能帮我做些事情。”

谢芳华一怔：“月内便出兵？能准备好吗？”

“只要荥阳郑氏和北齐暗桩无还手余地，便能对北齐出兵。”秦钰道，“若是准备，十年也准备不好，北齐欺人太甚，我便打他个落花流水，让齐言轻知道南秦不是软柿子，由不得北齐嚣张。”

谢芳华想了想：“也对，南秦的措手不及，总好过北齐的有备而来。”

秦钰登基以来，第一次早早地歇下了。

小泉子对着天空双手合十念了声“阿弥陀佛”，也欢喜地在外间歇下了。

谢芳华在窗前坐了片刻，也躺回床上歇下了。秦钰要在月内对北齐出兵，需要准备的事情多着呢，她必须尽快恢复健康，不能真成为麻烦。

第二日一早，秦钰早早便起来上了早朝。

群臣分列两侧。

刚上早朝秦钰便说了北齐国舅玉兆宴暗中迫使李如碧，迫害英亲王府小王妃之事。言北齐欺人太甚，一国国舅行此龌龊之事，着实令人恼怒，即刻对北齐发信函，要北齐给个交代。北齐若是不给交代，南秦便誓不罢休。

秦钰的声音不大，但是果决有力，群臣被他的话语感染，齐齐提起了一股力。

这也就是说，南秦要对北齐宣战了。

是宣战，不是迎战。

南秦有多久没主动对外宣战了？

秦钰的话语和坚定的神色，使得即便老态尽显的老大人也提起了一股心气。

不少人还记得不久前北齐兴兵，南秦损失惨重。

这一年来，南秦内忧外患。

但是，面对上首金椅上坐着的年轻帝王坚毅的脸，他们忽然坚信，南秦对外久不作为的历史怕是要更改了。

秦钰说罢，群臣齐齐跪倒在地：“吾皇万岁！万岁！万万岁！”

这是认可、赞同、悦歌、民心所向，也是南秦大势所趋。

秦钰见文武百官都无异议，他满意地摆摆手，众人叩谢起身。

秦钰又询问了燕亭、崔意芝等人粮草筹备的情况，二人一一作答。

秦钰听罢，不甚满意地道：“朕给你们三个月的时间，能准备好吗？”

燕亭和崔意芝对看一眼，齐齐颔首。

秦钰不再多言，看向左相、永康侯等人：“朝中如今正是用人之际，非常时期可用非常之法。今年的秋试科举便提前吧。”

左相闻言连忙出列：“皇上，提前到什么时候？”

“十日后。”秦钰道，“能准备妥当吗？”

“这……”左相犯难，“文武学子，三年一试，每年金秋入考都成了定律。如今距离科举还有一个半月。各地学子大多还没准备启程入京，路途遥远者也才刚动身而已。十日之内，怕是京城千里之外的学子骑快马险险能够赶进京，再远的怕是赶不到。而我南秦疆土，南北东西，数千里绵延，这……多少人会因此错过机会呀，十日实在是太短了。”

“就十日。”秦钰道，“赶得上的人，有大才者朕必会重用。”

“那……赶不上的人呢？”左相连忙道，“天下学子十年寒窗苦读，便等着金秋一试，金榜题名后报效朝廷。若是此番错失，恐怕学子们大都会有怨言。”

秦钰想了想，觉得有理，说道：“那就金秋再设一场，届时另派人负责。”

左相松了一口气：“朝廷急于用人，今年设两场也是非常之举。能赶上第一场的便能提前选用，赶不上的就赶第二场，这样一来，学子们也就没怨言了。”

秦钰颔首。

“皇上圣明！”左相抹着汗道。

秦钰笑了一下，摆手：“张贴告示，十日内设文武考核。文由左相负责，武由李司直负责，朕最后把关。”

“是！”左相领命。

李沐清垂首应声。

秦钰看了李沐清一眼，这几日，右相府风波不断，他还能与寻常别无二致，便当得起自己的器重，能顶起大事。

众人也都悄悄地看了李沐清一眼，想着右相府出了那么大的事，皇上仍然对李沐清委以重任，可见皇上有多器重他。

未来他做丞相的话，定然是个文武兼备的丞相。

早朝时一应事宜商议妥当，秦钰吩咐退朝。

退朝后，秦钰派小泉子将李沐清、燕亭、崔意芝三人留在宫中，前往御书房议事。

三人来到御书房，秦钰看着他们道：“一个月内，朕打算对北齐兴兵，所以，诸事必须在一个月内筹备妥当。”

李沐清一怔。

燕亭立即跳了起来，难以置信地看着秦钰：“皇上，不是吧？你想累死我们吗？”

秦钰对燕亭挑眉：“别告诉朕你做不到。”

燕亭瞪眼：“做不到！”

“那朕把侯夫人和她肚子里的孩子叫进宫来，问问她肚子里的孩子能不能做到？”秦钰看着他，淡淡地说道。

燕亭大怒："你这是在威胁我？"

秦钰看着他："将不可能之事变成可能，才能出其不意攻其不备。"

燕亭一噎："可是三个月都是极限，更别说一个月了。你别叫我娘和她肚子里的孩子了，你干脆杀了我得了。"

秦钰眯了眯眼睛："你真做不到？"

"做不到。"燕亭果断地道。

"来人，将燕小侯爷推出去斩了。"秦钰对外面的人吩咐道。

宫廷护卫顿时进来，二话不说架起燕亭便要往外走。

燕亭嗷嗷大叫："秦钰，你还是不是人？你去做试试。"

"敢直呼皇上的名讳，罪加一等，五马分尸。"秦钰又道。

燕亭大怒："你疯了？有你这么做皇上的吗？"

"拖出去！"秦钰收回视线，不再看燕亭一眼。

宫廷护卫顿时将燕亭拖了出去。

刚到门口，燕亭便气得大声说："我答应！"

"你当真？"秦钰问。

"当真！"燕亭气得已经在心里骂秦钰的十八代祖宗了，这是什么皇帝！

"立军令状！你若是做不到，拿你娘肚子里的孩子是问。"秦钰淡淡地说道。

燕亭一噎，险些背过气去。

"如何？"秦钰又问。

"成！"燕亭咬牙，人在屋檐下不得不低头，秦铮不在，他在秦钰手下混气死也得忍。

秦钰笑了一下："放开他吧。"

宫廷护卫立即将燕亭放开了。

燕亭气得冲回御书房，照着秦钰的玉案狠狠地拍了一掌："我一个人累死也做不到，给我人！人！人！"

"没人给你，你自己去抓。"玉案被震得嗡嗡直响，秦钰面不改色地道。

燕亭盯着他："我谁都能抓吗？"

秦钰点头："你随便抓，朕给你这个权力，你若是能抓到左相和你爹帮你，朕也不反对。"

"好，这可是你说的。"燕亭立即道，"你给我一道手谕。"

"没有。"秦钰摇头。

"你……"燕亭瞪眼。

"有手谕就代表是皇命，谁敢反抗？"秦钰扫了他一眼，"一个月内兴兵之事，除了你们三人谁也不能知道，你可以大张旗鼓地筹备，但是目的得给我守死了。抓什么人为你所用，朕不管。”

燕亭翻了个白眼：“我若是一个月内给你办成了，你有什么奖赏？”

“给你许一门亲事？”秦钰看着他，“你想娶芳华身边的品竹是不是？朕答应你，只要你做到了朕帮你促成此事。”

燕亭睁大眼睛：“我没听错吧？你这是要帮我强抢民女？我可不喜欢强抢民女。”

“我会想办法让她应允你。”秦钰道。

燕亭撇撇嘴：“当真？”

“君无戏言。”秦钰道。

“好！”燕亭又一拍桌案，“我就立军令状了！”

秦钰偏头示意小泉子，小泉子连忙机灵地拿出军令状，让燕亭签字画押。

燕亭签字画押后，秦钰将军令状折起来吩咐小泉子收好，对燕亭摆摆手：“没你的事了，你去准备吧，这份军令状即时生效。”

燕亭气得眉毛抖了又抖，险些抖掉了，他恶狠狠地说：“我想去看看芳华。”

秦钰挑眉，痛快地答应了：“去吧。”

燕亭转身，气呼呼地走了出去。

他走后，秦钰看向李沐清和崔意芝：“你们都看到了？也知道了？知道怎么做了？”

李沐清无言片刻，说道：“凡事过犹不及，皇上可想好了，仓促准备之下必有诸多漏洞。”

“所以，朕才把你叫来，给他填补漏洞。”秦钰看着李沐清，“对你来说武考主考如小菜，可以抽出空隙做这个。”

李沐清叹了口气：“皇上知人善用，有十分能力不用人九分，臣等怕是要牺牲在这南秦朝堂了。”

“你清楚就好。”秦钰转头看向崔意芝。

崔意芝毕竟不是从小在南秦京城长大的，不敢如燕亭和李沐清一样与秦钰随意说话，见此只得表态：“臣定竭尽所能。”

秦钰点头：“做好了这些事情，兵部尚书是你的。”

“多谢皇上！”崔意芝谢恩。

秦钰见二人都没异议，摆摆手。

二人出了御书房。

李沐清走出御书房后没立即离开，而是看向秦钰寝宫的方向。

崔意芝看着他问：“李大人，可去看望表嫂？”

李沐清摇摇头：“没脸见她，我不去了。”

崔意芝叹了口气：“表嫂应该没有怪你，你若是不放心就去看看她吧。”

李沐清沉默了一会儿，还是摇摇头：“我不去了，你若是想去就去吧。”说罢，他向宫外走去。

崔意芝想了想，还是独自转道去看望谢芳华了。

燕亭来时，谢芳华刚喝了药，侍画、侍墨搬出贵妃椅，在头顶上搭了凉棚，她则找了个舒服的姿势半躺在贵妃椅上看书。

燕亭踏进门口，便大声说：“你不好好休息，怎么跑出来吹冷风看书？太不注意身体了。”

谢芳华抬眼，便见燕亭大步走进来，脸色不好看，眉目间似乎隐着怒气，即便刻意压制着，也能看出他心情极差，她挑了挑眉：“大热天的，哪里来的风？你这是怎么了？谁招惹燕小侯爷了？这副气冲牛斗的样子！”

燕亭走过来，仔细地打量了她一眼，没好气地说：“还能是谁？御书房里那个浑蛋。”

谢芳华一怔：“你是说秦钰？”

“你也直乎皇上的名讳？小心他将你也拖出去五马分尸。”燕亭气呼呼地道。

谢芳华看着他，好奇地问：“怎么了？他欺负你了？”

侍画此时搬来椅子，燕亭坐下，冷哼：“何止是欺负！简直是欺人太甚！”

谢芳华挑眉看着他。

燕亭简略地将秦钰如何欺负他的事情说了，说完他自己依旧气冲冲的，觉得秦钰不是人。

谢芳华听罢好笑：“他也是急了。”

“他就算再着急，也不能拿人不当人使唤呀。”燕亭气道，“以前怎么没发现他这么不是人呢。”

“以前没发现吗？”谢芳华笑着问。

燕亭一噎。

谢芳华好笑地道：“他不是让你随便去抓人使唤了吗？凭你一人之力，是做不到，但是再多十倍，甚至百倍的人呢？未必做不到。”

燕亭皱眉：“可是匆匆筹备之下，能拉出去打仗吗？”

“会有人给你善后的。”谢芳华道。

燕亭看着她：“什么意思？你说谁会给我善后？”

“他今日早朝后，在御书房留下了李沐清和崔意芝，崔意芝在京中的时日尚短，那就是李沐清了。”谢芳华道，“所以，你只管去抓，粗糙了的话李沐清会帮你磨细的。”

燕亭眨眨眼睛：“今日早朝上，他吩咐十日后进行文武科举，李沐清主武考，他哪里有时间？”

“即使文武考都交给李沐清主考，他也有时间给你善后。”谢芳华道，“秦钰吩咐十日后进行文武科举虽然是择才选能，但最大的目的应该是分散别人的注意力，以便你们暗中行事。”

燕亭长嘘一口气：“我是被气糊涂了，现在想来你说得极对。”

“另外，若是我猜测得不错的话，秦钰此次应该是打算御驾亲征。”谢芳华又道。

燕亭睁大眼睛：“他刚登基不久，还没站稳脚跟，便要御驾亲征？不会吧？”

“怎么不会？”谢芳华道，“这是他和齐言轻的对决，自然要御驾亲征，打得北齐心服口服。让齐言轻做太子时兴兵成为史册上的败笔，也让他未来再无力攻打南秦。”

燕亭立即道：“难道他还想踏平北齐国土，夺了北齐天下，一统南北？”

谢芳华笑了笑：“北齐筹备数代，南秦一直内斗不断，仅凭秦钰一股帝王锐气，便想一统南北简直就是天方夜谭。不过，凡事都不是绝对，若是兵谋布好了也不是没有可能。”

燕亭沉思片刻，叹了一口气：“本小侯爷想去打仗，才不想干这幕后之事。”

谢芳华失笑：“不从粮草地基一层层地做起，你将来做大将军的话，怎么会明白朝里朝外那些繁繁复复的事？”

燕亭眼睛一亮。

“秦钰将这么大的事情交给你，也就是看透了你以后想走的路。”谢芳华道，“如今你还要气鼓鼓地骂他？”

燕亭咳嗽起来。

谢芳华好笑地看着他。

燕亭咳嗽过后，有些不自然地道：“谁知道他有这么多弯弯肠子？”说罢，又感慨道，“帝王果然不是寻常人能做的。”说罢，他的气也消了，想着今天来这里果然来对了，他扭头看她：“你在看什么书？”

谢芳华打开书页给他看。

燕亭的眼睛又睁大了些：“兵法？你竟然在看兵法？”

“不行吗？”谢芳华看着他。

燕亭又叹了口气：“女子太聪明了不好，让男子还如何有用武之地？女子太全才了也不好，你都干了男子干的事了，男子还干什么？”顿了顿，他又道，“多亏你嫁了秦铮。”

崔意芝来到的时候，便见燕亭怒气全消，正与谢芳华有说有笑。

他甚是惊奇，想着表嫂跟燕亭说了什么话，燕亭这么快就消气了。

燕亭也不傻，清楚地看到崔意芝脸上的惊讶的神色之后，瞬间便明白了他所想，翻了翻眼皮：“就你自己来的？李沐清怎么没有来？”

崔意芝给谢芳华见礼，斟酌着说道：“皇上只给了十日准备时间，武考不能马虎，李大人忙着去筹备武考了吧。”

燕亭哼了一声："小爷都不急他急什么？还差这么一会儿工夫？我看他是没脸来吧？"

崔意芝咳嗽了一声。

燕亭转头对谢芳华道："昨日李沐清从英亲王府回去后便办了两桩事情，你听说了吧？"

谢芳华点点头。

"没想到他还藏着一个弟弟和一个妹妹。"燕亭道，"瞒着他娘藏得这么严实。"

谢芳华道："平阳城的胭脂楼能保护好楼内的人，楼内人的身份都不会外泄，外人也难插手进去查什么。右相夫人的手段限于内宅，更何况她也想不到李沐清会背着她藏人，所以自然没透出风声。"

燕亭道："李沐清这脑瓜子里也一堆弯弯绕绕，不过他的脸皮向来厚，没想到今日变薄了。"

谢芳华叹了口气："你稍后出宫时若是遇到了他，就告诉他我没怪他，让他不必如此。"

燕亭哼了一声："就你心地善良。"

谢芳华看着他："当初你娘为了你，见到我鼻子不是鼻子眼不是眼的，我若是计较谁救你的弟弟？"

燕亭一噎。

谢芳华好笑地对他摆手："行了，我身体没事自然会好好地养着，你忙你的去吧。"

燕亭站起身，这回痛快地说："行，见到李沐清我就告诉他。"

谢芳华点头。

燕亭走了两步，见崔意芝坐着没动，他回头看着崔意芝："你不走？"

崔意芝道："我刚来。"

"还要待多久？快走了，你看着事情，我去抓人。"燕亭催促他，"要不然抓人的事交给你？你现在可以尽管在这儿待着不走。"

"算了，还是跟你去吧。"崔意芝站起身，对谢芳华道，"弟弟早先生病我为他搜寻了不少好药，不过都在清河的府邸。我昨日听闻你出事，已经派人回清河取了，不日将送进京，你好好调养。"

谢芳华道谢，笑着说："好，待你表哥回来，让他谢你。"

"我们府邸的好药都被我娘给吃了，不过我抓人用时顺便给你搜罗些吧。"燕亭拍拍崔意芝肩膀，"还是你小子想得周到，你若不说我这一根筋的脑子想不起来。"

"好药堆成山我也吃不完，你还是办正事吧。"谢芳华笑着摆摆手。

燕亭点点头，和崔意芝一起告辞了。

第三十八章
边境交锋

二人刚走，金燕便进了宫。

金燕不是一个人来的，她带了十几个仆从，每个仆从手里都拿着一个大箱子，箱子里的东西显然有些重，仆从们都累出汗了。

她走进来，那些仆从也跟了进来。

金燕摆摆手，吩咐道："将这些都先堆到阴凉处吧。"

仆从们听从吩咐，将怀里抱着的一个个箱子都堆在了阴凉处。

谢芳华看着她，纳闷儿："你这是做什么？"

"里面放着上好的药材。"金燕道。

谢芳华恍然大悟，无奈地道："我住在宫里，还能缺好药？刚刚崔意芝还说去清河运药了，这转眼你就带来了这么多，怎么吃得完？当我是药罐子吗？"

"这些可不是普通的药，若不是你受伤，曾经你去丽云庵救了我，我娘还舍不得拿出来给你呢。"金燕道，"这些药御药房里都不见得有，总之对你的身体有助益，让御膳房给你做药膳用。"

"好吧，那多谢你和大姑姑了。"谢芳华点头。

金燕吩咐侍画："你去喊小泉子，让他带着人将这些药搬去御药房存放起来，这些药现在虽然放在了阴凉通风处，但这么热的天，也不能在这里堆着久放。"

侍画应声，连忙去了。

金燕挪了凳子，坐到谢芳华身边打量她："今日看你比昨日稍好了一些，但也没好多少。昨日实在吓人，铮表哥没见到你昨日的样子，若是让他见到估计他会杀了所有参加赏花会的人，更别说放过李如碧了。”

谢芳华说道：“这样说来，幸好昨日他出京了。”

“唉，你们大婚才几日，就为了临安城的瘟疫分开了那么长时间，好不容易和好了如今他又忙起来了。”金燕不满地说，“你们这样聚少离多，你什么时候才能怀上我的小侄儿呀？”

谢芳华脸一红，瞋了她一眼：“我还没急你倒急了。”

“我说的是事实，如今你被伤成了这样，铮表哥又不在你身边，这什么时候才能有呀？”金燕道。

谢芳华失笑：“孩子的事随缘，如今这么波折，可见是缘分没到。”

“也对，这是急不来的。”金燕点头。

“见你今日心情还不错，大姑姑同意你和郑孝扬的事情了？”谢芳华问。

金燕扑哧一下子笑了：“这还要感谢李如碧呢，我娘昨日回去后对我说，我嫁给郑孝扬总比落得跟李如碧一样的下场好，也就同意了。”

谢芳华笑了笑。

金燕说起李如碧，叹了口气：“谁也没想到她竟然对你下手，据说右相府已经对外放出消息，右相将她逐出了家门、从族谱上除了名，李沐清将她送去了千里之外的尼姑庵。她这一生算是完了，虽然她可气，但是想想也有些可怜。”

谢芳华叹了口气：“男人是祸水。”

金燕顿时又乐了：“这话若是被铮表哥听见，他非治了你不可。”

“我说的也是事实。”谢芳华也笑起来。

二人正说着话，英亲王妃和卢雪莹进了宫，她们也带着一众人，她们身后的人怀里抱着大包小包大匣子小匣子，里面一定是放着好药。

谢芳华无奈：“娘，您怎么也带了这么多药材来？”

“是你爹吩咐的，他说虽然你住在宫里，但咱们王府也有不少好药是宫里没有的。”英亲王妃走过来仔细打量谢芳华，松了一口气，“我昨日一晚上没睡着觉，担心你再发作，如今看到你我这心算是放下了。”

“我早上去给王妃请安，她便拉着我去库房选药，我们忙了一早上，总算选出了这些药，连饭都没吃就赶着给你送来了。”卢雪莹笑着说，“弟妹的气色看起来的确比昨日好多了。”

谢芳华闻言看了一眼天色，对英亲王妃嗔怪地道：“娘您也真是的，我在宫里还能缺了药？再怎么急，您也要吃饭呀。怪不得看您比我气色还差。”说罢，她吩咐小橙子，“快去御膳房看看，也快到晌午了，提前把饭菜端来吧，这里的人今天晌午都在这里用膳。”

“是。”小橙子连忙去了。

英亲王妃笑着坐下："见到你，我不吃饭也有精气神。"

谢芳华好笑。

四人正说着话，外面有人喊："太后驾到。"

谢芳华刚要起身，英亲王妃便将她按住了："太后又不是外人，你身子不好躺着吧。"

她说罢，太后走了进来正好听到，笑着说："皇嫂说得对，小王妃好好躺着不必多礼，哀家昨日就想过来看你了，但想着还是要你好好休息便没来，今日都赶在一起了。"

太后说罢，左相夫人、王夫人、程夫人等人也结伴进了宫。

人人身后都跟着几名仆从，仆从都拿着上好的药材。

早先金燕搁置药材的地方转眼就被堆成了一座山。

谢芳华无奈地揉揉眉心，不知道御药房还装不装得下？

众人都赶到了一起，午膳自然都留在这里一起用了。

饭后大家都不敢再多打扰谢芳华休息，纷纷告辞出了皇宫。

金燕拉着谢芳华的手抿着嘴笑："若是不想变成药罐子，你就赶紧把伤养好。你看今日来了这么多人，稍后钰表哥估计就会传出话去，不准让人再进宫探望打扰你养伤了。所以，明日就没什么人来了，你就好生地静养吧。"

谢芳华笑着瞪了她一眼，小声说："你家郑孝扬还在暗牢里关着呢，你高兴个什么劲儿？"

"反正又死不了。"金燕丢下一句话，出了皇宫。

英亲王妃多嘱咐了谢芳华几句，也与众人一起出了皇宫。

众人都走后，小泉子带着人将那些药材搬到御药房，他来来回回指挥着人搬了数十趟才都给搬走了。搬完后，他唏嘘地说："小王妃，御药房都堆得没地方了，皇上却说再有人送好药来依旧收下，另外辟出个御药房来给您放药。"

谢芳华无语。

众人离开后，秦钰果然已经传出了话，吩咐从明日起，朝中各府邸有好药可以派人送进宫给小王妃，看望就不必了。

谢芳华想着，金燕对他的性情可真是太了解了。

秦钰晌午在御书房用的膳，傍晚时分依旧回来陪谢芳华用晚膳。

他见谢芳华手边放着兵法，挑了挑眉，对她道："你伤还没好，看什么兵法？别太伤神。"

"不伤神，打发时间。"谢芳华道，"否则熬日子才可怕。"

秦钰想了想道："这样吧，明日我将奏折搬回来批阅，帮着你打发时间。"

"不用。"谢芳华摇头。

秦钰瞥了她一眼："就这么定了。"

谢芳华捂额头："若是有朝臣去御书房找你议事呢？"

"也来这里议。"秦钰道。

谢芳华更无奈了："我听你的，明天什么也不做了，你饶了我吧。"

秦钰勾了勾嘴角："我发现这样欺负人原来真的蛮有意思的。"

谢芳华怒："你是接我在这里养伤，还是想我伤势更重？"

"你听话就对了！早些休息吧。"秦钰笑着看了她一眼，站起身走了出去。

今日秦钰依旧没继续在御书房熬夜，回寝殿后便早早睡下了。

小泉子谢天谢地更谢小王妃来宫里住，他也不用陪着皇上熬夜了，今天一天都神清气爽。

谢芳华趴在桌子上，用手指头蘸了水，写了几遍秦铮的名字，才熄了灯上床睡了。

第二日，谢芳华住的偏殿果然清静，连太后也没来。

侍画见谢芳华无聊，便与她说了朝堂内外这两日发生的事。

说自从昨日皇上下旨，文武科举提前，各地学子纷纷启程来京赶考。有的人骑最快的马，今日便已经进京了，到城门口时累死了马。

而且，累死马匹的人还不是一个人。

据说左相、李司直设立的官衙里挤满了前来报名的人，二人忙得不可开交。

又据说，燕小侯爷昨日下了朝从宫里出去之后，为了完成皇上交给他的任务，满京城地抓人用。程铭、宋方及没入朝的公子哥儿们，都被他抓去用了，据说刚一日很多公子哥儿就已经累得起不来床了。燕小侯爷还觉得不够，今日已经将爪子伸去了几大世家的子弟身上。

京中因为这两件事，闹得十分热闹。

谢芳华养伤无聊时听着也算能解闷，想了想问侍画："轻歌呢？"

"轻歌公子已经报名了。"侍画低声道。

谢芳华点点头："天机阁毕竟是江湖上的暗阁组织，总要有人入朝。轻歌有才华，聪敏、机灵、心思透，适合入朝。"

侍画犹豫了一下，小声说："还有一件事情。"

谢芳华看着她。

"据说怜郡主早在十多日前就离开了临安城，准备前往漠北军营。"侍画悄声说，"是孤身一人上的路。"

谢芳华皱眉："她竟然没回京？"

侍画点头。

谢芳华道："这件事情还有谁知道？"

侍画道："奴婢是早上听到的消息，本来想着您在养伤切忌忧思便没告诉您，但是想想万一怜郡主在路上出事……"

"这个秦怜！"谢芳华揉揉眉心，"只能给哥哥传信了，让哥哥接她。"

侍画点头："最快的飞鹰，也要三日才能到漠北，希望路上别出事。"

"她一个女孩子，从来没出过京城，胆子可真大。"谢芳华道，"不过她是个机灵鬼，一肚子的主意，若是不遇到特殊情况，应该出不了大事。"

侍画点点头："奴婢这就去给世子传信。"

谢芳华颔首："京中的事情早晚会传至漠北，为免哥哥担心，你在信中告诉他我很好让他不要担心。"顿了顿，她又道，"另外，让哥哥也查查北齐玉家，玉兆宴和言宸。"

侍画应声，立即去了。

不多时，侍画拟好书信，放飞了飞鹰，飞鹰径直往漠北而去。

傍晚时分，秦钰回来陪谢芳华用晚膳，谢芳华便将秦怜的事情与他说了。

秦钰点点头，没说什么。

五日后，谢芳华日日被好药养着，身体总算是恢复了几分。

这一日，侍画收到了一则消息，踌躇半晌才低声对谢芳华说道："小姐，大事不好了。怜郡主被北齐国舅抓住了，用她威胁榆阳城守通关。"

谢芳华面色一变："玉兆宴抓了秦怜？"

侍画点头。

谢芳华皱眉："榆阳城距离漠北也就还有百里，秦钰下了海捕文书抓玉兆宴，没想到还是让他悄无声息地到了榆阳城。看来秦钰早已经给哥哥传信，哥哥将漠北边境方圆百里布置了天罗地网，否则玉兆宴不会在榆阳城抓着秦怜现身。"

侍画点头："奴婢刚得到消息，不知道皇上得到消息没有。"

"应该也得到了。"谢芳华揉揉眉心，"看来只能放玉兆宴走了，不知道他是不是真的玉兆宴。"

侍画一愣，不解地看着谢芳华："玉兆宴不就是玉兆宴吗？小姐的意思是……"

谢芳华道："我总觉得二十多年前玉兆天的死有蹊跷，北齐想要兴兵，使出计谋也不奇怪。他到底是真死还是假死，北齐玉家有双胞胎兄弟之说到底是真是假。兴许玉兆天与玉兆宴根本就是一个人，可惜我以前从没查过言宸。他爹为什么要置我于死地，一时半会儿难解开了。"

二人正说着话，秦钰回到了寝宫。

谢芳华见秦钰的脸色有些难看，她开口问："你也得到秦怜被玉兆宴抓住的消息了？"

秦钰点头，有些恼怒："好好的郡主不做非要去漠北，如今惹出事端，太不像话了。"顿了顿，他有些后悔地道，"父皇快要驾崩那会儿，我回京时便不该顾及她的伤势，将她带回来就好了。"

"她想出京去看看，就算当时你带她回来了，她也还是会偷偷溜出去的。"谢芳华道，"别恼了，大不了就放玉兆宴过关卡。"

"那怎么行？"秦钰皱起眉头，怒道，"怎么能轻易地饶过他？"

"总不能不顾秦怜的性命吧？"谢芳华道，"来日方长。"

秦钰坐在椅子上，喝了一杯冷茶："不知道子归有没有什么好的办法，既能救秦怜又能不放过玉兆宴。"

"不见得有什么好办法，哥哥定然不会不顾及秦怜的性命。"谢芳华顿了顿，又道，"数千里之外，京城对榆阳城和漠北鞭长莫及。但即便放了玉兆宴，他也不过是回到了北齐，总不会跑到天上去，有些账早晚能算清。"

秦钰闻言抿唇，片刻后，揉揉额头道："只能这样了。这个秦怜，成事不足败事有余。"

"临安城瘟疫时，若没有她掌控局面，后果不堪设想。她若不是碰上了玉兆宴，凭她的机敏定然能安全到达漠北。只不过事情赶得巧了而已，也怪不得她。"谢芳华道，"这件事情就交给哥哥处置吧。"

秦钰点点头："不交给他还能交给谁？可惜不能见见玉兆宴的真面目。"

"我已经给哥哥传信了，让他查玉兆宴。"谢芳华道，"哥哥即便放他通关，也会想办法查清楚的。"

秦钰颔首，又喝了一杯茶，忽然道："我已经告诉你切忌多思，你怎么不听话？"

谢芳华无语："我没有多思，这些事情还不至于让我纠葛着放不下，不会加重心思负荷。"

秦钰仔细地打量了她一眼，见这几日用好药喂着，气色果然恢复了几分，脸色也不那么苍白如纸了，他心下稍宽："总之，你自己的身体还是要靠你自己养着。养不好的话，你对不起的人可不是我。"

"知道啦。"谢芳华无奈。

秦钰又坐了片刻，吃过午膳又去了御书房。

谢芳华无聊地在桌案上蘸着水又写了一会儿秦铮的名字，就上床午睡了。

三日后，漠北传回消息，三日前谢墨含得知玉兆宴抓了秦怜，命榆阳城城守放人，榆阳城城守立即开城放人，玉兆宴抓着秦怜前往漠北边境。

谢墨含派人前往北齐军营做信使，请北齐军营派人前往漠北边境辨认此人是否为北齐国舅玉兆宴。

北齐方面镇守军营的大将军接了信使递来的信函，立即去信用飞鹰传到了京城玉家。

两日后，玉家放出了话，除了小国舅常年在外，北齐国舅多年来从未出过北齐京城，跑到南秦去陷害小王妃、挟持秦怜郡主的人，根本就不是北齐国舅。

据说，一向身子不好的北齐国舅当日特意上了早朝辟谣。

关于南秦流传的北齐国舅害小王妃、如今抓了秦怜郡主威胁等事件，均与北齐国舅无关。

消息传到漠北，北齐镇守边境的大将军给谢墨含回信："此人与北齐无关，若是南秦有办法拿住他，此人任南秦处置。"

谢墨含收到回信后，出城去见那个人。

那人蒙着面、穿着一身黑衣，只露出一双眼睛，眼神凌厉。

秦怜被他用绳子捆着，堂堂的小郡主，往日白嫩的皮肤被风吹得粗糙，口干嘴裂，显然被他抓住不是一日两日了，已经不成人形，整个人无精打采的。谢墨含来到时，她只是抬头看了一眼，恹恹的没作声。

谢墨含冷冷地问道："阁下是何人？害我妹妹，如今又抓了怜郡主，意欲何为？"

"你管我是谁？只说放不放我离开！若是不放，我就杀了这个郡主。"那人道。

"郡主怎么了？你给她下了什么药？"谢墨含道，"若是换回半个死人，我们不如不要。"

"我自然给她下了药，否则她如何能够乖乖的？"那人道，"只要你放我通关，我就会给她解药。"

"此话当真？我如何信你？"谢墨含冷冷地问道。

"你若是不信，只管杀我，但是这位小郡主也只能陪我死了。"那人道，"你只能信我。"

"我放你离开，你现在就放人？"谢墨含看着他。

"怎么可能现在就放人？我要走出南秦地界，才能放她。"那人道，"别以为我不知道，你在这附近都埋伏了弓箭手，只要我一放开她，你就会命人放箭。"

"怜郡主是金枝玉叶，她的性命比较重要，既然你对她下了药，我自然不会放箭。"谢墨含道，"你应该不想死吧？你若是想死，就不会躲过皇上的海捕文书，一路挟持怜郡主来到这里想要离开南秦了。"

"自然！"那人道。

"所以，你现在就放开郡主，我保证不对你放箭。"谢墨含道，"我以忠勇侯府的名义起誓，若是对你放箭我便死无葬身之地。"

“谢侯爷是君子？”那人看着谢墨含。

“我不自诩君子，但是还是能做到一言九鼎的。”谢墨含道。

“好，就信你。”那人顿时放开了秦怜，“即便你反悔也没用，我在她身上下的药，这天下间除了我谁也解不了。我会将解药放在出了南秦边界线的那块石碑上。”

他刚一放开手，秦怜便软软地倒在了地上。

谢墨含并没有上前去扶秦怜，而是对那人道：“好，你走吧，我言而有信，但愿你也能言而有信。”

那人大踏步地出了城。

谢墨含一挥手，立即有人上前扶起了秦怜，只见秦怜已经昏迷。

谢墨含抿了抿唇，带着人跟在那人身后。

那人走得并不快，也没急着奔走，走出大约五里地后就到了南秦和北齐的边境。

边境线外，有北齐大将军带领着北齐十万大军等候。

谢墨含眯了眯眼睛，扬声问道：“既然这个人不是北齐国舅，为何还劳动大将军亲自来接人？”

北齐大将军道：“入我北齐界限者便是北齐之人，即便他不是国舅爷，只是北齐的寻常百姓，北齐士兵也会在我北齐的国土上护其安全。”

谢墨含笑了笑：“北齐好一个泱泱大国的派头。”

“谢侯爷过奖了！”北齐大将军拱手。

那人踏过南秦国界，回身对谢墨含说：“你是一个君子，一言九鼎，我却不是什么君子。谢侯爷，再会了。你等着为怜郡主收尸吧！”

谢墨含眯了眯眼睛，冷笑一声：“是吗？”

“可能你的妹妹能解我下的毒，但南秦京城距离漠北关山迢递，远水救不了近火。我此番想杀她，可惜没杀成，不过也要了她半条命，如今再搭上怜郡主的一条命，也算是报了九曲山夹道我被害之仇，也不亏。”那人道。

谢墨含冷冷地问道：“原来你是南秦皇室隐卫宗师？”

那人回以一声冷笑，没答话算是默认，转头便走。

这时，斜侧方忽然飞过来三支箭羽，箭羽奇快无比，带着一股风声，两支射向那人，一支射向北齐大将军。

因这箭羽来得太快、太突然，那人立即飞身躲闪，他武功奇高，堪堪擦着鬓发躲了过去。

北齐大将军即便也是武林高手，震惊之下跳下马时慢了一步，箭羽擦着他的臂膀划过，甲衣被穿透、肩膀被擦破了皮，不过他的胳膊没废掉。

他暗叫了一声好险，从地上站起身，看向箭羽射来的方向。

只见斜侧方半山坡上，一人纵马而来，手里拿着一把巨弓，来人正是秦铮。

那黑衣人一怔，北齐大将军亦是一怔。

秦铮怎么会出现在这里?

他竟然来得如此悄无声息。

难道他从京城离开后，便来了漠北?

秦铮纵马来到近前，冷冷地笑道：“我的箭上抹了剧毒，叫作‘半刻死’，也就是说，不立即解毒就会死无葬身之地。我的妹妹乱跑来到漠北，没本事被人抓住死不足惜，北齐的大将军陪她一起死也是值了。”

那北齐大将军闻言转头看向自己的肩膀，只见被箭羽划破的地方流出的都是黑紫色的血，这么短的时间他已经感觉半边胳膊都没知觉了，面色大变。

半刻死乃天下剧毒，虽然不是最毒之毒药，却是最霸道、残忍的毒药，中毒者将全身溃烂而死，也就是说死无全尸。

北齐大将军看着秦铮，怒道：“传言英亲王府的铮小王爷本事奇高，霸道轻狂、张扬不羁，今日一见，果然名不虚传。”顿了顿，他又道，“不过你用这等霸道、毒辣的毒药暗箭伤人，不觉得有辱你的身份?”

秦铮嗤笑一声：“能劳动大将军出动十万兵马迎接的人，焉能是平民百姓?这个人能在背后下手，谋害我妻子、挟持我妹妹、对我妹妹下不解之毒，言而无信，你们都不觉得脸上无光，爷怕什么?”

北齐大将军一噎。

秦铮又冷笑着说道：“爷喜欢看死人，最喜欢看活人在我面前一点儿一点儿地因为皮肤溃烂而死，尤其这个人还是北齐的大将军。”

北齐大将军转头去看自己的肩膀，果然见被伤到肌肤的地方已经开始溃烂，这若是半刻后他怕是全身都会溃烂了，他面色大变，转头去看那黑衣人。

那黑衣人也向他看来，面纱下的眼睛漆黑，似乎隐藏着风暴。

秦铮懒洋洋地坐在马上，转头对谢墨含说：“大舅兄，秦怜喜欢漠北，稍后你择一个地方将她埋在这里吧。”

谢墨含看了他一眼，点点头没说话。

秦铮的目光落在北齐大将军身上，一副等着看他皮肤溃烂而死的好戏的样子。

“我给你解药，你也拿解药来。”那黑衣人终于开了口。

秦铮看过去：“凭什么你说拿解药我便要拿解药?”

“你真不顾及你妹妹的生死?”那人道。

“这个小丫头片子自小在皇宫长大，与我不亲。”秦铮道，“她死了，我娘就会专心疼我一个，我早就想掐死她了，一直没机会下手，今天还要多谢你，尤其还赚了一个北齐大将军。”

那人冷笑：“是吗？若不是为了怜郡主，铮小王爷怎么会千里迢迢跑来漠北？”

“我来漠北是为了给我媳妇儿报仇。”秦铮道，“今日我先杀了北齐的大将军，再找你算账。”

那人忽然哈哈大笑起来：“乳臭未干的毛头小子口气倒不小，就凭你刚刚那三箭？想要找我算账，你还差得远。”

秦铮冷笑着看着他：“我说能就能，你一个连脸都不敢露的僵尸，能有几分本事？若非在九曲山夹道有人故意对你放水，你早死无全尸了。”

那人笑声顿止，大怒道：“我给你解药，你也拿解药来。”

“爷不做没好处的买卖。”秦铮道。

“你想怎样？”那人盯着秦铮问。

“爷很好奇，你到底是不是北齐国舅玉兆宴？”秦铮看着他。

“不是。”那人道。

“玉兆天到底死没死，”秦铮看着他，“我比较好奇这个。”

那人冷哼一声，没言语。

秦铮冷笑：“北齐玉家能人辈出，这么多年来一直暗中筹谋，连南秦皇上的隐山隐卫都插得进手，果然厉害。”

“你到底换不换解药？”那人问。

“我已经说了，爷不做没好处的买卖。”秦铮道，“告诉我，你到底是谁？露个脸留个名字，我也好让你见识见识以后我如何找你算账。”

那人看着秦铮，现出厉色，半晌后一把扯了面巾：“南秦历代皇室子嗣都是废物，没想到这一代出了个你，你倒是个人才。既然你有这个本事，我就告诉你，我就是玉兆天。”

“你果然没死？”秦铮看着这张脸，与李如碧画出的那幅画像果然有八九分相像。

“解药呢？再耽搁下去，若是大将军废掉一条胳膊，你的妹妹我也只会给一半解药。”玉兆天道。

秦铮从怀里拿出解药：“在这里。”

玉兆天一见，也从怀里拿出解药：“我的也在这里。”

“我哪里知道你的解药是真的还是假的？你做小人也不止一次了。”秦铮冷哼一声，鄙夷地道。

“你怀疑我的解药，我还怀疑你的解药呢。”玉兆天看着秦铮，“铮小王爷也不是什么君子。”

秦铮哼笑："你还挺了解我。"

"换不换？"玉兆天举起解药。

"换！"秦铮点头。

二人同时举手，再没有多余的话，解药瓶子同时交叉地飞过。

秦铮接到解药的同时，抽出马前的一支箭扔了出去，玉兆天接到解药的同时，拔下腰间的佩剑，也对秦铮扔来。

箭羽和宝剑在半空中撞到了一起，咔的一声齐齐折断。

秦铮握住解药，看着玉兆天，冷笑："你也是北齐的国舅，当了这么多年活僵尸，如今我还给你个光明正大的身份，你不用谢我。"

"铮小王爷果然有真本事，不过，谢芳华已经命不久矣，你陪着她下九泉时也不用谢我。"玉兆天转身将解药扔给了北齐大将军。

北齐大将军立即拿过那个瓶子，打开瓶塞，将一颗解药放到了嘴里。

秦铮将瓶子扔给了谢墨含。

谢墨含打开看了一眼，吩咐人将秦怜带上前，喂她服下了解药。

北齐大将军服下解药后，伤口顿时停止了溃烂，黑血不再往里蔓延，而是都流了出来。

秦怜也幽幽地醒了，见到秦铮时愣了一下，喊了一声："哥哥？"

秦铮面无表情地看了秦怜一眼，掉转马头走了。

秦怜眨眨眼睛，挠挠头，扭头看向谢墨含，眼睛一亮："谢墨含，这里是不是漠北？"

谢墨含对她点头："是漠北。"

"我是怎么来的这里？"秦怜四下里打量起这里的情形，两军对垒，一片肃杀之气，对面的北齐大将军已经解了毒，玉兆天在秦铮掉转马头时也向漠北军营走去，她一眼认出他来，大叫道，"他就是抓我的那个坏蛋。"

玉兆天听到了她的话，顿住脚步，转回头冷声说道："小丫头，下次别落在我的手里，否则你就不像今日这样好命了。"

秦怜对他吐吐舌头："你个老妖怪，欺负一个小女子算什么本事？"

玉兆天冷哼一声，转身走了。

北齐大将军擦净了肩膀伤口处的污血，对谢墨含道："谢侯爷，改日再会。"

"再会。"谢墨含拱拱手。

北齐大将军吩咐收兵，十万兵马退回北齐军营。

谢墨含看了秦怜一眼，见她满脸的好奇，他无奈地揉揉额头："郡主，你太胡闹了，孤身一人前来漠北，万一出了事情怎么办？"

秦怜收回视线，嘟起嘴："我哪里知道会遇到这么个大坏蛋呀。"

谢墨含见她身上的衣服又脏又破，没个郡主的模样，即便人有精神了，但模样也实在不忍看，这一路上被玉兆天挟持，吃了不少苦，也不忍再训她：“幸好秦铮兄赶来漠北救你，否则我都不知道怎么应付这个玉兆天呢。”

秦怜眨眨眼睛：“哥哥从京城赶来漠北，特意来救我？”

谢墨含点头。

秦怜嗯了一声，嘀咕道：“我就知道他一直以来口是心非，从小到大都欺负我，我一有事便又会跑来救我。”

谢墨含失笑：“你毕竟是他的亲妹妹，他怎么能明知你出事而不管？”

秦怜挠挠头：“那嫂子呢？她来没有？”

谢墨含摇头：“没有，她在京中，她前些日子被玉兆天迫害，如今身体又受了重伤，在京中养伤呢。”

秦怜立即问：“嫂子的伤要不要紧？这个玉兆天怎么这么坏？伤了嫂子又抓我，简直可恶。”

“她的身体本就不好，如今怕是更不好了，只不过是为了让我安心来信时没多说罢了。”谢墨含道。

秦怜闻言又骂：“这个玉兆天真是可恶，不是人。”

谢墨含不再说话。

秦怜深吸了一口气：“这漠北的蓝天真好，咱们京城这个时节还是炎热的夏季吧？可是漠北就已经秋高气爽了呢，真舒服。”

谢墨含收了笑：“漠北很快就不舒服了。”

秦怜看着他。

“一旦战火起，这里就是修罗场，会有无数亡魂埋在这里。”谢墨含道。

“一定要打仗吗？”秦怜皱眉。

“南秦和北齐自从分立南北建朝起平静了多年，如今两国之战已经箭在弦上。不是我们南秦不想打便不会打的，北齐筹谋了多年，怎么可能轻易放弃？回军营吧。”谢墨含道。

秦怜点点头。

谢墨含吩咐人给秦怜牵来一匹马。

回到漠北军营，不见秦铮的身影，谢墨含立即问守着军营的王贵和秦毅：“秦铮呢？”

王贵道：“铮小王爷没进军营。”

“他去了哪里？”谢墨含立即问。

王贵道：“铮小王爷回京了。”

谢墨含一愣：“他刚到来，连脚也不停便回去了？”

王贵点头。

谢墨含揉揉眉心："他怎么这么急着走？不等我回来？再急也不差这一时半刻嘛。"

"铮小王爷应该是有急事。"王贵道，"只说让卑职告诉侯爷他走了。"

谢墨含回头看了秦怜一眼，头疼地道："他没交代说怜郡主怎么办？他怎么不将郡主一起带回去？"

王贵摇摇头："没有交代。"

"没交代最好。"秦怜高兴起来，"我好不容易来到漠北，刚刚还害怕他将我抓回去呢。他不抓我回去，也就是说准许我在这里待着了，太好了。"

谢墨含摇头："军营里都是男子，你是郡主多有不便。待你休息一晚，我便安排人送你回京。秦铮兄应该是有急事要回去办，才没对你加以安排。"

秦怜摇头："怎么不方便了？这军营里以前又不是没住过女人！别以为我不知道，当年你娘和你姑姑都在军营住过。"

谢墨含一噎。

"反正我不走。"秦怜摇头，"赶我也不走。"

"郡主不要胡闹。"谢墨含蹙眉，"这里毕竟是军营，一旦战事起我便无暇照顾你。"

"如今不是还没打仗吗？"秦怜打定主意不走。

谢墨含看着她，忽然板起脸来："来人，现在就送郡主去追秦铮兄，将郡主交给他。"

有人应了一声是，立即上前。

秦怜吓了一跳，连忙道："谢墨含，你别现在就赶我走，我哥哥有急事，把我送去追他我就成他的拖累了，如今不是没打仗吗？我保证，一旦要打仗我立马就走，绝对不在这里给你捣乱。"

谢墨含绷着脸，道："最多明日你休息一日，后日就必须离开回京。"

"一日怎么够？"秦怜摇头，上前一把拽住谢墨含的衣袖，可怜巴巴地看着他，"你看看我，这一路为了来这里找你，折腾得都不成样子了，你本来答应哥哥从京城带我来漠北长见识的，可是在临安城你扔下我就走了，是你不讲信用。如今哥哥都没交代什么，也就是同意我在这里了，你就别急着赶我了。"

谢墨含看着她，甩开她的手："你是郡主，注意身份、礼数。"

秦怜死死地拽住他的衣袖不放手，摇头："我如今不是郡主。"

谢墨含闻言眉心拧成了一根麻花："那你也不能总在军营待着，早先我答应你来漠北，那是因为漠北无战事，如今北齐和漠北随时都会起兵战，这里不安全。"

秦怜看着他，见他打定主意的样子，她的眼珠转了转，立即说："你想想，你又不能亲自送我回京，你派别人送我不见得安全，那个玉兆天虽然滚出南秦了，但说不定还有别人在背后下手再抓我，这可怎么办呀，我总不能总是让哥哥救我吧？”

谢墨含闻言不再说话。

秦怜立即趁热打铁：“我觉得，虽然随时会起战事，但不上战场总伤不着人吧，难道还有人跑来军营杀后面的火头军？一旦起战事，我就待在军营里不出去，你别告诉我你连军营也护不住呀。”

谢墨含闻言思索片刻，也实在想不出什么好办法安置秦怜，无奈地道：“好吧，既然如此你就先住在军营吧。”

秦怜见他答应，差点儿欢呼起来。

谢墨含无奈地摇摇头，吩咐听言：“将郡主安置在离我最近的房舍，你现在就带郡主去梳洗、换衣。”

听言点点头。

秦怜拍拍听言的脑袋：“喂，这才几日不见，小听言你都黑得快让我认不出来了。”

“郡主也快让人认不出来了，还说我呢。漠北风沙大，您的皮肤更不禁晒，等过十天半个月你再看看自己，估计比我还黑呢。”听言一边嘟囔，一边想着这小姑奶奶来了，他的活儿该多了。

“本郡主不怕。”秦怜蹦蹦跳跳地说，“晒黑了我就在漠北当兵了。”

“军营可不收女兵，郡主还是好生地在这里住着为好，最好别闹腾。”听言回头看了一眼，见谢墨含和王贵、秦毅正要前往议事厅议事，他小声说，“您别捣乱就行，您没见侯爷更瘦了吗？他本来就身体不好，这些日子漠北虽然没打仗，但得时刻打起十二分的精神备战，这仗指不定什么时候打起来呢，您可别再让侯爷操心了。”

秦怜撇撇嘴：“知道了，我又不是真不懂事。被那个死僵尸玉兆天抓住，我也没想到。”

听言点了点头：“反正您乖点儿就行了。”

玉兆天没死、秦铮前往漠北救出秦怜的消息三日后传到了南秦京城。

南秦朝野上下顿时哗然。

二十多年前，因玉兆天在出使南秦时暴病而死，所以北齐大怒兴兵。虽然后来在忠勇侯的带领下南秦打了胜仗，可是因为理亏，南秦还是将忠勇侯府的小姐嫁给了北齐的皇帝。

玉兆天竟然没死！

他不但没死，反而潜入南秦皇室隐卫中，成了隐山隐卫宗师，使得南秦皇室隐山隐卫在他的鼓动下发动了内乱。另外，他还暗中指使李如碧害谢芳华、挟持秦怜郡主……

诸多事情使得南秦乱上加乱。

消息传来后，南秦朝野上下一时间人人气愤。

这二十多年，南秦是被北齐给愚弄了。

南秦自认为是和北齐比肩的大国，这二十多年来却活在北齐的阴谋中，连皇室隐卫中都混入了北齐人，搅得南秦近来如翻了天，这实在是打了南秦一个响亮的巴掌。

早朝时，秦钰脸色阴沉，一言不发地看着群臣慷慨激昂地议论着北齐的玉兆天。

待众人的议论声小了下去，秦钰沉怒地开口："众卿议论了半天，可得出了什么结果？此事该如何处理？"

众人你看我，我看你，不明白皇上心里怎么想的，一时不敢开口。

英亲王出列，恼怒地道："北齐欺人太甚，本王和南秦被蒙在鼓里二十多年了。当年是臣之错，臣恳请皇上下旨，命臣前往漠北向北齐讨个说法。"

群臣闻言齐齐一惊，想着英亲王一直以来留守京城，深得先皇器重，多年来未踏出京城。当年他也文武双全，只不过多年来未曾干涉武将兵法，才使得很多人都忘了王爷年轻的时候也是拿过剑的。

"大伯父要怎样找北齐讨个说法？"秦钰沉声问道。

英亲王怒道："归还我南秦的女儿！"

众人又是齐齐一惊。

秦钰看着英亲王："您说的是谢凤？要回谢凤？"

英亲王点头："玉兆天既然没死，且做出了这些恶事，北齐欺人太甚，当年南秦理亏，才将谢凤嫁去北齐，如今玉兆天没死北齐自当归还谢凤。"

众人都默不作声，想着谢凤是北齐的皇后，二十多年来，和北齐皇帝情深似海，也是因为她，南秦和北齐二十多年来一直和平。如今北齐皇帝带着谢凤前往行宫，将朝事都交给了齐言轻，若是此时再讨回谢凤，北齐皇帝会给吗？

谢凤是北齐皇后，当年南秦虽然理亏，但是北齐皇帝是娶她进的北齐。

是娶，不是纳。

如今虽然玉兆天之事太过可恨，但是毕竟已经过了二十多年。

秦钰点点头，认同地道："北齐的确欺人太甚，大伯父言之有理。北齐是该给南秦一个交代，忠勇侯府一门忠心为国，老侯爷只谢凤一个女儿，多年来父女不得相见，如今北齐理当还回谢凤。"

群臣都看向秦钰。

左相的眼珠转了转，立即上前：“皇上圣明！北齐扰乱我南秦，我南秦铮铮铁骨的大好儿郎比比皆是，自不该受此欺负。否则，这样的事情都当作没发生的话，何以立江山之足？”

群臣闻言齐齐叩首：“皇上所言极是！”

秦钰颔首：“既然众卿都没意见，来人，拟告示！昭告天下，南秦上下共讨北齐，还回忠勇侯府小姐谢凤，限一个月时间，若是南秦见不到完好归来的谢凤，南秦将一举踏平北齐。”说罢，他一拍桌案，怒道，“朕在此立誓，不征北齐一雪前耻，不配坐这龙椅。”

“吾皇万岁万岁万万岁！”朝臣闻言齐齐跪地山呼万岁。

秦钰摆摆手，对英亲王道：“大伯父还是坐镇京中吧，秦铮如今在漠北，漠北有用之人甚多，暂不需要大伯父奔赴漠北。”

英亲王沉重地点点头。

秦钰退了早朝。

昭告天下的文书第一时间贴满了京中的大街小巷，文书由京中接连地外扩，没多久各州县就贴满了昭告天下的告示。

另外，有兵部的快马，八百里加急将战书送往漠北，递交给北齐。

南秦此时向北齐下战书的理由十分充分。

第三十九章

好的帝王

百姓们看到诏书所罗列的北齐累累行止后，也被激起了怒潮。人人激愤，奋勇参军，认为北齐欺人太甚，身为南秦子民，誓与新皇站在同一立场上找北齐讨个公道。

忠勇侯府的老侯爷多年来忠心为国，女儿谢凤当年嫁去北齐，百姓们都觉得是不得已之举，老侯爷戎马一生，为了南秦屡立战功，使得南秦子民平安了这么多年。他唯一的女儿却远嫁北齐，这么多年虽然北齐对外传说，北齐帝后情深似海，但谁知道是真是假？谢凤在北齐受了什么苦，南秦人又怎么会知道？

一时间，南秦上下都掀起了誓要北齐归还谢凤的言论。

南秦各地的子民都做好了与北齐打仗的准备。

南秦因去年、今年屡屡受灾，且一直没有兴兵的准备，粮草、兵马、兵器都吃紧。据说永康侯府的燕小侯爷为了筹备兵事日夜不休，都累病了，但他还是拖着病体在筹备粮草，但是即便如此，新皇也未下令向百姓增加税收。

百姓们现在才知道，南秦的税收一直比北齐的低。

据说，这还是当年建朝时，忠勇侯府一力为百姓们谋求的福利。三百年来，有几代先皇想要增加税收，忠勇侯府顶着，所以税收从未变过。

而北齐一直想要兴兵，北齐的税收高出的那部分，都用来增加国力了。

南秦的百姓们受忠勇侯府、谢氏庇护多年，如今北齐暗中筹谋，要踏平南秦江山，早先时候，边境已经打了好几场仗了，谢侯爷即便身体不好，也去了漠北对抗北齐。百姓们早就知道，北齐早晚还要打南秦。如今百姓们纷纷前往各地州郡府衙，主动向朝廷捐粮。

家里没有余粮的百姓，就捐家中的兵器、铁骑、喂马的草食。

消息传回京城时，满朝文武都震惊了。

南秦和北齐还没真正地燃起战火，但是南秦的百姓们齐齐表现出了对这一场战争的支持。

百姓们似乎等待这一仗等了好久了！

秦钰得到消息时，也是愕然和讶异的，他也没有想到百姓们竟然会如此支持他攻打北齐。但细细一想，他便明白了这里的关键。

谢氏、忠勇侯府、谢凤。

二十多年前，忠勇侯明明打败了北齐，却将自己的女儿嫁去了北齐。

多少年来，先皇忘了谢氏的忠心，只知对谢氏、忠勇侯府加以打击。

而百姓们却没忘，他们认为，不该忠勇侯府送女儿出去，即便谢凤后来贵为北齐皇后，且受北齐皇帝宠爱，但是他们都看不到，他们觉得她一定不幸福。

谢凤是忠勇侯唯一的女儿，她应该嫁给南秦的高门贵族的公子，应该享受忠勇侯府小姐该享受的荣华富贵，而不是只身一人困在北齐皇宫，与玉贵妃头破血流地争斗。

当年谢凤嫁去北齐，是整个南秦亏欠了她。

南秦皇室不觉得亏了她，先皇不觉得亏了她，但是南秦的百姓们却觉得亏了她，亏了忠勇侯府，亏了谢氏。

这么多年，南秦皇室一再逼迫，忠勇侯府和谢氏一退再退。

就在百姓们以为忠勇侯府和谢氏怕是真要完了的时候，忠勇侯府出了个谢芳华，她嫁给了秦铮，又得新皇喜欢，挽救了谢氏与忠勇侯府。

后来，先皇驾崩后新皇登基。

新皇登基后，南秦内忧外患，百姓们都为新皇捏了一把汗。

如今，南秦的百姓们知道了，原来南秦一直以来的乱象都是北齐制造出来的，焉能放过北齐？

二十多年前玉兆天假死，嫁祸给南秦，使得南秦理亏之下赔了谢凤，这笔旧账也要算算。玉兆天暗中指使人伤害小王妃、挟持怜郡主，这新仇也要一并报了。

秦钰在御书房里静静地坐了大半个时辰后，站起身对着窗外长长地叹了口气。

小泉子小声地问："皇上，南秦百姓齐心协力对敌，这是好事，您为什么叹气呀？"

秦钰回头看了小泉子一眼，说道："我今日总算明白几代先祖为何非要除去谢氏不可了。"

小泉子一惊。

秦钰揉揉眉心："谢氏深得民心，实在太过可怕。"

小泉子又一惊，暗暗地吸了一口凉气，想着皇上不会是对谢氏也有什么想法了吧？

秦钰忽然问：“你是不是觉得，朕如今对谢氏有什么想法了？”

小泉子吓了一跳，险些站不稳，皇上竟然能猜到他的想法？他的脸顿时白了，扑通一声跪在了地上：“皇上，奴才该死。”

秦钰笑了一下：“你会这样想也不奇怪。”

小泉子吓得屏住呼吸，不敢再言声。

秦钰摆摆手：“你起来吧，朕没怪你。”

小泉子暗暗地松了一口气，战战兢兢地起来了。他如今总算明白了吴公公对他的教导，吴公公说伴君如伴虎，让他学会猜帝王的心思，但不去猜帝王的心思才能活得长久，至少能活到退下来。他今日算是长教训了。

秦钰又道：“在朕有生之年，朕不会对付谢氏。”

小泉子偷偷看了秦钰一眼，只看到了他挺拔、笔直的背影。

“从建朝之日起，南秦皇室和谢氏就是共天下的局面，任何一方被打破，南秦江山都会被毁。”秦钰道，“这么多年，北齐正因为看透了这一点，才屡屡在南秦制造矛盾，而南秦皇室一直看不透。”

小泉子不敢吭声。

“幸而如今坐在这龙椅上的人是朕。”秦钰眯起眼睛，“朕不会让北齐得逞的，不论是谢氏的民心还是皇室的民心，都是南秦的民心。所谓民心所向、大势所趋，北齐就等着吧。”

“皇上英明。”小泉子连忙道。

秦钰转回身，用手指弹了一下小泉子的头：“你真该好好地跟吴公公学学，你若是能学得他八分，那你这颗脑袋在朕有生之年就能够保住了。”

小泉子立即笑着说：“奴才愚钝，一定向吴公公好好学。”

“该晌午了吧？”秦钰问。

小泉子点头：“快晌午了。”

“走，回宫。”秦钰抬腿出了御书房。

小泉子立即跟在秦钰身后，悄悄地抹了抹头上的汗。

来到宫门口，见谢芳华在树荫下摆着棋盘自己与自己对弈。斑驳的树影落在她身上，使她看起来柔美秀雅。

秦钰站在门口看了一会儿，见她似乎沉浸在棋局里没注意到他的到来，他便缓步走了过去。

谢芳华轻轻蹙着眉头，手中拈了一颗黑子和一颗白子，秦钰坐在她对面，她头也不抬地说：“今日不是文武考吗？你没去观场？”

“有左相和李沐清在，用不着我去观场。”秦钰看着棋局，“你又不听话，这么费心思的棋局摆来做什么？”

谢芳华将手中的黑子和白子一起扔给他，抬起头靠在椅背上：“我正好不愿意费心思了，下面的你来。”

秦钰接过棋子看了片刻，失笑：“你是希望白子赢，还是希望黑子赢？”

“我希望谁赢不重要，因为接下来我不是下棋之人，你才是下棋的人，你想要谁赢才重要。”谢芳华端起水喝了一口，不满地对一旁的侍画道，“怎么连水也这么苦了？”

侍画小声说：“小姐，这是野菊花泡的茶，能去些心火。您不是说最近一直喝白水太没味道了吗？而您又不喜欢吃甜的，太酸的、太辣的会解药效，都不适合，只能泡这个了。您要不喜欢，我再给您换别的。”

谢芳华叹了口气：“算了，也不是水的事，是这生活太没滋味了些。”

侍画不再言声了，小姐是个闲不住的主儿，如今已经在宫里闷了十多日了，皇上一直看着她，不准她费神看书，不准旁人来探望打扰她养伤，这不准那不准，她是真的闷坏了。

秦钰抬头看了谢芳华一眼：“你想去文武场看看？”

谢芳华摇头：“不想。”

“你若是想去看看，我就陪你去。”秦钰道。

谢芳华摇头：“不去。”

“你确定？”秦钰拈着棋子，半天没落下，“你不是在宫里住得闷了吗？难道不想出去走走？”

谢芳华翻了个白眼：“我是看到你就闷，看不到你的话不出宫也没事。”

秦钰轻轻哼了一声，将白子落在棋局上：“你当谁都有福气让朕天天盯着养伤？不知好歹。”

谢芳华看了一眼棋盘，阴阳怪气地说：“那还要多谢皇上厚爱了。”

秦钰抬眼看了她一眼：“你还是别说话了。”

谢芳华住了口。

秦钰落下白子后，紧接着也落下了黑子，然后他不停地落子，黑白子纵横交错，落得十分快速，隐隐地带着一股凌云之势，棋盘上满布杀气。

最后，一颗白子落子，全局已经落下帷幕。

谢芳华看了秦钰一眼：“好大的杀气。”

秦钰伸手一推棋盘，将棋子打散：“我这点儿杀气算什么，你出去看看，如今遍天下都是杀气腾腾的。”

谢芳华看向宫外的方向，宫墙阻隔，但也阻不住沸沸扬扬的民心之力，她挑眉：“这样难道不好？难道你一说打仗，百姓们都是恹恹的状态就惹你欢喜了？”

“自然不是。”秦钰看着她，“只是这民心之力不是来自皇权，是皇权的悲哀，朕如今坐在这把龙椅上，焉能高兴得起来？”

谢芳华翻了个白眼：“那也是南秦历代帝王没做到收拢民心，怨得了谁？”

“是呀，怨得了谁？”秦钰叹了口气。

谢芳华见他的心情似乎不是很好，便笑着说道：“从今以后，南秦的江山由你做主，你不能抹杀历代南秦先皇的所作所为，但是最起码从你开始，能改写南秦的历史。”

“改写南秦的历史？”秦钰看着她，“怎么改写？”

“用你的帝王之才，庇护南秦的百姓，百姓们看到了新皇的作为，也就会拥护南秦皇室了。”谢芳华看着秦钰，“一个好的帝王，不是处处提防臣子，而是站在比臣子更高的地方，驾驭臣子。”

秦钰问道：“你这是在宽慰我？”

“我是会宽慰人的人吗？”谢芳华动手收拾棋盘。

秦钰看着她，片刻后缓缓地笑了：“谢芳华，我跟你说一件事。”

“嗯？”谢芳华看着他，很久以来，她都没听到他连名带姓地喊她了。

秦钰抿了抿唇：“你一定要好好地活着，看朕如何征伐北齐，统治好这南秦江山。”

“自然！”谢芳华理所当然地道。

“不准死。”秦钰又道。

谢芳华的眼珠子动了动，笑了笑：“上天听到你的祈求了，应该会给你一个机会。”

秦钰又好气又好笑：“你这女人。”说罢，他吩咐小泉子，“去端午膳。”

小泉子应了一声，连忙去了，想着小王妃果真厉害，皇上的心情无论有多不好，到了她这里立马就变好了。

只是可惜，她是小王妃，而不是皇后。

想到这里，他立即狠狠地抽了自己一耳光，匆匆向御膳房跑去。

用过午膳，秦钰又问谢芳华是不是真的不去文武场看看，谢芳华摇头，秦钰便去了御书房。

谢芳华又在桌前蘸了水，在桌案上写秦铮的名字。

侍画想着，人人都觉得铮小王爷爱惨了小姐，可是只有小姐身边的人知道，小姐一样爱惨了小王爷。

谢芳华写了一会儿，轻声问侍画：“秦铮去了漠北，没在漠北停留，如今应该是又与郑孝扬会合了吧？”

“铮小王爷在漠北露了一面，救了怜郡主后便离开了，如今失去了踪迹，应该是暗中在做事情了。”侍画小声说，“怜郡主如今留在了漠北军营，据说侯爷很头疼却拿她没办法。”

谢芳华笑笑：“被玉兆天挟持，也不怪秦怜。她一出生便被太后接到了宫里，在宫里待了十五年。有家不能回，有亲不能聚，谁都不能体会她心里的苦。对她来说，离开京城就是离开了困着她的网，如今自然不乐意回来。”

“可是难为咱们侯爷了。”侍画说，“侯爷大约又瘦了。”

谢芳华笑着看了侍画一眼，小声说：“侍画，你是不是也喜欢哥哥？”

侍画一惊，连忙摇头：“小姐，奴婢是喜欢侯爷，可不是那种……那种喜欢。”

谢芳华弹了一下她的脑门儿：“看你吓的，我就问问，你若是不喜欢最好，我这里可有个给你选中的人选。”

侍画的脸顿时白了：“小姐，奴婢说了，要侍候小姐一辈子。”

“嗯，就是想让你侍候一辈子，才给你选了个我中意的。”谢芳华道。

侍画一怔，呆呆地看着谢芳华。

“秦铮身边的青岩，你看怎么样？”谢芳华笑着问。

侍画连连摇头，红着脸道：“奴婢可配不上青岩公子，小姐，您还是别乱点了。”

谢芳华见她脸红，笑着又点了一下她的脑门儿：“我们侍画又不差，怎么就配不上了？”

侍画跺脚：“小姐，您若是再胡说，奴婢可恼了，不理您了。”

“好，好，我不说了。”谢芳华笑笑，“反正我和秦铮的命还悬着，你们的事情以后再说吧。”

侍画松了一口气。

谢芳华趴在桌案上，懒洋洋地问：“郑轶、郑诚、郑孝纯这三人如今还在京中吗？在做什么？”

侍画立即说：“自从右相府的李小姐出了事，李公子也干脆地拒绝了郑孝纯的求娶，皇上也表了态，郑孝纯为弟顶罪求娶的事自然就黄了。如今郑孝扬被皇上关进了暗牢，荥阳郑氏的人没离开京城，在京城买了一处院子，暂且居住，据说这几日日日往大长公主府跑，求情呢。”

“求什么情？”谢芳华问。

“求大长公主去找皇上求情，放二公子出暗牢。”侍画小声说道，“荥阳郑氏的人看起来很重视二公子，没丢下他离京回荥阳。”

谢芳华笑了笑：“荥阳郑氏的人能将荥阳是北齐暗桩据点这件事隐藏多年，不是傻子，怕是也觉出这中间有些不对味来了。不过，他们也不确定哪里不对味，事情演变到这个地步，关键点还在郑孝扬的身上，他们是想见见郑孝扬。”

侍画点点头。

“秦钰这几日对荥阳郑氏的人是不是没管没问？”谢芳华又问。

侍画想了想，点点头。

“不理就对了，若是秦钰让他们安心地住在京城，他们反而不敢再待了。这时候只要他们待在京城，秦钰就能将京城明里暗里的风声掌控得滴水不漏。”谢芳华站起身，打了个哈欠，“荥阳郑氏的暗桩被铲除之前，他们半丝风声也不能得到。”顿了顿，她又笑着说道：“他们要见郑孝扬，就等秦铮和郑孝扬回来的时候再见吧，那时候荥阳郑氏多年的根基已经毁于一旦，即便他们再想反叛也回天乏术了。”

谢芳华睡醒午觉后，刚起床喝了一杯水，侍画便来禀告大长公主来了。

谢芳华向外看了一眼，轻声问侍画：“大长公主是一进宫就来了我这里，还是先去了别处？”

侍画小声说：“先去见了皇上。”

“待了多久？”谢芳华又问。

“小半个时辰。”侍画道。

谢芳华了然，走出殿门去迎大长公主。

大长公主是自己进宫的，见谢芳华从内殿迎了出来，立即说：“小王妃身子好些了吗？大姑姑不是外人，不必迎出来，你身子要紧。”

谢芳华笑着说：“已经好多了，能走能动，不能总在屋子里闷着、床上躺着。走这几步也累不到。”

大长公主笑着打量她：“气色是比那日见时好多了。自从皇上传出话，不让人再打扰你养伤，都没人敢再进宫来看你了。今日我是迫于无奈才来的，是不是打扰你了？”

谢芳华好笑：“皇上小题大做，他自己不喜人来去匆匆烦乱，却拿我养伤做由头。”说罢，她笑着请大长公主进内殿，“大姑姑是有什么急事找我？”

“正是。”大长公主点点头，进了内殿。

侍画给她倒了一杯水。

大长公主端起来喝了一口，对谢芳华说：“为了不打扰你休息，我长话短说。”

谢芳华点头。

大长公主叹了口气：“你知道我不喜欢郑孝扬，那日他逛青楼，我一怒之下找了御史台的一帮大人将他弹劾了，皇上一怒之下将他关进了暗牢，如今也关了十多日了。”

谢芳华看着她，静待下文。

“那日，李如碧伤你，自己落得了那个下场，我也想开了，金燕这孩子看中了郑孝扬，总比李如碧最后落得那个下场强，我就这么一个女儿，哪里忍心？”大长公主道，“这样一想，我也就同意了。但是郑孝扬那个混账东西，竟然在有了婚约的第二日就逛青楼，总不能轻饶了他，一定要让皇上多关他些日子治治他。”

谢芳华笑着点点头，没说话。

“几日前，荥阳郑氏的郑公、大老爷、大公子从右相府那一堆糟心事里抽身出来后，就想起了郑孝扬，生怕他身子骨差给在暗牢里关废了，不敢进宫来求皇上便跑去找我了。”大长公主道，“我这几日被他们磨得没办法，想着十多日也差不多了，暗牢比天牢折磨人，今日便进宫求皇上放了他。”

“皇上不放？”谢芳华问。

大长公主点头：“是呀，我嘴都说干了，皇上就是不放。说前两日他还在暗牢里闹腾着要美人，看来还没关够，现在放出来的话他还是改不了。”

谢芳华咳嗽了一声。

大长公主说着，生起气来：“你说说这郑孝扬，怎么这么混账，暗牢竟然都关不住他的脾气！偏偏燕儿说既然当时选了他，那就是他了。”

“那就再关些日子。”谢芳华道。

大长公主叹气：“我倒是也想再关他些日子，可是荥阳郑氏那三人日日磨着我求情，我已经答应了他们，说来向皇上求情放了他。如今皇上不放，我岂不是食言了？”

谢芳华想着原来如此，笑着说道：“您是没想到皇上不放他，怕回府后没办法与荥阳郑氏的人交代？”

大长公主点头：“所以，我思来想去便来求你了，你跟皇上说说，让他放了那混账吧。我将他接回大长公主府亲自看着他、收拾他，磨着他改了混账脾性。”

“在暗牢里关了十日，他竟然都还没改掉脾性，那么您带他回去会有什么好办法吗？”谢芳华看着大长公主，“再说，万一您逼急了他，他一怒之下跑回了荥阳，要毁掉与金燕的婚约，而金燕又下了决心非他不嫁，您怎么办？难道再追去荥阳？”

大长公主一噎，觉得谢芳华说得有理：“那怎么办？”

“依我看，就让皇上先关着他。”谢芳华道，“既然十天磨不掉他的坏脾性，那半个月、二十天、三十天呢？”

“这……”大长公主看着谢芳华，“会不会时间太长了？荥阳郑氏的人难道一直在京中等着？他们会同意？”

“他们不同意，就让他们进宫找皇上。”谢芳华想了想道，“如今京中正在进行文武考，据说大公子也是有才华之人，难道未曾报名？”

大长公主摇头：“这我倒是不知，这些日子我一直想着郑孝扬这糟心的东西，谁还会去想那个郑孝纯？”

“荥阳郑氏的人一直就有入京的打算，若是郑孝纯报了文武考、入了选，他们就会在京中久留了。”谢芳华又道，“如今郑孝纯与右相府小姐的婚事告吹了，古来便有兄长未婚弟不能娶的规矩。您回府之后，不如在京中未出嫁的小姐中物色一番，给荥阳郑氏的大公子另外做一桩媒。反正以后大长公主府和荥阳郑氏就是亲家了。”

“那郑孝纯比郑孝扬还不是个东西，竟然整出为弟顶罪求娶的戏码来，让我好生窝了一肚子气，如今我还管他的婚事？”大长公主不乐意地摇头。

“您回去就告诉他们，皇上要好好地磨磨郑孝扬的性子，关十日怎么能够？他若是不改，就一直关着。”谢芳华道，“您给郑孝纯做媒，也是为了他们不再日日去大长公主府烦您。郑孝纯毕竟是郑孝扬的哥哥，他的妻子就是金燕的嫂子，您给他选妻子对金燕也是有好处的。”

“也对。”大长公主点头，“是这个理儿。”

谢芳华笑笑，不再多说。

大长公主笑着站起身：“行，我这就回府，那郑孝扬就让皇上继续关着，我也想看看他到底改不改。辛苦你陪了我这么久，我就不打扰你养伤了，等皇上解了你的宫禁，我便让金燕来看你。”

“大姑姑慢走。”谢芳华笑着点头，吩咐侍画送大长公主。

大长公主高高兴兴地出了皇宫。

傍晚，秦钰回宫后，和谢芳华一起用晚膳，询问大长公主前来找她后的事。

谢芳华笑着将她给大长公主出的主意说了。

秦钰好笑：“大姑姑这一辈子自认聪明，却是一个糊涂人。”

谢芳华不置可否。

“难得金燕是个通透的人。”秦钰道。

谢芳华抬眼看了他一眼，小声说：“在金燕大婚前，你若是有心还能挽回她。”

秦钰笑了一声，摇摇头：“没心。”

谢芳华白了他一眼，嘟囔了一句。

秦钰没听清，问她：“在骂我什么？”

“骂人的话能让你听见吗？”谢芳华看着他，“你准备怎样处置荥阳郑氏的这三人？”

“先留着，将他们稳在京中。今日下午我已经派小泉子去找过郑孝纯了，询问他是否想入朝为官。”秦钰淡淡地说道，“若是待郑孝扬回来，荥阳郑氏这三人识时务便不杀他们，若是不识时务那就杀了他们。”

谢芳华想了想，对他道：“到时候还是将这三个人交给郑孝扬去处置吧。”

秦钰挑眉。

谢芳华又道："郑孝扬要做史官，要的是荥阳郑氏如忠勇侯府等高门府邸一样光明正大地立世，改写荥阳郑氏的历史。他能果决地随秦铮斩断荥阳郑氏的所有暗桩，待他回京后，又怎会没有办法去处理荥阳郑氏这三人以及整个荥阳郑氏？"

秦钰看着她。

"郑孝扬若没有这个本事，也不敢只身一人随秦铮对付整个荥阳郑氏。"谢芳华道，"为君者为国利，又何必去计较荥阳郑氏这么多年在私底下的那些行为？郑孝扬拿出这么大的诚意，郑轶、郑诚虽死不足惜，但又何必你来动手？交给他处置不是更好？更何况，如今正是用人之际，南秦和北齐这一场仗打起来，能打成什么样、会打多久谁也没有定论。打仗就会劳民伤财，即便将损失降到最小，也会对国力造成不利影响。未来多少年内，南秦江山都需要有大用之人。郑孝扬能用，就要大用。"

秦钰听罢，笑着说道："讲江山整治，你比谁都懂。你和秦铮一定要好好地活着，让朕能时时听到你们的言论，帮助朕更好地治理国家。"

谢芳华无语，片刻后，淡淡地说道："我们尽量活吧。"

转日，秦钰下旨免郑孝纯参加文武考，将他安排到了兵部任职。

郑轶和郑诚本来对于大长公主进宫说情后没使得皇上放了郑孝扬心下不安，想着是否应该先撇下他回荥阳看看，毕竟如今他们进京也将近半个月了，如今乃多事之秋需要处处小心。半个月来他们没有往京外传消息，当然也没有收到从京外递进来的消息。如今他们在京中，不知道荥阳目前的情形，时间长了总不妥当。

可是转日，郑孝纯便得到了皇上的封官旨意。

兵部的官职都是肥差，寻常人等进不了兵部。

如今郑孝纯虽然只是被封了个小官，在崔意芝手下，但是他久不在京中，且没有参加文武考，现在直接进了兵部，这便是天大的恩典。

郑轶和郑诚顿时大喜，二人立即打消了回荥阳的想法，连忙催促郑孝纯进宫谢恩。

郑孝纯也没料到皇上会将他直接安排在兵部，他昨日还想着，若是去参加文武考的话，李沐清会不会为难他，毕竟李沐清早先就撂下过狠话，后来虽然李如碧出了事，这茬算是过去了，但保不准李沐清会回头找他算账。如今得到进兵部的圣旨，他顿时放下了心。

他连忙沐浴、更衣，匆匆进宫谢恩。

秦钰正在御书房与李沐清议事，李沐清向他禀告这两日武考的情况，有些人才的卷宗，他趁着中午休息的空当，拿进宫来给秦钰过目。

秦钰随意地翻了翻，对他道："你做主就行。"

“皇上可真是信得过臣。”李沐清笑了笑。

秦钰看着他：“若是信不过你，自然不会重用你。”说罢，他看着李沐清略显疲惫的面容，以及眼皮下的青眼圈，挑眉，“近来没睡好？”

李沐清点了点头：“皇上安排的任务太多，累了些。燕亭比我还惨。”

“燕亭是一直以来没经过打磨，突然给他肩上加重点儿负担，他便受不住了。你不同，凭你的能力如今的担子再多一倍你也吃得消。”秦钰慢悠悠地道，“十多日过去了，那个心结还没解开？”

李沐清揉揉眉心：“皇上日理万机，还关心着臣的心结，臣受宠若惊。”

秦钰嗤笑：“朕自然知道你的心结在哪里，你去看看那个女人吧，你的心结朕解不开，她能给你解开，朕可不希望我重用的臣子一个个病倒，朕还指着你们为朝廷出力呢。那些活儿总不能让朕亲自去做吧？”

李沐清点点头，对秦钰拱拱手：“多谢皇上，臣告退。”

秦钰对他摆摆手。

李沐清出了御书房，他走出来后，正好碰到小泉子领着郑孝纯来到。

小泉子连忙见礼：“李大人。”

郑孝纯没想到会在御书房门口碰到李沐清，他本来就紧张，此时更紧张了，一时愣住了。

李沐清看着他，倒先开了口：“恭喜郑大人，兵部可不轻松。”

郑孝纯惊醒，连忙拱手：“多谢李大人，以后还请李大人多多照拂。”

“好说。”李沐清淡淡一笑，向内宫走去。

郑孝纯目送他离开，有些不解，官员不是不能随意出入内宫吗？李沐清怎么进了内宫？

小泉子回头看了郑孝纯一眼：“咱家进去禀告，郑大人稍等。”

“劳烦公公了。”郑孝纯连忙打住想法。

小泉子进去禀告，秦钰点点头，小泉子走了出来，见郑孝纯依旧看着李沐清消失的方向，笑着小声问：“郑大人看什么呢？”

郑孝纯连忙收回视线，摇摇头。

小泉子见郑孝纯不说，想来怕是说错，毕竟站在皇宫里，话可是不能乱说的，但是有些话，他却能说。他小声说道：“李大人是得了皇上的恩准，去宫里看小王妃了。”

郑孝纯闻言一愣，小声问：“在下听说李大人昔日与忠勇侯府的小姐有过婚约？”

“有过。”小泉子点头，“李大人倾慕小王妃，不过呢……甭管谁对小王妃有心思，碰到小王爷，都要折回来。”说罢，他眨眨眼睛小声说道：“皇上也不例外。”

郑孝纯心惊，这话小泉子公公竟然也敢在御书房外说给他听，他连忙慌乱地说：“公公，皇上是不是准许微臣面见了？”

“是，是，咱家这就带你进去。”小泉子领着郑孝纯进了御书房，暗暗想着，这荥阳郑氏的大公子就这么点儿胆子，还真不如郑二公子，金燕郡主的眼光比大长公主的眼光好太多了。

郑孝纯进来后，见秦钰伏在玉案前批阅奏折，连忙跪在地上请安。

秦钰头也不抬地道：“免礼吧。”

郑孝纯站起身。

秦钰吩咐小泉子：“赐坐。”

小泉子连忙给郑孝纯搬了把椅子，笑着说：“郑大人得皇上看重，一般大人来这御书房，皇上都是不赐坐的。”

郑孝纯连忙又对秦钰谢恩。

秦钰摆摆手：“郑大人对于被安排在兵部可有异议？你若是不喜欢兵部，朕便另行安排。”

郑孝纯连忙起身：“回皇上，臣没有异议，多谢皇上看重，孝纯定不负圣望。”

秦钰点点头：“朕的确十分看重荥阳郑氏，也十分看重你。希望你真能不让朕失望。李如碧已经被逐出家门了，爱卿的婚事还是要早些定下来，大长公主来找朕时朕与她也提了此事，托付她为你张罗。”

郑孝纯连忙道：“臣的婚事不急。”

秦钰顿时笑了：“你是长兄，你大婚后你弟弟才能大婚。”

郑孝纯顿时明白原来是为了金燕郡主和郑孝扬，连忙垂首道：“一切凭皇上做主。”

李沐清来到时，谢芳华正在做昨日秦钰下的那局棋的复盘。

当时秦钰虽然下得快速，但她过目不忘。

斑驳的树荫光影下，她看起来娴静柔美。

李沐清在门口停住脚步，静静地看着她。

谢芳华察觉时，抬头看来，见李沐清清瘦了很多，昔日清逸的俊秀公子，如今有几分疲惫和颓废。她挑了挑眉，柔和地开口：“十多日不见，你怎么瘦成了这个样子？”

李沐清揉揉眉心，缓步走了进来，苦笑着说道：“看来你的伤养得还不错，没脸来看你。”

谢芳华失笑：“你妹妹做的事情与你无关，你为什么会觉得没脸？”

李沐清摇摇头：“我也有责任。”

谢芳华摆摆手示意他坐下，淡淡地说道："过去的事情还提它做什么？我又没有怪你。"

"你不怪我，我怪我自己。"李沐清道。

谢芳华看着他，他的眼皮下有着一层青影，她笑了笑："爱一个人没有错，强求才是错。若是得不到，一味执着，毁的就是自己。她毁了自己的一辈子，这个代价已经够大了，你就不必为她再自责了。"

李沐清叹了口气："芳华，你这样善良，她若是能像你这般看得开，也不至于落得这个下场了。"

"善良？"谢芳华摇摇头，"我不是善良，有时候人活着，比死了要难。"

李沐清抿唇，不再言语。

谢芳华低下头，重新看向棋盘。

李沐清也跟着她一起看向棋盘，看她一步步落子，好半晌才开口："你还在养伤，怎么有这么大的杀气？对身子不好。"

谢芳华摇头："这局棋不是我下的，我这是在做复盘。"

"哦？"李沐清一怔，"谁下的？皇上？"

"嗯。"谢芳华点头。

李沐清认真地看向棋盘，又过了半晌，说道："皇上的胸腹中有好大的郁气。"

谢芳华笑了笑："南秦如今面临着生死攸关的转折点，他若是能扭转乾坤，南秦再繁荣三百年都不成问题，他若是不能扭转乾坤，用不了二十年，南秦就会被北齐吞并。他何尝没有压力？"

"做帝王不易。"李沐清叹了口气。

谢芳华点点头："皇帝也不是寻常人能做的，他想要稳住朝局、打败北齐，甚至有更高的目标，就要励精图治，以谋国富兵强，再创南秦盛世。"

李沐清颔首："皇上会成为一个好皇帝的。"

"我也觉得他会成为一个好皇帝。"谢芳华莞尔，"有多少人齐心协力辅佐他，南秦的历史会由他改写的。北齐不可能、也踏不过南秦的山河，只看南秦想不想要更多了。"

李沐清看着谢芳华："你在养伤，切忌多思多虑。"

谢芳华翻了翻眼皮："这些日子我听得最多的话便是这个，本以为你能说点儿新鲜的。"

李沐清失笑："你要知道多少人为了你的身子忧急，你若是不好，多少人也会跟着不好。南秦江山是重要，家国天下是重要，但我觉得在很多人的心里，你的命更重要。"

“知道了。”谢芳华嘀咕，“你也学得啰唆了，等下次再见你时，你不再是一副瘦得不成人形的样子了，才有资格说我。”

李沐清看着她，无奈地笑着摇摇头：“好。”

谢芳华做完复盘，问李沐清：“你看看，这样的一局棋，结局是否能再多往前走一步？”

李沐清仔细看了片刻，道：“说不准。”

“为何？”谢芳华看着他。

“民生之力，不能亏损得太重，往前走这一步可以，但还是要看我们南秦是否负担得起。”李沐清道，“依照目前天下的情形来看，这一仗在一个月内开打，我们南秦的物资只能支撑一年。”

谢芳华捻了捻手指：“一年不够。”

“是呀，一年不够。”李沐清道。

“不能再多些？除了民生之力，别处就没可为了？”谢芳华道。

李沐清看着她，压低声音问道：“你想要北齐？”

谢芳华淡淡地说道：“也不是我想要北齐，只是，总要让北齐知道南秦的厉害。虽然姑姑多年来和北齐皇帝情深似海，但当年毕竟还是有被迫的成分。北齐筹谋太久，南秦居安不思危。这么多年下来，终于要打仗了，总要让这仗打得值不是吗？如果打来打去没个结果，那么五年后、十年后、十五年后、二十年后……很多年后，难道一直不和平？屡屡想开战就开战，那百姓们呢？谁来顾及百姓们？”

李沐清感慨：“芳华，我说你善良你还不承认。你看，你即便如今身体不适，还想着天下百姓。”

谢芳华皱眉看着他：“你又扯我的身体干什么？我一时半会儿还死不了。”

李沐清面色一变，绷起脸来：“不准胡说。”

“好好，我不胡说。”谢芳华连忙抬起手。

李沐清脸色稍缓，压低声音说道：“你的身体也不能拖太久，待秦铮兄回来后我便向皇上建议，皇上最好还是不要御驾亲征了，由他坐镇京中，我和燕亭筹备好粮草、军饷前往漠北。你和秦铮兄便去寻找解掉魅族血脉规训的办法吧。”

谢芳华抿唇：“北齐准备了这么久，你和燕亭应付得来吗？”

“应付得来。”李沐清肯定地道，“什么也不如你们活着重要，一年打不下来怕什么？北齐即便筹谋多年，也禁不住被拖垮。我想，皇上对你们应该也会另有安排。”

谢芳华想了想道：“等秦铮回来再谈论这件事情吧。”

李沐清也知道他的提议作不得准，一切都要等秦铮处理完事情回京后再说，他点点头，又坐着与谢芳华闲聊了片刻，有人来请他，说下午的武考快开场了，他才起身，又嘱咐了谢芳华两句便出了皇宫。

第四十章
催心之毒

待李沐清走后，谢芳华问侍画：“外公走了大半年了吧？有消息吗？”

侍画摇摇头：“崔前辈从北齐离开，一直向西北方向走了，再没消息传来。”

“云澜哥哥和云继哥哥呢？也还没消息？”谢芳华又问。

侍画摇摇头：“没消息，派出去的人连二人的蛛丝马迹都寻不到，他们就跟人间蒸发了一般。”

“言宸呢？言宸可有消息？”谢芳华又问。

侍画依旧摇头。

“轻歌那里也没有言宸的消息吗？”谢芳华又问。

侍画依然摇头，轻声说：“自从小王爷为了您，找到齐云雪对付言宸公子之后，便没了他二人的消息。数日前，您将那只鹰鸟给了小王爷，不知道小王爷找到言宸公子没有。如今我们是没办法找到言宸公子了。”

谢芳华闻言叹了口气，看着巍巍宫墙：“这皇宫就像是一个牢笼，虽然不会被外面的人迫害，但是也憋得让人透不过气来，而且什么消息也得不到，也让人难受。”

侍画小声说：“十多日了，明夫人那里也没有消息呢。”

谢芳华蹙眉：“是呀，你不说我都忘了，我进宫那日就知会六婶母了，可是六婶母那里至今也没消息。莫不是出了什么事？”

侍画闻言立即说：“要不奴婢出宫去谢氏六房一趟？”

“你是我的贴身丫鬟，你去谢氏六房，也就是告诉别人我和谢氏六房过从甚密，别人便会知道这其中定有事情。”谢芳华想了想道，“这样，你回府一趟，帮我取点儿东西，顺便去看看娘，与她提两句让娘去问问。”

侍画点头：“那奴婢这就出宫。”

“去吧。”谢芳华摆手。

侍画出了皇宫。

谢芳华今日无心午睡，便坐在桌前一笔一笔地写秦铮的名字。

一个时辰后，侍画从宫外回来，脸色有些不好。

谢芳华看着她，立即问：“怎么去了这么久？是出了什么事情吗？”

侍画看了谢芳华一眼，犹豫了一下，小声说：“小姐，似乎有人暗中在对咱们谢氏暗探出手，明夫人派出去的两批人都悄无声息地折损了。因为这十多日您在养伤，明夫人便没敢知会您。”

谢芳华一怔：“有人对谢氏暗探出手？”

侍画点头：“明夫人是这样说的，她如今不敢再派人出去，正想法子呢。”

谢芳华脸色微沉：“是什么人对谢氏暗探出的手？六婶母可有所查？”

侍画摇头：“我回府与王妃提了之后，王妃便派人去打听了，最近谢氏六房的老太太和明夫人都病了，谢氏六房死气沉沉，王妃暗中派去的人在外围没查出所以然，回来禀告王妃，王妃想了想便让那人直接去见了明夫人，明夫人才传回来的话。”

谢芳华抿唇：“也就是说，这事情已经发生了十多日了？”

侍画点头：“明夫人派出了两批暗探，都被人斩断了。想必背后有人在对整个谢氏暗探动手。明夫人不敢再轻举妄动，怕一有动作，谢氏暗探深埋的暗桩都被找出，都会折进去。”

谢芳华思索片刻，忽然眯起眼睛，恍然大悟：“我明白了。”

侍画看着她。

谢芳华叹了口气：“玉兆天指使李如碧伤我，又牵扯了翠荷的事情，这是在将我们的视线引向李如碧和右相府，以及我的受伤上。实际上玉兆天不是真的要杀死我，而是要对付谢氏暗探。”

侍画面色一变：“小姐，那如今该怎么办？我们谢氏暗探不能毁于一旦。”

谢芳华点头，冷冷地说道：“谢氏暗探自然不能毁于一旦。”

侍画看着谢芳华。

谢芳华沉默了一会儿，沉声说道：“玉兆天的背后应该还有人，玉兆天将京城诸人的视线都引到了李如碧和右相府，以及我受伤上，之后他离开京城，一路前往漠北、挟持秦怜，又将众人的视线引去了漠北。这是在让另外留在南秦的暗势力趁机作为。”

侍画点头：“这样步步算计，真是可怕。”

谢芳华又道：“秦铮铲除荥阳郑氏的暗桩，而北齐不仅暗中铲除南秦在北齐的暗桩，还另外在南秦搅动风云，北齐要铲除的是谢氏暗探。北齐深知谢氏和南秦皇室捆绑极深，谢氏这棵大树一倒，南秦也就朝不保夕了。所以，这是要对付谢氏。而对付谢氏，就要从谢氏暗探来入手。”

侍画的脸又白了白。

“真是精于算计。”谢芳华说罢，长嘘了一口气，“多年来六婶母的手里攥着谢氏暗探，能保全就是最大的能力了。她能这样谨慎，已经是不易了。我在养伤，她不敢来打扰我，却又想不到什么好办法才忧急得病了。你现在就去找皇上，告诉他我要出宫。”

侍画看着谢芳华：“小姐，可是您的身体……”

“我的身体已经好多了，再在这皇宫闷下去，不说我会被憋疯，谢氏多少代积累的根基也会毁于一旦。谢氏的根基一旦被毁，秦铮即便除了荥阳郑氏的暗桩又有什么用？”谢芳华站起身，“快去找秦钰。”

“是。”侍画也知道这是大事，立即跑了出去。

谢芳华吩咐侍墨，为她穿戴、收拾，准备出宫。

没多久，她穿戴妥当之后，侍画匆匆回来，与她一起回来的还有秦钰。

秦钰脚步匆匆，脸色不好，见到谢芳华穿戴妥当，立即问：“出了什么事？让你这般着急要出宫？”

谢芳华看着他：“我现在必须立即去谢氏六房一趟。”

秦钰蹙眉：“必须去？”

谢芳华点头：“必须去。”

“很重要的事情？”秦钰看着她，“你的伤刚养好一点儿，有什么事情不能交给别人去办？非要亲自去？”

谢芳华抿唇，沉默了一下，看着他的眼睛道：“有人正在暗中对付谢氏暗探，十多日来，谢氏暗探已经折损了两批。你知道的，这么多年来先皇想对付谢氏，都没能使得谢氏暗探折损。”

秦钰面色一变，他本就通透，立即想通了关键，谢氏和南秦皇室一直以来捆绑在一起，若是谢氏暗探折损，那么，南秦江山就会跟着消损。如今正是要兴兵攻打北齐的关键时刻，后方若是被人拆掉一个臂膀，那么南秦怕是再无力对付北齐。

他立即说道：“我陪你出宫。”

谢芳华皱眉：“你跟着去做什么？我的身体已经好多了。”

“废什么话，快些，你的身体还没大好，我不放心。”秦钰看着她，“若是除了离开的玉兆天外，南秦还留有厉害的人，那么，敌在暗我们在明。你的一举一动都会受人关注，若是我猜测得没错的话，老侯爷避世了，而谢氏暗探就在谢氏六房吧？你这一出宫，就是在告诉敌人，谢氏六房手里攥着谢氏暗探。若是有人趁机动手，你岂不是就危险了？”

“我还是能自保的。”谢芳华道。

“那若是有人对谢氏六房动手呢？”秦钰盯着她问。

谢芳华一噎，见秦钰打定主意不让她自己出宫，想了想，抿唇道：“若你不是皇帝，谢氏暗探的事情我还真不会信任你。幸好你是皇帝，谢氏暗探和皇室如今才能携手。”顿了顿，她又补充道，“也只能携手。”

秦钰嗤笑：“原来你到现在才信任我。”

“信任你是一回事，将谢氏暗探的底细告诉你又是另外一回事了。”谢芳华对他道，“你现在就调动一万御林军，围困住谢氏六房。”

秦钰了然，这时候围困便是保护。他抬手，对外吩咐：“小泉子，立即去传朕旨意，调一万御林军即刻围困住谢氏六房。”

“是。”小泉子连忙去了。

秦钰转头对谢芳华道：“走吧。”

谢芳华点点头，与秦钰一起出了皇宫。

秦钰没乘坐玉辇，而是吩咐人备了马车，前往谢氏六房。

一万御林军得到皇命，以最快的速度围住了谢氏六房。

谢氏六房内的人大惊失色，不明白出了什么事，怎么会来了御林军？

守门的人吓得腿都软了，连忙跑到里面禀告，生着病的谢氏六房的老太太、明夫人都怔住了。

谢伊茫然地看向明夫人：“娘，我们家为什么来了御林军？”

明夫人对她摇摇头：“你快出去看看，是哪位统领？为什么而来？”

谢伊点头，立即跑了出去。

谢氏六房的老太太咳嗽了两声，握住明夫人的手，有些颤抖：“当初谢氏长房也被御林军突然围住了，我们六房不会也跟长房一般吧？皇上如今这是要对我们谢氏六房出手？”

明夫人奇怪地道：“儿媳也不明白，伊姐儿出去问了，一会儿她回来就知道了。”顿了顿，她道，“芳华在宫中养伤，不会出了什么事吧？按理说，先皇驾崩后新皇也表了态，不会对谢氏出手了，而且如今朝野上下筹备打仗，稳住朝局还来不及，不该对我们出手才是。”

“你说得有道理。难道真是芳华又出了事？”六房的老太太提着心道，“皇上紧张芳华，只有与她有关的事情才会牵扯我们六房了。”

明夫人忽然想起今日英亲王妃派来的人，回握住老太太的手：“娘，您且宽心，我们应该不会有事。”

老太太又咳嗽了两声：“且等伊姐儿回来吧，这么多年来，咱们六房谨慎小心，低调做人，没做过什么出格的事，即便有什么事，也没什么可怕的。”

明夫人点了点头。

不多时，谢伊从外面回来，对明夫人摇头：“娘，外面御林军的统领是李统领，说只是奉了皇命围住我们，任何人不准进出，李统领说皇上没说缘由。”

“既然如此，我们就等着吧。”明夫人想了想，对谢伊道，“你吩咐下去，全府上下不得慌张。”

谢伊点点头，又走了出去。

六房的老太太道：“一般的女儿家一听说御林军围在府外，早就吓哭了，伊姐儿却不慌不乱能稳住气性，不错。”说罢，她叹了口气，“只是可惜了，皇上那里不知道她能不能等到，能等到的话，不知是何年何月了。好好的孩子，怎么当初就被皇上给救了呢？如今一头扎进去，拽都拽不出来。”

明夫人看着老太太，哭笑不得：“娘，现在是什么时候了？您怎么还想这个？还不知道御林军为何来围困咱们府呢，没准儿六房自此就完了。”

六房的老太太闻言也觉得自己这时候不应该想这个，叹了口气：“自从那天在英亲王府的赏花会上出了那档子事，我这脑袋瓜子就开始糊涂了。”说罢，她摇摇头，咳嗽着说道，“不想了，不想了，六房在这时局中能不能保住，都是个未知数，儿女子孙有没有那个福气全在命。命里有就是有，命里无就是无。我闭眼睛的那天六房还安稳着，我就知足了。”

明夫人起身给老太太倒了一杯水：“娘，别胡思乱想了，先喝口水吧。”

“让丫头们倒水就行，你也病着呢。”老太太接过水杯喝了两口。

明夫人将水杯放下，外面又有人跑了进来，大声说：“老夫人、夫人，皇……皇上来了。”

六房的老太太一惊，立即问：“你说什么？皇上来了？”

“是，是皇上来了，已经进了门。”那人立即说道。

“快，快扶我出去迎接。”六房的老太太连忙对人招手。

有丫鬟、婆子连忙上前，扶着她下了床。

明夫人也整理了一下衣摆，一行人连忙向外迎去。

谢伊走回来，听说皇上来了，抓住那守门人问：“只有皇上来了？芳华姐姐呢？”

那人连忙道：“小王妃也来了。”

谢伊立即跑了出去。

六房的老太太顿时放下了提着的心，对明夫人道：“芳华也来了，看来她没事，应该不是来问罪的。”

明夫人点点头，低声说：“怕是为了谢氏暗探而来的。”

六房的老太太脚步一顿，看向前方，也压低了声音：“芳华竟然和皇上一起来了，若是为了谢氏暗探，芳华可真信任皇上呀。”

明夫人颔首：“如今铮小王爷和皇上握手言和，谢氏和皇室也共同御敌。有人暗中对付我们谢氏……若皇上和芳华是为了这个而来，那么他们想必有了一定的办法。”

“老侯爷当初将谢氏暗探交给你，也是迫不得已之举。”六房的老太太道，“伊姐儿如今不成熟，谢氏暗探不能交到她的手里。谢氏暗探不能在你手里折损了，芳华虽然嫁入了英亲王府，但她才是真正的谢氏嫡系的女儿。若是芳华能接手谢氏暗探最好，你就给她吧。”

明夫人点头：“儿媳早有此意，只是芳华的身体……”她正说着，见秦钰和谢芳华已经走来，她便止住话，“娘，先看看芳华和皇上的意思再说。”

六房的老太太点点头。

不多时，秦钰和谢芳华来到近前，六房的老太太和明夫人，以及一众仆从哗啦啦跪到了地上。

秦钰温和地摆手：“老夫人免礼，夫人平身吧。”

六房的老太太和明夫人都站起身来。

谢芳华见六房的老太太脸色苍白，气血虚喘，呼吸浊重，显然是在大病之中，明夫人的脸色也奇差，显然也在病中，谢芳华上前一步，握住老太太的手：“六婶祖母这是怎么了？病得这么严重？”

“身子骨不行了，不抵用了，染了小小的风寒倒成了大毛病。”六房的老太太刚刚走得急了，又咳嗽了起来，“不碍……事……”

“您快进屋，我给您把把脉。”谢芳华道。

“一直都吃着药呢。”老太太连忙道。

“吃着药还这样，便是没对症入药。”谢芳华说着，看向明夫人，“六婶母，我也给您把把脉。”

明夫人点点头：“我还一直担心着你，如今见你气色好，看来伤势养好了大半，我就放心了。”说罢，她连忙请秦钰和谢芳华入内。

一行人来到厅堂，将秦钰请到了上首。

谢芳华给六房的老太太把脉，片刻后，她皱着眉道：“六婶祖母是暑热之症，不是风寒之症，您的病一直以来都用错了药又拖得太久，幸好今日我来了，否则后果不堪设想，我给您开个药方子，吃十日就会好。”

“这位大夫是我们府中的老大夫了，医术虽然及不上太医院的太医但也不错，怎么会连暑热之症和风寒之症都分辨不出？”明夫人看向六房的老太太。

“是呀。”六房的老太太咳嗽起来，“回头去问问他。”

谢芳华转身给明夫人把脉，手刚碰到她的脉搏便抖了一下，应激性地撤开，身子退后了一步。

秦钰一直注意着谢芳华的动静，此时立即从座位上起身，来到她身边将她护住，沉声问：“怎么了？”

明夫人疑惑地看着谢芳华：“芳华，怎么了？我这脉可有不对？”

谢芳华盯着明夫人的手腕看了一会儿，又抬起头仔细地打量她的眉目，片刻后郑重地问她：“六婶母，这两日你可有接触什么人？”

“接触什么人？”明夫人也觉得怕是出了什么事，想了想道，“除了家里的人，也就今日王妃派来的人了，不过当时隔着珠帘，那人距离我不近。”

“是最近与你接触的人，这三日内你都接触了什么人？”谢芳华问。

“这三日内？”明夫人看了六房的老太太和谢伊一眼，“也就娘和你六叔，还有伊儿和惜儿，以及近身侍候我的两个大丫头。”说罢，她伸手指了指，“就是这两个丫头，除了惜儿都在这里了。”

谢芳华看向那两名婢女，那两名婢女也是一脸茫然。

六房的老太太紧张地问：“芳华丫头，怎么了？你六婶母可有哪里不对？”

“我身上是沾染了什么吗？”明夫人也紧张地问。

谢伊走上前：“芳华姐姐，我娘她怎么了？”

谢芳华看着几人，想了想，问道：“六婶母，您确定您只接触过这几个人？您也病了，难道没和六婶祖母一样吃药？”

明夫人恍然大悟：“对了，你这样一说我想起来了，还有府中的老大夫，是府中的老人了，我也吃了他开的药。”

谢芳华面色一沉，对她道：“现在就将那个人带来这里。”

“他……难道……害我们？”六房的老太太脸色顿时变了，“他在这府中都三四十年了，是府中的家用大夫，一直以来六房的人有个大病小病的都是他给治。”

谢芳华严肃地说道：“六婶母身上隐约有当日我在英亲王府碰的那盆金玉兰上的催动心血发作之毒。我因为被伤了一次，所以对这种毒甚是敏感。”

明夫人面色一变，腾一下站起身：“怎么会这样？”

秦钰的脸色顿时青了，一把将谢芳华又拽得远了些，怒道：“来人，去将这府中的那个老大夫给朕拿来。”

“是！”外面立即有人应声去了。

明夫人脸色发白地看着谢芳华：“芳华，你刚刚没伤到吧？”

谢芳华摇摇头：“我没伤到。”说罢，她又问道，“六婶母，你吃他的药几日了？”

“就是三日前，我身子有些不适，便找他来给我把把脉，看看是不是同娘一样染了风寒。他说我不打紧，开三服药吃了就好。”明夫人道，“我如今刚吃了两服半，倒是感觉身子轻松了。”

谢芳华抿唇：“将那没吃完的药拿来给我看看。”

明夫人点头，立即催促谢伊："伊儿，快去拿来。"

谢伊立即走了出去，不多时便端了一碗药回来："本来这是晌午要吃的药，因为御林军来了我娘还没顾上吃。"

秦钰先谢芳华一步伸手将药碗接过来，对她道："你不能碰这药。"

"我知道，你端着我看一眼。"谢芳华说。

秦钰将药碗端着，距离她一步，让她看。

谢芳华看了片刻，闻了闻药味，面色凝重地对明夫人道："就是这药的问题，这药里含有催心血的攻心毒，剂量十分小。幸好您今日这一碗药没喝下去，否则……"

"否则什么？"明夫人看着谢芳华。

"否则就是大罗金仙来了也救不了您。若是碰了您，我也有性命之忧。"

明夫人面色大变，转头看向六房的老太太："娘，许大夫可是咱们府的老大夫呀，他这是为什么？这药是他亲手煎的吧？"

"是呀，他这是为什么？"六房的老太太也骇然地道。

秦钰将药碗递回给谢伊，恼怒地道："我看他不是要害你们，而是要害芳华。朕倒要看看，为何这么多人处心积虑非要杀了你。"

谢芳华没说话，她也没想到，今日来这里，明夫人身上竟然被人下了这种攻心毒，而下毒的人还是在府中待了三四十年的老大夫，若是她没有因为上一次的教训而养成的警醒、敏锐，这一次怕是又要栽了。背后之人对于除掉谢氏和她，真是处心积虑。

这时，小泉子带着人回来了，在门口道："皇上，奴才带着人去时那名大夫已经死了。"

秦钰眉头皱起，转身走了出去。

谢芳华抬腿跟了出去。

六房的老太太和明夫人、谢伊也立即尾随而出。

只见小泉子带着人将那死去的老大夫抬了来，他看来是刚刚死去，面容还未变样、走形。

小泉子见秦钰出来，连忙说道："皇上，这人身上还有温度，看来是刚死。"

谢芳华抬腿走上前。

秦钰一把拦住她："你别上前，小心又是个圈套。"

谢芳华停住脚步，看来她心血外溢之症早已经被背后人查知，所以，才抓住她的软肋处处谋算，要杀她。如今对明夫人下手，想来是知道谢氏暗探在六房手里，想一举将她和谢氏暗探除去。她道："可是我不近前，谁来查他的死因？"

"又不止你一个大夫。"秦钰吩咐，"小泉子，去将孙太医的孙子孙卓请来。”

“是。”小泉子立即去了。

谢芳华一怔，想起曾见过的孙卓，他既然是孙太医的孙子，想必也学到了孙太医的医术。

“孙卓自小跟随孙太医学医，因他年纪还小，朕便让他悉心钻研几年，待年纪到了就召他入太医院。”秦钰道，“他虽然年纪小，但医术却学了孙太医的七八分，检查个死人、看个死因，还是难不倒他。”

谢芳华点点头，转身对明夫人道：“六婶母，我给你开个方子吧，你现在就熬药服用。”

明夫人点点头。

谢伊连忙去取笔墨。

笔墨取来，谢芳华提笔写了一张方子，递给谢伊：“找个可信之人去盯着给六婶母熬药，药熬好后立即端来让六婶母服下。”

谢伊点点头，郑重地接过药方，安排了一个人立即去了。

谢芳华又写了一个方子，递给侍候六房的老太太的人：“六婶祖母的药也要尽快熬了，让六婶祖母服下。”

六房的老太太点点头，看着死去的老大夫，不解地道：“我怎么也想不明白，他在府中这么多年了，我们待他也很好，他为人也实在，一直都没什么歪心思，这么多年府内也没请别的大夫，都是他看诊，他如今怎么就下手害人了？他却又死了……”

秦钰看了那死去的老大夫一眼，喊道：“月落。”

“皇上。”月落应声而出。

“立即查查这个人，他是什么时候来的谢氏六房，什么来历、身份，近来都和什么人有过接触。”秦钰吩咐。

“是。”月落立即去了。

不多时，孙卓被小泉子匆匆带来了谢氏六房，他来到后给秦钰见礼。

秦钰摆摆手，指指地上的死人：“你来查查他的死因。”

孙卓点头，走到那死者的面前检查。

谢芳华看他虽然年纪小，但是不慌不忙，觉得他将来的成就怕是比孙太医还要大。

过了片刻，孙卓直起身对秦钰拱手：“回皇上，我查的这个人是自己服药而死，服用的不是寻常的药物，而是催动身体快速生长的药物，所以，我把脉时才感觉到他的内腹已经枯死，一旦心血枯竭，这个人自然也就死了。”

秦钰点点头，看向谢芳华：“看来是和明夫人服用的药一样，明夫人若是喝了最后那一碗药，也是如此吧？”

谢芳华点了点头。

明夫人听闻孙卓和秦钰如此说，身子晃了晃几乎站不稳。

谢伊立即扶住她，喊了一声："娘。"

明夫人脸色发白，看向六房的老太太："真没想到，许大夫在府中这么多年，竟然……"

六房的老太太恼怒道："这个许大夫，应该是知道皇上来了，计谋要被识破了，便服药自杀了。"

谢芳华摇摇头："他应该是和六婶母一样，三日前便服用了这个药，若没有人逼迫的话他也许是觉得害了谢氏六房，心下愧疚以死谢罪。"

"这么说他背后有指使之人了？"明夫人立即问。

谢芳华点点头："说不准。"

明夫人立即对谢伊道："去，吩咐下去，所有人都到这里……"她话说到一半，忽然想起了什么，将本来要说的话吞了回去，看向秦钰改口道，"交给皇上彻查。"

谢伊闻言也看向秦钰。

秦钰对二人点点头，沉声说道："朕亲自来查。"说罢，他吩咐，"小泉子，将谢氏六房的所有人都带来逐一盘问。"

"是。"小泉子立即去了。

不多时，小泉子回来，将谢氏六房的所有人都带来了，众人聚在了院中。

小泉子按照秦钰的吩咐，逐一盘问许大夫一直以来都和什么人亲近，这十多日以来与什么人有过接触，都做了什么事，等等。

谢氏六房的人本来就不多，两盏茶的时间便盘问完了。

许大夫是府中的老人，老家发水只有他一个人活了下来，无处立足便来了京城谋生。他刚到京城，便赶上了谢氏六房的老太太为子寻医看诊，便来了谢氏六房，救了六老爷一命，自此，六房的老太太便将他聘请做了家用大夫，一直留在府中给六老爷看诊，后来，老太太给他做了个媒，将她的陪嫁丫头嫁给了他，过了五年，那丫头得了不治之症死了。许大夫再未娶，一晃就这么多年了，至今六老爷虽然体弱、肩不能挑，但好歹保住了命。

所以，六房的老太太和明夫人都对这许大夫深信不疑，实在没想到他竟然突然下杀手。

小泉子进行了一番盘查后，没发现任何异常。

月落此时回来，手中拿了一份卷宗，递给了秦钰。

秦钰打开卷宗，翻弄着看过后，脸色难看地递给了一旁的谢芳华。

谢芳华接过看罢，对明夫人道："这位许大夫来自北齐，应该是北齐的暗桩，这么多年埋在谢氏六房，等待可用之机。”

明夫人面色一变：“没想到人在我家里，我却不知他的底细。”

六房的老太太顿时后悔不已：“当初儿媳说要查他，是我给拦下了，她进门前，许大夫就已经来了好几年了。我十分信任他，觉得他不可能有问题，便没让她查。”

“您也是为了六老爷好，怕我查了使得许大夫心里不舒服，觉得我们不信任他，不好好给六老爷治病。”明夫人叹了口气。

“我正是这个意思。”六房的老太太自责道，“谁知道他……唉，幸好儿媳没事，幸好芳华没事，否则我就是谢氏的罪人。”

“六婶祖母别自责了，六叔这些年来能安安稳稳，也该知足。您也没料到许大夫是北齐的暗桩。”谢芳华缓缓开口，“我和皇上今日来府中，就是为了那背后之人。想来除了王兆天和今日这个许大夫，南秦京城内还有背后之人。谢氏暗探已经折损了两批人，不能全部折进去。”

“这两日我寝食难安，一直没找出对付的办法，敌在暗我们在明，我不敢再轻易出手。”明夫人看着谢芳华，说道，“伊儿不成熟，对这里面的事一知半解，我还没抽出时间教她，如今便出了这样的大事。芳华，你还是把谢氏暗探接到手里吧，六婶母无能，若是还在我手里，怕是保不全谢氏暗探，当初老侯爷也是说等你和子归长大，我便卸下这个担子。我知道你身体不好，但是如今我实在没办法支撑下去了。”

谢芳华点头：“六婶母，我本来也没想到背后之人要对付的是谢氏暗探，或者说是整个谢氏。我身体不好，不知能不能保住这条命，才推辞了。如今形势迫人，我来找您正是这个意思，我来接手。”

“你接手最好，那你的身体……”明夫人看着谢芳华，有些担忧。

“我的身体无碍，已经养回了七八分，若是没有意外，短时间内不会要命。”谢芳华道。

“还是要多加注意，即便谢氏暗探实在保不住，也要保住你的命。”明夫人道，“老侯爷和谢氏的列祖列宗也不会怪罪的。”

谢芳华点点头。

这时，有人端来熬好的药，递给谢伊，谢伊先递给谢芳华过眼，谢芳华看过之后，没什么问题，点点头，明夫人将药喝了。

明夫人喝过药后，对谢芳华道：“你随我来，我现在将谢氏暗探的所有东西都交给你，这么多年谢氏暗探的情况，我也与你说说。”

谢芳华颔首，对明夫人道：“皇上也一起来吧。”

明夫人看了秦钰一眼，有些犹豫。

谢芳华道："北齐早就看透了南秦，南秦弄到如今内忧外患的地步就是一个教训。皇室和谢氏若不互相信任、同心协力，那么，北齐分而杀之，南秦江山便会毁于一旦。我们谢氏暗探如今靠自己，未必保得住，毕竟背后之人太会算计，埋藏的暗桩已经全盘发酵，只谢氏自己应付不来，要和皇上携手。"

"好。"明夫人点头，对秦钰说道，"皇上，希望您能不负谢氏以及芳华对你的信任。"

秦钰缓缓点头："朕既已看透，便自然不会让北齐得逞，有生之年朕绝不对谢氏动手。"说罢，他又补充道，"至于百年之后，我们都不在了，就交给下一代去处理吧。"

明夫人颔首："有皇上这句话我就放心了。"说罢，她走到前面去带路，引谢芳华和秦钰一起进了密室。

谢芳华对谢伊道："伊妹妹也一起来吧，将来我若是出了事，谢氏暗探就交给你了。"

谢伊紧张地道："芳华姐姐，我不行，我没你的本事。"

"你能行，有我在不会用到你。但是我若是不在了，你就要顶起来。"谢芳华道。

"胡说八道什么？你怎么会不在？"秦钰恼怒地道。

谢芳华看了秦钰一眼："我说万一。"

"没有万一。"秦钰狠狠瞪了她一眼。

谢芳华不与他抬杠，示意谢伊跟上。

谢伊眼眶发红，点点头："芳华姐姐，你一定会没事的。"

谢芳华拍拍她的手："我会努力活着。"

一行四人进了密室。

关好密室的门后，明夫人将谢氏暗探所有的卷宗都交给了谢芳华，同时，这十日以来两批暗探折损在哪里，虽然没查到是什么人所为，但也有些蛛丝马迹可查，调查的结果也都一并交给了她。

谢芳华逐一地翻着卷宗，翻完一本，递给一旁的谢伊。

谢伊也跟着翻看。

秦钰在一旁随意地翻弄着，心下感慨，多年来，几代南秦帝王一直费尽心机想除去谢氏，可是都不得其法，他们是否会想到，有朝一日，他们的子孙就坐在这里，堂堂正正地看着谢氏暗探的这些卷宗和整个谢氏暗探的秘辛锁链？

他们怕是从来都没想过。

若是谢氏完了，南秦江山也会完，所以，南秦皇室和谢氏必须一致对外。

因为谢氏暗探的丝网太大，明夫人与谢芳华足足交接了两个时辰。

两个时辰后，谢芳华看完了最后一卷卷宗，对谢伊道：“你记下了几分？”

谢伊看着谢芳华，想了想：“五六分。”

谢芳华点点头：“五六分也够了，不需要你都记下。”说罢，她对明夫人道，“六婶母，您拿火盆来，我将这些案卷和卷宗都烧掉。”

明夫人一怔：“芳华，这可是我们谢氏暗探所有的卷宗，承上启下几百年呢，你如今都烧毁了，那以后再想查可怎么办……”

“我既然接手谢氏暗探了，就会重新整顿。”谢芳华道，“几百年来，北齐顺着丝线，没摸清十分也摸清了七八分，否则不可能十日之内，接连悄无声息地除去我们两批人。我如今要做的就是打乱一切暗桩，将谢氏暗探重新洗牌，然后一举对背后之人和北齐的暗桩出手，让他们再不能在南秦作恶。”

“好，那烧吧。”明夫人咬牙，亲自去搬来了火盆，将卷宗放到了里面。

谢芳华拿出火石，点燃了火盆里的卷宗。

明夫人沉默地看着，她认为比她的性命还珍贵的东西就这样轻易地被烧了。她说不出是什么滋味，只觉得这也只能是谢芳华会做出来的事。

看着燃烧得旺旺的火光，明夫人似乎看到了谢氏未来的希望，这希望凝聚在谢芳华这个柔弱的女子身上。

谢芳华坐在火盆旁，将卷宗一本一本地扔进去，脸色被火光映照得明明灭灭。

谢伊悄悄地靠近谢芳华，挽住她的手臂，轻声说：“芳华姐姐，你一定会活下去的，我们谢氏也一定会延续下去的。”

谢芳华偏头，见谢伊一双眸子明亮、坚定，她点了点头。

秦钰默不作声地坐在一旁，眼中似乎蒙上了浓浓的雾霭。秦氏就没有一个女子能如谢氏的女儿一般，素手能搅动乾坤，肩上能担起天下。

两盏茶的工夫后，所有的卷宗全部烧毁，只余下满室的草灰味和一盆的灰烬。

谢芳华站起身，对明夫人道：“六婶母，我决定让皇上将许大夫的尸体挂到城门示众。”

明夫人一惊，看着谢芳华：“这样的话背后的人一定会大怒，也许会疯狂出手。”

谢芳华道：“就是要让背后之人疯狂出手，只要他们出手我们就能除去他们。这里是南秦的京城，难道还怕他们？就算他们再厉害，在重重围困下又能做什么？”

明夫人点头：“芳华，你要小心身体，我倒不担心背后之人出手，只是担心他们再伤了你。”

“六婶母放心吧。”谢芳华看向秦钰，“秦铮离开京城，铲除的是京城外遍布各州郡县的暗桩，刻意避开了京城。我们先把南秦京城守死、防死，再来个全盘彻查，铲除京城内的暗桩。”

秦钰点头：“好。”

“将西山大营的三十万兵马全调出来，围住整个皇城。”谢芳华想了想道，“既然我们要出手就要除个干净、杀个彻底、铲个不留余地。就先将南秦京城的水搅起来，我安排谢氏暗探，你安排月落带着隐卫，一个为引，一个助杀，来个瓮中捉鳖。看看能抓几条鱼，现在立刻动手，不给他们喘息之机。”

“好。”秦钰颔首。

谢芳华走出暗室，拿出玉箫放在唇边，吹了一支曲子。

她曲音刚落就有十八人从暗中现身，齐齐见礼：“拜见小姐。”

谢芳华点点头，看向秦钰。

秦钰打了个响指，轻喊：“月落。”

“皇上。”月落应声而出。

“这是虎符，你去调西山大营的三十万兵马围住皇城。”秦钰将虎符扔给月落，“调完兵马后，你带着所有隐卫跟随这十八人出府，他们引出背后之人，你们予以保护，凡是有暗中出手之人，必杀。”

“是。”月落看向那十八人，只见人人罩着面纱，他点了点头，“皇上放心，属下定不遗余力护他们周全，若是有人出手，定合力击杀不予放过。”

秦钰点头，摆摆手。

月落立即去了。

谢芳华看向那十八人：“倾所有谢氏隐卫，先除京城内的所有北齐暗桩。”顿了顿，她又说道，“若遇到困难就放信号弹，我去应援你们。”

“是，小姐。”十八人齐齐垂首。

谢芳华摆摆手：“去吧。”

十八人齐齐退了下去。

谢芳华转头看向明夫人：“六婶母，为了使得谢氏六房安全无虞，一万御林军先在府外护着你们。待将京城的脏污肃清了再撤掉御林军吧，你们受委屈了，用不了几日。”

“这有什么委屈？这是对谢氏六房的保护，我全府上下都该谢皇上安排御林军来保护。”明夫人道。

谢芳华点点头，对秦钰道：“将许大夫的尸体挂去城门，我们去城楼上。”

秦钰颔首，吩咐小泉子：“将这个乱臣贼子的尸体挂去城门，张贴告示，北齐暗人迫害谢氏六房的明夫人和小王妃，其罪当诛，示众三日后，扔去乱葬岗子。”

“是。”小泉子立即招手，有人来拖了许大夫的尸体向外走去。

秦钰看向谢芳华，谢芳华对他点头，二人一起走出了谢氏六房。

二人出了府向城楼而去。

待二人离开后，谢伊小声对明夫人说：“娘，我觉得芳华姐姐和皇上好般配呀。”

明夫人一怔，训斥道：“不准胡说。”

谢伊吐吐舌头：“我知道铮小王爷与芳华姐姐更般配啦。我看着皇上和芳华姐姐这样冷静，就觉得我怕是一生也追不上芳华姐姐的本事，也不能使皇上回头看我。”

“既然知道，你就干脆放弃。”明夫人道，“你是女儿家，而且年纪小，就算在赏花会上大放厥词，也没有人会说你言而无信，你还是能找个真心待你之人的。”

谢伊摇摇头：“娘，我已经说了我要一直等。有朝一日，我能和芳华姐姐一样，肩上挑起谢氏，我便不枉此生了。”

明夫人看着谢伊，想着女儿已经长大了，执意要走自己想走的路，那就由她去吧。

上了车，谢芳华异常沉默。

秦钰看着谢芳华，也变得沉默起来。

皇室和谢氏都即将面临一场硬仗，这一场硬仗如风暴，不知道会有多少人因此殒命。

马车来到城楼后便停下了，秦钰对谢芳华说：“到了。”

谢芳华点点头。

二人下了马车，拾级而上。

守城的士兵齐齐跪地见礼。

城楼有很多层阶梯，就如皇权路，得一步一步地踏上去，走得稳才踏得实。

二人上了城楼，举目四望，南秦京城内一如往常，人来人往，车水马龙，十分繁华、热闹。

只不过它的内部早已经有蛀虫，若是不拔出，以这座古城为根基的山河就完了。

“你以前是不是十分厌恶这座皇城？”秦钰看着皇城脚下，对谢芳华询问。

谢芳华摇摇头：“我以前厌恶的不是皇城，而是皇权。”

秦钰点点头：“我一直不明白，那么小的你怎么会有毅力去无名山。你就不怕回不来吗？”

谢芳华眸色变深：“任谁死过一次，再回首都应是不怕了。”

秦钰偏头看她。

谢芳华对他淡淡地笑了一下："以前我一直以为，是皇室不惜一切代价要除去谢氏。我铁了心要支撑起谢氏，不惜一切代价都要将南秦皇室拉下马。如今我才知道，原来背后有人推波助澜，这么多的算计，他们想毁的不仅是谢氏，更是南秦江山。"

秦钰沉默半晌后，轻叹："父皇一生自诩英明也没想到，临死才悟了。"

谢芳华想起先皇临死前与她说的话，又是一阵沉默。

一个人一旦有了软肋，就会被有心人拿捏住加以利用。

南秦的历代先皇一直以来都想除去谢氏，才使得北齐有机可乘，连皇室暗卫都混入了北齐的人，使得皇室和谢氏的矛盾越发激化。

先皇到死才彻底明白，幸好还有秦钰。

幸好秦钰悟得还不晚，否则谢氏和秦氏难保不再重蹈前一世的覆辙。

"已经挂上去了！"秦钰看向城门，沉声说道。

谢芳华也看向城门，只见许大夫的尸体已经被悬挂在了上面，百姓们好奇都跑去围观，有许多人指指点点，辨认出这个人就是谢氏六房的许大夫。谢氏六房刚刚被御林军包围，许大夫的尸体就被挂在了城门上，谢氏六房犯了什么事？许大夫又犯了什么事？

南秦京城有多久没在城门上挂尸示众了？

这个人的尸体还是皇上下圣旨挂上去的。

有人问守城的官兵，官兵冷着脸说："这个人是北齐的暗探，谋害小王妃，死不足惜。"

百姓们顿时哗然，在谢氏六房多年的许大夫竟然是北齐的暗探，一时间百姓们对北齐的愤懑更是高涨，人人大骂北齐。

自从谢芳华拯救了临安城的百姓后，她在百姓们心中的地位一直极高。如今她接连两次被人迫害，都是北齐人在背后搞鬼，因此百姓们对北齐恨得牙痒痒。

有许多人骂着不解恨，开始往许大夫的尸体上扔鸡蛋、烂菜叶子，泼污水……

许大夫的尸体转眼间便变了形。

百姓们犹不解恨，有的人甚至对他泼了油。

执行秦钰此次命令的人也不予理会，任百姓们恣意妄为。

大约过了半个时辰，除了南秦京城外三里处待命将京城保护得水泄不通的御林军外，其余的地方一点儿动静也没有。

秦钰看着，目光又沉又冷："若是北齐暗桩这般受侮辱，都不能使得背后之人现身，那么我倒是佩服那背后之人的涵养了。"

"能使得玉兆天甘愿做引子的人，自然不是寻常人。"谢芳华淡淡地说道，"不过，今日一日又算得了什么？不是还有明日、后日吗？许大夫的尸体就这样挂着，如果挂成干了背后之人还没动作的话，那就不是有涵养，而是冷血无情了。你说北齐暗桩会不会因为这样冷血无情的首领，而觉得寒心？只要北齐暗桩觉得寒心，我们就有空隙可钻，只要有空隙，我们就能查出东西来。”

秦钰点头：“背后之人不管能不能看透这个局，都是两难的处境。出来的话，我们就要斩杀他；不出来的话，北齐暗桩内部就会人心瓦解。这许大夫可真是一个好饵，怪不得你要将他的尸体挂到城门上。”

谢芳华淡漠地道：“背后之人将我们逼到了这个地步，我们自然也要让他知道我们不是软柿子，谁死谁活还不一定呢。”

秦钰颔首，抬头看天：“这天竟然阴了，已经起风了，所谓风来雨就到，雨怕是很快就要下起来了，你的身子刚刚好一点儿，别被淋到，我们回宫吧。”

谢芳华抬头看天，摇摇头：“吩咐人拿两把伞来，我们就在这里等着。”说罢，她眯了眯眼睛，“这雨也就两盏茶的工夫就会下起来，来得可真是时候，这样的时机，背后之人定会有所行动。”

秦钰皱眉：“怎么行动？你可猜到了？”

“一是倾巢出动，全力一搏。二是杀我们，乱京城，趁机搅动天下。”谢芳华道，“不论是哪一种，都很让人期待不是吗？怎么能回宫？”

秦钰看着她：“你回宫我留下来，你身体不好。”

谢芳华偏头看他，不客气地道：“不是我打击你，你怕是对付不了背后的人。”

秦钰顿时恼道：“你以为朕没本事？”

谢芳华笑了笑：“不是小看你，而是皇室和谢氏第一次联手，你我不一起在这里，怎么给你的人和我的人做表率？更何况，背后人屡次冲着我而来，我怎么能离开？我就是要看看，到底是什么人。”顿了顿，她又道，“若真是有人用魅术乱人，你应付不来。”

秦钰面色一沉：“除了你流着魅族的血液、谢云澜是魅族王室之人外，还有什么人与北齐联手要置南秦于死地？”说罢，他看着谢芳华，“难道是谢云澜？”

谢芳华面色平静地说道：“云澜哥哥生于谢氏、长于谢氏，他兴许不喜欢谢氏，不喜欢南秦，但……”她抿了抿唇，“他不至于与我作对，更不至于要我的命。”

“他不是一直想将你带走吗？”秦钰看着她，“你对他怎么如此信任？你难道忘了，当初若不是他，秦铮也不会迫于无奈射你一箭，你和秦铮也不会差点儿分开？他带不走你，没准儿就想要你陪他一起去走那黄泉路呢？知人知面不知心，你对谢云澜的心思知道几分？”

谢芳华沉默了片刻，摇摇头：“秦钰，你不懂。”

秦钰一噎，瞪着她。

谢芳华看向远方，轻声说道："我即便陪他去死，也不会与他一起去走黄泉路，他心里清楚这一点。所以，断然不会如此做。"

秦钰看着她，总感觉她周遭的气息异常沉重，如这即将下雨的天气，他一时没了话。

"不是云澜哥哥，"谢芳华肯定地道，"定然不是他。"

这时，一阵风吹来，吹起了她单薄的衣衫，她的青丝随风飞起，她的眉目间如笼了一层轻烟。

秦钰对身后道："去取一件披风来，再拿两把伞来。"

小泉子连忙答道："回皇上，已经派人去给您和小王妃取了，人快来了。"

秦钰点点头。

过了一盏茶的时间，有人将披风递上来，秦钰伸手接过亲手为谢芳华披到了肩上。

谢芳华没回头，对他道："谢了。"

秦钰轻哼一声："你别再病了，就是对我最大的谢了。"

谢芳华点点头，不再说话。

小泉子连忙拿起另一件披风，给秦钰披在身上。

这时，雨哗啦哗啦地下了起来，豆大的雨点十分急，落在地上发出极大的响声，霎时间雨天相接成一片帘幕。

谢芳华和秦钰一人撑着一把伞立在雨中。

知道要下雨，围在城墙下的百姓们早就散去了，片刻后，除了守城的士兵，街上空无一人。

一下子，天阴、雨沉，四周除了雨声，万籁俱寂。

城墙上挂着的许大夫的尸体一下子就被冲刷得干干净净了。

谢芳华看着城墙道："他还算是有福之人，所以，百姓们扔了脏东西后，上天还给了他一副干净的躯体。"

秦钰点点头："这么多年来，他对谢氏六房也是有感情的，否则也不会自愧而死了。"

"将他的尸体挂在这里，六婶祖母和六婶母定然都不好受。"谢芳华道，"若非背后人太会算计，我也不愿如此对付一个已死之人。"

秦钰看着她，摇摇头："你已经足够善良了。"

谢芳华不再说话。

又过了半个时辰，雨下得越发大了，城外的三十万兵马矗立在雨中不见动摇。

谢芳华赞赏地道："我一直以为京畿重地的军营，子弟大多出身贵族，没有毅力和气魄，经受不住风吹雨打，如今看来不是。”

秦钰也看向城外：“这要归功于秦铮，他在西山军营的那些日子，将多年来松散的军营整顿了一番。否则，西山军营出事那次，不可能不出大乱子。”

谢芳华失笑：“难得从你口中听到夸奖他的话。”

秦钰瞥了她一眼，轻哼：“夸奖一定要从口中说出来吗？”顿了顿，他又道，“以前，我自认为不差他分毫，后来，父皇驾崩之后发生的这许多事情，我才知道我有许多地方不如他。我不像他更早地悟透了这中间的关联和有人在背后筹谋，以致处处受掣肘。这些年来，他打着与我明争暗斗的幌子，私底下却做了许多事情。如今看起来他最抵用，而我只能待在这京城枯坐那把龙椅。”

“你也不用这么贬低自己，毕竟坐龙椅也需要一定的气度和本事，不是谁都能执掌这江山的。”谢芳华说罢，忽然眯起眼睛看向远方，“快看，城外五里地外是什么？是不是有人马离开？”

秦钰立即看去，忽然面色一变：“像是有人纵马疾驰着离开。”

“传令，追！”谢芳华道。

秦钰顿时从怀里拿出一个信号弹，对着城外的上空弹开。

转眼间，那一人一马便淹没在了雨中。

谢芳华道：“谁去追？月落吗？”

“月落若是看到信号，定然会带着人去追。”秦钰面色沉冷，“若是不派出他的话，厉害的人别人怕是对付不来。我们守在京城，怎么会有人能从五里外离开？难道有地方没被封住？”

谢芳华看向城外那人影消失之处，冷冷地说道：“距离那一处最近的地方似乎是云澜哥哥的府邸。他不喜欢谢氏米粮，因为身体有恙也不喜住在城内，所以他将府邸设在了城外。”

“真的是谢云澜？”秦钰忽然怒了，“我刚刚便说……”

“不是他。”谢芳华道，“若是云澜哥哥，他不会在这个时候纵马离京，而且若是他在这京城府邸的话，我的人早就找到他了，一定不是他。”

“那人是从他的府邸走的，怎么解释？”秦钰道。

“去看看就知道了。”谢芳华道。

秦钰压下怒气，点头。

二人一起转身。

谢芳华刚转身，忽然停住脚步：“不好，怕是调虎离山之计。”

“怎么？”秦钰看着她。

谢芳华刚要说话，忽然有无数箭羽对着城楼向她和秦钰射来。